MW01105935

DE PASEO

Second Edition

Donna Reseigh Long
The Ohio State University

Janice Lynn Macián
The Ohio State University

HH **Heinle & Heinle Publishers** I(T)P
an International Thomson Publishing company
Boston, Massachusetts 02116

Boston • Albany • Bonn • Cincinnati • Detroit • Madrid • Melbourne • Mexico City • New York • Paris •
San Francisco • Singapore • Tokyo • Toronto • Washington

The publication of *De paseo,* **Second Edition,** was directed by the members of the Heinle & Heinle College Foreign Language Publishing Team:

Wendy Nelson, Editorial Director
Tracie Edwards, Market Development Director
Esther Marshall, Senior Production Services Coordinator
Beatrix Mellauner/Helen Richardson, Development Editors

Also participating in the publication of this program were:

Publisher: Vincent P. Duggan
Project Manager/Compositor: Christine E. Wilson, IBC
Images Resources Director: Jonathan Stark
Associate Market Development Director: Kristen Murphy-LoJacono
Production Assistant: Lisa Cutler
Manufacturing Coordinator: Wendy Kilborn
Illustrator: Dave Sullivan
Interior Designer: Sue Gerould, Perspectives
Cover Photograph: Jonathan Stark for the H&H IRB
Cover Designer: Jeff Cosloy

Library of Congress Cataloging-in-Publication Data

Long, Donna Reseigh.
   De paseo : curso intermedio de español / Donna Reseigh Long.
Janice Lynn Macián. — 2nd ed.
         p.   cm.
      ISBN 0-8384-8123-X (student text).
      1. Spanish language—Textbooks for foreign speakers—English.
I. Macián, Janice. II. Title.
PC4129.E5L66 1999
468.2'421—dc21   98-43217
                                                        CIP

Manufactured in the United States of America

ISBN: 0-8384-8123-X (Softcover)
ISBN: 0-8384-1192-4 (Hardcover)

1 2 3 4 5 6 7 8 9 10   06 05 04 03 02 01 00

DE PASEO

Second Edition

Donna Reseigh Long
The Ohio State University

Janice Lynn Macián
The Ohio State University

HH **Heinle & Heinle Publishers** I T P
an International Thomson Publishing company
Boston, Massachusetts 02116

Boston • Albany • Bonn • Cincinnati • Detroit • Madrid • Melbourne • Mexico City • New York • Paris •
San Francisco • Singapore • Tokyo • Toronto • Washington

The publication of *De paseo,* **Second Edition,** was directed by the members of the Heinle & Heinle College Foreign Language Publishing Team:

Wendy Nelson, Editorial Director
Tracie Edwards, Market Development Director
Esther Marshall, Senior Production Services Coordinator
Beatrix Mellauner/Helen Richardson, Development Editors

Also participating in the publication of this program were:

Publisher: Vincent P. Duggan
Project Manager/Compositor: Christine E. Wilson, IBC
Images Resources Director: Jonathan Stark
Associate Market Development Director: Kristen Murphy-LoJacono
Production Assistant: Lisa Cutler
Manufacturing Coordinator: Wendy Kilborn
Illustrator: Dave Sullivan
Interior Designer: Sue Gerould, Perspectives
Cover Photograph: Jonathan Stark for the H&H IRB
Cover Designer: Jeff Cosloy

Library of Congress Cataloging-in-Publication Data

Long, Donna Reseigh.
    De paseo : curso intermedio de español / Donna Reseigh Long.
Janice Lynn Macián. — 2nd ed.
        p.   cm.
    ISBN 0-8384-8123-X (student text).
    1. Spanish language—Textbooks for foreign speakers—English.
I. Macián, Janice. II. Title.
PC4129.E5L66 1999
468.2′421—dc21   98-43217
                                                  CIP

Manufactured in the United States of America

ISBN: 0-8384-8123-X (Softcover)
ISBN: 0-8384-1192-4 (Hardcover)

1 2 3 4 5 6 7 8 9 10   06 05 04 03 02 01 00

DEDICATION

This book is dedicated to our favorite teachers and role models, who taught us that we should be grateful and respect one another and who urged us to express ourselves creatively and to measure our success by the happiness in our hearts.

ACKNOWLEDGMENTS

The authors are indebted to these reviewers for their comments and suggestions:

Terry Ballman	University of Northern Colorado
Kimberly Boys	University of Michigan
Gail Bulman	Syracuse University
María Cooks	Purdue University
James Crapotta	Barnard College
Reyes Fidalgo	University of Massachusetts-Boston
Bob Hershberger	University of Kansas
Mar Inestrillas	The Ohio State University
Esther Levine	College of the Holy Cross
Judith Liskin-Gasparro	University of Iowa
Esteban Loustaunau	Augustana College
José Luis Martín	The Ohio State University
Inmaculada Pertusa-Seva	University of Kentucky
Mercedez Thompson	El Camino College
Benjamín Torrico	University of Kansas
Carmen Vigo-Acosta	Mesa Community College
Jill K. Welch	The Ohio State University

We also wish to thank the instructors who reviewed the materials during every stage of the developmental process and the students of The Ohio State University, whose feedback was invaluable in selecting and designing materials that were both motivating and appropriate.

Alicia Chaves	Ángel Santiago
Khedija Gadhoum	Dawn Slack
Hilda Gutiérrez	Nancy Uvalle
Carmen Ladman	

In addition, we wish to express our sincere appreciation to the people at Heinle & Heinle who supported and contributed to the production of this program: Charles Heinle, Vincent Duggan; and especially to Wendy Nelson and Beatrix Mellauner, and to Esther Marshall, our Production Services Coordinator and copyeditor. We are especially grateful to Christine Wilson, our Project Manager and compositor, whose meticulous work is reflected in this beautiful product. Thanks also to both artists (Dave Sullivan and Jane O'Conor), photo researcher (Judy Mason), designers (Sue Gerould and Jeff Cosloy); and especially to the proofreaders (Kathy Kirk and Susan Lake) and the native speaker (Patricia Linares).

Finally, we are deeply indebted to our families. Their patience, understanding, and encouragement will always be appreciated.

Donna Reseigh Long
Janice Lynn Macián

TO THE STUDENT

De paseo, **Second Edition,** was written to aid and enhance your experience in learning Spanish. In this textbook, you will find many unique, learner-centered features. Among these features are the strategies for building vocabulary, developing reading skills, and analyzing literary texts. In addition, grammar structures are presented as language functions that will help you in editing your own speech and writing. More traditional grammar explanations with helpful charts are located in the *Repaso de gramática* section. The majority of the activities in this textbook are designed for communicative practice in pairs and small groups in order to maximize your opportunities for speaking Spanish in class. Throughout *De paseo,* you will find many student annotations that provide supplementary explanations and suggest effective study techniques. *Enlace* offers a variety of interactive activities that require you to synthesize the information you have learned in each chapter and apply it in a group discussion. *Mosaico cultural* guides you through a cultural video with previewing, midviewing, and postviewing activities. A new feature to the second edition is *Cultura en acción,* large-scale activities that simulate real-life events. *Vocabulario,* found at the end of every chapter, is the list of words and phrases that you will be expected to learn and to use actively in class.

Diario de actividades is designed for your independent use outside of class. In the *Diario de actividades,* you will find strategies and activities for acquiring listening and writing skills, learning how to use different types of dictionaries, and refining your knowledge of Spanish grammar. Themes and information presented in the textbook are reinforced in the *Diario de actividades,* and ideas from the *Diario de actividades* are synthesized in the *Enlace* section of the textbook. Throughout the *Diario de actividades,* suggestions for reviewing and applying pertinent information precede related activities.

The chart on page viii shows the organization of *De paseo* and the *Diario de actividades.*

CONTENIDO

DE PASEO TEXTBOOK

ORGANIZATION AT A GLANCE

De paseo: In-class textbook	*Diario de actividades:* Out-of-class workbook
Primera etapa: preparación *Vocabulario en acción* • Introduction to core chapter vocabulary • Strategies	**Primera etapa: preparación** *Estudio de palabras* • Practice vocabulary acquisition • Strategies
Segunda etapa: comprensión *Comprensión de la lectura* • Reading strategies • Nonliterary reading	**Segunda etapa: comprensión** *Comprensión de la lectura* • Listening strategies • Three listening comprehension segments
Tercera etapa: fundación In-class practice of three grammar structures that are functionally organized	**Tercera etapa: práctica de estructuras** Out-of-class grammar practice
Cuarta etapa: expresión *El mundo de la literatura* • Introduction to literary terminology • Literary reading	**Cuarta etapa: redacción** *Introducción a la escritura* • Introduction to extended writing • Writing • Free writing *(Mi diario)*
Mosaico cultural Video **Enlace** Synthesizing activities **Cultura en acción** Hands-on activity that brings you closer to the Hispanic culture **Vocabulario** Active vocabulary list **Repaso de gramática** Grammar review and charts	

Develop writing skills with *Atajo* software

 www Explore! http://depaseo.heinle.com

 Discover the Hispanic world with *Mosaico cultural*

Orientación: The *Propósitos* page serves as a visual chapter organizer and an outline of the chapter activities.

La India

Tito Puente

Plácido Domingo

Los Muñequitos de Matanzas

NUESTRA MÚSICA

Victoria de los Ángeles

PRIMERA ETAPA: Preparación

Preparación

OBJETIVOS:

In this *etapa,* you will . . .

■ understand the appropriate cultural context for vocabulary words.

■ read about some well-known musicians and singers from Spanish-speaking countries.

■ use the chapter vocabulary to talk about your music preferences.

Orientación: In the *Primera etapa* you will learn how to expand your vocabulary and study vocabulary in context. This *etapa* begins with a *Preparación* section, a short introduction to the chapter theme, accompanied by the *Objetivos* for the *etapa* and *Sugerencias para aprender el vocabulario.* The *Objetivos* section serves as a guide to tell you about the activities you will do as you progress through each *etapa.* The *Sugerencias* will help you learn the key words and phrases of the chapter and expand your use of vocabulary. The *Vocabulario en acción* presents some of the highlights of the chapter theme and introduces key vocabulary words and phrases in context. These words and phrases will help you understand and talk about the chapter theme. As you read the introductory paragraph, pay particular attention to the italicized elements in each sentence and try to guess the meanings of these words and phrases in context.

INTRODUCCIÓN

El arte musical. No podemos decir con exactitud cuales son los orígenes de la música, pero sí podemos asegurar que no tendrá fin mientras exista la humanidad. La música no es un invento personal ni un descubrimiento, sino una función natural de la sociedad. La música nació de un intento de reproducir algunos de los sonidos de la naturaleza, como las canciones de los pájaros o el paso del viento en los bosques. Hoy esta música nos rodea constantemente. En este capítulo vamos a examinar la música del pasado y del presente y hablar sobre la influencia que tiene en nuestra vida diaria.

VOCABULARIO EN ACCIÓN: «MÚSICOS LATINOS»

Cultura en acción: While working on the *Primera etapa* in the textbook and ***Diario de actividades,*** ...

- research famous Hispanic musicians of the world.
- prepare a source list from the library or the Internet for one or two of your favorite artists and share your lists with the other members of the class.
- find out where and when your artist is performing. This information is available on the Internet by searching the "Music" category.

Sugerencias para aprender el vocabulario

Palabras y más palabras. When you were learning to speak your first language, you associated sounds with objects. You associated the word *doggie* with any animal that had four legs and barked. It probably took you several years to differentiate between a poodle, a collie, and a dalmatian. In some ways, you are now repeating the same process. In many cases there are parallel meanings in Spanish and English. You know that *disco compacto* is a compact disk. If you entered a record shop in Buenos Aires and asked for *El nuevo disco de los Gipsy Kings* the sales clerk would hand you a CD. You also learned that *café* is coffee but probably haven't stopped to think that if you walked into a cafeteria in Madrid and asked for a *café* you would probably get a cup of espresso. If you were in a *restaurante* in Mexico or Ecuador, you would receive coffee *al estilo americano,* but it probably wouldn't be served until the end of the meal. As you learn new vocabulary words, instead of simply translating them into English, try to associate each new word directly with the appropriate image. When you hear the word *café* in your mind, picture an after-dinner beverage or a dark, foamy liquid in a small demitasse cup with a little packet of sugar on the side. When you read the word *salsa* or *tango,* think about the rhythm and instruments used in this type of music. Remember, you are not only acquiring a new set of vocabulary words, but also a new set of cultural concepts. As you progress through this chapter, take this opportunity to familiarize yourself with some of the famous musical sounds, names, and places that are related to the chapter themes.

A. Diferentes o iguales. Mientras leas «Músicos latinos» en la página 6, elige tres de las palabras en cursiva *(in italics).* Después, en parejas, den una breve definición para cada una de ellas.

B. Contextos y conceptos. A veces las diferencias entre los significados de las palabras pueden ser importantes. Lee la siguiente lista de palabras y, en parejas, intenten definirlas con una oración completa en español.

■ **Ejemplo:** cenar
Cenar en algunos países hispanos significa comer una comida ligera a las nueve o a las diez de la noche.

1. desayuno _____
2. siesta _____
3. lotería _____
4. familia _____
5. pasear _____

Orientación: The *Repaso* annotations serve different functions. They remind you to review the material you learned in your elementary language program or in previous chapters before beginning an activity; they point out helpful strategies and suggestions to help you apply what you already know to new and different contexts.

Repaso: In order to increase your vocabulary, remember to keep a list in your *Diccionario personal* of the key words that are italicized in the introductory paragraphs. As you complete the activities both in your textbook and in the **Diario de actividades,** add other important words and phrases that you are unable to guess from context. Study your *Diccionario personal* from time to time to review this vocabulary.

Celia Cruz

C. **Mi diccionario personal.** Mientras leas el pasaje sobre algunos músicos latinos y hagas las actividades...

- escribe las palabras y frases en cursiva en el *Diccionario personal* de tu cuaderno.
- busca en tu diccionario los significados de las palabras que no conozcas.
- forma una oración original con cada palabra o frase.

Músicos latinos

Sin darnos cuenta, cada día escuchamos la radio, vemos la televisión, compramos *discos compactos* y bailamos al son de artistas de habla hispana, más conocidos como *músicos* y música latina. La música latina triunfa al lado de otros *estilos* más típicos de Estados Unidos y *se mezcla* con ellos. La *música tejana* de Selena y Freddy Fender, una combinación de la *música rock* y las *baladas* mexicanas, es característica de los estados del suroeste.

Las *canciones* de la cubano-americana Gloria Estefan cruzan Estados Unidos del Atlántico al Pacífico con *ritmos* pop en inglés y en español. Se importan *melodías* y *cantantes* de otros países, como Ricky Martin, de Puerto Rico. Martin no sólo nos deleita con sus canciones sino que actúa en la telenovela *Hospital General* y aparece en Broadway en la obra musical de *Les Misérables*.

Los músicos también copian y transforman diferentes tipos de música al *estilo latino,* así como lo hace Eddie Palmieri y su mundo de jazz latino, o la cantante Linda Ronstadt con su *música folklórica.* Otros sobrepasan las fronteras del *estilo* y de las edades, como lo hace Julio Iglesias con sus baladas, siendo uno de los cantantes más internacionales que haya existido.

Las canciones mexicanas tienen un estilo que siempre ha formado parte de Estados Unidos. Jorge Negrete y María Dolores Pradera son dos cantantes que son reconocidos por sus *corridos* y sus *canciones folklóricas.* México también aporta otros tipos de canciones, como el *bolero* con Lucho Gatica, uno de sus principales cantantes. La película *Evita* hace renacer el *tango* argentino, y el nombre y las canciones del inmortal Carlos Gardel se escuchan de nuevo a pesar de que este artista haya desaparecido hace más de cincuenta años.

No es imperativo haber nacido en un país hispanohablante para llevar ese ritmo de sabor latino. Incluso lo que en el extranjero se considera lo más hispánico, la música del *flamenco,* es presentada a los *aficionados* por un grupo de franceses llamados los Gipsy Kings. El cantante Nat King Cole tenía un *repertorio* extenso y extraordinario de canciones latinas como boleros y otros estilos latinos.

También hay lo que se puede considerar como música «seria» o «clásica». Las canciones místicas gregorianas de los monjes de Santo Domingo de Silos en España fueron número uno en las listas pop, destronando al rock, aunque sólo fuera por unos breves momentos. La zarzuela, tipo de *opereta* de carácter y tema español, se representa en Nueva York, Florida, Nuevo México y California. Estas óperas exponen las características del alma y los valores del hispano. Plácido Domingo, José Carreras, Alfredo Kraus y Monserrat Caballé son los cantantes más conocidos internacionalmente por sus zarzuelas y sus óperas clásicas. Y tú, ¿qué tipo de música prefieres?

A. Músicos preferidos. ¿Quiénes son algunos de tus cantantes o músicos preferidos? En parejas, completen la siguiente tabla con los nombres de sus músicos preferidos.

	Músico(s)	Tipo de música	Nombre de tu disco preferido
1.			
2.			
3.			
4.			
5.			

B. Entrevista. Ahora, vas a tener la oportunidad de hablar con tus compañeros sobre sus gustos musicales. En grupos pequeños...

- entrevisten a los demás miembros del grupo sobre sus preferencias musicales.
- preparen un informe escrito para entregarle a su instructor/instructora.
- usen las preguntas siguientes como punto de partida.

1. ¿Qué tipo de música escuchas cuando estás contento/contenta? ¿Cuándo quieres bailar? ¿Cuándo haces ejercicio?
2. ¿Qué discos compactos compras? ¿Qué discos compactos le regalas a un amigo / una amiga? ¿A tu novio/novia o tu esposo/esposa?
3. ¿Cuáles son algunas de tus canciones favoritas?
4. ¿A qué cantante te gustaría ver en concierto?
5. ¿Eres miembro de un club de aficionados de un/una cantante popular? ¿Por qué?

C. Una noche de música. Lee la «Cartelera de Madrid» usando las *Preguntas de orientación* como guía y elige el concierto que te parece más interesante. Después, en grupos pequeños, expliquen por qué eligieron los conciertos.

■ **Ejemplo:** *El espectáculo del Café Bar El Juglar me interesa porque la música de los años 60 es alegre y divertida para bailar.*

Preguntas de orientación

1. ¿A qué hora empieza el Concierto de Santa Cecilia?
2. ¿Cuánto cuestan las entradas para el Concierto de Santa Cecilia?
3. ¿En qué cafés se puede bailar?
4. ¿Qué tipo de música ponen en el Bar Café del Mercado y en el Café Central?
5. ¿Adónde van los aficionados a la salsa?
6. ¿Qué tipo de espectáculo hay en La Carreta?

Cartelera de Madrid

Teatro Lírico Nacional La Zarzuela
☎ 91 / 489 82 25 / Jovellanos, 4 / Metro Banco de España / Director: Emilio Sagi. —Horario de taquillas: venta anticipada, de 12 a 18 horas. Días de representación, de 12 a 20 horas.

Concierto de Santa Cecilia
—Lunes 25 de noviembre, a las 20 horas, en el Auditorio Nacional. Orquesta Sinfónica de Madrid, titular del TLN La Zarzuela. Director: Antoní Ros Marbá. Solista: Joaquín Achúcarro. Programa: W.A. Mozart: *Concierto para piano y orquesta en sol mayor, KV 453.* A. Bruckner: *Séptima sinfonía.* Localidades desde 1.000 a 3.700 pesetas, a la venta a partir del día 13 de noviembre en las taquillas del Auditorio Nacional, horario habitual. Con el patrocinio de Vías y Construcciones.

Otros

Bar Café del Mercado
☎ 265 87 39 / Mercado Puerta de Toledo.
—Todos los martes, a las 12.30 y 2.30, *noche de merengue* con **Héctor Café**. Miércoles 20 y jueves 21, a las 12.30 y 2.30, *noche latina* con **La Única**. Viernes 22 y sábado 23, a las 12.30 de la noche. **La Terminal.** Y a las dos de la madrugada, *gran baile salsa.*

Café Bar El Juglar
☎ 467 62 58 / Lavapiés, 37 / Metro: Lavapiés y Tirso de Molina.
—¡Vuelven los 60! Los domingos a partir de 6.30 tarde, ven al guateque con la música en directo de la orquesta **Quintaesencia**.

Café Central
☎ 369 41 43 / Plaza del Ángel, 10.
—Jazz en vivo todos los días, de 10.30 a 12.30 noche. Del 11 al 17 de noviembre: **Tom Varner Quartet:** un músico de la vanguardia neo-yorquina tocando un raro y bello instrumento: corno francés. Tom Varner, con cinco discos grabados como líder habitual en clubes con Joh Zom, David Liebman, Bobby Previtte, etcétera. Con Carlo Morena (piano), Joe Fonda (contrabajo). Próxima semana: **Abdu Salim Quartet.**

Café Populart
☎ 429 84 07 / Huertas, 22.
—Hoy: **Mingo da Costa Grupo** (música brasileña y salsa). Días 18, 19, 20, 21 y 22: **Lou Bennet Trío.** Con Lou Bennet (órgano), Ximo Tebar (guitarra) y Carlos González (batería).

Galileo Galilei
Sala lúcido-musical. ☎ 534 75 57-8 / Galileo, 100, semiesquina a Cea Bermúdez.
—Actuaciones a las 23.30 horas. Los martes, baile de salón, salsa y *rock & roll.* El miércoles 13, chan, chan, chan... magia potagia con **Juan Tamariz.** El jueves, **Ponte a 103,** gran baile salsa con caipirinha y 103. Viernes 15, el exotismo y la danza de **Lalla** y su folklore islámico: Próxima semana **Visigodos.**

La Carreta
Barbieri, 10 / ☎ 532 70 42. Restaurante espectáculo argentino. Carnes a la brasa. Actuaciones en vivo.
—Noviembre, show 8 Aniversario. Trío de tangos con la voz de **Patricia Nora,** bailarines: Silvia y Daniel. Folclore Daniel Francia. El humor de Mariano y todas las noches, artistas invitados. ¡Sorpresas!

En un café de Madrid

SEGUNDA ETAPA: Comprensión

LECTURA

OBJETIVOS:

In this *etapa,* you will . . .

■ read about and discuss the careers of selected musicians and singers.

■ read the article "Prolífica carrera de Gloria Estefan."

■ compare and contrast some of her song lyrics in Spanish and in English.

Repaso: Before beginning this *etapa,* review the *Sugerencias para la lectura* in previous chapters of your textbook.

Orientación: In the *Sugerencias para la lectura* section of the *Segunda etapa,* you will learn reading strategies and do activities to prepare you for the *Lectura.* The *Lectura* section presents Spanish newspaper and magazine articles, selected from a variety of sources, that expand upon the chapter theme. It assesses comprehension with activities based on the article. In the post-reading section, you will discuss topics related to the *Lectura* with your classmates.

Cultura en acción: While working on the *Segunda etapa* in the textbook and *Diario de actividades,* . . .

• compare and contrast the different types of music in a variety of Spanish-speaking countries, using the websites mentioned in the **Diario de actividades** *¡A escuchar!* section as a point of departure.

• select a Hispanic singer or musician for your presentation. Using the interview with Gloria Estefan as a model, prepare a short report and present it to the instructor for approval.

Gloria Estefan. Gloria María Fajardo nació en La Habana, Cuba, el primero de septiembre de 1957. Dos años después llegó a Estados Unidos con sus padres. «Me considero cubano-americana. Es una personalidad doble que yo asumo. Me he criado en Estados Unidos, pero en Miami, que es como una pequeña Cuba fuera de Cuba. Mi crianza fue cubana, mi madre mantuvo muy fuertes las tradiciones, incluso más fuertes, porque los emigrantes que se van de su país se aferran más todavía a ellas. Sueño en colores y en las dos lenguas, pero el idioma de mi corazón es el español, desde el amor a mi esposo, Emilio, hasta la forma en que le hablo a mis hijos.» En esta etapa vas a leer sobre la carrera de Gloria Estefan como una de las cantantes modernas más populares en el mundo.

Gloria Estefan en concierto

Sugerencias para la lectura

Cómo usar el contexto visual *(Visual cues).* The first things that usually catch your eye when you pick up a magazine or a newspaper are the illustrations, photographs, and titles or headings that introduce the articles. All of these visual cues help the reader create a context for the passage and also help improve cultural understanding. Before you begin to read, always look at the title, subtitles, and illustrations. Many magazines and newspapers provide a summary of the articles immediately following the titles. Read the captions under the illustrations or photographs and then ask yourself or brainstorm in a group about what information might be found in the text. As you read, search for the clues that will help you link the visual cues with the text.

ANTES DE LEER

A. Las noticias.

¿Qué sabes sobre la vida personal de cantantes o músicos? En parejas, intercambien datos sobre dos o tres personas en la lista, mencionando...

- los nombres de los artistas.
- dónde viven.
- cuántos años llevan cantando o tocando un instrumento musical.
- sus estilos de música.
- sus opiniones sobre lo que dice la prensa popular.

■ **Ejemplo:** Paul McCartney

Vive en Londres. Lleva treinta años cantando. Rock es su estilo de música.

Creo que a la prensa le gustó el último disco compacto de McCartney.

Cantantes populares	Conjuntos	Cantantes clásicos	Músicos
Luis Miguel	Los Lobos	María Dolores Pradera	Andrés Segovia
Enrique Iglesias	Los Gipsy Kings	José Carreras	Astor Piazzola
Ana Gabriel	Texas Tornados	Mercedes Sosa	Alicia de Larrocha
Selena	Los Muñequitos de Matanzas	Carlos Gardel	Tito Puente
Linda Ronstadt	Los Rodríguez	Lola Flores	Carlos Montoya
Miguel Ríos	Los Tigres del Norte	Plácido Domingo	Atahualpa Yupanqui
Jon Secada	Los Bukis	Celia Cruz	Rey Ruiz

B. ¿Quién es Gloria Estefan?

Gloria Estefan tuvo sus comienzos en 1985 con el conjunto Miami Sound Machine y desde entonces, está considerada por muchos como una estrella del pop. Aunque es una cantante bilingüe, aun sus canciones en inglés tienen un estilo muy latino. ¿Qué más sabes sobre esta cantante? En grupos pequeños...

- escriban todos los datos que puedan sobre Gloria.
- comparen la información con la de los demás grupos de la clase.

Orientación: The *Pequeño diccionario* contains unfamiliar words and phrases from the reading selection. In order to help you increase your vocabulary, the definitions are given in Spanish using visuals at times or cognates and words that you learned in your elementary Spanish courses. Study these expressions before reading the *Lectura*.

¡OJO! In vocabulary lists, gender will not be designated for masculine words ending in *-o* or for feminine words ending in *-a, -ción/-sión*, or *-dad/-tad*.

C. Pequeño diccionario. La entrevista del periódico *El Nuevo Herald* de Miami nos cuenta sobre la vida de Gloria Estefan y sus éxitos. Antes de leer este artículo y hacer las actividades...

- estudia el *Pequeño diccionario*.
- busca las palabras en el texto.
- escribe una oración original en tu *Diccionario personal* con cada palabra o frase.
- lee el pasaje y escribe una lista de palabras que no conozcas.
- busca el significado de esas palabras en tu diccionario.

echar hacia adelante *tr.* Avanzar, dar impulso a, desarrollar.
escoger *tr.* Tomar o elegir una o más cosas o personas.
gira Serie de conciertos sucesivos de un/una artista en diferentes localidades.
guión *m.* Texto de un programa de radio, televisión, cine u obra de teatro.
logro Resultado, éxito.

meterse de lleno *pr.* Trabajar mucho con dedicación absoluta.
pantalla gigante El cine, cinema.
rechazar *tr.* Negar, refutar, no aceptar.
respaldo Protección, apoyo, ayuda.
riesgo Peligro, oportunidad insegura.
tener un papel importante *tr.* Ser un personaje principal.

¡A LEER!

A. En una entrevista. Normalmente las entrevistas presentan una sinopsis de la vida del personaje y de su carrera. Usando las *Preguntas de orientación,* lee el artículo y subraya la respuesta o información clave para cada pregunta.

Prolífica carrera de
Gloria Estefan

Discos

Primitive Love
  (1985, disco doble platino)
Let It Loose
  (1987, disco doble platino)
Cuts Both Ways
  (1989, disco doble platino)
Into the Light
  (1991, disco doble platino)
Greatest Hits
  (1992, disco triple platino)
Mi Tierra
  (1993, disco platino)
Christmas through Your Eyes
  (1993, disco platino)
Hold Me, Thrill Me, Kiss Me
  (1994, disco doble platino)
Abriendo Puertas (1995)

Destiny (1996)
Eyes of Innocence (1997)

Canciones que han sido número uno en Estados Unidos

«Anything for You»
«Don't Wanna Lose You»
«Coming Out of the Dark»
«Cuts Both Ways»
«Mi Tierra»
«Con los Años»
«Mi Buen Amor»
«Tradición»
«Everlasting Love»
«Abriendo Puertas»
«Más Allá»
«Tres Deseos»

Familia

Emilio Estefan, quien, además de ser el esposo de la cantante, es su productor, mano derecha y «ángel guardián».

Nayib, que nació el 2 de septiembre de 1980, tiene planes para formar un grupo musical con inclinaciones hacia el rock 'n' roll, ska y reggae. Cuenta con el completo respaldo de sus padres, Emilio y Gloria Estefan, para echar hacia adelante su carrera artística. Además, tiene un papel importante en la gira *Evolución,* ya que es uno de los músicos de la orquesta del grupo de su madre.

Emily, nacida el 5 de diciembre de 1994, es muy aficionada a la música, como su madre. Incluso puedes escucharla en «Along Came You», una de las canciones de *Destiny.*

Logros recientes

Gloria Estefan fue escogida como la artista más destacada de Estados Unidos por la revista *Newsweek,* según la opinión de los lectores de dicha publicación. «Me sorprendió muchísimo y fue un honor muy grande», opinó la cantante al respecto.

¿Hollywood?

Gloria Estefan expresó que estaría interesada en participar en el cine pero que si va a tomarse ese riesgo, «sería por algo que valiera la pena».

Guiones que se le han ofrecido a la artista

Evita: El director Oliver Stone le ofreció interpretar el papel de Eva Duarte de Perón pero lo rechazó porque, primero, no quería ser la estrella principal, siendo ésta su primera aparición en la pantalla gigante y, segundo, el papel sería bastante controversial porque sus intenciones no eran «insultar» a los hispanos de ninguna manera posible.

Disclosure: Le ofrecieron el rol de abogada del actor Michael Douglas, el cual no pudo aceptar por encontrarse en su séptimo mes de embarazo, a pesar de que éste sí le interesaba.

Otros: La gran parte han sido papeles que estereotipan a las mujeres latinas, y la cantante opina que éstos son sólo un lado de los hispanos, por lo que no desea mantenerlos «vivos» algunos de estos estereotipos.

Planes futuros

Por el momento, Gloria Estefan tiene una agenda sumamente ocupada ya que le resta bastante tiempo para concluir su gira mundial, *Evolución,* (si los planes siguen como van, se supone finalizar este verano). Luego de completar la gira, se meterá de lleno en su próxima producción discográfica, la que recién comenzaron (Emilio Estefan y ella) a planificar y que, posiblemente, incluya temas en español.

¿Qué más le podría pedir a la vida?

«Yo no le pido nada a la vida; mis realidades han sobrepasado cualquier sueño que pudiera haber tenido. Lo que quiero simplemente es disfrutar de mi familia: tengo una bebé y para toda la familia ha sido un renacer. Tengo a mi hijo (Nayib) que tiene muchos proyectos, y verlo crecer para mí ha sido una de las cosas más lindas (compartimos ya en una forma más adulta él y yo...). No puedo pedir más que simplemente disfrutar de todo lo que hemos logrado. Salud, más que nada, es lo único que realmente a mí me preocupa: mientras que mi familia tenga salud, el resto uno se lo busca».

¿Más hijos?

«Realmente pienso que dos hijos son suficientes», aseguró la cantante, a pesar de que expresó que si fuera a venir otro, sería bienvenido. «Me gustaría darle a Emily lo que logré darle a Nayib, que era mi atención completa, y cuando uno tiene un bebé chiquito automáticamente tiene que darle más tiempo», añadió.

Preguntas de orientación

1. ¿Cuántas personas hay en la familia de Gloria?
2. ¿Cómo se llama su esposo y qué papel tiene en la vida profesional de Gloria?
3. ¿Qué profesión piensas que Nayib va a seguir? ¿Por qué?
4. ¿Quién es Emily?
5. ¿Cuáles son algunos de sus logros recientes?
6. ¿Por qué rechazó interpretar el papel de Eva Duarte en *Evita*?
7. ¿Por qué no aceptó el rol en *Disclosure*?
8. ¿Qué planes tiene para su futuro?
9. ¿Cómo se siente con respecto a su familia?
10. ¿Crees que Gloria va a tener más hijos? ¿Por qué sí o por qué no?

B. Carrera o familia. Para muchas personas tener una carrera es más importante que tener una familia. ¿Qué crees que Gloria piensa sobre esta idea? Y tú, ¿qué opinas? En parejas, hablen sobre cuál es lo más importante, ¿tener una carrera o una vida familiar? ¿O se puede tener las dos?

DESPUÉS DE LEER

A. A continuación. Con los demás miembros de la clase elijan a un miembro de la clase para interpretar el papel de un cantante famoso o una cantante famosa. Luego, en grupos...

- usen el artículo sobre Gloria Estefan de modelo y escriban una lista de preguntas para entrevistar a esta «persona famosa».
- háganle las preguntas a la persona y apunten sus respuestas.

B. Una persona famosa. Ahora, revisa tus apuntes y escribe un breve artículo sobre la vida, los intereses, la familia y las aspiraciones de la «persona famosa» de la clase.

C. El Miami Sound Machine. El conjunto de Gloria Estefan, El Miami Sound Machine, refleja la cultura de los miembros, una mezcla de dos culturas. Muchas de las canciones que tocan fueron escritas en español y luego traducidas al inglés. Otras canciones, sin embargo, nunca fueron traducidas y, como resultado, la letra que tienen en inglés es completamente diferente a la letra en español. Lee los dos coros para «Ayer» y «Cantaré, cantarás» y subraya los sustantivos y verbos. Después, indica con una **X** las líneas que están traducidas exactamente en inglés y con una **O** las que son diferentes.

❏ Ayer	❏ Yesterday
❏ Ayer encontré la flor que tú me diste, ❏ imagen del amor que me ofreciste. ❏ Aún guarda fiel el aroma aquel tierno clavel. ❏ Ayer encontré la flor que tú me diste.	❏ Yesterday I found the flower that you gave me, ❏ An image of the love you offered me. ❏ That tender flower still holds faithfully its perfume. ❏ Yesterday I found the flower that you gave me.

❏ Cantaré, cantarás	❏ I Will Sing, You Will Sing
❏ Cantaré, cantarás, ❏ Y esa luz al final del sendero ❏ Brillará como un sol ❏ Que ilumina el mundo entero.	❏ I will sing, you will sing ❏ And a song will bring us together ❏ And our hopes and our prayers ❏ We will make them last forever.

TERCERA ETAPA: Fundación

FUNCIONES

PRIMERA FUNCIÓN: Cómo hablar del tiempo presente, usando el presente de indicativo *(Escucho los discos...)*

A. Publicidad. A ver si pueden identificar los varios tipos de oración en español. En parejas...

- revisen el anuncio siguiente.
- clasifiquen las oraciones según las indicaciones y escríbanlas en la tabla siguiente.
- contesten las *Preguntas de orientación.*

Tipos de oración			
declarativa	*interrogativa*	*exclamativa*	*imperativa*

OBJETIVOS:

In this *etapa*, you will . . .

- identify the basic types of sentence.

- understand the nature of subject-predicate order.

- write sentences of various types.

Orientación: In the *Tercera etapa*, you will study three language functions in contexts that relate to the chapter theme and to the *Repaso de gramática* at the end of the chapter. Each *función* is followed by pair and small-group activities.

Cultura en acción: While working on this *etapa*, . . .

- write questions to use in the interview segment.
- review gender and number explanations on pages 79–80 of your textbook.
- prepare the program.

Repaso: Before beginning the following activities, review the *Repaso de gramática* on pages 36–43 of your textbook and complete the *Práctica de estructuras* on pages 23–26 of the **Diario de actividades.**

Preguntas de orientación

1. ¿Cuál es el producto que se vende?
2. ¿Dónde se compra este producto?
3. ¿Qué recibe gratis el cliente?
4. ¿Cuánto se tiene que comprar para recibir el «regalo»?
5. ¿Cuál es el título del «regalo»?

B. Más publicidad. El anuncio siguiente trata de dos discos compactos.
En parejas...

- estudien el anuncio.
- contesten las *Preguntas de orientación.*
- escriban un anuncio para un disco compacto de su grupo favorito.

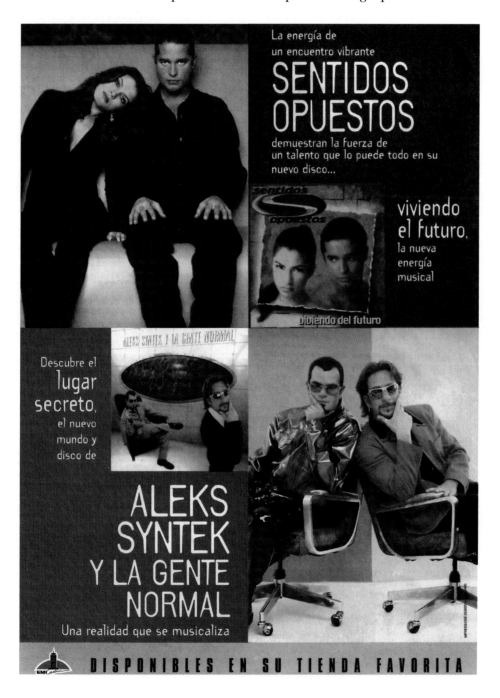

Preguntas de orientación
1. ¿Cuál es el título del nuevo disco compacto de Sentidos Opuestos?
2. ¿Cuántas personas hay en el grupo?
3. ¿Cuál es uno de los atractivos de este disco?
4. El anuncio informa que *El lugar secreto* es más que un disco. ¿Qué es?
5. ¿Dónde se compran los dos discos?

C. Encuesta. ¿Cuáles son sus hábitos respecto a la música? En parejas...

- hagan la encuesta siguiente y contesten con oraciones completas.
- sumen todos los puntos y lean el análisis de la personalidad.
- comparen sus resultados con los de las demás parejas de la clase.

---

1. ¿Escuchas música mientras comes?
   a. siempre (4 puntos)
   b. de vez en cuando (2 puntos)
   c. nunca (0 puntos)

2. ¿Cuántas horas escuchas música cada día?
   a. dos horas o menos (1 punto)
   b. de tres a cinco horas (2 puntos)
   c. más de cinco horas (4 puntos)

3. Si tienes un compromiso y sabes que hay un concierto en la tele, ¿cambias tus planes para quedarte en casa o pones la videocasetera?
   a. Me cambio de planes. (2 puntos)
   b. Pongo la videocasetera. (0 puntos)

4. ¿Escuchas música mientras estudias?
   a. sí (2 puntos)
   b. no (0 puntos)

5. ¿Cuánto dinero gastas al mes en CDs o cassettes?
   a. de 0 a 10 dólares (1 punto)
   b. de 11 a 30 dólares (2 puntos)
   c. de 31 a 50 dólares (3 puntos)
   d. más de 50 dólares (4 puntos)

6. ¿Sabes tocar algún instrumento musical?
   a. sí (2 puntos)
   b. no (0 puntos)

7. ¿Tienes un equipo estereofónico que vale más de quinientos dólares?
   a. sí (2 puntos)
   b. no (0 puntos)

Clave

Entre 17 y 20 puntos:

Estás obsesionado/obsesionada por la música. Tienes que buscar otros intereses.

Entre 7 y 16 puntos:

Aprecias la música pero no estás obsesionado/obsesionada.

Entre 2 y 6 puntos:

Relájate un poco. Pon unos discos y disfruta un poco de la vida.

SEGUNDA FUNCIÓN: Cómo hablar de acciones en progreso, usando el presente progresivo *(Estoy escuchando la música...)*

A. ¿Qué están haciendo? Los músicos profesionales tienen muchas tareas. En grupos pequeños...

- escriban una lista de diez músicos o grupos musicales (varíen el tipo de música).
- para cada músico o grupo, escriban una oración sobre sus actividades actuales, según el ejemplo.

■ **Ejemplo:** Dave Valentín (flautista hispano)
*Dave Valentín **está fabricando** flautas.*

B. ¿Qué están cantando o tocando? Van a utilizar los músicos de la Actividad A como base para esta actividad. En grupos pequeños...

- escriban una oración para cada músico o grupo sobre sus canciones o piezas (véanse las sugerencias a continuación).
- usen el presente progresivo en las oraciones.

■ **Ejemplo:** Texas Tornados
*Los Texas Tornados **están cantando** «Volver, volver, volver».*

arreglar	filmar un vídeo
cantar	grabar un disco
ensayar	hacer una gira
escribir	interpretar
estrenar	tocar

TERCERA FUNCIÓN: Cómo hablar de gustos y preferencias, usando *gustar* y otros verbos parecidos *(Me gusta escuchar...)*

A. ¿Qué les gusta? Es posible adquirir nuevas ideas por escuchar las de otros. En grupos pequeños...

- identifiquen sus gustos y preferencias en música.
- expliquen por qué les encantan.

■ **Ejemplo:** Estudiante 1: ***Me gustan los blues.** Las artistas como Big Mama Thornton, Billy Holliday y Janis Joplin son estupendas.*

Estudiante 2: ***Me encanta la ópera.** Mi compositor favorito es Puccini, y Enrico Caruso fue una de las estrellas más brillantes de sus óperas.*

B. ¡Pónganse al día! Es posible que no conozcan muchos artistas latinos. Así que el anuncio siguiente les informa sobre cuatro artistas del momento. En parejas...

- estudien el anuncio.
- contesten las *Preguntas de orientación.*
- digan cuál de los artistas les gusta más y por qué.

Preguntas de orientación

1. ¿Dónde ha estado Carlos Mata?
2. ¿Qué significa Castellana 21 para los madrileños?
3. ¿Cómo es Dulce?
4. ¿Qué va a darse la persona que escucha el disco de Dulce?
5. ¿Cuál de los discos se caracteriza como bailable?
6. ¿Qué confusión podría resultar del nuevo disco de Laureano Brizuela?
7. ¿Cuál es el apodo de este artista?

A Carlos Mata le convino su estadía en España. Este C.D. tiene mucha influencia de la nueva música que se oye por allá. Escuchen Castellana 21 que más que una canción, es la dirección más popular de Madrid. Todo el mundo la está cantando.

Dulce es pegajosa, sensual y romántica. Los que no la habían oído se van a dar un banquete con este disco. O mejor dicho, es un regalo para los glotones del amor... Dulcísimo.

Si quiere bailar y a la vez deleitarse con la sensualidad sabrosona, Miriam y Las Chicas lo complacerán. ¡Buenísimo!

No es un nuevo talento infantil, es el hijo de Laureano Brizuela que está en la portada del disco de papá. El Angel del Rock viene volando más alto que nunca.

CUARTA ETAPA: Expresión

EL MUNDO DE LA LITERATURA:
«Yo quemé el Amadeo Roldán» por Manuel M. Serpa

ANTES DE LEER

En este capítulo, van a estudiar un cuento contemporáneo, «Yo quemé el Amadeo Roldán», escrito por Manuel M. Serpa. «Amadeo Roldán» es el nombre de un teatro en La Habana, Cuba.

A. La realidad y la fantasía. El mundo de la ficción a veces parece casi real. Pero es importante recordar que cada obra literaria es un mundo único. Así que es importante que no tomen en serio los sucesos ficticios de un cuento o una novela. En grupos pequeños, identifiquen obras de ficción (cuentos, novelas, películas) en las que los sucesos son obviamente ficticios y describan una escena de cada una.

■ **Ejemplo:** El ingenioso hidalgo Don Quijote de la Mancha *por Miguel de Cervantes*

Una mujer humilde se convierte en princesa en la mente de don Quijote.

Después, identifiquen otras obras de ficción en las que hay escenas que les parecen reales.

■ **Ejemplo:** De amor y de sombra *por Isabel Allende*

Cuenta la represión política en un país sudamericano.

B. La pasión y la locura. ¿Creen que la pasión puede resultar en locura? En el cuento siguiente, el protagonista declara su amor... pero es un amor bastante anormal. En grupos pequeños...

● conversen sobre las actividades extrañas de algunos enamorados.

● comenten la pregunta: ¿Es posible enamorarse de un objeto? ¿Por qué (no)?

OBJETIVOS:

In this *etapa,* you will . . .

■ study basic literary terms relating to the short story genre.

■ study the four basic parts of the short story.

■ read a short biography of the Cuban author Manuel M. Serpa.

■ read and comprehend the short story «Yo quemé el Amadeo Roldán».

Orientación: In the *Cuarta etapa,* you will learn some basic elements of literary analysis, as well as strategies for reading literature. You will then apply these concepts as you read a poem, a short story, or an essay.

Cultura en acción: While working on this *etapa,* write a brief description of your favorite group or artist and include information about their recordings.

C. Términos literarios. En esta etapa van a leer un cuento humorístico, «Yo quemé el Amadeo Roldán». Antes de comenzar a leer este cuento irónico, es bueno que aprendan algunos conceptos literarios que se aplican en él.

Términos literarios

cuento Narrativa corta. Relación de un suceso ficticio o de pura invención.

escenario Lugar donde ocurren los sucesos.

narrador/narradora Quien narra.

narrar *tr.* Contar, referir, relatar.

narrativa Relato. Exposición de hechos.

obra literaria Cuento, novela, drama, poema, etc.

personaje *m.* Cada uno de los seres humanos ideados por el escritor en una obra literaria.

protagonista *m./f.* Personaje principal de cualquier obra literaria. Persona que desempeña el papel principal.

tema *m.* Idea principal de una composición o un escrito.

trama Disposición, contextura, especialmente el enredo de una obra dramática o novelesca.

Con respecto a la organización de un cuento tradicional, hay cuatro partes.

- **La presentación** presenta los elementos básicos del cuento: protagonista(s), personajes, escenario y tema.
- **La complicación** o **el nudo** son los obstáculos que el protagonista debe superar.
- **El clímax** es el punto culminante del cuento.
- **El desenlace** desata[1] el nudo de la narrativa.

Perspectiva

Manuel M. Serpa nació en La Habana, Cuba, en 1941. Por razones económicas sólo pudo completar su educación primaria. Sin embargo, siguió leyendo todo lo que le llegaba a sus manos, desde las obras clásicas hasta las tiras cómicas. Comenzó a publicar sus cuentos en Cuba durante los años 60. En 1980, debido a la represión castrista,[2] abandonó su país y buscó asilo en Estados Unidos. Ahora Serpa vive y trabaja en Miami, Florida. Una de sus obras, Días de yo y noches de vino y rosas, *ganó el premio Letras de Oro en 1987–88.*

---

1. desatar   *to unravel*
2. castrista   *referring to Fidel Castro, political leader of Cuba*

Pequeño diccionario. Como todas las obras literarias, el cuento «Yo quemé el Amadeo Roldán» contiene vocabulario especializado. Como el tema del cuento se desarrolla alrededor de una flautista francesa, hay palabras y frases que se refieren a la música y al teatro. Antes de estudiar el pasaje y hacer las actividades...

- estudia el *Pequeño diccionario*.
- busca las palabras en el texto.
- escribe una oración original en tu *Diccionario personal* con cada palabra o frase.
- lee el pasaje y escribe una lista de palabras que no conozcas.
- busca el significado de esas palabras en tu diccionario.

¡OJO! It is certain that you will find several unknown words and phrases in the following text. Try to resist the temptation to overuse your bilingual dictionary. Not only will it take a lot of time, but you will also lose your train of thought. Try to guess the meanings of these words from context. Remember, you do not have to know the meaning of every word. What is most important is that you understand the main ideas.

abrazar *tr.* Rodear con los brazos a una persona o cosa.

adivinar *tr.* Descubrir algo por conjeturas o sin fundamento lógico.

alzar *tr.* Levantar.

bombón *m.* Pieza pequeña de chocolate azucarado.

boquilla Pieza hueca de una flauta donde se ponen los labios para producir sonido.

camerino Cuarto de vestir de un actor.

comeostras *m./f s./pl.* Eufemismo para una persona francesa.

delito Violación de la ley; crimen.

enamorarse *pr.* Excitar la pasión por otra persona.

escurrise *pr.* Escapar, salir huyendo.

galo/gala *adj.* De Francia.

mejilla Cada una de las dos prominencias (pómulos) que hay en el rostro humano debajo de los ojos.

quemar *tr.* Destruir con fuego.

secuestrar *tr.* Detener a una persona en contra de su voluntad, a veces exigiendo dinero por su libertad.

solicitud *f.* Petición.

sonrosado/sonrosada *adj.* De color de rosa.

sostener *tr.* Sujetar, mantener firme una cosa.

telón *m.* Cortina de gran tamaño que puede subirse y bajarse en el escenario de un teatro.

testigo *m./f.* Persona que da testimonio sobre un hecho presenciado.

Una pareja descansa en el parque.

Repaso: Don't forget to use the reading strategy from the *Lectura* section on page 10 of your textbook when reading the following passage.

¡OJO! The text that you are about to read contains rather tongue-in-cheek humor. As you read the text, scan for indications of this type of humor.

¡A LEER!

A. La trama. Las siguientes *Preguntas de orientación* se usan como una guía de lectura. En grupos pequeños, contesten las preguntas para comprobar su comprensión del texto.

B. Elementos básicos. Mientras lean el texto, busquen los siguientes elementos literarios de «Yo quemé el Amadeo Roldán». Después, en grupos pequeños...

- identifiquen estos elementos.
- descríbanlos.

1. el escenario _____
2. los personajes _____
3. el protagonista _____
4. el narrador _____

Preguntas de orientación

1. ¿Cuáles son los compositores preferidos del narrador?
2. Para el narrador, ¿qué significa la música?
3. ¿Adónde iba el narrador todos los domingos? ¿Para qué?
4. ¿Qué le llamó la atención un domingo?
5. ¿Por qué tenía las mejillas rosadas la flautista?
6. ¿Qué le pasó al narrador?
7. ¿Qué le envió el narrador a la flautista?
8. ¿Qué le regaló a la flautista?
9. ¿Cómo estaba la flautista?
10. ¿Qué le pidió el hombre a la francesa?
11. En realidad, ¿qué amaba el hombre?
12. ¿Cómo reaccionó la mujer?

Yo quemé el Amadeo Roldán

por Manuel M. Serpa

Los amantes de la buena música no tenemos realmente preferencia por ningún instrumento en especial; todos hacen la orquesta. Lo que voy a contar no tiene que ver, pues, con cualesquiera preferencias musicales que yo pueda tener. De Beethoven a Sibelius, de Vivaldi a Gershwin, la música es una sola. Una toda.

Yo asistía todos los domingos al Amadeo Roldán en La Habana. Uno de esos domingos interpretaban algo de Mozart y la flauta —aquella flauta— llamó de pronto mi atención. La tocaba una francesa rubia, alta, de mejillas sonrosadas no sé si por el sol tropical o por el esfuerzo. En sus manos nerviosas de largos dedos la flauta, de brillante metal, daba sonidos de finos cristales. Confieso que me enamoré.

Al siguiente domingo le hice llegar un ramo de flores a la francesa. En el mismo incluí una notita: «Madame» le decía, «nunca una flauta había despertado en mí estos sentimientos. ¡Necesito verla!»

Finalmente le pedía una cita en el parque contiguo al teatro para esa misma tarde. No tuve que esperar mucho. La francesa se apareció al rato de terminar el concierto. Con un gracioso «merci» me agradeció la caja de bombones que le ofrecí y nos sentamos en un banco del parque. Se la veía nerviosa. ¡Esperan tanto las gringas de un amante hispano! Por fin le pregunté:

—¿Y la flauta?

—En mi camerino, *Monsieur*.

—Si no la trajo usted, ¿a qué vino entonces?

—¿Pero usted me pidió una cita para oírme tocar flauta?

Trabajo me costó convencerla de que a quien yo amaba era a la flauta. La estúpida gala salió gritando de vuelta al teatro. Al siguiente domingo no recibí respuesta a mi solicitud galante por la flauta. La francesa, al parecer celosa, no dejaba salir a mi amada. Acabado el concierto, me escurrí por los camerinos y, sin que nadie lo notara, me llevé la flauta al parque.

Allí sentados los dos, declaré yo mi amor por ella. Abracé a mi amada y deposité en su fina boquilla un casto beso de amor. De mi amada flauta escapó una notita musical que quizás habrán ustedes adivinado: un «sí»...

Mi felicidad fue interrumpida por la policía que, alertada por la francesa, me detuvo. La acusación fue robo pero, desde luego, no se sostuvo. Testigos declararon que yo me mantuve sentado todo aquel tiempo en el parque —«al parecer»— tocando flauta. Eso hacía. Mi abogado demostró que «ningún ladrón se sienta una hora a media cuadra del robo con el objeto de su delito en las manos... » etc. Yo juré mis buenas intenciones y mi decisión de casarme. Por razones que ellos estimaron lógicas, el fallo fue que yo me haría ver con un psiquiatra.

Eso hice durante toda la semana. Son tan divertidos los psiquiatras. Pero al siguiente domingo estaba yo puntualmente en la sala de conciertos. Se alzó el telón... Ni francesa ni flauta. La comeostras había roto su contrato y se había marchado de vuelta a Francia, «lejos del loco». Como sabrán, un cubano no puede viajar a un país capitalista. Mientras los médicos estudiaban en mí lo que no era más que locura de amor, mi flauta amada, la que me diera el sí, había sido secuestrada, lejos de mí y para siempre... Yo quemé el Amadeo Roldán...

13. ¿Qué hizo el hombre?
14. ¿Qué le pasó después?
15. ¿Cuál fue su defensa?
16. ¿Por qué salió la francesa de La Habana?
17. ¿Cómo reaccionó el hombre a la salida de su amada?

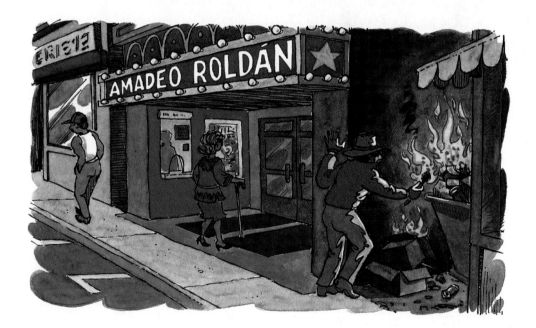

DESPUÉS DE LEER

A. Personajes. En este cuento hay tres personajes: el «loco», la francesa y la flauta. En grupos de tres...

- conversen sobre las características de estos personajes.
- asígnenle un personaje a cada miembro del grupo y escriban una descripción del personaje asignado.
- compartan sus descripciones con los demás grupos de la clase.

B. Bosquejo. ¿Cuál es la cronología de los sucesos en «Yo quemé el Amadeo Roldán»? En grupos pequeños, escriban una breve lista en orden cronológico de los sucesos que ocurren en el cuento.

C. La pasión y la obsesión. ¿Creen ustedes que el protagonista de «Yo quemé el Amadeo Roldán» se ha pasado la «línea» entre la pasión y la locura? En grupos pequeños...

- utilicen las preguntas siguientes para iniciar una discusión.
- intenten expresar sus ideas sin preocuparse excesivamente por la exactitud gramatical.

1. ¿Qué representa la flauta en el cuento?
2. ¿Está realmente loco el protagonista? ¿Qué dirían los psicólogos? ¿Qué diría el narrador?
3. ¿Cuál es la naturaleza del amor? ¿El amor puede causar locura? ¿Cómo?
4. ¿Cuál es la relación entre el arte y la locura? Es posible que los artistas (o los aficionados) se vuelvan locos a causa de su arte? ¿Por qué?

D. Lo divertido. Hay muchos tipos de humor en la literatura. El humor puede basarse en lo físico (como en las obras de Mark Twain), en lo cultural (como en los dramas de Luis Valdés), en lo absurdo (como en «Yo quemé el Amadeo Roldán»), etc. En grupos pequeños...

- identifiquen los elementos absurdos de este cuento.
- si no lo encuentran divertido, expliquen por qué les afecta de tal manera.
- identifiquen otros cuentos, novelas o dramas (en inglés u otro idioma) que se caracterizan por este tipo de humor.

E. Síntesis. Es cierto que existen fanáticos de la música en la vida real. En grupos pequeños...

- identifiquen varios grupos fanáticos de la música y describan sus características.
- comenten los peligros de ser fanático/fanática de la música.

■ **Ejemplo:** *Los aficionados a Barry Manilow se llaman «Maniloonies». Coleccionan todos sus discos y asisten a todos sus conciertos. Muchos de ellos tienen más de cuarenta años. Una de las desventajas de ser fanático de la música es el costo de asistir a los recitales y de comprar los discos.*

Mosaico cultural

SONES Y RITMOS:

The Diversity of Regional Music

INTRODUCCIÓN

Cada región del mundo hispano tiene su propia música y baile. El tango, la bamba, la cumbia, el merengue, la cuenca y la salsa... Las tradiciones musicales son interminables.

Una pareja baila el tango en una sala de fiesta.

OBJETIVOS:

In this section, you will . . .

■ study diverse types of music from Latin America and Spain.

■ learn about musical instruments from the Spanish-speaking world.

■ view typical dances and songs of the Spanish-speaking world.

■ listen to comments from Hispanic singers and musicians.

Orientación: In this section, you will prepare to view a 10–15-minute video segment by completing small-group and individual activities. You will be assigned specific tasks to do while you are viewing the video. Following the video, you will again work with your classmates on activities that synthesize and apply the concepts that were presented.

ANTES DE VER

A. Tradiciones musicales. En este capítulo han estudiado mucho sobre la música. En grupos pequeños, escriban una descripción breve para cada uno de los tipos siguientes de música.

1. clásica _____

2. folklórica _____

3. pop _____

4. tropical _____

5. rock _____

6. metálica _____

7. hip-hop _____

B. Preferencias. En su opinión, ¿cuáles son las preferencias musicales de los siguientes grupos de personas? En grupos pequeños, expresen sus ideas.

Preferencias musicales		
adolescentes	*adultos*	*ancianos*

C. Pequeño diccionario. Antes de ver «Sones y ritmos»...

- estudia el *Pequeño diccionario*.
- categoriza las palabras y frases de una manera lógica o da ejemplos de las palabras.
- escribe una oración original en tu *Diccionario personal* con cada palabra o frase.

bamba Baile de la costa caribeña de México de movimiento rápido.
bolero Baile popular español de movimiento majestuoso.
criollo/criolla *adj.* Dicho de la cosa o costumbre propia de los países americanos.
cumbia Baile de Colombia.

flamenco Música y baile de los gitanos de Andalucía en el sur de España.
mambo Baile caribeño, una mezcla de rumba y swing.
merengue *m.* Música y baile de la República Dominicana.
son *m.* Música típica de Cuba que se caracteriza por influencias africanas.

¡A VER!

A. País de origen. Vas a escuchar música de varios países en el segmento del vídeo «Sones y ritmos». Mientras veas el vídeo...

- escucha para saber los países de origen de la música y los instrumentos asociados con cada tipo de música.
- dé el país de origen para cada tipo de música.

1. merengue _____
2. flamenco _____
3. mariachis _____

4. tuna   _____

5. marimba   _____

6. bolero   _____

B. Grupos musicales. Vas a ver entrevistas con músicos hispanos. Mientras veas el vídeo, completa la tabla siguiente, según las indicaciones.

Grupo	Ropa	Colores	Instrumentos
Grupo Musical Marfil			
Mariachis mexicanos de la Plaza Garibaldi			
Sexteto Femenino Alba			
Flamenco			
Tunas de España			

DESPUÉS DE VER

A. Una noche de música. Si tú y tus compañeros de clase fueran a organizar una noche de música latina en su universidad, ¿qué grupos invitarían? En grupos pequeños...

- planeen una noche de música.
- elijan tres grupos que invitarían.
- describan su música (ritmos, sonidos, etc.).
- compartan la información con los demás grupos de la clase.

B. Músicos de otros países. ¿Creen que los compositores y cantantes del mundo tienen algo en común? En grupos pequeños...

- identifiquen algunos temas típicos de la música que ustedes escuchan.
- comparen y contrasten esta información con la música que escucharon en el vídeo.
- mencionen ejemplos de otros artistas que conocen.

Enlace

OBJETIVOS:

In this section, you will . . .

■ synthesize the information you learned in the various *etapas* of *Capítulo 1.*

■ work with a partner to edit your compositions.

Perfect your writing! See the *Atajo* correlations in your *Diario de actividades*!

Orientación: Throughout the *De paseo* program you will work with a partner to critique each other's compositions.

A. Nuevas personalidades. En este capítulo, han aprendido mucho sobre los artistas hispanos. En grupos pequeños...

- identifiquen a los artistas que estudiaron por primera vez en este capítulo.
- indiquen cuáles de estos artistas les gustan más.
- determinen las características de sus obras que les atraen.

B. La música global. Muchas comunidades tienen una estación emisora de radio que ofrece programación de la música global. En otras comunidades hay clubes en los que se escuchan la música alternativa. En grupos pequeños...

- citen los lugares y las estaciones de radio de su comunidad que ofrecen oportunidades para escuchar música de países hispanos.
- si no hay tales clubes ni estaciones de radio en su comunidad, identifiquen las tiendas que venden música latina.

C. Compartir la onda. Si quieren experimentar la música latina, se recomienda un «día musical». En grupos pequeños...

- traigan discos y cassettes de música latina a la clase (búsquenlos en las bibliotecas de la universidad y la comunidad).
- pongan una pequeña porción de una canción para los demás grupos de la clase.
- repartan copias de la letra, con el nombre del grupo o del artista y el título del disco.
- si quieren, pueden clasificar las piezas en orden de preferencia o pueden calificarlas (A-B-C-D-F).

D. Comparación y contraste. En el segmento del vídeo «Sones y ritmos», se presentan ejemplos de la música folklórica de varios países. En Estados Unidos, nosotros también tenemos música folklórica. En grupos pequeños...

- escriban una lista de los varios tipos de música folklórica de Estados Unidos.
- identifiquen una o dos canciones o piezas que conforman con cada tipo de música.

E. Revisión de composición. Ahora, van a revisar tus composiciones, enfocándose en el contenido, el vocabulario y la exactitud. En parejas...

- intercambien las composiciones y revísenlas, según los criterios siguientes.
- califiquen sus composiciones, según las indicaciones.

Escala

excelente = 4 puntos
bueno = 3 puntos
mediocre = 2 puntos
malo = 1 punto
inaceptable = 0 puntos

Calificación de composiciones	
Contenido	
Introducción que llama la atención	_____
Organización lógica	_____
Ideas interesantes	_____
Transiciones adecuadas	_____
Conclusión firme	_____
Vocabulario	
Adjetivos descriptivos	_____
Verbos activos	_____
Uso adecuado de *ser* y *estar*	_____
Exactitud	
Concordancia entre sujeto/verbo	_____
Concordancia entre sustantivo/adjetivo	_____
Ortografía	_____
Puntuación	_____
Calificación global	_____

Calificación global

excelente = 43–48 puntos
bueno = 38–42 puntos
mediocre = 33–37 puntos
malo = 28–32 puntos
inaceptable = 0–27 puntos

```
TEATRO LA LATINA
DELANTERA DE CLUB
    F:   01      A:    04
ZARZUELA (AGUA.../LA GRAN VIA)
 CON LICENCIA SGAE
Fecha 02-08-98 Hora 19:30 Precio(IVA incl.) 2.000 pts
 GENERAL              Ref: 00080208200023
                            CIF A-88582846
       CAJA MADRID
```

Una entrada a la zarzuela

Cultura en acción

EL FESTIVAL DE LA MÚSICA

TEMA: El tema de *El festival de la música* les dará a ustedes una oportunidad de investigar, escuchar, escribir y hacer una presentación sobre sus músicos y cantantes latinos favoritos. La lectura, la comprensión auditiva y la redacción servirán como puntos de partida para las presentaciones.

ESCENARIO: El escenario de *El festival de la música* es una recepción durante un concierto de música latina. En parejas o en grupos, ustedes presentarán la música de sus artistas favoritos. Algunos de ustedes tomarán el papel de los músicos, otros la orquesta y, finalmente, los demás serán los espectadores.

Orientación: The *Cultura en acción* section is designed to provide the whole class with a cultural experience that simulates a real-life activity. Each activity relates to the general chapter theme. All students have roles to play and simple props are used. The instructor acts as a facilitator for the activity. The preparations, which must be made in advance so that the activity runs smoothly, are ideal small-group activities that give everyone a sense of being invested with the success of the simulation. The preparation offers a rewarding hands-on learning experience. In addition to the communicative practice, the *Cultura en acción* section incorporates information about Hispanic culture.

Unos jóvenes participan en una simulación.

MATERIALES:

- Unas mesas para poner los equipos de cassettes o CDs.
- Un tablero o una pizarra para mostrar las fotografías o los carteles de los grupos musicales, cantantes, músicos. Esta información se puede conseguir en *Internet*.
- Una descripción breve de cada grupo musical o artista (información biográfica, algunos de sus discos más populares, una breve entrevista, etc.). Esta descripción será leída por el «anfitrión» / la «anfitriona» el día del festival para anunciar a cada artista.
- El programa del festival con información sobre el nombre de las canciones que van a «tocar» y el horario.
- Si se desea, cada uno puede contribuir con algo de dinero o traer entremeses, galletas o bebidas.

GUÍA: Una simple lista de trabajos que cada persona tiene que desarrollar. Cada uno de ustedes tendrá una función.

- **Comité de sonido.** Este grupo está encargado de traer los equipos de sonido, grabadoras, etc., y estar seguro que todo está montado y funcionando para el día del festival.
- **Comité de programa.** Este grupo está encargado de recibir la información biográfica de cada artista y sus obras y preparar las presentaciones para el anfitrión o anfitriona.
- **Comité de horario.** Este grupo está encargado de organizar el horario del programa de una forma lógica.
- **Comité de comida.** Este grupo está encargado de comprar u organizar la comida y bebida para la recepción.
- **Músicos y cantantes.** Cada grupo seleccionará uno de los miembros para asumir el papel del «artista». Después de escuchar su canción, los demás miembros de la clase pueden hacerle preguntas sobre su carrera musical, su vida, etc.
- **Instructor/Instructora de baile.** En el caso de que uno de ustedes sepa bailar, esta persona puede presentar una pequeña historia sobre este tipo de baile, y enseñarle al grupo unos pasos fáciles.
- **Anfitrión/Anfitriona.** Esta persona presenta cada artista al grupo.

¡VAMOS AL FESTIVAL DE LA MÚSICA!: El día de la actividad, todos deben participar en arreglar la sala, hacerles preguntas a los artistas y/o aprender los pasos del baile.

Vocabulario

<<Músicos latinos>>

aficionado/aficionada fan, enthusiast
balada ballad
bolero
canción song
canción folklórica folk song
cantante *m./f.* singer
corrido Mexican folk song
disco compacto compact disk, CD
estilo style
flamenco a type of Spanish gypsy music
melodía melody
mezclarse to mix
música clásica classical music
música rock
música tejana Tex-Mex music
músico/música musician
opereta
repertorio repertoire
ritmo rhythm
tango

Música

blues *m. pl.*
jazz *m.*
marcha
mariachi *m.*

Instrumentos musicales

acordeón *m.*
arpa harp
bajo base guitar
banjo
batería drum set
castañuelas castanets
clarinete *m.*
corneta
flauta flute

flautín *m.* piccolo
guitarra (eléctrica)
marimba variety of xylophone
oboe *m.*
órgano
pandereta tambourine
piano
platillos cymbals
saxofón *m.*
tambor *m.* drum
teclado keyboard
timbal *m.* kettle drum
trombón *m.*
trompeta
tuba
violín *m.*
violonchelo cello
xilófono

El mundo de la música

armonía harmony
arreglo musical musical arrangement
banda/conjunto
concierto
dirigir to direct
ensayar to practice
entrada ticket
estrenar to perform for the first time
éxito hit *(song)*
grabación recording
grabar to record
larga duración long-playing
sencillo single
talento
taquilla box office
tocar to play a musical instrument

Verbos y frases para expresar opiniones

apreciar to appreciate
creer to believe
decir (i, i) to say; to tell
detestar to hate
estar seguro/segura de que to be sure that
opinar to think, pass judgment
pensar (ie) to think
saber to know

Es cierto que... It is certain that . . .
Es evidente que... It is evident that . . .
Es verdad que... It is true that . . .
Me parece que... It seems to me that . . .
No hay duda que... There is no doubt that . . .

Gustar y otros verbos parecidos

aburrir to bore
animar to pick up, revive
caer bien/mal to suit / to not suit; to like/dislike
disgustar to annoy, displease
doler (ue) to hurt, ache
encantar to delight; to love
entusiasmar to be enthused about
fascinar to fascinate
gustar to please; to like
importar to matter, be important
interesar to interest
molestar to bother
parecer to seem

Palabras interrogativas

¿Cómo? How?; Like what?
¿Cuál/Cuáles? Which/What (one[s])?
¿Cuándo? When?
¿Cuánto/Cuánta? How much?
¿Cuántos/Cuántas? How many?
¿Dónde? Where?
¿Por qué? Why?
¿Qué? What?; Which?
¿Quién/Quiénes? Who/Whom?

Preguntas corteses

Dígame/Dime... Tell me . . .
Me gustaría saber... I'd like to know . . .
No sé... I don't know . . .
¿Podría/Podrías decirme... ? Could you tell me . . . ?
¿Puede/Puedes decirme... ? Can you tell me . . . ?
Quisiera saber... I would like to know . . .

PERSPECTIVA LINGÜÍSTICA
The sentence

A **sentence** is a word or a group of words stating, asking, commanding, requesting, or exclaiming something. In Spanish, just as in English, a sentence is a conventional unit of connected speech or writing. It usually contains a **subject** *(sujeto)* and a **predicate** *(predicado).* In both languages, a **declarative** sentence begins with a capital letter and ends with a period. In Spanish, an **interrogative** sentence begins and ends with a question mark and an **exclamatory** sentence begins and ends with an exclamation point. Commands, or **imperative** sentences, ordinarily do not have an explicitly stated subject and are frequently punctuated like exclamatory sentences. A sentence that expresses an unfinished thought ends with three points of suspension. In this chapter, we are going to focus on these basic sentence types, as well as on the notions of subject and predicate.

The **subject** is the word or group of words in a sentence about which something is said and which serves as the starting point of the action. In *Capítulos 2* and *3,* you will study the various components of the subject. The **predicate** is the word or words that make a statement about the subject. Like subjects, predicates have various components, and you will study them beginning in *Capítulo 4.* The following examples will give you an idea of what subjects and predicates are like.

 sujeto   predicado
Juan Gabriel *lanza un nuevo disco este año.*

             sujeto   predicado
La popularidad de Gabriel *es inmensa.*

      sujeto   predicado
Nosotros *estamos impresionados con su talento.*

Orientación: This section has two purposes. It begins with a short linguistic perspective that is intended to show how important aspects of language work. Second, three grammar structures are presented; they will serve as the foundation for the *Tercera etapa* of the textbook *(Funciones)* and the **Diario de actividades** *(Práctica de estructuras).*

¡OJO! Juan Gabriel once said in an interview that he was "Mexico's patrimony," a living heritage of Mexico's cultural past who spoke with vivid imagery about the country's present and future. He was hardly casting an idle boast. The singer-songwriter superstar indisputably is Mexico's most influential contemporary songwriter, not to mention one of the most acclaimed songsmiths in the Spanish-speaking world.

Juan Gabriel

REPASO

DE GRAMÁTICA

SENTENCE TYPES

Now, let's study the basic sentence types and their formats.

Declarative

The three examples shown on the previous page may be classified as declarative sentences because they make statements or assertions. The normal order of components for declarative sentences is subject-predicate. A declarative sentence begins with a capital letter and ends with a period.

Mi artista latino favorito es Juan Luis Guerra.

*Juan Luis Guerra,
cantante dominicano*

¡OJO! Ana Torroja studied for a career in economics but is best known as a brilliant singer, dancer, and choreographer. Previously the lead singer for the group Mecano, Torroja is now pursuing a solo career.

Interrogative

Interrogative sentences ask questions. The questions may be of two types: those requiring yes/no answers and those requiring information. Yes/No questions in Spanish may be formed in two ways. The first way is by inverting the subject and predicate, such as:

predicado   sujeto
*¿Lanza un nuevo disco este año **Ana Torroja**?*

predicado   sujeto
*¿Es inmensa **la popularidad de Ana**?*

Notice that in writing a question, an inverted question mark is used at the beginning of the sentence.

The second way of forming a yes/no question in Spanish is with voice intonation. The subject-predicate order is maintained, but there is a rising intonation of the voice at the end of the sentence, indicated by an arrow (↑) in the following examples:

      sujeto   predicado
  ¿***Juan Gabriel*** *lanza un nuevo disco este año?* ↑

          sujeto   predicado
  ¿***La popularidad de Gabriel*** *es inmensa?* ↑

Information questions require the use of interrogative words, all of which carry a written accent mark. As you study the following chart, notice the interrogatives that have multiple forms. What do the endings of these forms indicate?

Interrogative	Example	Equivalent
¿Qué?	*¿Qué es un bolero?* **Note:** *¿Qué?* + *ser* asks for a definition.	What? Which?
¿Cuál? ¿Cuáles?	*¿Cuál es más popular?* **Note:** *¿Cuál/Cuáles?* + *ser* asks for a choice.	Which/What (one)? Which/What (ones)?
¿Cuánto/Cuánta? ¿Cuántos/Cuántas?	*¿Cuánto cuestan los discos compactos?*	How much? How many?
¿Quién/Quiénes?	*¿Quién es ese músico?*	Who/Whom?
¿Dónde?	*¿Dónde se compran sus discos?*	Where?
¿Cómo?	*¿Cómo está la cantante?* *¿Cómo es?*	How? Like what?
¿Por qué?	*¿Por qué no vas al concierto?*	Why?
¿Cuándo?	*¿Cuándo sale el nuevo disco?*	When?

Exclamatory

Exclamatory sentences express sudden, vehement utterances. In Spanish, they often begin with the word *¡Qué!* An inverted exclamation mark is used at the beginning of a written exclamation.

    ¡Qué interesante!   How interesting!

    ¡Qué talentosos son esos músicos!   How talented these musicians are!

Notice that in the second example, the usual sentence order has been inverted so that the predicate precedes the subject.

Imperative

Imperative sentences command and give orders. Commands may be direct or indirect and may be directed toward one or more persons. In Spanish, they may be familiar *(tú, vosotros/vosotras)* or formal *(usted, ustedes)*. They can also include the person giving the command *(nosotros/nosotras)*. Although imperatives will be studied in more detail in *Capítulo 4,* a few examples are included in the following chart. Compare the endings of the different types of regular direct commands. Brief written imperatives are usually enclosed within exclamation marks, like exclamatory sentences. Longer commands, such as directions for activities, generally end with a period, like statements.

<table>
<tr><th colspan="5">Imperatives</th></tr>
<tr><th>tú</th><th>vosotros/vosotras</th><th>usted</th><th>ustedes</th><th>nosotros/nosotras</th></tr>
<tr><td>¡Escucha la música!</td><td>¡Escuchad la música!</td><td>¡Escuche la música!</td><td>¡Escuchen la música!</td><td>¡Escuchemos la música!</td></tr>
<tr><td>¡Vende las entradas!</td><td>¡Vended las entradas!</td><td>¡Venda las entradas!</td><td>¡Vendan las entradas!</td><td>¡Vendamos las entradas!</td></tr>
<tr><td>¡Insiste en ir!</td><td>¡Insistid en ir!</td><td>¡Insista en ir!</td><td>¡Insistan en ir!</td><td>¡Insistamos en ir!</td></tr>
</table>

PERSPECTIVA GRAMATICAL
Present tense

The Spanish present tense corresponds to the English simple present (I buy), to the emphatic present (I do buy), and to the progressive (I am buying). It is also used to express near-future events (I'll buy it tomorrow). The regular Spanish *-ar, -er,* and *-ir* verbs have the forms indicated in the chart below. Note that, in the present indicative, *-er* and *-ir* verbs differ only in the *nosotros/nosotras* and *vosotros/vosotras* forms.

<table>
<tr><th colspan="4">Present tense of regular verbs</th></tr>
<tr><th></th><th>-ar: comprar</th><th>-er: creer</th><th>-ir: escribir</th></tr>
<tr><td>yo</td><td>compro</td><td>creo</td><td>escribo</td></tr>
<tr><td>tú</td><td>compras</td><td>crees</td><td>escribes</td></tr>
<tr><td>usted/él/ella</td><td>compra</td><td>cree</td><td>escribe</td></tr>
<tr><td>nosotros/nosotras</td><td>compramos</td><td>creemos</td><td>escribimos</td></tr>
<tr><td>vosotros/vosotras</td><td>compráis</td><td>creéis</td><td>escribís</td></tr>
<tr><td>ustedes/ellos/ellas</td><td>compran</td><td>creen</td><td>escriben</td></tr>
</table>

Now, study the following examples and their English equivalents. Because the verb endings indicate the subject of the sentence, the subject pronouns are used mainly to avoid confusion or for emphasis.

Bailo el tango.	I dance the tango.
Asistes a todos los conciertos.	You attend all the concerts.
Usted cree que es fácil tocar el piano.	You believe that it is easy to play the piano.
Ramón escribe canciones.	Ramón writes songs.
Mi hermana insiste en ver a Los Lobos.	My sister insists on seeing Los Lobos.
No vivimos lejos del teatro.	We don't live far from the theater.
Compráis muchos discos compactos.	You (all) buy a lot of CDs.
Los estudiantes necesitan más práctica.	The students need more practice.

STEM-CHANGING VERBS

Some verbs change their stems in certain forms of the present tense. They use the same endings, however, as the regular present-tense verbs.

Stem-changing verbs				
	e → ie *querer*	*o → ue* *poder*	*u → ue* *jugar*	*e → i* *pedir*
yo	qu**ie**ro	p**ue**do	j**ue**go	p**i**do
tú	qu**ie**res	p**ue**des	j**ue**gas	p**i**des
usted/él/ella	qu**ie**re	p**ue**de	j**ue**ga	p**i**de
nosotros/nosotras	queremos	podemos	jugamos	pedimos
vosotros/vosotras	queréis	podéis	jugáis	pedís
ustedes/ellos/ellas	qu**ie**ren	p**ue**den	j**ue**gan	p**i**den

Similar verbs

e → ie: cerrar, comenzar, empezar, encerrar, pensar, recomendar, regar
ascender, descender, entender, perder, querer
mentir, preferir, sugerir

o → ue: almorzar, aprobar, colgar, contar, costar, encontrar, mostrar, probar, recordar
devolver, envolver, mover, volver
dormir, morir

e → i: conseguir, decir, elegir, reír(se), repetir, seguir, servir, vestir(se)

REPASO DE GRAMÁTICA

FREQUENTLY USED IRREGULAR VERBS

Some verbs are irregular in the first person, the stem, or both.

Irregular verbs

	decir	*estar*	*ir*	*ser*	*tener*	*venir*
yo	digo	estoy	voy	soy	tengo	vengo
tú	dices	estás	vas	eres	tienes	vienes
usted/él/ella	dice	está	va	es	tiene	viene
nosotros/nosotras	decimos	estamos	vamos	somos	tenemos	venimos
vosotros/vosotras	decís	estáis	vais	sois	tenéis	venís
ustedes/ellos/ellas	dicen	están	van	son	tienen	vienen

VERBS IRREGULAR IN FIRST-PERSON SINGULAR

Some verbs are irregular only in the first-person singular of the present tense.

Verbs irregular in first-person singular

	caber	*caer*	*conocer*	*dar*	*hacer*
yo	quepo	caigo	conozco	doy	hago
tú	cabes	caes	conoces	das	haces
usted/él/ella	cabe	cae	conoce	da	hace
nosotros/nosotras	cabemos	caemos	conocemos	damos	hacemos
vosotros/vosotras	cabéis	caéis	conocéis	dais	hacéis
ustedes/ellos/ellas	caben	caen	conocen	dan	hacen

	poner	*salir*	*traducir*	*traer*	*ver*
yo	pongo	salgo	traduzco	traigo	veo
tú	pones	sales	traduces	traes	ves
usted/él/ella	pone	sale	traduce	trae	ve
nosotros/nosotras	ponemos	salimos	traducimos	traemos	vemos
vosotros/vosotras	ponéis	salís	traducís	traéis	veis
ustedes/ellos/ellas	ponen	salen	traducen	traen	ven

Similar verbs

conocer: aborrecer, agradecer, aparecer, carecer, crecer, desaparecer, desconocer, establecer

hacer: deshacer, satisfacer

poner: componer, disponer, exponer, imponer, oponer(se), proponer

traducir: conducir, producir, reducir

traer: atraer

Haber... , a unique verb

Haber has only one form in the present tense: *hay.*

> **Hay** un concierto esta noche.

> **Hay** cuatro canciones románticas en el nuevo disco.

Present Progressive

The present tense is generally used to express what goes on in the present time. Another tense, the present progressive, however, may be used to express actions taking place at the moment of communication.

> Alicia **está practicando** el piano.

The present progressive is a compound tense, composed of a conjugated form of the verb *estar* (called the auxiliary verb) + the present participle *(el gerundio)* of the main verb. Study the following chart to review the formation of the present progressive.

Regular present participles				
	estar	*-ar: tocar*	*-er: componer*	*-ir: asistir*
yo	estoy	toc**ando**	compon**iendo**	asist**iendo**
tú	estás	toc**ando**	compon**iendo**	asist**iendo**
usted/él/ella	está	toc**ando**	compon**iendo**	asist**iendo**
nosotros/nosotras	estamos	toc**ando**	compon**iendo**	asist**iendo**
vosotros/vosotras	estáis	toc**ando**	compon**iendo**	asist**iendo**
ustedes/ellos/ellas	están	toc**ando**	compon**iendo**	asist**iendo**

PRESENT PARTICIPLES OF *-IR* STEM-CHANGING VERBS

Stem-changing *-ir* verbs have a stem change in the present participle. Many bilingual dictionaries show the stem used in the present participle after the stem change for the present, for example: *dormir (ue, u).*

Present participles of *-ir* stem-changing verbs		
	usted/él/ella verb form	*present participle*
dormir	d**ue**rme	d**u**rmiendo
pedir	p**i**de	p**i**diendo
sentir	s**ie**nte	s**i**ntiendo
servir	s**i**rve	s**i**rviendo
venir	v**ie**ne	v**i**niendo

PRESENT PARTICIPLES OF -ER AND -IR VERBS WHOSE STEMS END IN A VOWEL

-Er and *-ir* verbs whose stems end in a vowel feature the spelling change *i → y* in the present participle. Study the following examples.

Present participles of *-er/-ir* verbs whose stems end in a vowel		
	stem	*present participle*
leer	le-	leyendo
oír	o-	oyendo
traer	tra-	trayendo

Gustar and similar verbs

The verb *gustar* is sometimes confusing because its structure is different from that of the English verb "to like." *Gustar* really means "to please" (someone) or "to be pleasing to" (someone).

Esta canción **me gusta.**	This song pleases me. (I like this song.)
Esta canción no **me gusta.**	This song displeases me. (I don't like this song.)

Notice that, in the examples above, the verb *gustar* is in the third-person singular, reflecting the singular subject *canción*. In the following examples, *gustar* is in the third-person plural because of the plural subject *canciones*.

Me gustan *las canciones.*	The songs please me. (I like these songs.)
No me gustan *las canciones.*	The songs displease me. (I don't like the songs.)

The person to whom the subject is pleasing is expressed by an indirect object pronoun. A prepositional phrase may be added to the sentence for emphasis or clarification.

Indirect object pronouns with clarifying/emphasizing phrases		
prepositional phrase	*indirect object pronoun*	gustar
a mí	me	
a ti	te	
a usted / a él / a ella	le	
a nosotros / a nosotras	nos	gusta/gustan
a vosotros / a vosotras	os	
a ustedes / a ellos / a ellas	les	

VERBS THAT FUNCTION LIKE *GUSTAR*

The following chart gives examples of other verbs that function like *gustar*. Notice that an optional prepositional phrase may be used for emphasis or clarification.

Other verbs that function like *gustar*		
	example	*English equivalent*
encantar	A Pedro **le encanta** la ópera.	Pedro loves opera.
entusiasmar	A Diana **le entusiasma** el rock.	Diana is enthusiastic about rock music.
faltar	A nosotros **nos falta** el libro.	We need the book.
fascinar	A vosotros **os fascina** la música.	You (all) are fascinated by the music.
importar	A usted no **le importa** el jazz.	You do not care about jazz.
interesar	A ti **te interesan** los blues, ¿no?	You are interested in the blues, right?
molestar	A mis amigos **les molesta** el ruido.	My friends are bothered by the noise.
parecer	A ellas **les parece** aburrido el concierto.	The concert seems boring to them.
quedar	A ustedes **les quedan** dos entradas.	You (all) have two tickets left.

Similar verbs

-ar: agradar, animar, disgustar, enojar, preocupar, sobrar

-er: caer bien/mal, doler (ue), sorprender

-ir: aburrir

When *gustar* or related verbs are followed by an infinitive, only the singular form *(gusta)* is used.

Me **gusta tocar** el piano.	I like to play the piano.
No me **gusta cantar**.	I don't like to sing.
No me **gusta escuchar** las canciones.	I don't like to listen to the songs.

Develop writing skills with *Atajo* software

www Explore!
http://depaseo.heinle.com

Discover the Hispanic world with *Mosaico cultural*

Cerámica maya

Máscara de jade

El Templo de los guerreros, Chichén Itzá, México

YUCATÁN:
un lugar
inolvidable

El Templo de los guerreros con El Castillo al fondo

PRIMERA ETAPA: Preparación

In this *etapa,* you will . . .

■ learn about important events and accomplishments of the Mayan civilization.

■ find out about some popular tourist destinations.

■ use historical vocabulary accurately.

Cultura en acción: While working on the *Primera etapa* in the textbook and *Diario de actividades,* . . .

• begin to research the area of the Yucatán peninsula surrounding Cancún for important archaeological sites and areas of interest. If you wish to expand the search, check the map on page 49 of your textbook for areas in Guatemala and Belize.

• check the World Wide Web, guidebooks, and encyclopedias for information.

• practice the new vocabulary with partners by using flash cards.

INTRODUCCIÓN

Yucatán. La península Yucatán se formó hace miles de años cuando la tierra literalmente surgió del mar. El estado de Quintana Roo fue en un tiempo la puerta de entrada al Imperio maya debido a sus rutas marítimas. Ahora es famoso por sus espectaculares playas caribeñas e islas, Cancún y Cozumel, y es reconocido mundialmente como un lugar turístico. En este capítulo, vamos a leer y escuchar información sobre la historia de los mayas, la ciudad de Cancún y los atractivos turísticos de la península Yucatán.

Mural maya en la entrada del museo de Chichén Itzá

VOCABULARIO EN ACCIÓN: «EN YUCATÁN»

Sugerencias para aprender el vocabulario

Tarjetas de ayuda _(Flash cards)_. One of the most traditional ways of learning vocabulary is by using flash cards. You can tuck the three-by-five-inch cards into your backpack or pocket and review them when you have a few minutes to spare between classes, as you wait in lines to pay your fees, or at the bus stop. To help personalize the cards, on one side you should write just the word. On the reverse side, write its English equivalent, the part of speech, an original sentence with that word, and, finally, an association with another familiar or related word or phrase in Spanish. In the following chapters you will study other ways to learn vocabulary that you can also add to the back of these cards as you progress. For example:

Palabra: idioma (sustantivo, m.)

Significado: language

Oración: Mi profesora habla tres idiomas: español, inglés y francés.

Asociación: expresiones idiomáticas

A. Tarjetas. Mientras leas «En Yucatán», elige de seis a ocho palabras en cursiva que no conozcas y escríbelas en tarjetas siguiendo el modelo presentado en _Sugerencias para aprender el vocabulario_.

B. Estudiar con los compañeros. Ahora, en parejas, usen las tarjetas para repasar el vocabulario de la lectura.

C. Mi diccionario personal. Revise el pasaje siguiente sobre la historia de la civilización maya en Yucatán, sus contribuciones, sus rivalidades y sus descendientes. Mientras leas este pasaje y hagas las actividades...

- escribe las palabras y frases en cursiva en el _Diccionario personal_ de tu cuaderno.
- busca en tu diccionario los significados de las palabras que no conozcas.
- forma una oración original con cada palabra o frase.

En Yucatán

La *civilización* maya comenzó en Centroamérica hace más de tres mil años y se extendió hasta el sureste de México. Entre los años 200 y 900 d.C., los mayas construyeron enormes *pirámides* y majestuosos *templos* como sus *centros ceremoniales* en las tres ciudades principales de Chichén Itzá, Mayapán y Uxmal en la península de Yucatán.

Esta civilización no tuvo rival en la antigua América. Los mayas fueron grandes *arquitectos* y *escultores* de *estatuas* de figuras humanas y animales. Los progresos intelectuales más importantes que realizaron fueron la *escritura* con jeroglíficos, la *invención* de la aritmética (incluso el uso del cero), la compilación de *eventos* históricos y el calendario. Los *astrónomos* mayas observaron detalladamente los movimientos del sol y de la luna y determinaron la duración exacta del año tropical (364.24 días). Con estas *observaciones* hicieron el calendario maya que fue más exacto que el calendario gregoriano usado en Europa.

Las *rivalidades* políticas y económicas que existieron entre los mayas del este y los del oeste causaron la *degradación* de toda clase de *autoridad* y la completa desorganización política. A causa de estos conflictos políticos y militares, y unidos con los *desastres naturales* como plagas, huracanes y terremotos, todos los grandes centros fueron abandonados.

Hoy en día los *descendientes* de aquellos extraordinarios mayas continúan habitando en esta región. Los mayas modernos hablan el *idioma* de sus abuelos y cultivan la tierra siguiendo la tradición de sus antepasados;[1] honran a sus *dioses* tradicionales que regulan los *ciclos* de la vida, el nacimiento, la muerte y también la *agricultura*.

---

1. antepasados   abuelos, ascendientes

A. Edzná. Edzná es una antigua ciudad maya cuyo nombre significa «casa del eco». Usando las *Preguntas de orientación,* lee la descripción de este lugar y...

- subraya las palabras y frases que se utilizan para describir este centro arqueológico.
- busca en tu diccionario los significados de las palabras que no conozcas y escríbelos en tu *Diccionario personal.*

El Mundo de los mayas

La península Yucatán

Preguntas de orientación

1. ¿Qué significa Edzná?
2. ¿Hace cuántos años que existe este sitio?
3. ¿Cuál es el otro nombre por el Sistema de la Plaza Central?
4. ¿Cuántos pisos de alto es este edificio?
5. ¿Qué hay al oeste de este conjunto?
6. ¿Cuáles son dos estructuras importantes que se encuentran allí?

EDZNÁ

Edzná, antigua urbe maya que significa «casa de los itzáes» o «casa del eco», se convirtió en un próspero emporio comercial entre los años 900 y 1200 d.C. Este centro arqueológico se localiza 50 kilómetros al sureste de la ciudad de Campeche y se llega a él por las carreteras federales No. 180 y No. 261. Aquí los conjuntos arquitectónicos se encuentran dispersos por todo el monte, cubriendo una extensión de más de dos kilómetros cuadrados.

El conjunto que sobresale es el Sistema de la Plaza Central o Gran Acrópolis, por su monumental edificio de cinco pisos. Dicho sistema se compone de una gran plaza, rodeada de otros edificios en tres de sus lados, y en el cuarto lado se encuentra un basamento de más de 100 metros de longitud.

Al oeste del anterior conjunto se sitúa una amplia plataforma de 165 metros de largo por 6 de ancho, la cual tiene una escalinata que conduce a la parte superior. Por las inmediaciones del sitio arqueológico se encuentran otras estructuras importantes, como el Juego de Pelota, el Templo de la Vieja y el Templo de las Estelas, guardando todos ellos la sobriedad y el sello propio de los viejos centros mayas, con algunas reminiscencias del estilo Puuc.

- **Días de visita:** lunes a domingo.
- **Horario:** 9:00 a 18:00 h.
- **Servicios:** estacionamiento, museo de sitio, restaurantes, sanitarios y custodios.

Templo maya

B. El mundo de los mayas. Ahora, estudia el mapa de Yucatán en la página anterior. Después, en parejas...

- busquen información sobre uno de los principales sitios arqueológicos de la región en una guía de turismo, una enciclopedia o en *Internet*.
- escriban una descripción breve de este lugar, usando la descripción de Edzná como modelo.
- presenten su descripción a los demás grupos de la clase.

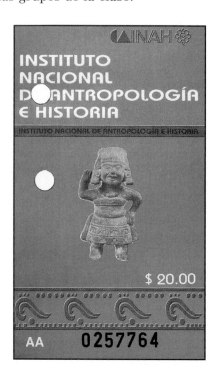

SEGUNDA ETAPA: Comprensión

LECTURA

La civilización maya. La civilización maya no es una cultura muerta. Aunque las pirámides y los centros ceremoniales fueron abandonados hace siglos, los mayas modernos continúan hablando el idioma de los mayas antiguos, combinando una variedad de dialectos. Residen en sus casas de adobe con techo de paja, cultivan la tierra como sus antepasados y cuentan las mismas leyendas que contaron sus bisabuelos. En esta etapa vas a leer una de esas leyendas sobre un joven guerrero y su bella doncella, Sak-Nicté.

Sugerencias para la lectura

Cómo reconocer cognados. English and Spanish share many words that are derived from the same words, primarily of Latin origin. For example:

Latin	English	Spanish
ars, artis	art	*arte*
excellens, -entis	excellent	*excelente*
musica	music	*música*

These words are called cognates (*cognados* or *palabras análogas*) and are similar in appearance and meaning in both languages. Your ability to recognize and understand these cognates depends not only on your willingness to guess the meanings of the words, but also on your knowledge of the particular subject. When you encounter unfamiliar terms, try changing a few letters around, removing the prefix or the suffix, or even pronouncing the word aloud. For example, by changing only a few letters in each word, *pirámide* becomes **pyramid,** *actividad* becomes **activity,** and *estadio* becomes **stadium.** Better yet, work in pairs on reading assignments—remember there are generally students with many different areas of expertise in your class. Read the article about the origin of a typical alcoholic drink from the Yucatán, *el balché.* Then, make a list of cognates and group them into three different categories: words that you recognized at first glance; words that required guessing from context; and words that did not seem to be related until you knew their meaning. Compare your lists with those of other members of the class.

OBJETIVOS:

In this *etapa,* you will . . .

■ learn about a traditional Mayan beverage.

■ learn a Mayan legend.

■ talk about different types of beverages using the vocabulary from the lesson.

Repaso: Before beginning this *etapa,* review the *Sugerencias para la lectura* in previous chapters of your textbook.

Cultura en acción: While working on the *Segunda etapa* in the textbook and *Diario de actividades,* . . .

• review the key vocabulary in context.
• review buying and bargaining phrases from your previous Spanish course.
• submit a paragraph in Spanish about your preferred site in the Yucatán.
• after you have read the legend, research some other typical Mayan foods and drinks. Prepare a typical dish for the excursion to Tulum.

Repaso: Before beginning this section, review the reading strategy presented in the previous chapter. The following reading selection is a legend that tells about events that happened in the past. Therefore, you will see many verbs in the third-person singular and plural of the preterite (past) tense. If you don't remember the forms, look at the charts on pages 82–86 of your textbook.

ANTES DE LEER

A. Bebidas tradicionales. ¿Qué bebidas conoces tú que tienen una historia interesante? En grupos pequeños...

- escriban una lista de algunas de las bebidas populares que existen en Estados Unidos o en otro país.
- hagan una breve descripción de cada una de las bebidas.
- mencionen el nombre de la bebida, de qué está hecha, dónde se bebe y en qué ocasiones.

B. Unas leyendas. Todas las culturas tienen sus propias leyendas. Por ejemplo, todos conocemos la leyenda de Guillermo Tell (Suiza), la de Rey Arturo (Inglaterra), o la de Sleepy Hollow (Estados Unidos). En parejas...

- identifiquen algunas de sus leyendas favoritas.
- escriban los títulos de cuatro o cinco leyendas.
- mencionen los personajes principales con una breve descripción.
- expliquen dónde ocurre la acción.

C. Pequeño diccionario. La leyenda siguiente, «El guerrero y Sak-Nicté», contiene palabras y frases especializadas relacionadas con la guerra, la ceremonia, la flora y la fauna. Antes de leer la leyenda sobre el origen del balché, una bebida típica de Yucatán, y hacer las actividades...

- estudia el *Pequeño diccionario*.
- busca las palabras en el texto.
- escribe una oración original en tu *Diccionario personal* con cada palabra o frase.
- lee el pasaje y escribe una lista de palabras que no conozcas.
- busca el significado de esas palabras en tu diccionario.

abeja Insecto que produce miel y cera.
balché *m.* Bebida que se obtiene de la fermentación de la corteza del árbol balché sumergido con agua y miel.
cacique *m.* Jefe, líder, persona que tiene influencia en un pueblo.
corteza Parte exterior de los árboles.
doncella Mujer joven, pura, virgen.
escondido/escondida *adj.* En un lugar secreto, ocultado.
extasiado/extasiada *adj.* Con éxtasis.

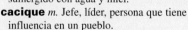

abeja

guerrero Soldado.
leyenda Evento que tiene más de tradicional o maravilloso que de histórico o verdadero.
miel *f.* Líquido dulce que producen las abejas.
panal de abejas *m.* Grupo de celdas donde las abejas depositan la miel.
revelar *tr.* Explicar, confesar.
rocío Vapor de agua que por la noche se condensa en la atmósfera en forma de muy pequeñas gotas, las cuales aparecen por la mañana sobre la tierra o sobre las plantas.
temeroso/temerosa *adj.* Que tiene miedo, que no es valiente.

panal de abejas

¡A LEER!

A. El guerrero y Sak-Nicté. La leyenda de Sak-Nicté es un cuento de amor entre dos jóvenes mayas. Primero, busca los cognados en los primeros dos párrafos y subráyalos. Después, lee el cuento, usando las *Preguntas de orientación* como guía.

El guerrero y Sak-Nicté

Una vieja leyenda maya dice que el balché es un delicioso licor que fue creado gracias a una hermosa historia de amor. Una joven doncella, Sak-Nicté, que significa «Flor Blanca», amaba a un joven guerrero de su tribu, pero la belleza de la doncella despertó la pasión de un viejo y cruel cacique. Los jóvenes, temerosos de ser separados por el villano, huyeron, buscando refugio en la selva del Mayab. Un día salieron en busca de alimento y encontraron un panal de abejas del que extrajeron rica miel, la que depositaron en la corteza de un árbol llamado Balché. Durante la noche, la lluvia se mezcló con la miel y poco tiempo después, aquello se transformó en una exquisita bebida.

Sin embargo, la felicidad de la joven pareja pareció terminar cuando el cacique descubrió dónde estaban escondidos. El joven guerrero, pensando en el fin de ellos, le pidió al cacique que se les permitiera mostrarle su hospitalidad mientras estuvieran aún en su refugio. Se preparó una gran comida con los mejores frutos y excelente comida. Al terminar el banquete, la pareja les ofreció a sus captores la bebida de miel. El cacique quedó extasiado con la maravillosa sensación que le proporcionó ese néctar y perdonó a los amantes a condición de que le revelaran el secreto para obtener tan exótica bebida.

Es la miel de las abejas del bosque mezclada con el rocío de los dioses lo que hace este néctar divino —contestó el guerrero. El cacique regresó a su tierra muy contento y los jóvenes vivieron felices durante el resto de sus días.

Preguntas de orientación

1. ¿Qué es balché?
2. ¿Quién era Sak-Nicté?
3. ¿Qué significa su nombre?
4. ¿Quiénes estaban enamorados de ella?
5. ¿Por qué huyeron los jóvenes a la selva?
6. ¿Qué encontraron para comer?
7. ¿Dónde depositaron la miel?
8. ¿Qué se mezcló con la miel durante la noche?
9. ¿En qué se transformó la mezcla de estos dos ingredientes?
10. ¿Quién encontró a la joven pareja?
11. ¿Quién le preparó una buena comida?
12. ¿Qué comieron?
13. ¿Qué bebieron al terminar el banquete?
14. Cuando el cacique perdonó a los amantes, ¿qué pidió que le revelaran?
15. ¿Cómo terminó el cuento?

B. ¿Quiénes son? ¿Quiénes son los personajes principales? Lee el cuento otra vez e identifica y escribe una breve descripción de las personas siguientes.

1. Sak-Nicté _____

_____

_____

2. El joven guerrero _____

_____

_____

3. El cacique _____

_____

_____

C. ¿Qué dirían? ¿Qué dirían los personajes principales en las situaciones siguientes? En parejas, completen las oraciones en una forma lógica.

1. El joven guerrero: «Tenemos que huir de nuestro pueblo porque...»

   _____

   _____

2. Sak-Nicté: «Tengo miedo y hambre...»

   _____

   _____

3. El cacique: «Voy a perdonar a ustedes, pero primero...»

   _____

   _____

4. El cacique: «Los jóvenes creen que soy cruel, pero en realidad...»

   _____

   _____

DESPUÉS DE LEER

A. El balché. El uso del balché data de los tiempos de los antiguos mayas. Esta bebida solamente se utilizaba durante las ceremonias religiosas mayas. Los españoles, después de beberla, la llamaban «vino de la tierra» o «pitarrillo». Se describió esta bebida como un «vino fuerte» y el uso era tan exagerado que fue prohibido por un decreto real en el siglo XIII. ¿Qué productos están «prohibidos» hoy?

● Escribe una lista de algunos productos que no están a la venta pública porque están prohibidos.
● Compara tu información con la de los demás miembros de la clase.

B. Prohibida la venta. ¿Crees que se debe poner la marijuana a la venta pública? ¿Se debe controlar la venta del tabaco o alcohol a menores? En grupos pequeños...

● elijan tres de los productos prohibidos.
● expliquen qué productos están prohibidos y por qué.
● expliquen si están de acuerdo con esta prohibición o no.

■ **Ejemplo:** *La venta del tabaco a los menores de veintiún años está prohibida porque es dañina para la salud.*

   Estamos de acuerdo porque...

TERCERA ETAPA: Fundación

FUNCIONES

PRIMERA FUNCIÓN: Cómo indicar el género, usando los artículos definidos e indefinidos *(el amigo, una amiga)*

A. Un juego. Van a hacer un juego con palabras y repasar las terminaciones de género a la vez. En grupos pequeños...

- una persona lee un sustantivo de su diccionario.
- los demás miembros del grupo intentan decir el género de la palabra: masculino o femenino.
- la primera persona lee la definición de la palabra en español y los demás miembros del grupo escriben una oración completa incorporando la palabra.
- la segunda persona repite el proceso, etc.

■ **Ejemplo:** Estudiante 1: *talante*
  Estudiante 2: *Es masculino porque termina en «e».*
  Estudiante 1: *Significa disposición, carácter o buen humor.*
  Los demás: *La profesora está de buen talante hoy.*

B. Una descripción sencilla. ¿Cómo son los siguientes tesoros del pasado? En grupos pequeños...

- escriban descripciones de los objetos que aparecen en las fotos y los dibujos en las páginas 56 y 57.
- lean sus descripciones a los demás grupos. Ellos van a intentar adivinar el objeto.

■ **Ejemplo:** sombrero
  Grupo 1: *Es blanco. Está hecho a mano.* (etc.)
  Otros grupos: *Es un sombrero de paja.*

Textiles mayas

OBJETIVOS:

In this *etapa*, you will . . .

■ tell what you have done in the recent past.

■ narrate in the past.

■ express how long certain activities have/had been going on.

Cultura en acción: While working on this *etapa*, . . .

- study the vocabulary on page 76 of your textbook by preparing flash cards and practicing with partners.
- review exclamatory phrases with *qué,* such as *¡Qué lindo!*
- rehearse small segments of activity in class.
- finish your research.

Repaso: Before beginning this section, study the *Repaso de gramática* on pages 77–86 of your textbook and complete the *Práctica de estructuras* section on pages 56–61 of the ***Diario de actividades.***

Columna cuadrangular con relieves
de guerreros y prisioneros

Figuras mayas de jade

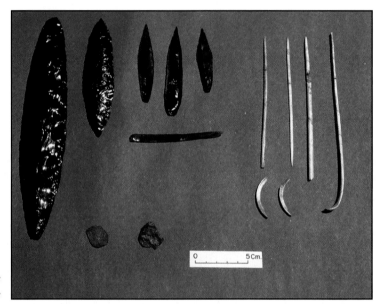

Instrumentos
ceremoniales mayas

SEGUNDA FUNCIÓN: Cómo referirse a las entidades sin mencionarlas, usando los pronombres (*yo, mí, mío,* etc.)

A. ¿De quién es? Van a resolver un misterio pequeño. Los objetos siguientes se encontraron en un sitio arqueológico. En parejas...

- representen un arqueólogo del presente y un maya noble del pasado.
- determinen a quién pertenece cada objeto.

■ **Ejemplo:** Estudiante 1:   *La pala es **mía**.* o
(un arqueólogo)   *Es mi pala.*

Estudiante 2:   *La pala es **suya** pero el*
(un maya noble)   *objeto de jade es **mío**.*

pala

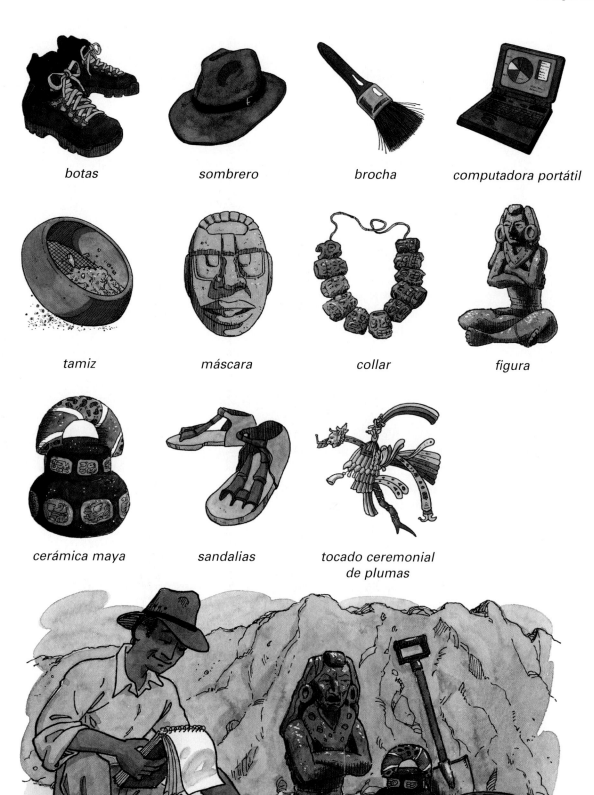

botas

sombrero

brocha

computadora portátil

tamiz

máscara

collar

figura

cerámica maya

sandalias

tocado ceremonial
de plumas

*Arqueólogo
con artefactos
mayas*

B. Una canción infantil. ¿Recuerdan la canción infantil «Who stole the cookie from the cookie jar»? Van a aprender una versión de esta canción en español. En grupos pequeños...

- formen un círculo.

- aprendan el ritmo, lentamente al principio:
  a. con las palmas, golpeen las rodillas una vez.
  b. den una sola palmada.
  c. castañeteen los dedos una vez.

- aprendan las palabras al compás del ritmo (subrayando las palabras que indican el ritmo):
  Todos: ¿Quién roba pan de la casa de Juan?
  Líder: Mike roba pan de la casa de Juan.
  Mike: Yo no.
  Todos: Sí, tú.
  Líder: Si no, ¿pues quién?
  Mike: Tammy roba pan de la casa de Juan. (etc.)

TERCERA FUNCIÓN: **Cómo narrar en el pasado, usando el imperfecto y el pretérito del indicativo** *(Había una vez...)*

A. Acabamos de aprender... Van a repasar la información que aprendiste en este capítulo. En parejas...

- revisen las primeras dos etapas de su libro de texto y del *Diario de actividades.*
- usando los verbos siguientes, mencionen cinco cosas (cada uno/una) que acaban de hacer.

aprender escribir escuchar estudiar hablar hacer leer

■ **Ejemplo:** Estudiante 1: *Acabamos de estudiar la historia de los mayas.*
　　　　　　 Estudiante 2: *¿Qué aprendiste?*
　　　　　　 Estudiante 1: *La civilización maya comenzó en Centroamérica.*

B. En las noticias. ¿Qué han leído últimamente en el periódico? En grupos pequeños...

- mencionen algunos artículos de interés.
- citen los periódicos en los que encontraron la información.
- comenten los artículos mencionados.

■ **Ejemplo:** Estudiante 1: *Acabo de leer sobre un terremoto horrible en México. El artículo apareció en el Excelsior de la Ciudad de México.*
　　　　　　 Estudiante 2: *¿Dónde ocurrió?*

C. Era una noche oscura y tormentosa... Casi todo el mundo conoce la primera línea de la novela de Snoopy. En grupos pequeños...

- escriban cinco posibles continuaciones para este cuento.
- usen la estructura **acabar de** + infinitivo (en el imperfecto).

■ **Ejemplo:** Era una noche oscura y tormentosa...
*José **acababa de cenar.***

D. Una leyenda maya. ¿Recuerdan la leyenda de Sak-Nicté? En grupos pequeños...

- repasen la leyenda de Sak-Nicté en la página 53 de su texto.
- cuenten la leyenda con sus propias palabras.
- usen la siguiente lista de verbos como punto de partida.

amar	mezclar	refugiarse	suplicar
descubrir	perdonar	salir	transformar
encontrar	preparar	ser	vivir
huir			

E. En la preparatoria. En parejas, comenten las actividades que hacían en la preparatoria y la frecuencia con que las hacían.

■ **Ejemplo:** Estudiante 1: *Todos los inviernos **nadaba** en el equipo de la preparatoria.*
Estudiante 2: *Yo no. **Prefería** jugar al baloncesto en el invierno.*

Observatorio el caracol, Chichén Itzá, México

F. Yucatán. El anuncio siguiente sugiere que hagan una visita a Yucatán. En parejas...

- estudien los párrafos siguientes.
- escojan los infinitivos adecuados de la lista y conjúguenlos en el pretérito o el imperfecto.
- determinen qué sitios yucatecos les apetecen visitar.

amenazar	derrotar	fundar	llegar
construir	esconder	haber	ser
decidir	estar	invadir	tener
decir			

Campeche

Por muchos años, los mayas de Yucatán resistieron a los invasores europeos. Sin embargo, en 1517, Francisco de Córdoba _____ Campeche, la capital del estado de Campeche, en 1517. Piratas caribeños _____ Campeche por muchos años. Así en los últimos años del siglo XVII, los habitantes de Campeche _____ una muralla alrededor de la ciudad. Algunos de estos baluartes[1] todavía existen. Durante los ataques, los campechanos se _____ de los piratas legendarios Henry Morgan, Pata de Palo, Lorencillo y el Olonés, en túneles mayas debajo de la ciudad. Aunque el nombre maya de esta ciudad _____ Ah-Kin-Pech («lugar de las serpientes»), en la época colonial Campeche _____ la fama de ser una ciudad linda con una vida social muy activa.

Mérida

Mérida, la capital del estado de Yucatán, fue construida sobre las ruinas de Tiho, una ciudad maya. En 1540, un capitán español, Francisco de Montejo, _____ la ciudad que llegó a tener 40.000 habitantes. En la época de la conquista, el zócalo o plaza principal _____ el sitio del gran templo de H-Chum-cann y _____ rodeado de pirámides y palacios.

¡La primera carretera de la Ciudad de México llegó a Mérida en 1961 y no _____ ferrocarril hasta 1965! Sin embargo, Mérida es una ciudad muy agradable. El escritor norteamericano Frederick Ober _____ en 1881, «No hay personas del mundo más amables y más educados que los yucatecos».

---

1. baluarte   obra de fortificación de figura pentagonal

CUARTA ETAPA: Expresión

EL MUNDO DE LA LITERATURA:
El Gran Consejo (fragmento)
por Bernardino Mena Brito

ANTES DE LEER

OBJETIVOS:

In this *etapa,* you will . . .

- recognize two types of narrator.

- recognize two points of view.

- learn about a Mayan rite of passage for young men.

Cultura en acción: While working on this *etapa,* . . .

- do your final review of vocabulary (page 76) and structures (pages 77–86) of your textbook.
- bring props on the day of the activity.

Repaso: Before beginning this section, review the reading strategy presented on page 51 of your textbook. Also review the uses of the imperfect and preterite on pages 82–86 of your textbook.

A. Una ceremonia importante. Van a conversar sobre las ceremonias importantes de sus vidas... la confirmación, el Bar/Bat-Mitzvah, la quinceañera o «*sweet 16*», la graduación, etc. En grupos pequeños, usen las preguntas siguientes como punto de partida.

- ¿Cuántos años tenías cuando la ceremonia tuvo lugar?
- ¿Cuál fue el propósito de la ceremonia?
- ¿Qué ocurrió?
- ¿Quién fue el/la participante más importante?
- ¿Quiénes asistieron?
- ¿Cómo te sentías durante la ceremonia?

B. Lluvia de ideas. En esta etapa, van a leer un fragmento de una novela que relata la ceremonia de iniciación de un joven maya en el Gran Consejo de los hombres de su raza. En grupos pequeños, imagínense los elementos siguientes de esta ceremonia:

- **Ejemplo:** *Creo que los participantes usan ropa ceremonial.*

- el líder
- los participantes
- la ropa
- el lugar

Al leer el texto, pueden comprobar sus ideas.

C. Términos literarios. La novela *El Gran Consejo,* escrita por Bernardino Mena Brito, comenta el arte, la ciencia, la religión y la magia de los mayas. Antes de comenzar a leer, estudia los siguientes términos literarios.

Términos literarios

narrador(a) Persona que relata los hechos en una novela o en un cuento.
primera persona Yo.
punto de vista Cada uno de los aspectos de un asunto que puede ser considerado (perspectiva).
tercera persona Él/Ella.

Con respecto a la narración, hay dos puntos de vista:

- **Primera persona.** El **yo;** una voz subjetiva que puede pertenecer al protagonista, a un personaje secundario o a un testigo de la acción.
- **Tercera persona.** Un observador externo o un testigo que ve los sucesos desde afuera. Hay dos tipos de narradores en la tercera persona: el **omnisciente** y el **limitado.**
- **Narrador/Narradora omnisciente.** Puede contarnos los pensamientos, los motivos y hasta los sentimientos de los personajes.
- **Narrador limitado / Narradora limitada.** Presenta una visión limitada de los personajes. Es probable que no sepa sus pensamientos, motivos y sentimientos.

Ahora, piensa en una novela o un cuento que hayas leído recientemente. ¿Puedes identificar el narrador, la persona y el punto de vista en que está narrado? Sigue el ejemplo.

■ **Ejemplo:**

Obra	Narrador(a)	Persona	Punto de vista
Bless Me, Última	*Antonio*	*primera persona*	*limitado*

Perspectiva

Bernardino Mena Brito, autor de El Gran Consejo, *escribió su autobiografía en 1949. En ella expresa sus orígenes étnicos.*

En grupos pequeños...

- lean el fragmento siguiente.
- contesten las *Preguntas de orientación.*

«Soy un indio maya, que tiene menos de un diez por ciento de sangre blanca. Mi objeto, al publicar este libro, es el de abrir un resquicio en el impenetrable misterio del arte, la ciencia, la religión, la magia y el origen de mi raza.

...Soy el hombre que nació libre y que ha luchado para educarse y conservar la libertad de que gozaron mis ancestros. Al recorrer el mundo, he comprendido que en todos los conglomerados humanos, hay personas comprensibles e inteligentes; con sensibilidad suficiente para sintonizar las manifestaciones exóticas de otras razas.

Por eso, este libro lleva la técnica maya, de la persona que se sienta en un canché (banquillo), al pardear la tarde; y relata cada noche un capítulo de su novela, sin mistificarla con las grandes preocupaciones literarias del Occidente.

Su lectura será una vía de inducción por donde penetre y se arraigue la radiación de ciertos conocimientos mayas.»

Preguntas de orientación

1. ¿Cuál es el origen étnico de Bernardino Mena Brito?
2. ¿Cuál fue su propósito al escribir la novela *El Gran Consejo*?
3. ¿Cuáles son algunos elementos importantes de su raza?
4. ¿Cuáles han sido sus metas personales?
5. ¿Qué ha experimentado en la vida?
6. ¿Cuál es la técnica literaria que utiliza el escritor?

Pequeño diccionario. El fragmento siguiente de *El Gran Consejo* contiene palabras y frases especializadas (de la cultura maya) de la flora y fauna de la península de Yucatán. Antes de estudiar el pasaje y hacer las actividades...

- estudia el *Pequeño diccionario*.
- busca las palabras en el texto.
- escribe una oración original en tu *Diccionario personal* con cada palabra o frase.
- lee el pasaje y escribe una lista de palabras que no conozcas.
- busca el significado de esas palabras en tu diccionario.

albahaca Planta muy olorosa, de hojas pequeñas y muy verdes, que se usa como hierba condimentaria.
arcano/arcana *adj.* Secreto, reservado.
Batab *m.* Líder maya.
cabalístico/cabalística *adj.* Misterioso, oculto.
caoba Árbol tropical de madera negra y muy fina.
cedro Árbol conífero muy alto, de madera aromática, incorruptible.
chacáh *m.* Árbol tropical.
conjunción Situación relativa de dos astros cuando tienen la misma longitud; situación relativa de la Tierra con respecto a un astro cuando se halla en la línea recta con respecto al sol.
consejo Reunión de personas oficialmente encargadas de aconsejar al rey, al jefe de un estado, de una administración, etc.; cuerpo legislativo de un estado.
copal *m.* Resina de un árbol tropical.
desgranar *tr.* Sacar el grano de una planta.
diestra Mano derecha.
en cuclillas *adj.* Sentado con el cuerpo doblado de manera que las asentaderas se acerquen al suelo o descansen en las plantas del pie. *(Ve la foto en la página 69.)*

escucha *m.* Centinela.
estera Tejido grueso de hierba, para cubrir el suelo de las habitaciones.
humo Producto gaseoso de la combustión de materias orgánicas.
mestizo/mestiza *adj.* Nacido de padres de raza diferente.
nítido/nítida *adj.* Ordenado, limpio.
paladín *m.* Caballero que en la guerra se distingue por sus hazañas; defensor.
peste *f.* Enfermedad contagiosa que causa gran mortalidad.
porvenir *m.* Suceso o tiempo futuro.
procedencia Origen de donde se tiene raíz.
sabiduría Prudencia; conocimiento profundo en ciencias, letras o artes.
sujetar *tr.* Someter al dominio; afirmar o contener con fuerza.
tamizado/tamizada *adj.* Filtrado, pasado por tamiz (colador, filtro).
tiniebla Falta de luz física o moral. Suma ignorancia.
ungido/ungida *adj.* Marcado con óleo sagrado.

Repaso: Don't forget to use your reading strategies from the *Lectura* sections on pages 10 and 51 of your textbook when studying this text. Try not to use your dictionary too often or you may lose the meaning of the passage.

¡A LEER!

A. Elementos básicos. Primero, lee *El Gran Consejo* en las páginas 65 y 66. Entonces, en grupos pequeños, van a buscar los elementos básicos del texto. Identifiquen y describan los siguientes elementos literarios de este fragmento de *El Gran Consejo*.

1. el escenario
2. los personajes
3. el protagonista
4. el narrador
5. el punto de vista

B. Descripción. Este fragmento de novela contiene muchas descripciones. En grupos pequeños...

- busquen por lo menos dos palabras o frases que describan las personas y entidades siguientes.
- escriban una oración completa con cada palabra.
- comenten sus respuestas a las *Preguntas de orientación*.

1. el abuelo
2. el nieto
3. el Batab
4. los elegidos
5. los enemigos de la raza
6. los mayas en general
7. la naturaleza
8. la sabiduría

El Gran Consejo *(fragmento)*

por Bernardino Mena Brito

Cuando llegué a la casa, mi abuelo esperaba en la puerta. Después de algunas preguntas me notificó que esa noche, tan pronto como saliera la luna, tenía que acompañarlo a una reunión.

***

Mi abuelo me tomó el brazo y seguimos calle arriba hasta llegar al atrio de la iglesia.

—Hoy se reúnen en el atrio de la iglesia los elegidos. Hoy se recordarán muchas cosas mayas. Hoy se va a celebrar un Gran Consejo, desgraciadamente, sin el ritual de las grandes ceremonias.

—Para la elección de todos y cada uno de los que toman parte, se ha necesitado el transcurso de siete años. Los cuerpos de los elegidos son sanos, el alma es pura y su pensamiento se ha tamizado en el filtro de la sabiduría maya.

—Todos los núcleos indígenas de Yucatán se han estado preparando durante cincuenta y dos años para este momento.

—Los padres de los elegidos fueron elegidos también y vivieron una existencia de pureza y sanidad y se perfeccionaron con la sabiduría. De todos ellos, solamente veintiuno han sido elegidos y cuidadosamente seleccionados durante los últimos siete años. Es probable que de los veintiuno, dos o tres sean los ungidos con la palabra divina, pero todos tienen facultades para cumplir con su misión.

—Hoy se encontrarán nuevas yerbas para ponerlas al servicio de los mayas.

—Hoy se elegirán nuevos animales como guías de la ciencia.

—Hoy se marcarán los años buenos y los malos.

—Hoy se iniciará un nuevo ciclo; por eso es necesario que veas, escuches y sientas la grandeza de tus ancestros para que la analices con los años, que son los únicos que dan serenidad y sabiduría a los que estudian y se dedican al bien.

***

Al pronunciar las últimas palabras, tropezamos con el primer escucha que saludó a mi abuelo.

Preguntas de orientación

1. ¿Para qué sirve el Gran Consejo?
2. ¿Cómo se difiere este Gran Consejo de los tradicionales?
3. ¿Por cuánto tiempo se preparan los elegidos?
4. ¿Cómo es un elegido?
5. ¿Cuánto tiempo hace que se preparan los núcleos indígenas para el Gran Consejo?
6. Durante los últimos siete años, ¿cuántos elegidos han sido seleccionados?
7. ¿Cuántos de los elegidos tienen el don divino?
8. ¿Cuál es la agenda del Gran Consejo?
9. Al fin del período de cincuenta y dos años, ¿qué ocurre que exige un Gran Consejo?
10. ¿Qué consejos le da el abuelo a su nieto?

11. ¿Cómo es anunciada la presencia del abuelo y su nieto?
12. ¿Cómo es el Batab?
13. ¿Cuántas personas hay en el templo?
14. ¿Cómo se visten las otras personas?
15. ¿Cómo es el templo?
16. ¿Cómo se acerca el abuelo al Batab?
17. ¿Cómo saluda el abuelo al Batab?
18. ¿En qué idioma le contestó el Batab al abuelo? ¿Cómo era?
19. ¿Cuál es el propósito de la asistencia del nieto?
20. ¿Qué características tiene el nieto?
21. ¿Cuáles serán las responsabilidades del nieto en el futuro?

Con un tenue silbido anunció nuestra presencia.

Así caminamos hasta la puerta mayor del templo donde en cuclillas, sobre una estera, se encontraba un viejo Batab.

Veintiuna personas circundaban aquel lugar; después, había otra línea de cuarenta y dos asistentes y luego, otra de setenta y dos. Sus ropas eran limpias, blancas, con blancura impoluta. El ambiente estaba saturado por el humo del copal, de la goma de cedro, la caoba y el chacáh. Todos pisaban en una alfombra tejida con mantas de albahaca que despedía su aroma peculiar.

Al acercarse mi abuelo al Batab, inclinó cortésmente la cabeza y al levantarla de nuevo, alzó la diestra y, mientras trazaba con el pulgar un triángulo en el aire, pronunció las palabras de ritual:

—En nombre de la naturaleza, yo te saludo.

El Batab, en un maya viejo, nítido, armonioso y puro, le contestó:

—Así sea, gran señor; que todos los aires te sean propicios y que la luz de este momento ilumine tu sabiduría.

Después de reconocerme, fijando en mí la vista, preguntó:

—¿Quién te acompaña?

—Mi nieto.

—¿Y está iniciado?

—No, porque hasta julio cumple sus quince años.

—¿Sabes que tiene fe... que amará a los mayas? —Estoy seguro y respondo con mi vida. Aunque su procedencia es mestiza, lo he sujetado a muchas pruebas y tengo la certeza de que en el centro de la cruz que forman los cuatro vientos, está la bondad de su alma y, cada ángulo de ella, lo mismo el bueno que el malo, la luz que la sombra, coinciden en un solo punto: justicia. Usted mejor que nadie, gran señor, sabe que mi esposa trae la cruz de muchas razas, pero también sabe que a nadie ama tanto como a los nuestros a quienes habla siempre en su propio idioma. Yo respondo de él con mis hijos, mis nietos y toda mi descendencia. El niño que presenté ante ustedes en este acto, lo inicio en igual forma que mis padres me presentaron en otra reunión sagrada.

Con el dedo índice, dibujó un signo cabalístico en el aire, y continuó:

—Si veinte lunas como ésta unieran su claridad para penetrar en su alma, verían que no los engaño y que él será siempre un hombre al servicio de los nuestros, un guardián seguro de todos nuestros secretos, un paladín de todas las libertades y un amante de la verdad. —Así sea; —respondió el Batab— que Dios lo conserve, todo este nuevo ciclo que hoy se inicia.

Mi abuelo ocupó su lugar frente al Batab en un banquillo y siguiendo las liturgias de su jerarquía, se preparó el acto. Los ayudantes iniciaron los preparativos para la gran ceremonia.

DESPUÉS DE LEER

A. Comparar y contrastar. ¿Asistieron alguna vez a un gran consejo? En grupos pequeños, comparen y contrasten los participantes y principios del Gran Consejo con algunos consejos religiosos o seculares que conozcan, según las indicaciones siguientes.

Algunos consejos:

el Senado	un club
la Cámara de Representantes	los diáconos de una iglesia
el gobierno estudiantil	un consejo familiar
los directores de una empresa	

■ **Ejemplo:** *En el Gran Consejo, sólo participan los hombres. En el Senado de Estados Unidos, hay mujeres y hombres.*

Aspectos del consejo	El Gran Consejo	Consejos que conozcan
propósitos del consejo		
los líderes		
los participantes		
el escenario		

B. Interpretación. En este fragmento, el abuelo le presenta a su nieto los principios y las virtudes de «una buena vida». En grupos pequeños...

- revisen esta sección del fragmento.
- escriban una lista de los principios y las virtudes que se mencionan.
- comenten la lista: ¿Añadirían ustedes más principios y virtudes a la lista?
- decidan si están de acuerdo: ¿Hay elementos que quitarían de la lista? ¿Por qué (no)?

C. Los seres humanos y la naturaleza. En *El Gran Consejo* hay una relación estrecha entre las actividades de los mayas y la naturaleza. En grupos pequeños...

- identifiquen los elementos de la naturaleza que se mencionan.
- describan su relación con los seres humanos.

■ **Ejemplo:** las estrellas
   Los mayas consultan con las estrellas antes de planear sus consejos.

Después, piensen en la vida moderna. ¿Cómo es la relación entre la sociedad y la naturaleza?

D. Diario de Yucatán. ¿Cómo reportarían lo que pasa en el Gran Consejo? En grupos pequeños...

- escriban un titular de periódico² que describa el inicio del Gran Consejo.
- usen las descripciones de la Actividad C en la página 67 para escribir un informe breve sobre los participantes en el Gran Consejo.

El Templo de Kukulcán (el Castillo), Chichén Itzá

---

2. titular de periódico *m. headline*

Mosaico cultural

PUEBLOS INDÍGENAS:

Pre-Columbian Communities in Mexico and Bolivia

INTRODUCCIÓN

Este vídeo presenta escenas de la vida diaria de los nahuas de México y los aymaras de Bolivia, dos de las muchas civilizaciones indígenas cuya herencia predijo la llegada de los europeos a las Américas. Muchas de las personas en el vídeo hablan español como segundo idioma.

ANTES DE VER

A. Lluvia de ideas. ¿Qué saben de las culturas indígenas de Estados Unidos? En grupos pequeños, hablen de las civilizaciones indígenas de nuestro país, por ejemplo, los navajos, los cherokees o los lakotas.

- ¿Dónde viven?
- ¿Cómo se ganan la vida?
- ¿Conocen algunas de sus creencias?
- ¿Qué contribuciones hicieron a la humanidad?

B. Guía a la comprensión. Antes de ver el vídeo, estudia los puntos siguientes. Mientras veas el vídeo, busca las opciones adecuadas.

1. Los diferentes grupos indígenas...
   a. hablan solamente español.
   b. tienen su propia lengua y cultura.
2. Los pueblos indígenas tienen...
   a. un fuerte sentido de comunidad.
   b. una vida muy fácil.
3. Las mujeres nahuas de México...
   a. tejen telas para muchos usos.
   b. ganan mucho dinero.
4. Las mujeres de las familias indígenas de México...
   a. preparan la comida y limpian la casa.
   b. trabajan en la ciudad.
5. Muchos hombres indígenas nahuas de México...
   a. trabajan en el campo.
   b. lavan la ropa de la familia.
6. Un curandero es...
   a. un jefe de los indígenas.
   b. un médico tradicional.
7. Los niños indígenas de México pasan la mañana...
   a. trabajando con sus padres.
   b. estudiando en la escuela.

OBJETIVOS:

In this section, you will . . .

- study the indigenous cultures of Latin America.
- learn about their different languages, their daily life, their products, and their spirituality.

Una mujer nahua en cuclillas trabaja en un telar.

8. Los aymaras de Bolivia son...
   a. una civilización antigua.
   b. una sociedad moderna.

9. Los aymaras viven...
   a. en las grandes ciudades.
   b. en las montañas de los Andes.

10. Los aymaras...
    a. producen papas y cereales.
    b. no trabajan.

11. Los hombres aymaras...
    a. son monolingües.
    b. hablan español, quechua y aymará.

12. En la manera de vestirse, los hombres aymaras...
    a. son completamente tradicionales.
    b. adoptan algunas costumbres modernas.

13. Las mujeres aymaras de Bolivia...
    a. trabajan solamente en casa.
    b. ayudan a los hombres con el trabajo.

14. La bandera de los aymaras es de...
    a. muchos colores.
    b. dos colores.

C. Pequeño diccionario. Antes de ver «Pueblos indígenas»...

- estudia el *Pequeño diccionario*.
- categoriza las palabras y frases de una manera lógica o da ejemplos de las palabras.
- escribe una oración original en tu *Diccionario personal* con cada palabra o frase.

aldea Pueblo.	**oración** Súplica que se hace a Dios.
antepasado/antepasada *adj.* Del tiempo anterior.	**orgullo** Estimación de los propios méritos.
bandera Insignia de tela que lleva los colores y el emblema de una nación.	**paisaje** *m.* Terreno.
descanso Pausa en el trabajo.	**tejer** *tr.* Enlazar fibras para hacer telas.
enfermedad Alteración de la salud.	**tela** Material que se usa para confeccionar ropa.

¡A VER!

A. Descripción. Mientras veas este segmento del vídeo, presta atención a los temas siguientes.

- Paisaje y clima de los nahuas.
- Ropa para hombres y mujeres nahuas.
- La vida diaria de los nahuas.
- Paisaje y clima de los aymaras.
- Ropa para hombres y mujeres aymaras.
- La celebración del año nuevo de los aymaras.

B. Asociaciones. Mientras veas el vídeo, piensa en ideas que se asocien con las palabras siguientes.

1. tejer _____
2. cocinar _____
3. indígena _____
4. náhuatl _____

5. comunidad _____
6. oración _____
7. comida _____

DESPUÉS DE VER

A. La vida diaria. En el vídeo, hay un enfoque en la vida diaria de los indígenas de América Latina. En grupos pequeños...

- describan la vida diaria de los nahuas y los aymaras.
- comparen y contrasten su existencia.

B. Comparar y contrastar. ¿Cómo se comparan las civilizaciones indígenas que vieron en el vídeo con las de este país? En grupos pequeños, comparen y contrasten las vidas de los nahuas y los aymaras con las civilizaciones indígenas de Norteamérica que mencionaron en la sección *Antes de ver.*

¡OJO! Notice that one of these men is adding a modern touch to his traditional attire.

Ropa tradicional del hombre maya

Enlace

OBJETIVOS:

In this section, you will . . .

■ synthesize the information you learned in the various *etapas* of *Capítulo 2.*

■ work with a partner to edit your compositions.

Perfect your writing! See the *Atajo* correlations in your *Diario de actividades*!

A. Guardián del fuego. El artículo «Guardián del fuego» en la página 65 del *Diario de actividades* anuncia la muerte de un líder maya. En grupos pequeños, comprueben su comprensión del artículo.

1. ¿Cómo se llaman los mayas de Chiapas?
2. ¿Cuántos años tenía Chan K'in cuando murió?
3. ¿Por qué era único este señor?
4. ¿Cómo era su familia?
5. ¿Qué temía Chan K'in?

B. ¡A escribir! En el *Mosaico cultural,* estudiaron dos culturas indígenas. En parejas...

● elijan uno de los temas de la Actividad A en la página 70.
● escriban un párrafo en español sobre el tema.

C. La violencia. Algunas personas creen que hay tanta violencia en los deportes de hoy como en los de los mayas antiguos. En grupos pequeños, discutan la violencia en los deportes de ayer y de hoy.

D. Cuestiones de cultura. El fragmento de *El Gran Consejo* y las otras lecturas del capítulo dan una idea acerca de la civilización maya. En grupos pequeños...

● contesten la pregunta: ¿Qué aprendieron de la cultura maya?
● usen las impresiones que escribieron en *Mi diario* (página 68 del *Diario de actividades*) como punto de partida.

E. Revisión de composición. Ahora, van a revisar tus composiciones, enfocándose en el contenido, el vocabulario y la exactitud. En parejas...

● intercambien las composiciones y revísenlas, según los criterios siguientes.
● califiquen sus composiciones, según las indicaciones.

Relieve de las calaveras de los prisioneros de guerra, Chichén Itzá, México

Escala

excelente = 4 puntos
bueno = 3 puntos
mediocre = 2 puntos
malo = 1 punto
inaceptable = 0 puntos

Calificación de composiciones	
Contenido	
Introducción que llama la atención	_____
Organización lógica	_____
Ideas interesantes	_____
Transiciones adecuadas	_____
Conclusión firme	_____
Vocabulario	
Adjetivos descriptivos	_____
Verbos activos	_____
Uso adecuado de *ser* y *estar*	_____
Exactitud	
Concordancia entre sujeto/verbo	_____
Concordancia entre sustantivo/adjetivo	_____
Ortografía	_____
Puntuación	_____
Calificación global	_____

Calificación global

excelente = 43–48 puntos
bueno = 38–42 puntos
mediocre = 33–37 puntos
malo = 28–32 puntos
inaceptable = 0–27 puntos

El Templo de los guerreros, Chichén Itzá, México

Cultura en acción

UNA VISITA A TULUM

TEMA: El tema de *Una visita a Tulum* les dará a ustedes la oportunidad de investigar, escuchar, escribir y hacer una presentación sobre la península de Yucatán y los restos arqueológicos de Tulum. La lectura, la comprensión auditiva y la redacción servirán como puntos de partida para las presentaciones.

ESCENARIO: El escenario de *Una visita a Tulum* es una excursión a Tulum a ver los monumentos principales: el Castillo, el Templo del Dios Descendente, la Casa de Cenote, el Templo del Grupo de Iniciación, la Casa de las Columnas, el Templo de los Frescos.

MATERIALES:

- Entradas a Tulum.
- Un tablero o pizarra para mostrar las fotografías o los carteles de los monumentos. Esta información se puede conseguir en *Internet* o en libros de turismo.
- Mapas del lugar.
- Artículos de artesanía típica de la región o fotografías o dibujos de objetos y artefactos.
- Comida y bebida. Si se desea, cada uno puede contribuir con algo de dinero o traer bebidas o frutas para simular un «puesto» en la «calle».

GUÍA: Una simple lista de trabajos que cada persona tiene que desarrollar. Cada uno de ustedes tendrá una función.

- **Comité de los monumentos.** En parejas, ustedes tienen que elegir uno de los monumentos e investigarlo. Deben traer a la clase un dibujo o una foto. Se deben usar las preguntas básicas (¿Quién? ¿Qué? ¿Cuándo? ¿Dónde? ¿Por qué?) como guía. Los «guías» utilizarán la información cuándo lleven a «los turistas» por Tulum. Usen la información en la lectura, la comprensión auditiva y la redacción como puntos de partida.
- **Guías.** Este grupo está encargado de recibir la información sobre los monumentos y preparar las presentaciones para cada lugar.
- **Comité de artesanía.** Este grupo está encargado de poner varios «puestos» en la clase con artículos típicos de la región. Deben explicar e intentar vender lo que tienen, comparando el material, color, tamaño y calidad de diferentes artículos.
- **Comité de comida.** Este grupo está encargado de comprar u organizar la comida y bebida para «los puestos».
- **Turistas.** Ustedes deben preparar preguntas sobre la historia y los monumentos de Tulum. Su papel es visitar las ruinas y hacerles preguntas a los guías.

OBJETIVOS:

In this section, you will . . .

- work cooperatively to prepare a "trip" to Tulum.

- participate in the simulation.

- practice oral communication skills in a realistic environment.

¡VAMOS A TULUM!: El día de la actividad, todos ustedes deben participar en arreglar la sala. Los turistas le presentarán sus entradas al guía (el instructor / la instructora) a la entrada del lugar. En el «mercado» deben regatear con los vendedores y comprar algunos recuerdos para llevar a casa. Todos deben visitar cada monumento antes de salir de Tulum.

El Castillo, Tulum, Yucatán

**T R A N S P O R T E S
T U R I S T I C O S
A R Q U E O L O G I C O S
S. A. de C. V.**

ZONA ARQUEOLOGICA DE TULUM, Q. ROO

CLIENTE

$ 9.00

Nº 845232

Vocabulario

<<En Yucatán>>

agricultura
arquitecto/arquitecta
astrónomo/astrónoma
autoridad authority
centro ceremonial
ciclo cycle
civilización
degradación
desastre natural *m.*
descendiente *m./f.* descendant
dios/diosa god/goddess
escritura writing
escultor/escultora sculptor
estatua statue
evento
idioma *m.* language
invención
observación
pirámide *f.*
rivalidad rivalry
templo

Personas y personajes

cacique *m.* leader; landowner
esclavo/esclava slave
esposo/esposa husband/wife
familia
guerrero soldier
hijo/hija child; descendant,
   son/daughter
humano *m.*
indígena *m./f.* Indian; native
invasor *m.* invader
sacerdote *m.* priest
señor *m.* lord
sirviente/sirvienta servant
tribu *f.* tribe

Artefactos y materiales

alimento food
arcilla/barro clay
arma weapon
bronce *m.*
cerámica
cobre *m.* copper
cuero leather
hueso bone
madera wood
metal *m.*

navaja knife
oro gold
piedra stone
plata silver
restos remains
tela cloth
vasija container, vessel
yeso plaster

Construcciones y ruinas

acueducto
altar *m.*
avenida
camino road
carretera highway
ciudadela citadel, fortress
cueva cave
edificio building
escalera stairs
estructura
fortaleza fortress
galería principal/main hall
monumento
muro wall
patio
plataforma
selva jungle
tumba
valle *m.*

Narración histórica

amenazar to threaten
atravesar (ie) to cross
averiguar to find out
construir to build, construct
derrotar to defeat
dominar to dominate
elevar to raise
encontrar (ue) to find; to
   encounter
enterrar (ie) to bury
esconder to hide
excavar to unearth, dig up
hallar to locate, find
huir to flee
invadir to invade
ocultar to hide
permanecer to remain
refugiarse to take refuge
restaurar to restore

Expresiones de tiempo

a las cinco de la tarde at five
   o'clock in the afternoon
anoche last night
anteayer the day before yesterday
ayer yesterday
el año pasado last year
el sábado pasado last Saturday
el siglo anterior the previous
   century
en 1553
**entre los años 10.000 a.C y
   5.000 a.C.** between 10,000 B.C.
   and 5,000 B.C.
esta mañana this morning

Expresiones de repetición en el pasado

a menudo / con frecuencia
   frequently
a veces sometimes
de vez en cuando from time to
   time
generalmente / por lo general
   generally
los lunes/martes, etc. on
   Mondays/Tuesdays, etc.
normalmente normally
siempre always
todas las tardes/noches every
   afternoon/evening
todos los días/meses/años, etc.
   every day/month/year, etc.
usualmente usually

PERSPECTIVA LINGÜÍSTICA

The subject: Noun phrases

As you learned in *Capítulo 1,* the Spanish sentence, like the English, consists of a subject and a predicate. In this lesson, you will study the components of the subject. The subject consists of a noun that may be accompanied by an article and one or more adjectives. Another name for this set of words is **noun phrase,** although noun phrases may serve functions other than that of the subject of a sentence. Sometimes a pronoun or an adjective substitutes for the noun as the subject. These grammar terms should be familiar to you but, for the sake of clarity, some examples are included here. In each example, the subject is in bold print.

The first example shows a subject that consists of an article, a noun, and an adjective.

> artículo sustantivo adjetivo
> | | |
> **La civilización maya** *fue muy avanzada.*
> (frase nominal)

The second example (a transformation of the first example) shows a subject that consists of an article and an adjective.

> artículo adjetivo
> | |
> **La maya** *fue muy avanzada.*

The third example shows a subject that consists of a name or proper noun.

> sustantivo
> |
> **Ermilo Abreu Gómez** *escribió las leyendas mayas.*

The fourth example (a transformation of the third example) shows a subject that consists of a single pronoun.

> pronombre
> |
> **Él** *escribió las leyendas mayas.*

Finally, be aware that the subject of a Spanish sentence may be indicated by nothing more than the verb suffix; there may be no noun phrase to indicate the subject.

> Ø
> |
> **Fue** *un centro de gran actividad económica y cultural.*

REPASO

Repaso: You have probably studied all of the following parts of speech in a previous English or Spanish course. Test your memory by naming at least one example for each category. For example: attributive adjective—*petrolera (de petróleo).*

The possible components of the subject are summarized graphically for you in the following chart.

Subject			
article	*adjective*	*noun*	*pronoun*
• definite • indefinite	• attributive • descriptive • demonstrative • indefinite • possessive	• common • proper	• demonstrative • exclamative • impersonal • indefinite • interrogative • personal • possessive • relative

Perhaps you do not recall these subtypes of subject components, or perhaps you have not studied some of them in the past. In this chapter, you will review nouns and pronouns. Articles and adjectives will be presented in *Capítulo 3.*

Frutas y verduras

PERSPECTIVA GRAMATICAL

Nouns

GENDER OF NOUNS

You have already learned that one of the main functions of a noun is to serve as subject of a verb. All Spanish nouns are either masculine or feminine, even those referring to inanimate objects, such as *la biblioteca.* The following chart shows some common gender suffixes.

Gender	
masculine	*feminine*
-o	-a
-l	-d (-dad, -tad)
-r	-e
-ma	-ción
	-sión
	-umbre
	-z
Exceptions:	**Exceptions:**
la capital	el arroz
la cárcel	el ataúd
la catedral	el césped
la foto	el día
la mano	el huésped
la miel	el lápiz
la moto	el maíz
la piel	el matiz
la radio	el pez
la sal	el tema
la señal	el tranvía

Some Spanish nouns have only one form. The following nouns have one form, but the modifier changes to indicate the gender of the person referred to.

el/la artista	el/la guía
el/la atleta	el/la joven
el/la ciclista	el/la juez
el/la comunista	el/la modelo
el/la demócrata	el/la pianista
el/la dentista	el/la testigo
el/la estudiante	el/la turista

These nouns have only one gender that refers to both men and women.

el amor	la persona
el ángel	la víctima

NUMBER OF NOUNS

The following chart shows the suffixes that indicate the plural forms of Spanish nouns.

Number		
-s	*-es*	*-ces*
nouns ending in a vowel **Example:** *ruina → ruinas*	nouns ending in a consonant, *-y*, or a stressed vowel **Example:** *poder → poderes* *rey → reyes* *rubí → rubíes* **Note:** A plural may add or drop a written accent in order to maintain the stress on the same syllable as in the singular form: *examen → exámenes* *ratón → ratones*	nouns ending in *-z* **Example:** *lápiz → lápices*

Nouns that end in an unstressed vowel before a final *-s* have the same form for the singular and plural.

> *el lunes → los lunes*
>
> *la crisis → las crisis*

Pronouns

PERSONAL PRONOUNS

Like nouns, pronouns can serve many functions in a sentence: subject, direct object, indirect object, and object of a preposition. Personal pronouns, as shown in the chart on the next page, are subjects. In Spanish, they are primarily used for clarity with a third-person verb, for contrast, or for emphasis. Study the following examples.

> ***Ustedes*** *son los responsables.* (clarity)
>
> ***Ella,*** *no Pablo, pintó ese cuadro.* (contrast)
>
> ***Yo*** *estudié para el examen.* (emphasis)

The third-person subject pronouns refer only to persons; there is no Spanish subject pronoun for "it."

Personal pronouns		
person	*singular*	*plural*
first	yo	nosotros/nosotras
second	tú	vosotros/vosotras
third	usted/él/ella	ustedes/ellos/ellas

POSSESSIVE PRONOUNS

Possessive pronouns indicate possession and have forms that are marked for both number and gender. Only the first-person forms have written accents. Notice that the first- and second-person plural forms are the same as the possessive adjectives.

*El libro sobre los mayas es **mío**.*	The book on the Mayas is mine.
*¿Es **tuyo** ese libro?*	Is that book yours?

Repaso: Review the possessive adjectives *(mi/mis, tu/tus, su/sus, nuestro/nuestros, nuestra/nuestras, vuestro/vuestros, vuestra/vuestras)*. Working with a partner, take turns naming a possessive adjective and noun and having your partner name the corresponding possessive pronoun. For example: *mis amigos → míos.*

Subject pronouns	Possessive pronouns	
	singular	*plural*
yo	mío/mía	míos/mías
tú	tuyo/tuya	tuyos/tuyas
usted/él/ella	suyo/suya	suyos/suyas
nosotros/nosotras	nuestro/nuestra	nuestros/nuestras
vosotros/vosotras	vuestro/vuestra	vuestros/vuestras
ustedes/ellos/ellas	suyo/suya	suyos/suyas

Past tense

ACABAR DE + INFINITIVE

Acabar de + the infinitive of the main verb may be used to express something that happened in the immediate past. The English equivalent for *acabar de* + infinitive is "to have just . . . " Study the following examples.

***Acabo de leer** el cuento.*	I have just read the story.
***Acaban de llegar**.*	They have just arrived.

The same idea can be expressed in the past (had just . . .), using the imperfect of *acabar*.

***Acababa de leer** la novela cuando conocí al autor.*	I had just read the novel when I met the author.

IMPERFECT

The Spanish imperfect tense is used to express past actions or states of being that were habitual or ongoing. Study the examples below.

- Habitual actions

    ***Íbamos** a las ruinas mayas en el verano.*
    We used to go to the Mayan ruins in the summer.
    We would go to the Mayan ruins in the summer.

- Ongoing actions

    *A las ocho de la noche **entrábamos** a la pirámide.*
    At eight p.m. we were entering the pyramid.

- Physical, mental, or emotional states

    *Cuando **tenía** diez años, **estaba** fascinado con los indígenas.*
    When I was ten, I was fascinated by indigenous peoples.

- Time

    ***Eran** las seis cuando salían de la iglesia.*
    It was six o'clock when they were leaving the church.

- Simultaneous actions with *mientras*

    *Yo **leía** la enciclopedia mientras Anita **buscaba** información en Internet.*
    I read the encyclopedia while Anita surfed the Internet.

Study the following chart to review the formation of the imperfect of regular verbs.

	-ar: estudiar	*-er: leer*	*-ir: decir*
Imperfect of regular verbs			
yo	estudi**aba**	le**ía**	dec**ía**
tú	estudi**abas**	le**ías**	dec**ías**
usted/él/ella	estudi**aba**	le**ía**	dec**ía**
nosotros/nosotras	estudi**ábamos**	le**íamos**	dec**íamos**
vosotros/vosotras	estudi**abais**	le**íais**	dec**íais**
ustedes/ellos/ellas	estudi**aban**	le**ían**	dec**ían**

Only three verbs are irregular in the imperfect: *ir, ser,* and *ver.*

	ir	*ser*	*ver*
Imperfect of irregular verbs			
yo	iba	era	veía
tú	ibas	eras	veías
usted/él/ella	iba	era	veía
nosotros/nosotras	íbamos	éramos	veíamos
vosotros/vosotras	ibais	erais	veíais
ustedes/ellos/ellas	iban	eran	veían

PRETERITE

Preterite of regular verbs

The Spanish preterite focuses on the beginning or end of actions, events, or states of being in the past.

* Completed actions

  Llegamos a Mérida a medianoche.   We arrived in Mérida at midnight.

* Events in the past

  Los mayas **construyeron** el
  Templo del Jaguar en...

  The Mayans constructed the
  Jaguar Temple in . . .

* States of being in the past

  Me sentí mal anoche.   I felt bad last night.

Preterite of regular verbs			
	-ar: observar	*-er: vender*	*-ir: exhibir*
yo	observé	vendí	exhibí
tú	observaste	vendiste	exhibiste
usted/él/ella	observó	vendió	exhibió
nosotros/nosotras	observamos	vendimos	exhibimos
vosotros/vosotras	observasteis	vendisteis	exhibisteis
ustedes/ellos/ellas	observaron	vendieron	exhibieron

Preterite of stem-changing verbs

Stem-changing verbs with *-ir* infinitives have a stem-change in the third-person *(usted/él/ella and ustedes/ellos/ellas)* forms of the preterite tense.

Preterite of stem-changing verbs			
	dormir	*pedir*	*sentir*
yo	dormí	pedí	sentí
tú	dormiste	pediste	sentiste
usted/él/ella	durmió	pidió	sintió
nosotros/nosotras	dormimos	pedimos	sentimos
vosotros/vosotras	dormisteis	pedisteis	sentisteis
ustedes/ellos/ellas	durmieron	pidieron	sintieron

Similar verbs

dormir: morir

pedir: conseguir, corregir(se), despedir(se), elegir, impedir, medir, perseguir, reír(se), repetir, seguir, servir, vestir(se)

sentir: advertir, divertir(se), herir, invertir, mentir, preferir, requerir, sugerir

Preterite of -ar verbs with spelling changes

Verbs that end in -car, -gar, and -zar have a spelling change in the first-person singular form of the preterite to preserve the sound of the stem.

	buscar	entregar	realizar
Preterite of -ar verbs with spelling changes			
yo	bus**qué**	entre**gué**	reali**cé**
tú	buscaste	entregaste	realizaste
usted/él/ella	buscó	entregó	realizó
nosotros/nosotras	buscamos	entregamos	realizamos
vosotros/vosotras	buscasteis	entregasteis	realizasteis
ustedes/ellos/ellas	buscaron	entregaron	realizaron

Similar verbs

buscar: acercarse, aparcar, colocar, complicar, comunicar(se), criticar, equivocar(se), explicar, marcar, pescar, practicar, sacar, secar, significar, tocar

entregar: apagar, cargar, colgar, jugar, llegar, negar, regar, rogar

realizar: almorzar, analizar, avanzar, cazar, comenzar, cruzar, empezar, gozar, tranquilizar, utilizar

Preterite of -er and -ir verbs with spelling changes

Most -er and -ir verbs whose stems end in a vowel change the endings of the third-person (usted/él/ella and ustedes/ellos/ellas) forms of the preterite tense: -ió → -yó; -ieron → -yeron.

	creer	construir	oír
Preterite of -er and -ir verbs with spelling changes			
yo	creí	construí	oí
tú	creíste	construiste	oíste
usted/él/ella	cre**yó**	constru**yó**	o**yó**
nosotros/nosotras	creímos	construimos	oímos
vosotros/vosotras	creísteis	construisteis	oísteis
ustedes/ellos/ellas	cre**yeron**	constru**yeron**	o**yeron**

Similar verbs

creer: caer, leer

construir: destruir, distribuir, huir, sustituir

Verbs that follow a special pattern in the preterite

Many of the most commonly used verbs in Spanish have special forms in the preterite. You will notice that the following preterite endings, except for the first- and third-person singular, are the same as those of regular -er and -ir verbs without accent marks. The first- and third-person singular endings are the same as those of -ar verbs without accent marks. Because other Spanish tenses are based on the preterite forms, it is very important that you memorize them.

Repaso: Verbs like *conducir* have an additional irregularity: in the third-person plural, the ending is *-eron* rather than *-ieron*. The third-person singular of *hacer* is *hizo*.

Verbs that follow a special pattern in the preterite		
infinitive	preterite stem	endings
andar	anduv-	
estar	estuv-	
tener	tuv-	
conducir	conduj-	-e
decir	dij-	-iste
traer	traj-	-o
		-imos
poder	pud-	-isteis
poner	pus-	-(i)eron
querer	quis-	
saber	sup-	
hacer	hic-, hiz-	
venir	vin-	

Similar verbs

conducir:	introducir, traducir, producir
decir:	predecir
hacer:	deshacer, rehacer
poner:	exponer(se), oponer(se), proponer, reponer, suponer
tener:	abstener(se), contener(se), detener(se), mantener(se), obtener
traer:	atraer, contraer, distraer
venir:	convenir, intervenir

Preterite of irregular verbs

Five verbs—*dar, haber, ir, ser,* and *ver*—are completely irregular in the preterite. *Ser* and *ir* have exactly the same forms, but don't worry—you will be able to determine which is which from context. Note the lack of accent marks in all forms of these five verbs in the preterite tense.

Preterite of irregular verbs					
	dar	*haber*	*ir*	*ser*	*ver*
yo	di	hube	fui	fui	vi
tú	diste	hubiste	fuiste	fuiste	viste
usted/él/ella	dio	hubo	fue	fue	vio
nosotros/nosotras	dimos	hubimos	fuimos	fuimos	vimos
vosotros/vosotras	disteis	hubisteis	fuisteis	fuisteis	visteis
ustedes/ellos/ellas	dieron	hubieron	fueron	fueron	vieron

Imperfect and preterite contrasted	
imperfect	*preterite*
• Habitual actions **Íbamos** a Mérida todos los años.	• Actions that happened a specific number of times **Fuimos** a Mérida en febrero.
• Duration or continuing actions Mientras **estábamos** en Mérida, **estudiábamos** español.	• Finished, completed actions **Estudiamos** español en Mérida el año pasado.
• Primary description Chichén Itzá **era** la ciudad más famosa del mundo maya. **Tenía** construcciones de muchos estilos arquitectónicos.	• Series of distinct events **Fuimos** a Chichén Itzá, **vimos** las ruinas y **tomamos** muchas fotos. Después, **comimos** en un restaurante típico yucateca.

Una mujer maya de Amatenango, Chiapas, México, borda una blusa tradicional.

**Develop writing skills
with *Atajo* software**

**www Explore!
http://depaseo.heinle.com**

**Discover the Hispanic world
with *Mosaico cultural***

Investigaciones de las ruinas mayas en Copán, Honduras

LA IMPORTANCIA DE SER BILINGÜE

Tema: En el extranjero
Propósitos

Una voluntaria del Cuerpo de Paz enseña inglés en Latinoamérica.

PRIMERA ETAPA: Preparación

OBJETIVOS:

In this *etapa,* you will . . .

- play a Spanish word game.

- learn how the international market influences life in the United States.

- find out about some occupations that require extended living situations abroad.

- use the chapter vocabulary to discuss living abroad.

Cultura en acción: While working on the *Primera etapa* in the textbook and the *Diario de actividades,* . . .

- use the suggestions given in the *Vocabulario en acción* and select the extended living-abroad experience that most appeals to you.

- select two or three Spanish-speaking countries that would be most suitable for your needs and/or interests.

- check the World Wide Web, the *Ministerio de información y turismo,* Spanish-language newspapers for job opportunities abroad, commercial and industrial business directories, etc., of your selected countries.

INTRODUCCIÓN

El aprendizaje del español. Hasta hace poco tiempo, la enseñanza del inglés como lengua extranjera dominaba la escena mundial. El reordenamiento económico y político mundial, así como la tendencia hacia la globalización, obligan cada vez más que prestemos atención al aprendizaje del español. A nivel mundial, la demanda por aprender español como idioma extranjero se ha duplicado en la última década. Entre las motivaciones más importantes se encuentran: la realización de operaciones comerciales, la profundización en áreas de estudio, la evangelización y el desarrollo de proyectos sociales, ecológicos o industriales en regiones del mundo hispanohablante. En este capítulo vamos a examinar algunos de estas razones para aprender el español.

Hilda Gutiérrez, profesora de español

VOCABULARIO EN ACCIÓN: «EN EL EXTRANJERO»

Sugerencias para aprender el vocabulario

Cómo agrupar frases y palabras. Categorizing words and phrases into meaningful units is a useful vocabulary-learning technique. For example, you may group or relate words according to grammatical categories (nouns, adjectives, verbs, etc.), semantic categories (people, places, sports, equipment, foods, etc.), situations (medicines to be prescribed for certain illnesses), functional themes (having fun, working, etc.). As you study the *Vocabulario en acción,* write down several different categories that might apply and group the words accordingly.

A. Categorías. En *Sugerencias para aprender el vocabulario* acabas de leer algunas de las categorías que se pueden usar para agrupar frases y palabras, pero hay muchas más. En parejas...

● escriban cinco o seis temas o categorías relacionados con vivir en el extranjero.

● comparen sus listas con las de los demás grupos de la clase.

_____   _____
_____   _____
_____   _____
_____   _____
_____   _____
_____   _____

B. Cómo agrupar palabras. Ahora, usando tus categorías y la lectura «En el extranjero», en la página 92, categoriza diez o doce de estas palabras en cuatro temas o categorías.

Tema/Categoría: **Tema/Categoría:**

_____   _____
_____   _____
_____   _____
_____   _____

Tema/Categoría: **Tema/Categoría:**

_____   _____
_____   _____
_____   _____
_____   _____

Repaso: You have already learned that organization takes two forms in language learning: organizing information about the language and organizing the way you study. A notebook will help you to do both. As mentioned earlier, a section of your notebook should be dedicated to a *Diccionario personal* in which you will make a list of words, their definitions, and an original sentence for each one. Dedicate another section of your notebook to recurring problems you have (adjective agreement, verb tenses, etc.) so that you can develop your own personalized checklist when you review your written work.

C. Mi diccionario personal. Mientras leas «En el extranjero» y hagas las actividades...

• escribe las palabras y frases en cursiva en el *Diccionario personal* de tu cuaderno.

• busca en tu diccionario los significados de las palabras que no conozcas.

• forma una oración original con cada palabra o frase.

En el extranjero

Hoy en día es muy común entrar en las tiendas y encontrar productos *fabricados* en otros países. Las *etiquetas* que llevan indican que algunos *paquetes* de disquetes para la computadora están *hechos* en México y que unos cuantos vinos blancos son productos de Chile. También encontrarás camisas hechas en Estados Unidos pero de tela *producida* en República Dominicana o juguetes *fabricados* en Honduras. Todos estos artículos son productos *extranjeros*. En los supermercados encontramos piñas o plátanos que vienen de Costa Rica y en el cine podemos ver películas en español con *subtítulos* en inglés como *El mariachi* o *Como agua para chocolate*. Leemos libros escritos por autores extranjeros, como Carlos Fuentes e Isabel Allende, y escuchamos discos compactos por Los Gipsy Kings y Ricky Martin.

Cada día hay más *intercambios* de productos e ideas entre naciones debido a los *medios de comunicación* como la *Telaraña* (o el WWW) y compañías *multinacionales*. Cada año el número de personas que viajan por todo el mundo incrementa. Entre 1985 y 1995 más de 47.419.000 millones de personas viajaron al extranjero y cada año este número se incrementa por más de un millón de personas. Cuando estas personas cruzan la *frontera* entre un país y otro, se convierten en «extranjeros» o personas que no pertenecen a la familia, el clan, la tribu, la religión, el imperio o el territorio de los otros según una de las definiciones aceptadas.

Muchas personas *hacen excursiones* al extranjero por una semana o dos para pasar sus vacaciones. En la sección de las salidas internacionales del aeropuerto uno *se da cuenta de* que más del cincuenta por ciento de los pasajeros no llevan libros o mapas turísticos sino computadoras (y diccionarios bilingües). Una nueva generación de *viajero*, en vez de pasar horas en los museos, castillos y mercados, viaja porque tiene *puestos de trabajo* en otros países. Algunos realizan otras funciones, como estudiantes que van a pasar un semestre o dos aprendiendo un idioma; *arqueólogos* que van rumbo a la selva para investigar ruinas precolombinas; *voluntarios del Cuerpo de Paz* que quieren empezar una escuela de agricultura; *deportistas* que planean escalar los Andes; *gente de la tercera edad* que después de *jubilarse* de su trabajo deciden pasar parte del año de su *retiro* en otro país debido a un mejor clima o en busca de un *ambiente* más tranquilo.

Todos tienen algo en común. Todos van a ser «extranjeros» y muchos van a tener que poder *comunicarse* en otros idiomas y entender otras culturas. Éste es el tema de muchos artículos de revistas, periódicos e incluso cursos universitarios que intentan preparar a estas personas para que puedan *desarrollarse* y *tener éxito* en un país que no es el suyo.

A. ¿A quién conoces? Estudia la lista de palabras y frases siguientes. Después, en parejas...

- hablen sobre las personas que conocen que van (o fueron) al extranjero en una de las capacidades siguientes.
- mencionen en qué país están (o estuvieron) y por cuánto tiempo.
- expliquen si les gustó la experiencia o no.
- añadan unas profesiones más a la lista.

❑ empleado/empleada de una compañía multinacional

❑ misionero/misionera

❑ militar

❑ estudiante

❑ doctor/doctora

❑ voluntario/voluntaria del Cuerpo de Paz

❑ investigador científico / investigadora científica

❑ deportista

❑ ingeniero/ingeniera

❑ persona retirada/jubilada

❑ ¿otro?: _____

B. Al extranjero. ¿Por qué viajarías al extranjero? Después de considerar algunas de las experiencias de la gente que conoces, escribe uno o dos párrafos explicando por qué viajarías o vivirías en el extranjero.

Retirados en el extranjero

SEGUNDA ETAPA: Comprensión

LECTURA

OBJETIVOS:

In this *etapa,* you will . . .

■ investigate the origin of products sold in the United States.

■ learn about academic preparation for a future in international business.

■ learn about the importance of language and culture in an international marketplace.

Repaso: Before beginning this *etapa,* review the *Sugerencias para la lectura* in your textbook.

Cultura en acción: While working on the *Segunda etapa* in the textbook and *Diario de actividades,* . . .

• practice skimming and scanning materials you have found in Spanish.

• as you complete *Estudio de palabras* in the *Diario de actividades,* include examples of words that form word families.

• submit an outline of your investigation to your instructor to check the appropriateness of the topic and sources.

Idiomas y negocios. El mundo de los idiomas y el mercado internacional... ¿Cuántos idiomas debemos aprender para tener éxito en las negociaciones? ¿Es mejor tener dos idiomas que uno? El mundo te habla... ¡Respóndele... ! Cada día en los periódicos salen anuncios de institutos de idiomas. Muchos apoyan los programas bilingües y dan énfasis a la enseñanza de idiomas en todos los niveles educativos. El artículo en la página 97 habla sobre la globalización de los mercados, el trabajo internacional y la importancia de aprender no sólo otro idioma sino otra cultura también. ¿Estás de acuerdo o piensas que hablar un idioma es más que suficiente? Además, ¿es importante enterarse de culturas distintas?

Montaje de tractores en Sahagún, México

Sugerencias para la lectura

Cómo revisar un texto *(Skimming and scanning).* To find out about the general content of a reading selection, you may run your eyes quickly over the written material and look at the general layout or design of the page. As you glance at, or **skim,** the title, photos, drawings, charts, and use of blank space, you quickly process the general clues to determine the content and purpose of the written material. If something catches your eye, you will then probably **scan** the article to locate specific or detailed information. Scanning a text is also used during a close reading when you highlight or underline essential information.

As you do the activities of this chapter of the textbook and of the *Diario de actividades,* first skim the authentic readings to determine what each article is about. Then, use the direction lines to the activities and the *Preguntas de orientación* before the readings as guides to finding essential information.

ANTES DE LEER

A. El mercado global.
¿De dónde vienen los productos que compramos? Sólo necesitamos leer las etiquetas de los productos para darnos cuenta que muchas cosas que compramos vienen de otros países. Escribe una lista de artículos que tienes en casa (ropa, aparatos electrónicos, etc.) de origen extranjero.

Producto	Marca	País de origen
Microdisquete para la computadora	*Sony*	*Japón*

B. Universidad Andina Simón Bolívar.
La Universidad Andina ofrece programas internacionales de posgrado para la preparación de sus estudiantes para carreras internacionales. Lee el anuncio siguiente y completa el cuadro con la información apropiada.

Países que participan	Requisitos	Servicios ofrecidos	Programas
La comunidad Andina: Bolivia, Perú...			

**Universidad
Andina
Simón Bolívar**

Sede Ecuador

**Programas
internacionales de
posgrado**

Convocatoria

**Derecho
Económico**

**Maestría
Diploma Superior**

Menciones
*Derecho de la empresa
Relaciones económicas
internacionales*

El Programa Internacional de Posgrado en Derecho Económico tratará, con una visión «macro», las nuevas realidades jurídico-económicas, la reformulación de la participación del Estado y de la empresa en la economía, la política y la organización económica y su proyección internacional.

Modalidad
La *Maestría* mantiene una modalidad de tiempo completo, mientras que el *Diploma Superior* tiene un régimen de tiempo parcial.

Convocatoria
El programa internacional de posgrado cuenta con la participación de docentes y estudiantes de todos los países de la Comunidad Andina, de América Latina, Norteamérica y Europa.

Requisitos
• Título terminal de una carrera del área social (derecho, economía, administración, ciencias políticas, comunicación social, sociología, etc.).

• Presentación del formulario de admisión.

• Entrevista personal.

Servicios académicos
Los estudiantes recibirán orientación personalizada de la planta docente del programa; además dispondrán de un cupo gratuito de correo electrónico, y posibilidad de ingresar a redes y bases de datos, como Lexis, y uso de biblioteca, salas de estudio y salas de computación.

Otros programas
Entre los programas internacionales de posgrado a nivel de *Maestría, Diploma Superior* y *Certificado*, están: *Estudios Latinoamericanos, Letras, Relaciones Internacionales, Informática y Matemática Aplicada.**

* Programas realizados en conjunto con la Escuela Politécnica Nacional

Calendario de admisiones
Presentación de solicitud de admisión y documentos adicionales hasta 18 de julio
Matrículas ordinarias del 15 al 26 de septiembre

Universidad Andina Simón Bolívar Sede Ecuador
Toledo 156 (Plaza Brasilia) • Teléfonos: 508150, 221490,
celular: 09730997 • Fax: 508156
E-mail: uasb@uasb.ecx.ec • P.O. Box: 17-12-569 • Quito, Ecuador

C. Pequeño diccionario. El artículo «Estamos en un mercado global... » del *ABC*, un periódico español, destaca la necesidad de poder comunicarse con gente de otros países en su idioma y entender su cultura. Antes de leer un fragmento del artículo y hacer las actividades...

• estudia el *Pequeño diccionario*.

• busca las palabras en el texto.

• escribe una oración original en tu *Diccionario personal* con cada palabra o frase.

• lee el pasaje y escribe una lista de palabras que no conozcas.

• busca el significado de esas palabras en tu diccionario.

---

alcanzar *tr.* Obtener.

cobrar mayor importancia *tr.* Tener, adquirir mayor importancia.

consigo *pron.* Contracción de «con sí» (tercera persona singular o plural).

desenvolverse (ue) *pr.* Desarrollarse, poder funcionar.

diferir (ie, i) *tr.* Ser diferente, distinto; distinguirse entre dos cosas.

directivo/directiva Gerente, jefe.

eficaz *adj.* Eficiente, capaz.

empresarial *adj.* Relacionado con negocios, empleos o trabajos.

entorno Ambiente; escenario.

fuente *m.* Idea fundamental.

impartir *tr.* Ofrecer, tener.

lograr *tr.* Conseguir, obtener, alcanzar.

moverse en el mismo cuadro de valores *pr.* Tener los mismos principios.

negocio Comercio.

sede *m.* Oficina (o escuela) principal.

son dos caras de la misma moneda *expr.* Son iguales, no hay diferencia.

¡A LEER!

A. En el periódico. En los periódicos y en las noticias diariamente se menciona el «mercado global». Usando las *Preguntas de orientación,* lee el artículo sobre un programa para enseñar idiomas, técnicas de dirección y comunicación entre culturas.

ABC	**Cursos y Formación**	**NUEVO TRABAJO/39**

«ESTAMOS EN UN MERCADO GLOBAL: HAY QUE APRENDER A NEGOCIAR CON DISTINTAS CULTURAS EMPRESARIALES»

Los años 90 han traído consigo la globalización de los mercados. Muchos directivos forman parte de grupos de trabajo internacionales. En este entorno, la dimensión cultural del trabajo en equipo cobra cada vez mayor importancia. Obtener el éxito ya es difícil de por sí cuando las partes negociadoras se mueven en el mismo cuadro de valores y usos empresariales, pero más aún si éstos difieren. Entender diferencias y buscar líneas claras de comunicación contribuirá a obtener los mejores resultados. Eso es lo que se propone alcanzar Canning, centro especializado en la comunicación empresarial, cuya creación se remonta al año 1965.

CANNING, una de las más prestigiosas escuelas de formación empresarial en el ámbito internacional desde su creación en 1965, tiene su sede en el Reino Unido y también se ha establecido en Italia y Japón. En la actualidad, ofrece formación especializada en tres áreas: idiomas, técnicas de dirección y comunicación entre culturas. En España comenzará a impartir cursos abiertos en febrero en Sevilla. «La aptitud para los idiomas y para comunicar son dos caras de la misma moneda», explica John Irwin, socio director de Canning. «No es suficiente con aprender a hablar un idioma correctamente; hay que lograr, además, que nuestro mensaje sea eficaz.»

La internacionalización del mundo de los negocios es un hecho y, por lo tanto las personas que componen las empresas necesitan, cada vez más, desenvolverse en distintas culturas empresariales. En cada encuentro fuera de su propia lengua, el directivo tiene que «controlar» tres fuentes: el idioma como tal, sus habilidades de comunicación y el encuentro con una cultura distinta a la suya.

Cada entrevista tendrá resultados según el dominio de estas tres facetas. Por ejemplo, trabajar en equipo con un grupo de americanos no es lo mismo que hacerlo con españoles y japoneses, y a los trabajadores de una empresa iberoamericana puede que no les motiven los mismos argumentos que a los de una compañía francesa. Se trata de lograr efectos que ya son difíciles de conseguir en la propia lengua, así que ¡más aún en un idioma distinto!

Preguntas de orientación

1. ¿Cuándo comenzó la globalización de los mercados?
2. Para obtener mejores resultados en las negociaciones, ¿qué hay que entender?
3. ¿Qué es Canning?
4. ¿Qué propone alcanzar?
5. ¿Cuándo comenzó Canning?
6. ¿Dónde tiene su sede?
7. ¿En qué otros países tiene centros Canning?
8. ¿Qué ofrecen estos centros?
9. ¿Cuáles son las dos cosas que hay que lograr para tener éxito en el mercado global?
10. Para poder sobrevivir en el mundo de los negocios, ¿qué tres cosas hay que saber hacer?
11. ¿Por qué crees que es difícil trabajar en equipo con gente de diferentes países?

Hombre de negocios

B. Un mercado global. Vuelve a leer el título y el párrafo del artículo sobre John Irwin, socio director del centro empresarial, prestando atención a las ideas principales. Después, completa las oraciones siguientes.

1. Principalmente el artículo habla de...
   a. una escuela de idiomas.
   b. unos negocios en España.
   c. los idiomas en el mercado global.

2. El artículo explica la importancia de poder negociar con...
   a. empresas de los países hispanohablantes.
   b. gente de culturas diferentes.
   c. gente de Estados Unidos.

3. «Canning» es el nombre de...
   a. el gerente de la empresa.
   b. una compañía de exportación.
   c. un centro de estudios.

4. Canning tiene más de _____ años.
   a. treinta
   b. noventa
   c. sesenta

5. Una de las cosas más importantes es...
   a. el idioma.
   b. el trabajo internacional.
   c. la comunicación.

DESPUÉS DE LEER

A. ¿Su cultura o la tuya? Uno de los problemas que se encuentra al viajar en el extranjero es el malentendido cultural. Por ejemplo, el uso de *tú* en vez de *usted* cuando uno habla con las personas puede ofender a un hispanohablante. En parejas...

- piensen en algunas de las «diferencias culturales» que existen entre algunos de los países hispanohablantes que conoces y Estados Unidos.
- hablen sobre la importancia de estas diferencias y si de verdad es importante respetar las costumbres de los demás.

B. En tu universidad. En tu universidad, ¿cuáles son algunos de los cursos que hay que tomar para graduarse con una licenciatura en Comercio Internacional, Economía, Contabilidad o Administración de Empresas? En parejas...

- escriban cuatro o cinco cursos que son requisitos para cada licenciatura.
- decidan cuáles de estos cursos preparan a una persona para trabajar en el mercado global.

TERCERA ETAPA: Fundación

FUNCIONES

PRIMERA FUNCIÓN: Cómo evitar la repetición, usando los complementos directos *(me, te, lo, la, nos, os, los, las)* e indirectos *(me, te, le, nos, os, les)*

A. Preguntas y respuestas. Viajar a un país extranjero es interesante y hay muchas cosas que aprender. En parejas...

- hagan preguntas sobre los temas siguientes.
- contesten las preguntas, usando pronombres de complemento directo, según el ejemplo.
- piensen en algunos temas más que estén relacionados con la vida en el extranjero.
- practiquen los temas adicionales, según el ejemplo.

■ **Ejemplo:** experimentar el choque cultural

Estudiante 1: *¿Dónde experimentaste **el choque cultural?***

Estudiante 2: ***Lo** experimenté cuando fui a Argentina.*

1. obtener los documentos oficiales
2. meter las cosas en la maleta
3. planear el itinerario
4. hacer efectivo los cheques de viajero
5. consultar las guías turísticas
6. saber el nombre del hotel
7. comprar los boletos de avión
8. hacer la reserva

B. Regalos para todos. ¿A quiénes regalarían los siguientes productos típicos del mundo hispano? En parejas...

- hagan preguntas basadas en la información siguiente.
- contesten las preguntas, usando pronombres de complemento indirecto y una frase preposicional, según el ejemplo.

■ **Ejemplo:** vinos chilenos

Estudiante 1: *¿**A quién** regalarías los vinos chilenos?*

Estudiante 2: ***Le** regalaría los vinos chilenos **a mi tío Luis.***

1. juguetes fabricados en Honduras
2. un surtido de frutas tropicales
3. una camisa de República Dominicana
4. un curso de español en el extranjero
5. una excursión a un país hispanohablante
6. un vídeo sobre las ruinas precolombinas
7. discos compactos de artistas hispanos
8. un libro sobre la historia de México

OBJETIVOS:

In this *etapa*, you will . . .

■ describe persons, places, and things.

■ make comparisons.

■ narrate in the recent and remote past.

¡OJO! For Activity A, use different interrogatives (*dónde, cuándo, cómo, quién,* etc.) when asking questions.

Cultura en acción: While working on this *etapa*, . . .

- study the vocabulary on page 118 of your textbook, as well as your *Diccionario personal*. Prepare flash cards and review with partners.
- begin to write your report, check accuracy and appropriateness of language, and focus on grammar concepts presented in this and previous chapters.
- compare and contrast two of your selected countries and choose one as the focus of your report when studying comparisons in the *Tercera función*.

Repaso: Before beginning the following activities, study the indirect and direct object pronouns on pages 119–121 of your textbook and complete the corresponding *Práctica de estructuras* on pages 93–96 of the ***Diario de actividades.*** Also review *Comprensión auditiva* on pages 74–92 of the ***Diario de actividades*** for related vocabulary.

Repaso: Before beginning Activity B, review *Vocabulario en acción* on pages 91–93 of your textbook.

Repaso: Before beginning Activity C, review «Estamos en un mercado global» on page 97 of your textbook.

C. El mercado global. El artículo «Estamos en un mercado global» les ofrece información relacionada con los negocios internacionales. En parejas, contesten las preguntas siguientes, según la información presentada en el artículo. Usen los pronombres de complemento, según el ejemplo.

■ **Ejemplo:** ¿Canning ofrece cursos de formación impresarial a sus estudiantes?

Sí, se los ofrece.

1. ¿Canning les enseña distintas culturas empresariales a los extranjeros?
2. ¿Les explican los profesores la dimensión cultural a los grupos de trabajo internacionales?
3. ¿Les gustaría estudiar las técnicas de dirección y comunicación entre culturas en Canning?
4. ¿La globalización de los mercados crea oportunidades para los estadounidenses?
5. ¿La internacionalización de los negocios promueve nuevas responsabilidades para las personas que componen las empresas?
6. ¿Los expertos les emplean los mismos argumentos a las empresas estadounidenses que a las iberoamericanas?

SEGUNDA FUNCIÓN: Cómo indicar el complemento directo, usando *a*

A. ¿Quién lo hizo? ¿Animal, vegetal, mineral o persona? En parejas...

- escriban oraciones basadas en la información siguiente, marcando el complemento directo (varíen el orden).
- pregunten cuál es el sujeto.
- respondan.

■ **Ejemplo:** pájaro / gato / atacar

Estudiante 1: *El pájaro atacó al gato. ¿Quién atacó?*

Estudiante 2: *El pájaro.*

1. caballo / mula / morder
2. David / Susana / ver
3. gato / perro / perseguir
4. Marielena / Guillermo / escuchar
5. niño / niña / pegar
6. profesor / estudiante / llamar

¡OJO! The following are some common verbs that use object pronouns.

- **contar (ue)** to tell; to count
- **dar** to give
- **devolver (ue)** to return
- **enseñar** to teach; to show
- **entregar** to hand in
- **enviar/mandar** to send
- **explicar** to explain
- **llamar** to call
- **mostrar (ue)** to show
- **pedir (i, i)** to ask for
- **prestar** to lend
- **prometer** to promise
- **recomendar (ie)** to recommend
- **regalar** to give (away)
- **traer** to bring

B. Cuento interactivo. Van a crear un cuento interactivo basado en el tema de este capítulo: «La importancia de ser bilingüe». En parejas...

- usen los personajes y verbos siguientes (en cualquier orden) para crear un cuento original basado en el tema «La importancia de ser bilingüe».
- escriban el cuento.
- lean su cuento a los demás grupos de la clase.
- usen las opciones para agregar a otro personaje o un verbo más.

Personajes	Verbos
el profesor Villalobos	conocer
el presidente de la universidad	conseguir
el bibliotecario	entrevistar
la actriz famosa	secuestrar
los estudiantes de la clase	ver
¿ ?	¿ ?

TERCERA FUNCIÓN: **Cómo comparar, usando *más/menos... que***

A. Compañeros de clase. En parejas, comparen y contrasten los aspectos siguientes de la vida estudiantil, según el ejemplo.

■ **Ejemplo:** clases

Estudiante 1: *¿Cuántas clases tienes hoy?*

Estudiante 2: *Tengo tres clases hoy.*

Estudiante 1: *Tú tienes **más** clases **que** yo.*

1. cursos
2. laboratorios
3. discos compactos
4. libros
5. trabajos escritos
6. exámenes
7. camisetas
8. compañeros/compañeras de cuarto
9. actividades
10. amigos/amigas

B. Lo bueno, lo malo y lo feo. ¿Cómo se comparan Estados Unidos y otros países? En parejas, comparen y contrasten las entidades siguientes, según las indicaciones.

■ **Ejemplo:** España / Estados Unidos   (área)

   *España es **más** pequeña **que** Estados Unidos.*
   *Estados Unidos es **más** grande **que** España.*

1. pasajes de avión nacionales / internacionales   (costo)
2. hoteles estadounidenses / argentinos   (comodidades)
3. relaciones en negocios estadounidenses / internacionales   (formalidad)
4. artesanías mexicanas / estadounidenses   (calidad)
5. viajeros estadounidenses / costarricenses   (choque cultural)
6. viajeros estadounidenses / peruanos   (documentos)
7. Sudamérica / Estados Unidos   (vendedores ambulantes)

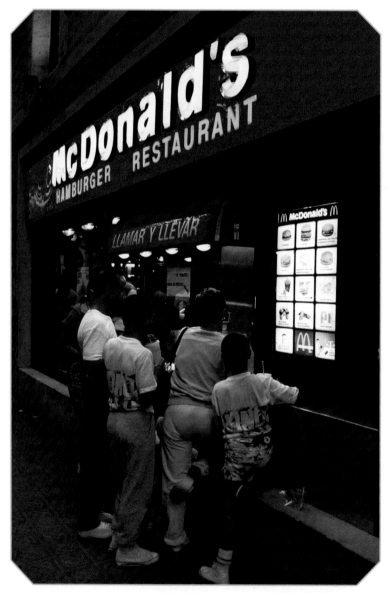

McDonald's en Las Ramblas, Barcelona, España

CUARTA ETAPA: Expresión

EL MUNDO DE LA LITERATURA:
Gringo viejo (fragmento)
por Carlos Fuentes

ANTES DE LEER

A. Una desaparición. En grupos pequeños, conversen sobre la desaparición de una persona famosa. Usen las preguntas siguientes como punto de partida.

- ¿Quién desapareció?
- ¿Cuántos años tenía él/ella?
- ¿Dónde desapareció?
- ¿Por qué fue misteriosa la desaparición?
- ¿Encontraron a esta persona? ¿Estaba viva o muerta?

B. Términos literarios. Vas a leer un fragmento de la novela *Gringo viejo,* escrita por Carlos Fuentes. Esta novela se basa en la misteriosa desaparición del periodista estadounidense Ambrose Bierce durante la revolución mexicana de 1910. Antes de leer el cuento, estudia los términos literarios siguientes que se refieren a tres clases de descripción.

Términos literarios

La descripción exterior refleja el aspecto exterior de un personaje, un escenario, etc. Puede centrarse en un aspecto determinado, ya sea la cara de un personaje o una actividad en concreto. Es la perspectiva de un narrador limitado y se caracteriza por el uso de la tercera persona (él/ella/ellos/ellas).

La descripción interior refleja los sentimientos y procesos mentales de un personaje. Puede hacer referencia a uno o más sentimientos o procesos. Es la perspectiva personal del narrador y se caracteriza por el uso de la primera persona (yo).

La descripción interior–exterior combina los dos tipos. Puede partir del interior hacia el exterior o viceversa. Es la perspectiva de un narrador omnisciente y se caracteriza por el uso de la primera persona.

¡OJO! In this selection, the narration skips back and forth between the present and the past. The present-time comments of some characters are indicated by Spanish dialogue marks (—). The past-time comments of some characters are indicated by guillemets («...»). Study these narrative devices carefully. What kind of effect do you think the author is trying to create?

Perspectiva

Carlos Fuentes (1928–) es uno de los autores mexicanos contemporáneos más conocidos. Hijo de un diplomático, Fuentes creció en Estados Unidos, Chile y Argentina. Volvió a México para cursar estudios secundarios y la carrera de leyes. Después de terminar su formación profesional, Fuentes trabajó como Agregado Cultural en Suiza y como Embajador de México en Francia. Sus novelas reflejan tanto una perspectiva histórica como un interés en lo mitológico. Hoy día, Fuentes se dedica a escribir, dar conferencias y enseñar al nivel universitario por todo el mundo.

Al final de Gringo viejo, *hay una «Nota del autor». Lee la nota de Fuentes a continuación.*

En 1913, el escritor norteamericano Ambrose Bierce, misántropo, periodista de la cadena Hearst y autor de hermosos cuentos sobre la Guerra de Secesión, se despidió de sus amigos con algunas cartas en las que, desmintiendo su reconocido vigor, se declaraba viejo y cansado.

Sin embargo, en todas ellas se reservaba el derecho de escoger su manera de morir. La enfermedad y el accidente —por ejemplo, caerse por una escalera— le parecían indignas de él. En cambio, ser ajusticiado ante un paredón[1] mexicano... «Ah —escribió en su última carta—, ser un gringo en México; eso es eutanasia.»

Entró a México en noviembre y no se volvió a saber de él. El resto es ficción.

Ambrose Bierce

Usa la nota del autor como modelo y escribe un párrafo sobre lo que le pasó a la persona o el personaje que identificaste en la Actividad A de la página 103. Después, en grupos pequeños, lean y comenten sus párrafos.

---

1. ajusticiado ante un paredón mexicano   *executed in Mexico by a firing squad*

Pequeño diccionario. El siguiente fragmento de *Gringo viejo* contiene palabras y frases especializadas. Antes de estudiar el pasaje y hacer las actividades...

- estudia el *Pequeño diccionario*.
- busca las palabras en el texto.
- escribe una oración original en tu *Diccionario personal* con cada palabra o frase.
- lee el pasaje y escribe una lista de palabras que no conozcas.
- busca el significado de esas palabras en tu diccionario.

amarrado/amarrada *adj.* Atado, asegurado por medio de cuerdas, cadenas, etc.
atado/atada *adj.* Unido o sujetado con ligaduras o cuerdas.
apurarse *pr.* Dar prisa.
azaroso/azarosa *adj.* Incierto; accidental.
bromear *intr.* Divertirse, reírse.
camilla de ocote Cama angosta y portátil de madera de pino.
carcajeante *adj.* Que manifiesta risa impetuosa y ruidosa.
cruzar *tr.* Atravesar un camino; *refl.* encontrarse con otra persona, vehículo, etc., yendo en dirección opuesta.
cuatrero Ladrón que roba animales.
de sobra *adj.* Más de lo suficiente.
desenterrar (ie) *tr.* Sacar.
desnudo/desnuda *adj.* Sin ropa.
destino Suerte.
entierro Acto de enterrar un cadáver.
escarbar *tr.* Excavar el suelo.
extraviado/extraviada *adj.* Perdido.

fatigado/fatigada *adj.* Muy cansado.
fosa Sepultura.
frazada Manta que se echa sobre la cama.
frontera Límite divisorio; confín oficial de un país.
hueso Cada una de las piezas que constituyen el esqueleto.
linterna Luz portátil.
mezquital *m.* Bosque de mezquite, un tipo de árbol.
montículo Pequeño monte aislado.
mujerear *intr.* Ir con mujeres.
paletada Porción que coge una pala.
paredón *m.* Pared de fusilamiento.
pegar *tr.* Golpear.
pelona Eufemismo para la muerte.
rasurarse *pr.* Afeitarse.
recio *adv.* Fuerte, con vigor.
rencor *m.* Resentimiento tenaz, odio.
sudoroso/sudorosa *adj.* Bañado en el sudor.

¡A LEER!

A. Elementos básicos. ¿Cuáles son los elementos importantes de esta obra? Primero, lee el fragmento de *Gringo viejo* en las páginas 106–108. Después, en grupos pequeños, identifiquen y describan los siguientes elementos literarios del fragmento.

1. el escenario
2. los personajes
3. el protagonista
4. el narrador
5. el punto de vista
6. la descripción

B. La trama. Ahora, van a revisar la obra para conocer su contenido. En grupos pequeños...

- usen las *Preguntas de orientación* para comprobar su comprensión de los sucesos relatados en el pasaje.
- dividan el pasaje en cuatro partes y denle cada parte a un miembro del grupo para revisar individualmente. Después, en grupos, discutan sus respuestas.

Repaso: Don't forget to use the reading strategies from the *Lectura* sections of your textbook when reading this passage. Try not to use your dictionary too often or you may lose the meaning of the passage.

¡OJO! This chapter from *Gringo viejo* has several themes and subthemes interwoven with the main question: Why did the Old Gringo go to Mexico to die? The subthemes include the notions of borders, bravery, life choices, and honor. As you read the text, look for indications of these themes.

Preguntas de orientación

1. ¿Por qué vino el gringo viejo a México?
2. ¿Qué ordenó el coronel Frutos García?
3. ¿Qué memoria tiene Pedro del gringo viejo?
4. ¿Dónde se conocieron el coronel Frutos García y el gringo viejo?
5. ¿Cómo quería morir el gringo viejo?
6. ¿Cuántas personas viajaban y cruzaban fronteras en aquella época?
7. ¿A qué tipo de «frontera» se refirió la señorita Winslow (la gringa)?
8. Según el coronel, ¿por qué se murió el gringo viejo?
9. ¿Cómo era el gringo viejo según las opiniones expresadas por los personajes?
10. ¿Cómo fue su vida en Estados Unidos?
11. En México ¿cómo se portaba el gringo viejo?
12. ¿Qué significaba la broma del gringo viejo («Quiero ir a ver si esos mexicanos saben disparar derecho.»)?

Gringo viejo *(fragmento)*
por Carlos Fuentes
Capítulo II

—El Gringo viejo vino a México a morirse.

El coronel Frutos García ordenó que rodearan el montículo de linternas y se pusieran a escarbar recio. Los soldados de torso desnudo y nucas sudorosas agarraron las palas y las clavaron en el mezquital.

Gringo viejo: así le dijeron al hombre aquel que el coronel recordaba ahora mientras el niño Pedro miraba intensamente a los hombres trabajando en la noche del desierto: el niño vio de nuevo una pistola cruzándose en el aire con un peso de plata.

—Por puro accidente nos encontramos aquella mañana en Chihuahua y aunque él no lo dijo, todos entendimos que estaba aquí para que lo matáramos nosotros, los mexicanos. A eso vino. Por eso cruzó la frontera, en aquellas épocas en que muy pocos nos apartábamos del lugar de nuestro nacimiento.

Las paletadas de tierra eran nubes rojas extraviadas de la altura: demasiado cerca del suelo y la luz de las linternas.

—Ellos, los gringos, sí —dijo el coronel Frutos García—, se pasaron la vida cruzando fronteras, las suyas y las ajenas —y ahora el viejo la había cruzado hacia el sur porque ya no tenía fronteras que cruzar en su propio país.

—Cuidadito.

(«¿Y la frontera de aquí adentro?», había dicho la gringa tocándose la cabeza. «¿Y la frontera de acá adentro?», había dicho el general Arroyo tocándose el corazón. «Hay una frontera que sólo nos atrevemos a cruzar de noche —había dicho el gringo viejo—: la frontera de nuestras diferencias con los demás, de nuestros combates con nosotros mismos».)

—El gringo viejo se murió en México. Nomás porque cruzó la frontera. ¿No era ésa razón de sobra? —dijo el coronel Frutos García.

—¿Recuerdan cómo se ponía si se cortaba la cara al rasurarse? —dijo Inocencio Mansalvo con sus angostos ojos verdes.

—O el miedo que les tenía a los perros rabiosos —añadió el coronel.

—No, no es cierto, era valiente —dijo el niño Pedro.

—Pues, para mí era un santo —se rió la Garduña.

—No, simplemente quería ser recordado siempre como fue —dijo Harriet Winslow.

—Cuidadito, cuidadito.

—Mucho más tarde, todos nos fuimos enterando a pedacitos de su vida y entendimos por qué vino a México el gringo viejo. Tenía razón, supongo. Desde que llegó dio a entender que se sentía fatigado; las cosas ya no marchaban como antes, y nosotros lo respetábamos porque aquí nunca pareció cansado y se mostró tan valiente como el que más. Tienes razón, muchacho. Demasiado valiente para su propio bien.

—Cuidadito.

Las palas pegaron contra la madera y los soldados se detuvieron un instante, limpiándose el sudor de las frentes.

Bromeaba el gringo viejo: «Quiero ir a ver si esos mexicanos saben disparar derecho. Mi trabajo ha terminado y yo también. Me gusta el juego, me gusta la pelea, quiero verla».

—Claro, tenía ojos de despedida.

—No tenía familia.

—Se había retirado y andaba recorriendo los lugares de su juventud, California donde trabajó de periodista, el sur de los Estados Unidos donde peleó durante la guerra civil, Nueva Orleans donde le gustaba beber y mujerear y sentirse el mero diablo.

—Ah que mi coronel tan sabedor.

—Cuidadito con el coronel; parece que ya se le subieron y nomás está oyendo.

—Y ahora México: una memoria de su familia, un lugar adonde su padre había venido, de soldado también, cuando nos invadieron hace más de medio siglo.

«*Fue un soldado, luchó contra salvajes desnudos y siguió la bandera de su país hasta la capital de una raza civilizada, muy al sur.*»

Bromeaba el gringo viejo: «Quiero ver si esos mexicanos saben disparar derecho. Mi trabajo ha terminado y yo también».

—Esto no lo entendíamos porque lo vimos llegar tan girito al viejo, tan derechito y sin que las manos le temblaran. Si entró a la tropa de mi general Arroyo fue porque tú mismo, Pedrito, le diste la oportunidad y él se la ganó con una Colt .44.

Los hombres se hincaron alrededor de la fosa abierta y arañaron los ángulos de la caja de pino.

—Pero también decía que morir depedazado delante de un paredón mexicano no era una mala manera de despedirse del mundo. Sonreía: «Es mejor que morirse de anciano, de enfermedades o porque se cayó uno por la escalera».

El coronel se quedó callado un instante: tuvo la clara sensación de oír una gota que caía en medio del desierto. Miró al cielo seco. El rumor del océano se apagó.

—Nunca supimos cómo se llamaba de verdad —añadió mirando a Inocencio Mansalvo, desnudo y sudoroso, de rodilla ante la caja pesada y tenazmente atada al desierto, como si en tan poco tiempo hubiera echado raíces—; los nombres gringos nos cuestan mucho trabajo, igual que las caras gringas, que todas nos parecen igualitas: hablan en chino los gringos —se carcajeó la Garduña, que por nada de este mundo se perdía un entierro, cuantimenos un desentierro—; sus caras son en chino, deslavadas, todititas igualitas para nosotros.

Inocencio Mansalvo arrancó un tablón medio podrido de la caja y apareció la cara del gringo viejo, devorada por la noche más que por la muerte: devorada, pensó el coronel Frutos García, por la naturaleza. Esto le daba al rostro curtido, verdoso, extrañamente sonriente porque el rictus de la boca había dejado al descubierto las encías y los dientes largos, dientes de caballo y de gringo, un aire de burla permanente.

Todos se quedaron mirando un minuto lo que las luces de la noche dejaban ver, que eran las luces gemelas de los ojos hundidos pero abiertos del cadáver. Al niño lo que más le llamó la atención fue que el gringo apareciera peinado en la muerte, el pelo blanco aplacado como si allá abajo anduviera un diablito peinador encargado de humedecerles el pelo a los muertos para que se vieran bien al encontrarse con la pelona.

—La pelona —exclamó a carcajadas la Garduña.

—Apúrenle, apúrenle —dio la orden Frutos García—, sáquenlo de prisa que mañana mismo debe estar en Camargo el cabrón viejo este —dijo con la voz medio atorada el coronel—, apúrense que ya va camino del polvo y si

13. En tu opinión, ¿qué significa «ojos de despedida»?
14. Cuando era joven, ¿dónde vivía y trabajaba el gringo viejo?
15. ¿Por qué eligió ir a México el gringo viejo?
16. ¿Qué hizo su padre en México?
17. ¿Qué hizo el gringo viejo en México?
18. ¿Cómo prefería morirse el gringo viejo?
19. ¿Sabían los mexicanos la identidad verdadera del gringo viejo? ¿Por qué?
20. ¿Qué costumbre tenía la Garduña?
21. ¿Cómo era el cadáver?
22. ¿Quién era el peluquero de los muertos?
23. ¿Quién es «la pelona»?
24. ¿Por qué se apura el coronel Frutos García?

25. ¿Cómo era el paisaje del lugar del desentierro?

26. ¿Cómo reaccionaron los mexicanos al desenterrar al gringo viejo?

27. ¿Cómo se portaban los soldados ante el cadáver?

28. ¿Qué mandato tenía que cumplir el coronel Frutos García?

29. ¿Por qué les tienen rencor los mexicanos a los gringos?

30. ¿Quién precipitó la salida del desentierro?

31. ¿Cómo transportaron el cadáver del gringo viejo?

32. Según el gringo viejo, ¿qué era mejor que suicidarse?

viniera un viento, se nos va para siempre el gringo viejo...

Y la verdad es que casi sucedió así, soplando el viento entre tierras abandonadas, barriales y salinas, tierras de indios insumisos y españoles renegados, cuatreros azarosos y minas dejadas a la oscura inundación del infierno: la verdad es que casi se va el cadáver del gringo viejo a unirse al viento del desierto, como si la frontera que un día cruzó fuera de aire y no de tierra y abarcara todos los tiempos que ellos podían recordar detenidos allí, con un muerto desenterrado entre los brazos —la Garduña quitándole la tierra del cuerpo al gringo viejo gimiente, apresurada; el niño sin atreverse a tocar a un muerto: los demás recordando a ciegas los largos tiempos y los vastos espacios de un lado y otro de la herida que al norte se abría como el río mismo desde los cañones despeñados: islas en los desiertos del norte, viejas tierras de los pueblos, los navajos y los apaches, cazadores y campesinos sometidos a medias a las furias aventureras de España en América: las tierras de Chihuahua y el Río Grande venían misteriosamente a morir aquí, en este páramo donde ellos, un grupo de soldados, mantenían por unos segundos la postura de la piedad, azorados ante su propio acto y la compasión hermana del acto, hasta que el coronel dijo de prisa, rompió el instante, de prisa, muchachos, hay que devolver al gringo a su tierra, son órdenes de mi general.

Y luego miró los ojos azules hundidos del muerto y se asustó porque los vio perder por un momento la lejanía que necesitamos darle a la muerte. A esos ojos les dijo porque parecían vivos aún:

—¿Nunca piensan ustedes que toda esta tierra fue nuestra? Ah, nuestro rencor y nuestra memoria van juntos.

Inocencio Mansalvo miró duro a su coronel Frutos García y se puso el sombrero tejano cubierto de tierra. Se fue hacia su caballo regando tierra desde la cabeza y luego todo se precipitó, acciones, órdenes, movimientos: una sola escena, cada vez más lejana, más apagada, hasta que ya no fue posible ver al grupo del coronel Frutos García y el niño Pedro, la carcajeante Garduña y el rendido Inocencio Mansalvo: los soldados y el cadáver del gringo viejo, envuelto en una frazada y amarrado, tieso, a un trineo del desierto: una camilla de ocote y cuerdas de cuero arrastrada por dos caballos ciegos.

—Ah —sonrió el coronel—, ser un gringo en México. Eso es mejor que suicidarse. Eso decía el gringo viejo.

C. Descripción. ¿Qué tipos de descripción emplea el autor? En grupos pequeños...

- busquen descripciones de los personajes siguientes en el texto; pueden ser descripciones físicas o psicológicas, explícitas o implícitas.
- identifiquen el tipo de descripción de cada ejemplo (interior / exterior / interior–exterior).
- indiquen si la descripción es explícita o implícita.

Personaje	Descripción	Tipo de descripción
1. el gringo viejo		
2. el coronel Frutos García		
3. la Garduña		
4. Pedrito		
5 Harriet Winslow		

DESPUÉS DE LEER

A. ¿Qué significa? Vamos a volver al tema de «fronteras». En grupos pequeños, conversen sobre los varios significados de la palabra «frontera» que se expresan en *Gringo viejo.*

B. Una frase clave. Una frase se repite en esta obra: «Quiero ver si esos mexicanos saben disparar derecho». En grupos pequeños, conversen sobre la frase repetida por el gringo viejo.

C. El gringo viejo. ¿Por qué quería morir en México el gringo viejo? En grupos pequeños, discutan la pregunta. ¿Están de acuerdo con su filosofía?

D. ¿Qué opinan de él/ella? En este pasaje las palabras del gringo viejo (el pasado) están entremezcladas con los comentarios y opiniones de otros personajes (el presente). En grupos pequeños...

- elijan a una persona famosa muerta.
- escriban los comentarios y opiniones sobre él/ella que se oyen o que se leen.

E. Necrología. Van a escribir una necrología de periódico (obituario) para el gringo viejo. Primero, lean las necrologías de la página siguiente y contesten las *Preguntas de orientación.* Después, en grupos pequeños...

- usen los ejemplos de un periódico mexicano como modelo.
- escriban un epitafio para la lápida de su propia sepultura.

¡OJO! These *esquelas* are from a Mexican newspaper. Customarily, businesses, civic organizations, and friends of the deceased place such notices in the paper. They are normally respectful and solemn. The obituary for Abelardo, however, is not at all solemn in spite of its religious symbol. As you study it, try to determine its lighthearted theme.

Preguntas de orientación

1. ¿Por qué puso Río Bravo Eléctricos una esquela para Julio Flores Gaytán?
2. ¿Qué relación tiene Irma Flores Rodríguez con el fallecido?
3. ¿Cuáles son algunas frases en español que expresan pésame?
4. ¿Quién escribió la esquela para Abelardo? ¿Cuál es el tema?
5. ¿Cuál es el tema de la esquela para Jesús Quiroz Tarín?

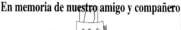

LEE UN POCO MÁS

Si te interesa la época de la revolución mexicana, se recomiendan las novelas siguientes.

* Azuela, Mariano. *Los de abajo* (1916).
* Guzmán, Martín Luis. *Memorias de Pancho Villa* (1938–39).
* Fuentes, Carlos. *La muerte de Artemio Cruz* (1962).
* ———. *Gringo viejo,* (1985).

Mosaico cultural

MILLONES EN EL MERCADO:

Markets and Supermarkets

INTRODUCCIÓN

Este vídeo presenta una variedad de perspectivas sobre el concepto del «mercado» en el mundo hispano. Una de las mejores maneras de ver las semejanzas y diferencias entre los países es ir a los mercados. Este vídeo incorpora el significado del mercado tradicional como un centro de intercambio de productos y servicios tanto como la vida social. Además, el vídeo describe los diferentes tipos de mercados y puestos tradicionales y de tiendas contemporáneas.

ANTES DE VER

A. Lluvia de ideas. ¿Cuáles son las características de un mercado? En grupos pequeños...

- escriban una lista de los productos agrícolas que se encuentren en un mercado de campesinos u otro mercado tradicional en su estado.
- hagan una lista de productos no agrícolas que se venden allí.
- hablen de mercados tradicionales de su estado (o país) en los cuales han comprado. ¿Dónde estaban ubicados? ¿Cómo era el ambiente? ¿De qué calidad eran los productos?

Un mercado mexicano

B. Ayer y hoy. ¿Cómo se comparan el pasado y el presente? En grupos pequeños...

- comenten las comodidades que se encuentran hoy día en un supermercado.
- elijan un supermercado o tienda popular de su ciudad. ¿Cuáles son los aspectos de ese «super» que les gusten más? ¿Por qué?

C. Pequeño diccionario. Antes de ver «Millones en el mercado»...

- estudia el *Pequeño diccionario.*
- categoriza las palabras y frases de una manera lógica o da ejemplos de las palabras.
- escribe una oración original en tu *Diccionario personal* con cada palabra o frase.

---

acuerdo Resolución tomada por varias personas. Unión, armonía.
arveja Una legumbre pequeña y redonda, verde o amarilla.
cuadra Bloque de casas.
cumplir *tr.* Hacer que una cosa quede completa.
durar *intr.* Continuar siendo, viviendo, funcionando, etc.
entretener *tr.* Divertir; recrear.
herramienta Instrumento con que trabajan los artesanos.
mascota Animal domesticado.
mercadería Mercancía, comercio.
mole *m.* Salsa de chile que puede llevar tomates verdes, especias y condimentos variados, semillas de ajonjolí, chocolate o cacahuates.
monedero Bolsa pequeña para llevar dinero.
veladora Candela.

¡A VER!

A. ¿Sí o no? Mientras veas el vídeo, presta atención a los temas siguientes e indica la respuesta correcta.

Sí No
- ❏ ❏ 1. Hay una gran variedad de productos y servicios en el mercado.
- ❏ ❏ 2. En el mercado todo está muy organizado.
- ❏ ❏ 3. Venden comida, animales y artesanías en el mercado.
- ❏ ❏ 4. Los mercados siempre tienen muy poca gente.
- ❏ ❏ 5. La gente compra amuletos para evitar la mala suerte.
- ❏ ❏ 6. Un hombre puede limpiar su sombrero en el mercado.
- ❏ ❏ 7. No está permitido vender polvos mágicos en los mercados.

B. Productos. Escribe una lista de siete de los diferentes productos que se venden en los puestos y tiendas que se especializan en un solo artículo.

1. _____   5. _____

2. _____   6. _____

3. _____   7. _____

4. _____

DESPUÉS DE VER

A. Observaciones. Escribe tus observaciones/impresiones de los mercados hispanos que viste en el vídeo con respecto a la gente y su ropa, los colores, las costumbres y las tradiciones.

Gente y su ropa	Colores	Costumbres	Tradiciones

B. Comparar y contrastar. Ahora, van a comparar los mercados del vídeo con los de su comunidad. En parejas...

- comparen y contrasten los mercados que vieron en el vídeo con los de su comunidad. ¿Cuáles son las semejanzas y diferencias con respecto a los productos y los servicios?
- hablen de las interacciones que tienen lugar en los mercados y centros de compras que conozcan.

Enlace

A. Vivir en el extranjero. ¿Recuerdan los pasajes de la *Comprensión auditiva*? En grupos pequeños...

● repasen los problemas que Lisa encontró en los pasajes de la *Comprensión auditiva*.

● discutan la pregunta: ¿Es posible evitar el choque cultural? ¿Por qué? ¿Cómo?

B. La guerra. El fragmento de la novela *Gringo viejo* presenta un incidente relacionado con la revolución mexicana. En grupos pequeños...

● comenten los efectos psicológicos de la guerra en los participantes y los no participantes.

● sugieran posibles opciones que el gringo viejo hubiera podido seguir en lugar de ir a México.

C. El papel de las cartas. Hay gente que dice que el arte de escribir cartas está muerto. En grupos pequeños...

● discutan las ventajas y desventajas de los varios medios de comunicación: cartas, correo electrónico, teléfono, *fax*.

● comenten los efectos posibles de estos medios de comunicación sobre los destinarios.

● comenten la relación que tienen las cartas con los temas de este capítulo: los negocios y los estudios en el extranjero.

D. El pueblo global. Hoy día todo el mundo habla del «pueblo global» y la importancia de la comunicación entre personas de distintas culturas. En grupos pequeños...

● hablen desde la perspectiva de los estudiantes sobre el pueblo global.

   ■ **Ejemplo:** *Ser bilingüe es una ventaja porque uno puede entender mejor las diferentes culturas.*

● hablen desde la perspectiva de las empresas sobre el pueblo global.

   ■ **Ejemplo:** *Conocer la cultura de un país facilita los negocios.*

● hablen desde la perspectiva de los gobiernos sobre el pueblo global.

   ■ **Ejemplo:** *Conocer las costumbres de otros países facilita las relaciones políticas.*

E. Revisión de composición. Ahora, van a revisar tus composiciones, enfocándose en el contenido, el vocabulario y la exactitud. En parejas...

● intercambien las composiciones y revísenlas, según los criterios siguientes.

● califiquen sus composiciones, según las indicaciones.

Escala

excelente   =   4 puntos
bueno   =   3 puntos
mediocre   =   2 puntos
malo   =   1 punto
inaceptable   =   0 puntos

Calificación de composiciones	
Contenido	
Introducción que llama la atención	_____
Organización lógica	_____
Ideas interesantes	_____
Transiciones adecuadas	_____
Conclusión firme	_____
Vocabulario	
Adjetivos descriptivos	_____
Verbos activos	_____
Uso adecuado de *ser* y *estar*	_____
Exactitud	
Concordancia entre sujeto/verbo	_____
Concordancia entre sustantivo/adjetivo	_____
Ortografía	_____
Puntuación	_____
Calificación global	_____

Calificación global

excelente   =   43–48 puntos
bueno   =   38–42 puntos
mediocre   =   33–37 puntos
malo   =   28–32 puntos
inaceptable   =   0–27 puntos

Los niños hondureños estudian la higiene personal.

Cultura en acción

OPORTUNIDADES EN EL EXTRANJERO

TEMA: El tema de *Oportunidades en el extranjero* les dará a ustedes la oportunidad de investigar, escuchar, escribir y hacer una presentación sobre las oportunidades de vivir y trabajar en países hispanos. Ustedes pueden investigar los temas siguientes.

- Estudiar en el extranjero.
- Trabajar de voluntario/voluntaria.
- Trabajar para una compañía multinacional.
- Viajar.
- Retirarse.
- Trabajar de investigador/investigadora (de arqueología, lingüística, etc.).
- Dedicarse a la preservación del medioambiente.
- Alistarse para una carrera militar.
- ¿Otro?: _____
- ¿Otro?: _____

ESCENARIO: El escenario de *Oportunidades en el extranjero* es una exhibición donde ustedes enseñarán individualmente la información que obtuvieron y presentarán sus trabajos escritos.

MATERIALES:

- Trabajo escrito y panfletos para exhibir.
- Tarjetas de apuntes para usar como referencia durante la presentación oral.
- Fotografías y mapas del lugar.
- Panfletos y hojas de información sobre organizaciones, compañías, programas para estudio en el extranjero, etc.

GUÍA: Cada uno elige un motivo para vivir y/o trabajar en el extranjero para investigar y presentar a la clase.

LAS PRESENTACIONES: El día de la actividad, todos ustedes deben participar en arreglar la sala. Cada uno de ustedes, o un grupo designado por el instructor / la instructora, presentará su trabajo de investigación. Hay que explicar por qué eligió el tema (trabajo, estudios, retiro, etc.) y el país, y contestar las preguntas de los demás estudiantes. Después de la presentación, todos pueden ver los trabajos escritos y materiales correspondientes a cada presentación.

Una ejecutiva de empresas

Vocabulario

<<En el extranjero>>

ambiente *m.* surroundings
arqueólogo/arqueóloga
comunicarse to communicate
darse cuenta de to realize
deportista *m./f.* athlete
desarrollarse to develop
etiqueta tag, price tag
extranjero/extranjera foreign
fabricado/fabricada
　manufactured
frontera border
gente de la tercera edad *f.*
　people at the age of retirement
hacer excursiones to take short
　trips
hecho/hecha en made in
intercambio exchange
jubilarse to retire
medios de comunicación means
　of communication
multinacional
paquete *m.* package, parcel
producido/producida
puesto (de trabajo) job
retiro retirement
subtítulo
telaranya/telaraña World Wide
　Web
tener éxito to be successful
tercera edad age of retirement
viajero/viajera traveler
voluntario/voluntaria

Prefijos

ante- before
des- take away
mal- bad
multi- many
sub- below
trans- across

Sufijos

-ción -tion
-dad -ty
-ía -y
-ivo/-iva -ive
-mente -ly
-oso/-osa -ous, -ful, -ic
-tad -ty
-ura -ure

Profesiones y trabajos

científico/científica scientist
doctor/doctora
estudiante *m./f.*
guía turística *m./f.* tour guide
ingeniero/ingeniera engineer
jubilado/jubilada retiree
militar *m./f.* soldier
misionero/misionera
profesor/profesora
retirado/retirada retiree
secretario/secretaria

La vida estudiantil en el extranjero

aclarar to clarify
aprender de memoria
　to memorize
aprobar (ue) to pass *(an exam,
　course)*; to approve
apuntes *m. pl.* class notes
asistencia attendance
charla chat, discussion
composición
criticar
enseñanza teaching
entregar to hand in; to deliver
estar de oyente to audit *(a class)*
estar equivocado/equivocada
　to be mistaken
evaluar/medir (i, i) to evaluate / to
　measure
faltar a clase to miss class
hacer cola to stand in line
huelga strike
internado/internada boarding
　school student; internship
investigación research
pasar lista to take attendance
prestar atención to pay attention
programa *m.* syllabus; program
prueba quiz
repasar to review
requerir (ie, i) to require
resumen *m.* summary
sacar buenas/malas notas to get
　good/bad grades
salir bien/mal en un examen
　to pass/fail an exam
seguir (i, i) to continue; to follow
sobresalir to excel; to stand out
tarea homework; task
tener razón to be right

trabajo/informe *m.* paper *(for
　class)*

Matrícula y papeleo

arreglar to arrange
beca scholarship
becario/becaria scholarship
　student
competencia competition
conseguir (i, i) to get, obtain
consejero/consejera adviser
cumplir (con los requisitos)
　to fulfill (requirements)
escoger/elegir (i, i) to choose
examen de ingreso *m.* entrance
　exam
horario schedule
inscribirse to enroll in a class
materia *(school)* subject
matrícula/inscripción tuition
matricularse to register
plaza place
préstamo loan
requisito required course
semestre *m.*
solicitar una beca to apply for a
　scholarship
trimestre *m.* quarter

Títulos y profesiones

bachiller *m.* student who has
　completed requirements for
　admission into a university
bachillerato high-school diploma
　(in some countries)
campo de estudio field of study
carrera career
doctorado doctorate
especialización major
especializarse en to major in
facultad academic unit
graduarse to graduate
hacer una solicitud to apply
licenciatura master's degree
　(in some countries)
maestría master's degree
posgrado graduate work
profesorado teaching staff,
　faculty
(re)llenar una solicitud to fill out
　an application
título degree

PERSPECTIVA LINGÜÍSTICA
The nucleus

In *Capítulo 1,* you learned that Spanish sentences, like English, are composed of a noun phrase or subject (NP) and a verb phrase or predicate (VP). In English, the noun phrase is absolutely essential to convey the identity of the subject. For example:

> NP   VP
> **I** went to Mexico last year.

In Spanish, however, the noun phrase is optional, because the subject is expressed by the verb suffix.

> (NP)   VP
> *Va**mos** a Argentina en septiembre.*

Because the verb contains both the subject and the verb stem, it is considered the **nucleus** *(núcleo)* of the Spanish sentence. The only exception is the verb *hay*, which is considered impersonal and has no subject. Object pronouns, which you will study in the *Perspectiva gramatical* section, are also considered part of the nucleus.

PERSPECTIVA GRAMATICAL
Indirect object

The Spanish indirect object (IO) differs in several ways from the English IO. The English IO is usually restricted to the notions of giving-to or doing-for someone, but the Spanish IO indicates a general "involvement" with the subject, verb, and direct object (DO). This involvement may represent the subject's interest in, participation with, or effect from the indirect object—depending on the context. Thus, the Spanish IO encompasses a wide range of English equivalents, including *to, for, from, on, in, of,* and *'s,* as noted in the following examples:

> *Marlena **le** escribió una carta **a su madre**.*
> Marlena wrote a letter to her mother.
>
> *Martín **le** preparó la comida **a su padre**.*
> Martin prepared a meal for his father.
>
> *María **le** puso la mantita **a su bebé**.*
> Maria put a small blanket on her baby.
>
> *Marcos **le** notó un cambio de personalidad **a su hermano**.*
> Marcus noticed a change in his brother's personality.
>
> *Manuela **le** cambió la ropa **a su hija**.*
> Manuela changed her daughter's clothing.

As you may have noticed in these examples, there is an element of redundancy (repetition) because the prepositional phrase echoes the person indicated by the indirect object pronoun. The prepositional phrase is not required, but is used when the speaker/writer wants to clarify or emphasize the IO.

The following chart summarizes the Spanish indirect object pronouns and their corresponding prepositional phrases.

Indirect object pronoun	Prepositional phrase
me	a mí
te	a ti
le	a usted / a él / a ella / a Magdalena
nos	a nosotros / a nosotras
os	a vosotros / a vosotras
les	a ustedes / a ellos / a ellas / a Mario y a Matilda

Direct object

The Spanish direct object (DO) completes the idea that begins with the verb (VP). Although this definition may sound somewhat vague, it can be illustrated quite simply by the following examples.

*Ana oyó a su **profesora**.*   *Adán grabó a la **cantante**.*

*Antonio admiró a la **presidenta**.*   *Adelaida recordó a su **abuela**.*

*Alicia comprendió al **invitado**.*   *Arturo vio al **político**.*

You probably noticed in the examples above that each of the direct objects was preceded by the word *a*. In Spanish, both the IO and the DO may be marked by *a*. Although the DO marker is sometimes called the "personal" *a*, there are many instances in common speech when it is used with nonhuman objects, such as:

*El gato vio **al** perro.*

In this example, without the direct object marker *a*, it might not be clear whether the cat saw the dog or the dog saw the cat.

Direct object pronouns may be used to replace the DO and are placed directly before a conjugated verb.

*Ana oyó a su **profesora**.* → *Ana **la** oyó.*

The following chart summarizes the direct object pronouns.

Direct object pronouns	
singular	*plural*
me	nos
te	os
lo/la	los/las

Double object pronouns

There are times when you will want to use both an indirect and a direct object pronoun in the same sentence. In that case, the DO is placed directly before the conjugated verb and the IO precedes the DO.

IO DO
*¿Franciso **te** presta **el diccionario**?* → *Sí, **me lo** presta.*

Object pronouns may also be attached, in the same order, to infinitives, commands, and present participles, as in the following examples.

Verb type	Examples
Infinitive	*Francisco va a prestár**melo**.*
Command	*Francisco, présta**melo**.*
Present participle	*Francisco está prestándo**melo**.*

Notice that all three verb forms must carry a written accent over the stressed syllable whenever object pronouns are attached.

Comparisons

There are three forms of comparison in Spanish: **equality, superiority,** and **inferiority.** Sometimes, the latter two categories are combined (because of the similarity of their formation) and called comparisons of **inequality.** Comparisons of equality may be formed in various ways.

Comparison of equality	Examples
tan + adjective + *como*	*Carolina es **tan alta como** Flor.* *Ernesto es **tan inteligente como** Roberto.*
tanto/tanta/tantos/tantas + noun + *como*	*Yo leo **tantos libros como** él.* *Marlene come **tantas verduras como** Román.*
verb + *tanto como*	*Orlando **habla tanto como** Luis.* *Paz **estudia tanto como** Lorena.*

¡OJO! Some comparative words are irregular, as for example:

bueno → mejor

Este refresco es mejor que el otro.

joven → menor

Guillermo es menor que yo.

malo → peor

Salí peor en este examen que en los anteriores.

mucho → más

Arturo viaja más que yo.

poco → menos

Adriana tiene menos dinero que yo.

viejo → mayor

Diana es mayor que Dolores.

Comparisons of superiority indicate that one entity is superior to another. The key word in this type of comparison is *más*.

Comparison of superiority	Examples
más + adjective + *que*	*Mi diccionario es **más grande que** el tuyo.*
más + noun + *que*	*Nieves escribe **más cartas que** Antonia.*
verb + *más que*	*Salvador **trabaja más que** Víctor.*

Comparisons of inferiority indicate that something is less than another. The key word in these comparisons is *menos*.

Comparison of inferiority	Examples
menos + adjective + *que*	*Lalo es **menos estudioso que** Pedro.*
menos + noun + *que*	*Vina come **menos dulces que** Blanca.*
verb + *menos que*	*Leonor **duerme menos que** yo.*

De compras en el extranjero, Buenos Aires, Argentina

La maquiladora de AT&T en Nuevo Laredo, México

Develop writing skills
with *Atajo* software

www Explore!
http://depaseo.heinle.com

Discover the Hispanic world
with *Mosaico cultural*

Salto desde La Quebrada, México

LA DIVERSIÓN Y EL TIEMPO LIBRE

Ciclista acrobático

PRIMERA ETAPA: Preparación

OBJETIVOS:

In this *etapa,* you will . . .

■ learn about some of the different ways to spend free time.

■ find out about some nontra-ditional, alternative sports.

■ use the chapter vocabulary accurately.

Cultura en acción: While working on the *Primera etapa* in the textbook and ***Diario de actividades,*** . . .

• select one of the sports, hobbies, or activities that appeal to you. Also select a sporting event that you have always wanted to see take place in a Spanish-speaking country, for example, *La vuelta a España,* a bicycle race in Spain.

• select two or three Spanish-speaking countries that you think would be appropriate for practic-ing or observing this sport or hobby. Look for ads in the sports magazines that frequently offer excursions to Spain, Mexico, South America, or the Caribbean.

• check the *Ministerio de informa-ción y turismo* for your selected countries, sports magazines for events and competitions, or the library for general information. If you are interested in *escalar* or *montañismo,* you should also use those words to do a search on the Internet.

INTRODUCCIÓN

El tiempo libre. ¿Qué haces en tu tiempo libre? Según la encuesta en el *ABC,* al sesenta y ocho por ciento de los jóvenes mayores de dieciséis años le gusta viajar. Pero hay otras formas también de pasar las horas de ocio. En este capítulo, vamos a investigar los deportes, pasatiempos y juegos que son populares en los países hispanos.

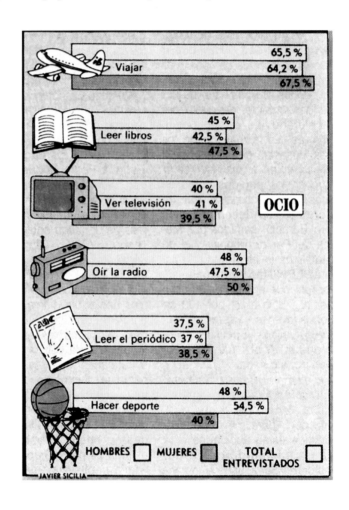

VOCABULARIO EN ACCIÓN: «EL OCIO»

Sugerencias para aprender el vocabulario

Juegos de mesa *(Board games).* One of the most enjoyable ways to learn vocabulary is to get together with a group of friends to play word-related board games. Scrabble sets in Spanish are commercially available, but if you have an English version at home, it can be easily altered. Traditionally, the letters *ch, ll,* and *rr* were considered to be separate letters. Today, however, they have been merged with the letters, *c, l,* and *r,* respectively, so the only letter lacking in the English alphabet is the *ñ;* a stroke with a magic marker can alter one or two of the "n" tiles. Other adaptable games are Boggle, Bingo, and Hangman. Crosswords, word searches, word mazes, and charades are other enjoyable ways to meet with friends and learn new words. Just be sure to appoint someone as the "judge" to look up in a dictionary any terms you are unsure of.

A. Palabras relacionadas. ¿Qué palabras están relacionadas con el tiempo libre y la diversión? Mientras leas «El ocio», en parejas...

- busquen las palabras en la lectura que están relacionadas con las categorías siguientes.
- piensen en otras palabras para completar cada lista.
- compartan sus listas con las de los demás grupos de la clase.

Pasatiempos	Deportes y juegos	Excursiones
música	fútbol	parque de atracciones

Acciones	Equipo deportivo	Otras palabras
descansar	bicicleta de montaña	

B. ¡A jugar! Ahora, en grupos de cuatro, piensen en un juego sencillo como Hangman o Bingo y, usando las palabras de las listas, diviértanse aprendiendo el vocabulario nuevo.

C. Mi diccionario personal. Mientras leas «El ocio» y hagas las actividades...

- escribe las palabras y frases en cursiva en el *Diccionario personal* de tu cuaderno.
- busca en tu diccionario los significados de las palabras que no conozcas.
- forma una oración original con cada palabra o frase.

El ocio

En el siglo I después de Cristo, cuando el gran filósofo romano, Lucio Anneo Séneca, nacido en Córdoba, España, habló del ocio, él se refería al «descanso». Esto era normal, pues en el mundo romano el trabajo era intenso. Pero, desde la revolución industrial, son cada día menos los *esfuerzos físicos* que tenemos que realizar.

Mosaico romano

Sin embargo, las *responsabilidades diarias* del trabajo no sólo son físicas sino también mentales y nos vemos obligados a buscar una manera ociosa para *descansar.* Una buena posibilidad es dedicar el tiempo del ocio a la *cultura,* entendiendo que ésta no es, como se creía antes, el cultivo solamente de las *expresiones artísticas*. Realmente, la cultura es una dinámica social que se vive en una circunstancia dada: por ejemplo, la *música*, el *deporte*, la buena

cocina, la *lectura*, las *artes plásticas*, la *tertulia* y hasta la actividad social.

Museo del Prado, Madrid, España

Para informar a la gente sobre las diferentes formas de diversión, aparecen *guías del ocio* en los periódicos o revistas. Allí incluyen información sobre *recitales* y *conciertos*, *espectáculos*, *exposiciones* y *museos*, *salas de cine*, *restaurantes*, *parques de atracciones*, libros y grupos musicales que están de moda y *excursiones* para pasar un fin de semana.

Navegar las rápidas corrientes del Río Orinoco en Venezuela

La naturaleza también se ha convertido desde hace unos años en el gran protagonista para el ocio de los deportistas. Una reacción contra la vida sedentaria del pasado ha promovido los *deportes radicales* y ha hecho que palabras nuevas como rafting, kayac y *bicicleta de montaña* entraran a ser parte del idioma. Son deportes en que los protagonistas no dudan en *navegar* por las rápidas corrientes de un río, lanzarse al vacío en paracaídas o *escalar* una pared sólo con las manos. Es la aventura por tierra, mar y aire.

A. Los deportes y el ocio. Estudia la lista siguiente e indique qué deportes practicabas de joven (J), qué formas de recreo practicas ahora (P), qué actividades te gustaría intentar (si tuvieras el tiempo o el dinero) (I) y qué actividades simplemente te gusta ver (V). Después, en parejas, hablen sobre sus preferencias.

_____ acampar

_____ andar en bicicleta

_____ andar en bicicleta de montaña

_____ bailar

_____ bucear

_____ caminar

_____ cazar

_____ cocinar

_____ coleccionar...

_____ correr

_____ cultivar un jardín

_____ dar una caminata

_____ dibujar

_____ escribir (cuentos, poesía, etc.)

_____ hacer crucigramas

_____ hacer esquí acuático

_____ hacer gimnasia

_____ hacer manualidades

_____ hacer piragüismo

_____ hacer windsurf

_____ ir al cine

_____ ir al teatro

_____ ir en hidrotrineo

_____ ir en moto

_____ ir en parapente

_____ jugar a las cartas

_____ jugar al ajedrez

_____ jugar al baloncesto

_____ jugar al béisbol

_____ jugar al fútbol

_____ jugar al fútbol americano

_____ jugar al golf

_____ jugar al hockey sobre hielo

_____ jugar al tenis

_____ leer

_____ levantar pesas

_____ montar a caballo

_____ nadar

_____ navegar a la vela

_____ practicar la lucha libre

_____ observar pájaros

_____ pescar

_____ practicar artes marciales

_____ pilotear un avión

_____ pintar

_____ sacar fotos

_____ tocar un instrumento musical

_____ ver vídeos

_____ volar en globo

_____ practicar la esgrima

OTROS:

_____   _____
_____   _____
_____   _____
_____   _____
_____   _____
_____   _____
_____   _____

B. ¿Cuáles son los mejores? Los deportes y pasatiempos son buenos para el cuerpo y la salud mental. Algunos ayudan a fortalecer los músculos y otros alivian la tensión. En parejas...

- repasen la lista anterior.
- seleccionen cinco deportes que sean buenos para el cuerpo.
- seleccionen cinco actividades que sean muy relajantes.
- comparen la lista con las de los demás miembros de la clase.

SEGUNDA ETAPA: Comprensión

LECTURA

Practicar deportes radicales. Los deportes radicales donde se combinan la naturaleza, la aventura y el riesgo llaman al deportista aventurero que está cansado de lo rutinario y lo común. ¿Cuáles son algunos ejemplos de esta nueva forma de divertirse? En realidad, muchos de los deportes llamados radicales, como el buceo, el rafting, el windsurf, el snowboard, la bicicleta de montaña y el esquí, no son ni tan peligrosos ni tan nuevos. Las razones por las cuales se clasifican estos deportes como radicales son la intensidad y el lugar en donde se practican. Por ejemplo, el buceo se practica en la profundidad del mar mientras que el rafting se practica en los ríos bravos que bajan por las montañas. Para aquéllos que deciden participar en uno de estos deportes y no tienen todo el equipo necesario hay agencias que organizan todo tipo de excursiones y cursos de iniciación. Estas agencias también resuelven los trámites burocráticos, licencias y seguros. En el artículo «¡Desafía la altura!» vamos a leer sobre una nueva forma de practicar el montañismo en medio de la ciudad.

Sugerencias para la lectura

Cómo identificar la idea principal. Now that you have practiced skimming for the gist of the topic and scanning for specific items of information, you are ready to look for the topic sentence that will help you identify the main idea of each paragraph.

Because the topic sentence may be located anywhere in the paragraph, you must read carefully to determine which sentence serves as a summary for the rest of the paragraph. For example, the following sentence indicates that the rest of the article will probably talk about the growth of climbing as a popular sport and why it has such a wide audience.

Escalar se ha vuelto el deporte de moda en todo el mundo.

Topic sentences may also indicate whether the author intends to offer more details, contrasts, causes, or consequences to support the statement. As you read the article "¡Desafía la altura!", underline the topic sentence of each paragraph as well as the information the writer offers to support the main idea.

OBJETIVOS:

In this *etapa,* you will . . .

- investigate various pastimes.

- learn about wall climbing, one of the extreme sports.

- research and use vocabulary to discuss extreme sports.

- design an advertisement for an *escalódromo* in your area.

Repaso: Before beginning this *etapa,* review the *Sugerencias para la lectura* in previous chapters of your textbook.

Cultura en acción: While working on the *Segunda etapa* in the textbook and ***Diario de actividades,*** . . .

- practice locating the main idea in your articles.
- as you complete the *Estudio de palabras* on pages 106–110, bring to class examples of sayings or proverbs that you have used. Which ones are used in the context of sports?
- submit an outline of your investigations to your instructor to check the appropriateness of the topics and sources.

ANTES DE LEER

A. Equipo y deportes. ¿Qué necesitas para practicar los deportes radicales? Frecuentemente el vocabulario que se utiliza para describir estas actividades es muy especializado, pero también hay muchos cognados o palabras parecidas en inglés. Empareja cada deporte radical con algunos de sus elementos.

_____ **1.** la bicicleta de montaña   **a.** balsa y salvavidas

_____ **2.** el buceo   **b.** casco y pantalones largos

_____ **3.** el esquí   **c.** guantes y botas

_____ **4.** el hidrotrineo   **d.** lago o mar, traje de baño

_____ **5.** el rafting   **e.** tabla y nieve

_____ **6.** el snowboard   **f.** tabla y vela

_____ **7.** el windsurf   **g.** tubo y aletas

B. Un deporte nuevo. Para hablar de un deporte nuevo, no sólo hace falta describir la acción sino también todo el equipo que es necesario para poder practicarlo. En grupos pequeños...

- seleccionen uno de los dibujos siguientes.
- describan dónde normalmente se practica este deporte y las condiciones que son necesarias para practicarlo.
- indiquen el equipo necesario para poder practicar el deporte.
- compartan su descripción con los demás miembros de la clase.

El paracaidismo

El buceo

El windsurf

El montañismo

C. Pequeño diccionario. El artículo «¡Desafía la altura!», de la revista mexicana *Eres,* nos informa sobre el escalar en roca, un deporte de moda en todo el mundo. Antes de leer el artículo y hacer las actividades...

- estudia el *Pequeño diccionario.*
- busca las palabras en el texto.
- escribe una oración original en tu *Diccionario personal* con cada palabra o frase.
- lee el pasaje y escribe una lista de palabras que no conozcas.
- busca el significado de esas palabras en tu diccionario.

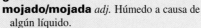

agarrar *tr.* Coger, tomar.
amarrar *tr.* Atar, sujetar, asegurar con cuerdas.
anilla Anillo o aro metálico.
arnés *m.* Conjunto de cinchas para sujetar el cuerpo.
atraído/atraída *adj.* Fascinado.
chavito/chavita Niño/Niña joven.
cima Parte más alta de una montaña o monte, cúspide.
cuerda Conjunto de hilos torcidos para atar; lazo.

arnés

entrenamiento Preparación para un deporte.
escalada Acción de subir a una gran altura.
grieta Abertura.
mojado/mojada *adj.* Húmedo a causa de algún líquido.
mosquetón *m.* Tipo de anilla que se abre.
suceder *intr.* Ocurrir, pasar.
temor *m.* Miedo.
vencer *tr.* Triunfar (sobre), ganar.

cuerda

¡A LEER!

A. ¡Desafía la altura! Algunas de las tiendas de deportes o gimnasios ofrecen a sus clientes muros para escalar. En México hay un escalódromo que atrae a toda la familia. Lee el artículo sobre el Escalódromo Carlos Carsolio, usando las *Preguntas de orientación* como guía para la lectura.

Joven en un escalódromo

¡Desafía la altura!

Escalar se ha vuelto el deporte de moda en todo el mundo: niños, jóvenes y personas adultas se sienten atraídos por la adrenalina que despide su cuerpo al vencer los obstáculos de las montañas y el temor a las alturas para, después de un gran esfuerzo, llegar a la cima.

¿Qué es un escalódromo? Del español: *escalar* (subir, trepar) y del griego: *dromos* (carrera).

Un escalódromo es aquel lugar en el que puedes practicar la escalada en roca sin necesidad de tener que salir de la ciudad e ir en busca de una montaña natural. En los escalódromos encuentras los muros artificiales montados con rutas que van desde grados de dificultad mínimos, hasta rutas creadas especialmente para los profesionales en este deporte.

Ventajas de un escalódromo. La más importante es que se encuentra dentro de la ciudad. Lo que anteriormente significaba salir un día entero de excursión, ahora se reduce a pocas horas de entrenamiento (esto es excelente cuando no se dispone de mucho tiempo). No es necesario que busques un entrenador, en el escalódromo encuentras personas especializadas para ayudarte en cualquier momento; esto permite que practiques con todas las normas de seguridad necesarias.

En cuanto a las rutas, pueden ir variando continuamente, de este modo no hay posibilidad de que te aburras al escalar siempre el mismo lugar (lo que puede suceder en la roca natural).

En las temporadas de lluvia igual puedes escalar sin problemas de que las rocas estén muy mojadas, tampoco importan los horarios; por ejemplo, si vas a la escuela, puedes ir por la tarde a practicar un rato, o, en el caso de que trabajes, te puedes ir por la noche a escalar para no perder tu condición física.

Aunque parezca mentira, a los niños les encanta escalar y realmente te encuentras con chavitos de seis años que lo hacen mucho mejor que los jóvenes.

El equipo. No necesitas llevar el equipo completo. Si aún no tienes los zapatos especiales, puedes practicar con tenis. El arnés te lo alquilan ahí mismo, las cuerdas están siempre en el escalódromo y para aquellos expertos que quieran llegar a la cima del muro, encuentran anillas y mosquetones. En el caso de que seas principiante, es importantísimo estar amarrado para poder pasar una determinada altura; también es muy importante que la persona de seguridad abajo se encuentre anclada en la tierra.

¿Dónde practicar? Hasta apenas hace un mes, los muros artificiales consistían solamente en una pared con agarres y eso era todo. Actualmente te puedes encontrar sitios mucho mejor montados, por ejemplo, el escalódromo más grande de México: Escalódromo Carlos Carsolio. Nos contaron que en este lugar te encuentras con un terreno escalable de 2.500 metros y con 3.000 piezas de agarre. Las posibilidades que tienes para escalar son: muros verticales, extraplomados (la pared está hacia ti), techos horizontales, grietas movibles en las que puedes abrir las fisuras cuándo tú quieras, el techo más grande de América Latina (de 8 metros) y una cueva de 25 metros. En medio del terreno hay dos torres, una especial para escalar y la otra para enseñar a bajar. En cuanto a altura y grados de dificultad, los muros miden 12 metros y los grados van desde el 5.7 para los niños y principiantes, hasta 5.14 (el grado más alto en el mundo es 5.17). Además de los muros, montaron un gimnasio especial para escaladores en donde puedes desarrollar los músculos de los brazos, antebrazos y dedos, practicar balance y flexibilidad y desarrollar fuerza en las piernas. Si quieres mayores informes comunícate al: Escalódromo Carlos Carsolio al teléfono: 752-7574 o 742-7595.

Preguntas de orientación

1. ¿Qué es un escalódromo?
2. ¿Qué se puede encontrar allí?
3. ¿Cuáles son algunas de las ventajas?
4. Según el artículo ¿por qué puede ser aburrido escalar en roca natural?
5. ¿Qué ventajas ofrece el escalódromo cuando hace mal tiempo o si no hay tiempo durante el día para practicar?
6. ¿A qué edad pueden empezar a escalar los niños?
7. ¿Qué equipo hace falta?
8. ¿Dónde puedes practicar en México?
9. ¿Cuánto terreno escalable hay?
10. ¿Qué posibilidades hay para escalar?
11. Si quisieras escalar, ¿qué grado de dificultad elegirías tú?
12. ¿Por qué montaron un gimnasio?

B. Ventajas. ¿Cuáles son las ventajas de escalar en un escalódromo? En parejas...

- hablen sobre las ventajas.
- piensen también en las desventajas.
- decidan si es mejor practicar el deporte en un escalódromo o en una montaña natural.

C. ¿Cómo es un escalódromo? Si tuvieras que describir un escalódromo a alguien, ¿cómo lo harías? ¿Cómo son las personas que escalan allí? Escribe una carta a un amigo / una amiga que describa la foto. Menciona...

- cómo es el escalódromo (tamaño, material, estructura, etc.).
- qué ropa y aparatos llevan las personas.
- qué están pensando los deportistas.

DESPUÉS DE LEER

A. Unos mandatos. ¿Qué crees que le diría un entrenador / una entrenadora a un nuevo escalador / una nueva escaladora? Escribe seis o siete sugerencias que utilizarías para el entrenamiento de principiantes de escalódromo.

■ **Ejemplo:** *Hay que revisar todo tu equipo antes de empezar a escalar.*

_____
_____
_____
_____
_____
_____
_____
_____
_____

B. Un anuncio. Busca información sobre un escalódromo u otro sitio de recreo (gimnasio, pista de patinaje, etc.) en tu área o estado. En parejas...

- diseñen un anuncio para un periódico estudiantil.
- describan el lugar.
- mencionen algunos de los atractivos del sitio.
- mencionen el precio.
- escriban una lista del equipo que está incluido en el precio.
- indiquen el horario (días y horas).
- incluyan una foto o un dibujo.

TERCERA ETAPA: Fundación

FUNCIONES

PRIMERA FUNCIÓN: Cómo expresar causa y efecto, usando el presente de subjuntivo *(Sugiero que corras.)*

A. ¿Qué sugieres? Ahora, van a practicar cómo influir a otros. En parejas...

- lean los comentarios siguientes.
- intenten influirse el uno al otro, usando expresiones de causa y efecto.

■ **Ejemplo:** Estudiante 1: El montañismo es un deporte peligroso.

Estudiante 2: *Sugiero que vayas a un escalódromo para practicar.*

1. Leer novelas es un pasatiempo relajante.
2. Dar una caminata es muy relajante.
3. Pilotear un avión es muy costoso.
4. Hacer gimnasia requiere buena coordinación.
5. Levantar pesas es bueno para el estrés.
6. Hacer crucigramas es un ejercicio bueno para el cerebro.
7. Para mostrar una colección se necesita mucho espacio.
8. Ver vídeos resulta en una pérdida de forma física.
9. Para acampar hay que tener mucho equipo.
10. Ir al teatro es una actividad cultural.

B. Nos gusta comer. Desayunar, almorzar o cenar en un restaurante son entretenimientos que les gustan a todos. En parejas...

- hagan cinco sugerencias con respecto a sus restaurantes favoritos.
- usen expresiones de causa y efecto.

■ **Ejemplo:** Estudiante 1: *Me gusta desayunar en el restaurante Galaxy.*

Estudiante 2: *Sugiero que comas los huevos en adobo.*

Los huevos en adobo

OBJETIVOS:

In this *etapa,* you will . . .

■ make suggestions and give indirect commands.

■ express emotional reactions and make value judgments.

■ talk about nonspecific entities and events.

Cultura en acción: While working on this *etapa,* . . .

- study the vocabulary on page 154 of your textbook and your *Diccionario personal.* Prepare flash cards and practice with partners outside of class.

- begin to write your report, checking the accuracy and appropriateness of language and focusing on the concepts presented in this and previous chapters.

- look for articles related to your topic that explain "how to do" something or the steps required to perform a task, and pick out the command forms in these articles.

- notice how the subjunctive is used in your articles as you study it in the *Tercera función.*

Repaso: Before beginning the following activities, study the use of the present subjunctive on pages 157–160 of your textbook and complete the corresponding *Práctica de estructuras* on pages 129–132 of the **Diario de actividades**. Also review the information presented in the *Lectura* section on page 131 of your textbook and the *Comprensión auditiva* section on pages 111–128 of the **Diario de actividades**.

SEGUNDA FUNCIÓN: Cómo expresar emociones y juicios de valor, usando el presente de subjuntivo *(Es bueno que hagas ejercicios.)*

A. Los deportes más difíciles. Ya escucharon tres pasajes sobre los deportes más difíciles en la *Comprensión auditiva*. En parejas...

- usen esos deportes como punto de partida.
- hagan juicios de valor sobre los deportes más difíciles en la lista siguiente.

■ **Ejemplo:** el golf

> *Es necesario que tengas coordinación entre cuerpo y cerebro para jugar al golf.*

1. el billar artístico
2. el golf
3. el fútbol americano
4. el salto con pértiga

B. En el parque de atracciones. A muchas personas les gustan los parques de atracciones. A otros les disgustan. En parejas...

- estudien la foto siguiente.
- usen expresiones de emoción y juicios de valor para comentar la foto.

■ **Ejemplo:** Estudiante 1: *Es bueno que los jóvenes vayan al parque de atracciones.*

> Estudiante 2: *Sí, pero es importante que tengan cuidado.*

La vuelta al mundo, Buenos Aires, Argentina

Cómo expresar entidades y eventos no específicos, usando el presente de subjuntivo *(No hay nadie...)*

A. ¡Vamos a viajar! ¿Les gusta viajar a nuevos lugares? En parejas...

- planeen un viaje a un lugar que no conozcan.
- usen expresiones de entidades y eventos no específicos para hablar de este lugar.

■ **Ejemplo:** *Vamos a las islas Galápagos.*

Estudiante 1: ***No conocemos a nadie que viva*** *en las islas Galápagos.*

Estudiante 2: ***Tenemos que buscar una aerolínea que tenga*** *vuelos económicos.*

B. Los deportes radicales. ¿Son locos o muy valientes los que practican los deportes radicales? En parejas...

- lean la lista siguiente de deportes radicales.
- coméntenlos usando expresiones de entidades y eventos no específicos, según el ejemplo.

■ **Ejemplo:** el windsurf

Estudiante 1: ***No conozco a nadie que practique*** *el windsurf.*

Estudiante 2: ***No hay ningún lugar*** *cerca de aquí **donde se practique*** *el windsurf.*

1. el escalar
2. el montar en bicicleta de montaña
3. el rafting
4. el snowboard

El snowboard

CUARTA ETAPA: Expresión

EL MUNDO DE LA LITERATURA:
«La espera»
por Jorge Luis Borges

ANTES DE LEER

OBJETIVOS:

In this *etapa,* you will . . .

■ read a popular type of literature, the detective story.

■ study some characteristics of the mystery/detective genre.

■ learn to recognize metaphors.

Cultura en acción: While working on this *etapa,* . . .

• complete the activities for *La narración* and then write a report that talks about why you selected your particular sport or leisure-time activity.

• describe in detail the particular attributes of the country that provides the ideal location for your activity.

• present your information to the class.

A. Experiencia personal. ¿Qué detectives de las novelas policiales, de la televisión o del cine les atraen más? En grupos pequeños...

• identifiquen novelas, programas de televisión o películas que traten del tema de detectives y suspenso.
• determinen cuáles son los detectives más populares entre los miembros de su grupo.
• identifiquen las características de estas obras que contribuyan a su popularidad.

B. Detectives famosos. Los aficionados al suspenso tienen sus detectives preferidos en las novelas, el cine y la televisión. En parejas...

• identifiquen sus detectives preferidos.
• descríbanlos en un párrafo breve.
• hablen sobre los casos más interesantes.

C. Términos literarios. El **lenguaje metafórico** es un elemento importante no sólo del cuento o de la novela policial, sino de la poesía y de la ficción en general. Hasta en la vida diaria el lenguaje metafórico se usa con frecuencia. En este capítulo vamos a estudiar dos tipos de lenguaje metafórico: la metáfora y el símil.

Términos literarios

Una **metáfora** es una figura retórica que compara directamente un elemento con otro.

En una metáfora simple, el sujeto y el predicado se conectan con el verbo *ser.*

> *El Río Amazonas es un listón plateado.*

En una metáfora compleja, no hay una conexión explícita. El lector tiene que inferir el significado, por ejemplo:

> *El listón plateado sostiene a los habitantes.*

Un **símil** es una comparación indirecta de dos cosas. Las dos cosas se conectan con la palabra *como,* por ejemplo:

> *El Río Amazonas es como un listón plateado.*

Es importante notar también los elementos de una novela policial típica. En cada obra de este género existen...

- un/una detective.
- un misterio para descifrar.
- un lugar donde se desenvuelve el tema.
- un sospechoso inocente.
- un final con impacto.

«La espera», sin embargo, difiere un poco del cuento policial típico en que es un **policial de víctima** o **de suspenso** (no de resolver un crimen). Se apela a la emoción del lector a quien se hace vibrar con las instancias sufridas por el protagonista.

Perspectiva

Jorge Luis Borges (1899–1986) ha sido uno de los escritores más importantes del mundo. Fue un escritor muy innovador y revolucionó la literatura hispanoamericana. Durante su carrera distinguida, Borges escribió poemas, cuentos, novelas y ensayos. Borges nació en Buenos Aires y recibió su educación primaria en esa ciudad. Después, estudió en Ginebra, Suiza. A pesar de esto, Borges mismo identificó la biblioteca de su padre como la influencia principal sobre su vida. No sólo vivía físicamente en esa biblioteca sino que era habitante de un mundo imaginario creado por los libros que leyó.

Jorge Luis Borges

Pequeño diccionario. El cuento de «La espera» contiene palabras y frases especializadas. Antes de estudiar el pasaje y hacer las actividades...

- estudia el *Pequeño diccionario*.
- busca las palabras en el texto.
- escribe una oración original en tu *Diccionario personal* con cada palabra o frase.
- lee el pasaje y escribe una lista de palabras que no conozcas.
- busca el significado de esas palabras en tu diccionario.

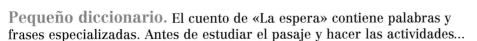

amanecer *m.* Aparición del sol, comienzo del día.
aprobación Opinión favorable.
arrancar *tr.* Extraer; eliminar; quitar.
arrimar *tr.* Aproximar, juntar.
astucia Inteligencia.
baúl *m.* Maleta grande, cofre.
carmesí *adj. m./f.* Rojo.
desdicha Desgracia, miseria.
desplegado/desplegada *adj.* Extendido.
desvaído/desvaída *adj.* Descolorido.
estruendo Ruido grande.
ferretería Tienda que vende objetos de hierro.
hampa *m.* Estilo de vida de los rufianes y maleantes.
inquilino/inquilina Persona que renta un cuarto.

invernáculo Jardín cubierto para defender las plantas del frío.
manchado/manchada *adj.* Que tiene manchas o pecas.
matear *tr.* Examinar con los ojos, registrar.
misericordia Compasión.
muela Diente posterior.
oriental *adj.* De Uruguay (Argentina).
palangana Vasija ancha y poca profunda que sirve para lavarse la cara y las manos.
pámpano Uva.
pavo real Ave de cola muy larga que puede extenderse en forma de abanico.
penumbra Sombra parcial.
pescante *m.* Banco; asiento de cochero.
rombo Letrero viejo que ya no es rectángulo.
soez *adj. m./f.* Grosero.

Repaso: Before beginning *¡A leer!*, review the reading strategies presented in previous chapters.

¡A LEER!

A. Elementos básicos.
Primero, lee «La espera» en la páginas 143–144. Después, en grupos pequeños, identifiquen los elementos siguientes del cuento.

1. el escenario
2. los personajes
3. el protagonista

4. el narrador
5. el punto de vista

B. Detalles.
Este cuento contiene muchos detalles. En grupos pequeños...

- estudien los detalles que se dan en el primer párrafo.
- estudien la descripción de la pieza en el tercer párrafo.
- hagan hipótesis sobre la importancia de la pieza.
- usen las *Preguntas de orientación* como una guía de lectura.
- contesten las preguntas para comprobar su comprensión del texto.

C. Lenguaje metafórico.
¿Hay ejemplos de lenguaje metafórico en este cuento? En grupos pequeños...

- dividan el cuento en secciones.
- revisen el cuento, buscando metáforas y símiles.
- subrayen los ejemplos.
- descifren los significados de las metáforas y de los símiles.

La espera

por Jorge Luis Borges

El coche lo dejó en el cuatro mil cuatro de esa calle del Noroeste. No habían dado las nueve de la mañana; el hombre notó con aprobación los manchados plátanos, el cuadrado de tierra al pie de cada uno, las decentes casas de balconcito, la farmacia contigua, los desvaídos rombos de la pinturería y ferretería. Un largo y ciego paredón de hospital cerraba la acera de enfrente; el sol reverberaba, más lejos, en unos invernáculos.

***

El cochero le ayudó a bajar el baúl; una mujer de aire distraído o cansado abrió por fin la puerta. Desde el pescante el cochero le devolvió una de las monedas, un vintén oriental que estaba en su bolsillo desde esa noche en el hotel de Melo. El hombre le entregó cuarenta centavos, y en el acto sintió: «Tengo la obligación de obrar de manera que todos se olviden de mí. He cometido dos errores: he dado una moneda de otro país y he dejado de ver que me importa esa equivocación».

Precedido por la mujer, atravesó el zaguán y el primer patio. La pieza que le habían reservado daba, felizmente, al segundo. La cama era de hierro, que el artífice había deformado en curvas fantásticas, figurando ramas y pámpanos; había, asimismo, un alto ropero de pino, una mesa de luz, un estante con libros al ras del suelo, dos sillas desparejas y un lavatorio con su palangana, su jarra, su jabonera y un botellón de vidrio turbio. Un mapa de la provincia de Buenos Aires y un crucifijo adornaban las paredes; el papel era carmesí, con grandes pavos reales repetidos, de cola desplegada. La única puerta daba al patio. Fue necesario variar la colocación de las sillas para dar cabida al baúl. Todo lo aprobó el inquilino; cuando la mujer le preguntó cómo se llamaba, dijo Villari, no como un desafío secreto, no para mitigar una humillación que, en verdad, no sentía, sino porque ese nombre lo trabajaba, porque le fue imposible pensar en otro. No lo sedujo, ciertamente, el error literario de imaginar que asumir el nombre del enemigo podía ser una astucia.

El señor Villari, al principio, no dejaba la casa; cumplidas unas cuantas semanas, dio en salir, un rato, al oscurecer. Alguna noche entró en el cinematógrafo que había a tres cuadras. No pasó nunca de la última fila; siempre se levantaba un poco antes del fin de la función.

Vio trágicas historias del hampa; éstas, sin duda, incluían errores, éstas sin duda incluían imágenes que también lo eran de su vida anterior; Villari no las advirtió porque la idea de una coincidencia entre el arte y la realidad era ajena a él. Dócilmente, trataba de que les gustaran las cosas; quería adelantarse a la intención con que se las mostraban. A diferencia de quienes han leído novelas, no se veía nunca a sí mismo como un personaje del arte.

No se llegó jamás una carta, ni siquiera una circular, pero leía con borrosa esperanza una de las secciones del diario. De tarde, arrimaba a la puerta una de las sillas y mateaba con seriedad, puestos los ojos en la enredadera del muro de la inmediata casa de alto. Años de soledad le habían enseñado que los días, en la memoria, tienden a ser iguales, pero que no hay un día, ni siquiera de cárcel o de hospital, que no traiga sorpresas, que no sea al trasluz

Preguntas de orientación

1. ¿En dónde bajó del coche el hombre?
2. ¿Cómo era la zona?
3. ¿Qué le devolvió el cochero?
4. ¿Cómo quería portarse el hombre?
5. ¿Cómo era el cuarto del hombre?
6. ¿Qué llevaba el hombre?
7. ¿Cómo se llamaba el hombre?
8. ¿Era su nombre verdadero?
9. ¿Cómo vivía Villari?
10. ¿Qué tipo de películas prefería?
11. ¿Se comunicaba Villari con otras personas?

12. ¿De qué confusión sufría el protagonista?
13. ¿Por qué salió de la casa un día?
14. ¿Qué le pasó a Villari una noche en el cinematógrafo?
15. ¿Cómo respondió?
16. ¿Cómo era el sueño que se repetía?
17. ¿Qué hizo Villari repetidamente en sus sueños?
18. ¿Qué le despertó una mañana?
19. ¿Cómo eran las personas?
20. ¿Cómo diferían de la gente de su sueño?
21. ¿Qué había ocurrido por fin?
22. ¿Qué hizo Villari?
23. ¿Para qué se dio vuelta contra la pared?
24. ¿Qué ocurrió al final?

una red de mínimas sorpresas. En otras reclusiones había cedido a la tentación de contar los días y las horas, pero esta reclusión era distinta, porque no tenía término —salvo que el diario, una mañana, trajera la noticia de la muerte de Alejandro Villari. También era posible que Villari ya hubiera muerto y entonces esta vida era un sueño. Esa posibilidad lo inquietaba, porque no acabó de entender si se parecía al alivio o a la desdicha.

***

Una noche lo dejó asombrado y temblando una íntima descarga de dolor en el fondo de la boca. Ese horrible milagro recurrió a los pocos minutos y otra vez hacia el alba. Villari, al día siguiente, mandó buscar un coche que lo dejó en un consultorio dental del barrio del Once. Ahí le arrancaron la muela. En ese trance no estuvo más cobarde ni más tranquilo que otras personas.

Otra noche, al volver del cinematógrafo, sintió que lo empujaban. Con ira, con indignación, con secreto alivio, se encaró con el insolente. Le escupió una injuria soez; el otro, atónito, balbuceó una disculpa. Era un hombre alto, joven, de pelo oscuro, y lo acompañaba una mujer de tipo alemán; Villari, esa noche, se repitió que no los conocía. Sin embargo, cuatro o cinco días pasaron antes que saliera a la calle.

***

En los amaneceres soñaba un sueño de fondo igual y de circunstancias variables. Dos hombres y Villari entraban con revólveres en la pieza y lo agredían al salir del cinematógrafo o eran, los tres a un tiempo, el desconocido que lo había empujado, o lo esperaban tristemente en el patio y parecían no conocerlo. Al fin del sueño, él sacaba el revólver del cajón de la inmediata mesa de luz (y es verdad que en ese cajón guardaba un revólver) y lo descargaba contra los hombres. El estruendo del arma lo despertaba, pero siempre era un sueño y en otro sueño tenía que volver a matarlos.

Una turbia mañana del mes de julio, la presencia de gente desconocida (no el ruido de la puerta cuando la abrieron) lo despertó. Altos en la penumbra del cuarto, curiosamente simplificados por la penumbra (siempre en los sueños del temor habían sido más claros), vigilantes, inmóviles y pacientes, bajos los ojos como si el peso de las armas los encorvara, Alejandro Villari y un desconocido lo habían alcanzado, por fin. Con una seña les pidió que esperaran y se dio vuelta contra la pared, como si retomara el sueño. ¿Lo hizo para despertar la misericordia de quienes lo mataron, o porque es menos duro sobrellevar un acontecimiento espantoso que imaginarlo y aguardarlo sin fin, o —y esto es quizá lo más verosímil— para que los asesinos fueran un sueño, como ya lo había sido tantas veces, en el mismo lugar, a la misma hora?

En esa magia estaba cuando lo borró la descarga.

DESPUÉS DE LEER

A. Villari. El protagonista Villari es un personaje misterioso. En grupos pequeños, hablen sobre las preguntas siguientes.

- ¿Qué problema angustia a Villari?
- ¿De dónde viene el hombre? (Un lugar citado en el cuento les guiará y un detalle con el cochero les ayudará.)

B. La trama. Ahora, van a examinar la vida del protagonista. En grupos pequeños, contesten las preguntas siguientes.

- ¿Cómo transcurre la vida de Villari?
- ¿Cuál es el temor que está presente en sus sueños?
- En el desenlace, ¿cuál es la actitud de Villari?
- ¿En qué época vive? (Busquen evidencia en el texto.)
- ¿Cuáles son sus sentimientos hacia Villari? ¿Por qué?

C. Cuento policial de víctima. ¿Cuáles son las diferencias entre el cuento policial típico y el policial de víctima? En grupos pequeños, determinen los elementos siguientes.

En el policial de víctima...

1. el detective es desplazado por _____.
2. el misterio _____.
3. el lugar _____.
4. el sospechoso es _____.
5. el final _____.

La Boca, Buenos Aires, Argentina

Mosaico cultural

OBJETIVOS:

In this section, you will . . .

■ learn about some traditional toys, games, and pastimes of the Spanish-speaking world.

■ learn about the importance of fun and games in Hispanic cultures.

■ learn about more modern toys, games, and pastimes that are enjoyed in Hispanic communities.

JUEGOS Y DIVERSIONES:

Traditional Games and Pastimes

INTRODUCCIÓN

A la gente siempre le hace falta divertirse, jugar y pasarlo bien con los amigos, no importa su edad ni su nacionalidad. Las horas libres son esenciales para descansar del trabajo, para cambiar la rutina diaria y para socializar. Este vídeo incorpora los juegos tradicionales jugados con objetos sencillos, las actividades en grupos basadas en el movimiento, las canciones y los juegos modernos electrónicos. Todo el mundo goza de la diversión en la vida.

ANTES DE VER

A. Juegos tradicionales de Estados Unidos. ¿Cuáles son algunos juegos típicos de Estados Unidos? En grupos pequeños...

- hagan una lista de los juegos tradicionales de niños, adolescentes y adultos de Estados Unidos.
- marquen con una **X** los juegos que creen que se juegan también en los países hispanos.
- mientras vean el vídeo, comprueben sus hipótesis.

Juegos electrónicos en Puerto Rico

Juegos tradicionales de Estados Unidos		
Niños	*Adolescentes*	*Adultos*

B. ¿Cómo se divierten? En grupos pequeños, háganse preguntas sobre sus diversiones y juegos favoritos. Escriban sus nombres en la columna adecuada.

■ **Ejemplo:** bailar

Estudiante 1: *¿Te gusta bailar? ¿Te gusta el tenis?*

Estudiante 2: *Sí, me gusta bailar. No, no me gusta el tenis.*

Juego/Diversión	Le gusta	No le gusta
1. ir a conciertos		
2. escuchar música		
3. jugar al baloncesto		
4. ir a un restaurante		
5. correr		
6. tocar música		
7. patinar		
8. jugar al ajedrez		
9. practicar deportes		
10. divertirse con juegos electrónicos		

C. Pequeño diccionario. Antes de ver «Juegos y diversiones»...

* estudia el *Pequeño diccionario.*
* categoriza las palabras y frases de una manera lógica o da ejemplos de las palabras.
* escribe una oración original en tu *Diccionario personal* con cada palabra o frase.

adquirir (ie) *tr.* Comprar; recoger; conseguir.
al aire libre *adv.* Fuera de la casa.
alcanzar *tr.* Llegar hasta cierto punto.
ánimo Energía; espíritu.
apostar (ue) *tr.* Arriesgar cierta cantidad de dinero en la creencia de que alguna cosa (juego, partido deportivo, etc.) tendrá tal o cual resultado.
balera Juguete que consiste en una bolita y una taza.
canica Juego de niños con bolitas.
colocar *tr.* Poner, instalar, situar.
columpio Asiento pendiente de una armazón de hierro o madera.
dama china Juego de mesa que consiste en un tablero en forma de estrella con fichas o peones.
hélice *m.* Aspas que giran alrededor de un eje para producir una fuerza propulsora.

juegos rústicos Columpios, subibajas, toboganes y otros juegos del parque.
juguete *m.* Objeto hecho para que jueguen los niños.
maromero/maromera Acróbata.
matraca Instrumento de percusión que produce un sonido desagradable.
pirinola Juguete de madera tradicional con punta metálica que se hace girar por medio de una cuerda.
ranura Canal estrecho y largo.
rayuela Juego en el que se tiran monedas a una raya hecha en el suelo; gana el jugador que la toca o se acerca más a ella.
regla Estatuto, ley básica.
remar *intr.* Mover un palo, haciendo fuerza en el agua para propulsar un bote.
ronda Acción de dar vueltas alrededor de algo.
trompo Juguete de madera de forma cónica que se hace bailar con una cuerda; pirinola.
varita Rama o palo largo y delgado.

A los niños les gustan los columpios.

¡A VER!

A. ¿Qué recuerdas? Mientras veas el vídeo, completa cada oración con una respuesta adecuada.

1. A la gente siempre le hace falta divertirse, _____ y _____ bien con sus amigos.

2. Las horas libres son esenciales para _____ del trabajo, para _____ la rutina diaria y para _____.

3. Las familias apartan para _____ a lugares públicos el domingo.

4. En las ciudades o en los pueblos, el _____ ofrece atracciones para todos.

5. Los niños usan los _____, se trepan en los juegos rústicos y _____ por todas partes.

6. A los jóvenes les gusta _____, andar en bicicleta y _____ en el lago.

7. A todos les gusta _____ a los músicos ambulantes o ir a un concierto al aire libre.

8. Lo bonito es que no hay que _____ mucho dinero.

9. Lo que la gente viene a _____ es la compañía de otras personas.

10. El juego es una manera tradicional de _____ y en algunos casos la gente _____ en grupo.

B. Preferencias. Marca con una **X** las preferencias en juegos y diversiones de los niños, de los jóvenes y de todos, según el vídeo.

Actividades	Niños	Jóvenes	Todos
1. patinar			
2. jugar en columpios			
3. escuchar conciertos al aire libre			
4. remar en el lago			
5. escuchar a los músicos			
6. correr por todas partes			
7. andar en bicicleta			

DESPUÉS DE VER

A. ¿Qué juegan? ¿Cuáles son sus juegos preferidos? En parejas...

- conversen sobre los juegos que juegan con su familia y con sus amigos.
- identifiquen los juegos tradicionales y los contemporáneos.
- expliquen cómo se juega cada uno.

B. Diversiones regionales. En grupos pequeños, describan las diversiones más populares de su región.

Enlace

A. El ocio. ¿Cuáles son algunas actividades del ocio? En grupos pequeños...

● categoricen los pasatiempos que estudiaron en este capítulo, según las indicaciones.
● mencionen dos o tres datos relacionados con cada uno.

■ **Ejemplo:** *el patinaje artístico*

Es uno de los deportes competitivos más difíciles y requiere mucha fuerza física.

El ocio				
Actividades culturales	Artes y artesanías	Deportes competitivos	Ejercicios	Otros pasatiempos

B. El deporte y el cine. Hay muchas películas que tratan del tema de los deportes. En grupos pequeños...

● escriban una lista de películas que traten de deportes.
● identifiquen el deporte principal de cada película.
● narren un poco de la trama de cada película.
● conversen sobre la realidad y la fantasía asociadas con la película.

■ **Ejemplo:** Película: Chariots of Fire

Tema: *el correr / el atletismo*

Trama: *El equipo olímpico británico de atletismo se entrena para los Juegos Olímpicos de 1924. La película trata de los motivos de los diferentes atletas.*

Realidad: *Es verdad que Eric Lidell no quiso competir los domingos.*

Fantasía: *No es cierto que los actores de esta película sean atletas.*

C. La literatura y el ocio. ¿Creen que la literatura es relajante? En grupos pequeños...

- conversen sobre la relación entre la literatura y el ocio.
- comenten la definición de «ocio» escrito por el filósofo Séneca (véanse la página 128 del libro de texto). ¿Están de acuerdo? ¿Por qué (no)?

D. Los juegos tradicionales. En el vídeo «Juegos y diversiones», estudiaron algunos juegos y diversiones tradicionales del mundo hispano. En parejas...

- elijan un juego tradicional de Estados Unidos.
- busquen su equivalente en español en el diccionario.
- escriban una descripción breve del juego en español.
- lean su descripción en voz alta para que las demás parejas traten de adivinar el juego.

El fútbol

E. Revisión de composición. Ahora, van a revisar tus composiciones, enfocándose en el contenido, el vocabulario y la exactitud. En parejas...

- intercambien las composiciones y revísenlas, según los criterios siguientes.
- califiquen sus composiciones, según las indicaciones.

Escala

excelente	=	4 puntos
bueno	=	3 puntos
mediocre	=	2 puntos
malo	=	1 punto
inaceptable	=	0 puntos

Calificación de composiciones	
Contenido	
Introducción que llama la atención	_____
Organización lógica	_____
Ideas interesantes	_____
Transiciones adecuadas	_____
Conclusión firme	_____
Vocabulario	
Adjetivos descriptivos	_____
Verbos activos	_____
Uso adecuado de *ser* y *estar*	_____
Exactitud	
Concordancia entre sujeto/verbo	_____
Concordancia entre sustantivo/adjetivo	_____
Ortografía	_____
Puntuación	_____
Calificación global	_____

¡OJO! What are the strongest aspects of your writing? What do you need to improve?

Calificación global

excelente	=	43–48 puntos
bueno	=	38–42 puntos
mediocre	=	33–37 puntos
malo	=	28–32 puntos
inaceptable	=	0–27 puntos

Cultura en acción

DEPORTES Y PASATIEMPOS

TEMA: El tema de *Deportes y pasatiempos* les dará a ustedes la oportunidad de investigar, escuchar, escribir y hacer una presentación sobre sus deportes y pasatiempos favoritos. La lectura, la comprensión auditiva y la redacción servirán como puntos de partida para las presentaciones. Ustedes pueden investigar los temas siguientes.

- Deportes radicales.
- Deportes en equipo.
- Deportes no competitivos.
- Parques de atracciones en países hispanos.
- Excursiones, viajes.
- Cocina.
- Museos.
- Teatro o cine.
- Espectáculos.
- Exposiciones de arte.
- Conciertos.
- Libros.
- ¿Otro?: _____
- ¿Otro?: _____

ESCENARIO: El escenario de *Deportes y pasatiempos* es la presentación de las investigaciones sobre la diversión y el tiempo libre.

MATERIALES:

- Unas mesas para poner objetos de deportes (equipo de buceo, etc.).
- Un tablero o pizarra para mostrar las fotografías o los artículos de deporte, etc. Esta información se puede conseguir en español en *Internet.*
- Resultados de la investigación en forma de trabajo escrito.
- Mapas de lugares en el país donde se practican los deportes.

GUÍA: Cada uno de ustedes tiene que preparar un informe oral sobre un deporte o un pasatiempo favorito y presentarlo a la clase.

LOS INFORMES: El día de la actividad, todos ustedes deben presentar su trabajo y exhibir sus artículos o equipos deportivos cuando sea apropiado. El informe oral incluirá la razón por la cual el/la estudiante tiene interés en este deporte o pasatiempo. También debe mencionar dónde, cuándo y cómo lo practica. Después de cada informe, los demás miembros de la clase deben hacer preguntas. Al final, toda la clase puede ver los panfletos, los artículos y otra información.

El fútbol sobre ruedas

Vocabulario

«El ocio»

aficionado/aficionada fan
artes plásticas *f. pl.* visual, three-dimensional arts
bicicleta de montaña mountain bike
buena cocina gourmet cooking
cine *m.* movie theater
concierto concert
cuadro painting
cultura
deporte *m.* sport
deporte radical *m.* extreme sport
descansar to rest
descanso rest, relaxation
entrada/boleto ticket
escalar to climb
escultura sculpture
esfuerzo físico hard work
espectáculo show
excursión excursion; field trip; trip
exposición exhibition
expresión artística
guía del ocio leisure-time guide
juego game *(Monopoly, hide-and-seek, etc.)*
lectura reading
museo museum
música
navegar (a la vela) to sail, go boating
parque de atracciones *m.* amusement park
película movie, film
recital *m.*
responsabilidad diaria daily responsibility
restaurante *m.*
taquilla box office
tertulia gathering or discussion group

Deportes

andar en bicicleta to ride a bicycle
andar en motocicleta to ride a motorcycle
bucear to scuba dive
bucear con tubo de respiración to snorkel

cazar to hunt
competencia/competición competition
correr to run
empatar to tie *(a score)*
entrenador/entrenadora coach
entrenar to train; to coach
equipo team
esquiar to ski
ganar to win
hacer ejercicio to exercise
hacer ejercicio aeróbico to do aerobics
hacer esquí acuático to water-ski
hacer montañismo to climb mountains
jugar (ue) to play *(sports, cards)*
jugar al baloncesto to play basketball
jugar al béisbol to play baseball
jugar al fútbol to play soccer
jugar al fútbol americano to play football
jugar al ráquetbol to play racquetball
jugar al tenis to play tennis
levantar pesas to lift weights
montar a caballo to ride horseback
nadar to swim
partido game, match
patinar sobre hielo to ice-skate
patinar sobre ruedas to roller-skate; to roller-blade
perder (ie) to lose
pescar to fish
practicar artes marciales to practice martial arts
practicar un deporte to play a sport

Diversiones y aficiones

bailar to dance
caminar/pasear to walk
coleccionar to collect
cultivar el jardín to garden *(flowers)*
diversiones y aficiones leisure-time activities
hacer crucigramas to do crossword puzzles
ir a la ópera to go to the opera
ir a un club to go to a club

ir a un concierto to go to a concert
ir a una conferencia to go to a lecture
ir al ballet to go to the ballet
ir al cine to go to the movies
ir al circo to go to the circus
ir al museo to go to the museum
ir al parque (de atracciones) to go to the (amusement) park
ir al teatro to go to the theater
jugar a las cartas / los naipes to play cards
jugar al ajedrez to play chess
revelar fotos *f.* to develop photographs
sacar fotos *f.* to take photographs
tocar (un instrumento musical) to play (a musical instrument)
ver la televisión to watch television

Lugares de diversión

cancha court; field
cuarto oscuro darkroom
estadio stadium
estudio studio
galería
gimnasio
jardín *m.* *(flower)* garden
lugar de diversión *m.* place for recreation
patio patio; courtyard; *(flower)* garden
piscina swimming pool
pista track; rink
sala de recreación recreation room
salón *m.* hall; ballroom
teatro

Expresiones de obligación y necesidad

Es necesario (que)... It's necessary to . . .
Hace falta... It's necessary to . . .
Hay que... It's necessary to . . .
Necesita (que)... One needs to . . .
Se debe... One should . . .
Tiene que... One has to . . .

PERSPECTIVA LINGÜÍSTICA

Mood

As you probably learned in your previous courses, Spanish has two **moods** or **modes** *(modos):* indicative and subjunctive. Rather than thinking of these concepts as two separate systems of tenses, it is better to think of them as one system with two different perspectives. The indicative perspective reflects what is objectively known or believed to be true. The subjunctive perspective, however, is subjective and deals with the realm of internal perceptions. For example:

Indicative	Subjunctive
Creo que el kickboxing **es** *el deporte del futuro.*	*No creo que el* kickboxing **sea** *el deporte del futuro.*

In these examples, the indicative verb indicates certainty, while the subjunctive verb indicates a personal opinion about the future of kickboxing.

Although English also has a subjunctive mood, it is not frequently used in everyday speech and, therefore, it is not really a good point of departure for studying the Spanish subjunctive. For the curious, however, the following examples are provided.

Indicative	Subjunctive
I insist that he *studies* every day. (I assert that he really does study.)	I insist that he *study* every day. (I order him to study.)

In English, too, the subjunctive casts a shadow of doubt. Will my insisting actually make him study every day or not? This use of the subjunctive reflects the speaker's wishes rather than an objective event, since the insisting may or may not cause him to study.

In the past, grammarians have devised many elaborate methods for determining when one should use the Spanish subjunctive and which form should be used. Most of these methods are based on Latin grammar and, again, are not very good points of departure for Spanish. In this chapter, you will study three basic concepts related to the subjunctive: **cause-and-effect relationships, non-specific states,** and **subjective reactions.** These are large, "rough-tuned" categories that will make the subjunctive mood easier for you to understand.

PERSPECTIVA GRAMATICAL

Commands

Commands *(Mandatos)* are strong, direct expressions in which one person tries to make another person or persons take a specific action, for example:

*¡**Hablen** en voz alta! ¡**Hagan** la tarea!*

As you probably remember from your beginning Spanish course, all commands, except for the affirmative *tú* and *vosotros/vosotras* forms, are based on the present subjunctive. This makes a lot of sense when you remember that one of the concepts underlying the subjunctive is that of cause and effect. In fact, you might want to think of commands as part of a complete sentence, such as the following example.

> ***Quiero que ustedes lean*** *el cuento.* → *¡**Lean** el cuento!*

As you can see, the full sentence is transformed into a formal command by dropping off the main clause *Quiero que.* The subject pronoun *ustedes* is also deleted because it is clearly understood when one person gives an order to another. Here is a reminder of how to form the *usted* and *ustedes* forms of the present subjunctive: You drop the *-o* ending from the *yo* form of the present tense and add *-e* for *-ar* verbs and *-a* for *-er* and *-ir* verbs for the *usted* command; for the *ustedes* command, you add *-n* to the *usted* command.

	Indicative *yo* form	Subjunctive stem	Singular formal command	Plural formal command
-ar: hablar	habl**o**	habl-	habl**e**	habl**en**
-er: leer	le**o**	le-	le**a**	le**an**
-ir: decir	dig**o**	dig-	dig**a**	dig**an**

In order to make **negative** formal commands, just place *no* before the verb. For example:

> *¡**No** hablen! ¡**No** lea! ¡**No** digan!*

Reflexive and object pronouns are attached to the end of affirmative commands (note the accent mark) but precede negative commands. For example:

> *¡Acué́sten**se** temprano! ¡No **me** llame en casa!*

The command forms of verbs ending in *-car, -gar,* or *-zar* change their **spelling**.

> *sacar* → *sa**que***
> pagar → *pa**gue***
> empezar → *empie**ce***

Several formal commands have **irregular stems.** The most common ones are shown below.

Infinitive	Singular formal command	Plural formal command
dar	(no) dé	(no) den
estar	(no) esté	(no) estén
ir	(no) vaya	(no) vayan
saber	(no) sepa	(no) sepan
ser	(no) sea	(no) sean

Subordinate clauses

Before beginning the study of the subjunctive mood, it is important that you understand the concepts known as **complex sentences** and **subordinate clauses**. Complex sentences may be thought of as two thoughts, one complete and one incomplete, stuck together in the same sentence, for example:

Compound sentence		Complex sentence	
main clause +	*independent clause*	*main clause +*	*subordinate clause*
Yo juego al ajedrez y...	... Jorge juega a las damas.	Yo prefiero...	... que juguemos al ajedrez.

In both examples the main clause is a complete thought; it is actually a complete sentence, albeit a short one. The complete thought is known as the **main** or **independent clause**. The incomplete thought is called the **dependent** or **subordinate clause**. The latter can have many different functions. In the examples above, the subordinate clause functions as the direct object. Notice that the subjunctive mood occurs *only* in the subordinate clause of a complex sentence.

There are three different types of subordinate clauses in both English and Spanish: noun (nominal) clauses, adjective clauses, and adverb clauses. Spanish subordinate clauses are generally introduced by *que* or a conjunction including *que,* such as *en que, para que, antes de que,* etc.

A **noun clause** is a subordinate clause that functions like a noun. It can either be the subject or the direct object of a sentence. If the noun clause reports factual information, the verb in the noun clause is indicative. On the other hand, if the noun clause is a commentary, opinion, subjective reaction, or value judgment, the verb in the noun clause is subjunctive.

Indicative

*Es verdad **que la fotografía es interesante**.*

Subjunctive

*Dudo **que la fotografía sea interesante**.*

An **adjective clause** is a subordinate clause that functions like an adjective. If the adjective clause reports factual information about a specific subject, the verb in the adjective clause is indicative. If the adjective clause comments on a non-specific subject (nonexistent or hypothetical), the verb in the adjective clause is subjunctive.

Indicative

*Conozco un restaurante **que se especializa en cocina caribeña**.*

Subjunctive

*Buscamos un restaurante **que se especialice en platos vegetarianos**.*

In both examples above, the entire adjective clause can be replaced by a simple adjective, such as *famoso.*

*Conozco un restaurante **famoso**.*   *Buscamos un restaurante **famoso**.*

REPASO

DE GRAMÁTICA

¡OJO! Other expressions that introduce adverb clauses include: *antes de que, aunque, con tal (de) que, de modo que, después de que, en cuanto, hasta que, luego que, mientras, para que, siempre que, sin que.*

An **adverb clause** is a subordinate clause that functions like an adverb. It adds information (time, place, manner, frequency, duration, reason, cause, conditions, etc.) about the action or event described by the verb in the independent clause of the sentence. In both English and Spanish, adverb clauses are sometimes introduced by expressions other than *que*. For example, the expression *tan pronto como* tells us that the adverb clause modifies the verb in terms of the notion of time. If the adverb clause refers to an action that has already taken place or that is habitual, the verb is expressed in the indicative. Otherwise, a subjunctive verb is used.

Indicative	**Subjunctive**
Siempre los ayudo **cuando me lo piden.**	*Voy a ayudarlos* **cuando me lo pidan.**
Los ayudé ayer **cuando me lo pidieron.**	*Esta noche voy a acostarme* **tan pronto como pueda.**

Present subjunctive

The present subjunctive almost always occurs in the subordinate clause of a complex sentence. However, as you saw in the previous examples, not every complex sentence requires a verb in the subjunctive form. If the sentence is merely reporting a fact, an indicative verb is used in the subordinate clause. If the sentence expresses one of the following types of condition, a subjunctive verb is used in the subordinate clause.

- In **cause-and-effect relationships,** the subject of the main clause has a direct influence on the subject of the subordinate clause.

    Te sugiero que compitas en el triatlón.

- In **nonspecific entities and events,** the adjective clause refers to a person, place, or thing in the main clause that is nonspecific, unknown, hypothetical, pending, nonexistent, or doubtful.

    No conozco a nadie que practique los deportes radicales.

- In **subjective reactions,** the main clause expresses an opinion, an emotion, or a value judgment about the subject of the subordinate clause.

    Me sorprende que su madre sea campeona de kickboxing.

The following verbs and expressions indicate these three general uses of the subjunctive.

Verbs and phrases that express cause and effect

aconsejar	mandar	prohibir
decir	ojalá[1]	querer (ie)
desear	pedir (i, i)	recomendar (ie)
esperar	permitir	requerir (ie, i)
insistir en	preferir (ie, i)	sugerir (ie, i)

---

1. *Ojalá* is an expression derived from an Arabic phrase meaning "May Allah grant that . . . ". Its form does not vary.

Verbs and phrases that express nonspecific entities and events

cuando	mientras (que)	no hay nadie...
después de que	no conocer a nadie...	no hay ningún/ninguna...
en cuanto	(no) es posible	puede ser
hasta que	(no) es probable	tan pronto como

Repaso: Review the formation of *gustar* and similar verbs on pages 42–43 of your textbook.

Verbs and phrases that express subjective reactions

alegrarse de	lamentar	quizá(s)
asombrarse de	molestar	sentir (ie, i)
dudar	negar (ie)	sorprender
enojarse de	no creer	temer
importar	quejarse	tener miedo de

Subjunctive verbs are formed in the same manner as formal commands. The following charts show the patterns for various types of verbs in the subjunctive.

Present subjunctive of regular verbs			
	-ar: hablar	*-er: aprender*	*-ir: vivir*
yo	hable	aprenda	viva
tú	hables	aprendas	vivas
usted/él/ella	hable	aprenda	viva
nosotros/nosotras	hablemos	aprendamos	vivamos
vosotros/vosotras	habléis	aprendáis	viváis
ustedes/ellos/ellas	hablen	aprendan	vivan

Present subjunctive of stem-changing verbs			
	o → ue: poder	*e → i: pedir*	*e → ie: pensar*
yo	pueda	pida	piense
tú	puedas	pidas	pienses
usted/él/ella	pueda	pida	piense
nosotros/nosotras	podamos	pidamos	pensemos
vosotros/vosotras	podáis	pidáis	penséis
ustedes/ellos/ellas	puedan	pidan	piensen

Present subjunctive of verbs with spelling changes

	-car: practicar	-gar: pagar	-zar: comenzar
yo	practi**que**	pa**gue**	comien**ce**
tú	practi**ques**	pa**gues**	comien**ces**
usted/él/ella	practi**que**	pa**gue**	comien**ce**
nosotros/nosotras	practi**quemos**	pa**guemos**	comen**cemos**
vosotros/vosotras	practi**quéis**	pa**guéis**	comen**céis**
ustedes/ellos/ellas	practi**quen**	pa**guen**	comien**cen**

Irregular present subjunctive verbs

	dar	*estar*	*ir*	*saber*	*ser*
yo	dé	esté	vaya	sepa	sea
tú	des	estés	vayas	sepas	seas
usted/él/ella	dé	esté	vaya	sepa	sea
nosotros/nosotras	demos	estemos	vayamos	sepamos	seamos
vosotros/vosotras	deis	estéis	vayáis	sepáis	seáis
ustedes/ellos/ellas	den	estén	vayan	sepan	sean

Deporte y diversión

Les gusta correr en el parque.

Develop writing skills
with *Atajo* software

www Explore!
http://depaseo.heinle.com

Discover the Hispanic world
with *Mosaico cultural*

Algunos estudiantes costarricenses admiran una serpiente del bosque tropical.

EL MEDIO AMBIENTE:

enfoque en nuestro planeta

Algunos estudiantes exploran la bóveda
del bosque tropical costarricense.

PRIMERA ETAPA: Preparación

INTRODUCCIÓN

Nuestra tierra. En español se conoce por muchos nombres, el ambientalismo, la ecología, el ecologismo, la defensa de la naturaleza... todos términos que aparecen diariamente en las prensas latinas para educar al público sobre la necesidad de preservar la naturaleza y ponerla a salvo de los problemas ocasionados por la moderna industrialización. En este capítulo vas a leer artículos y escuchar comentarios sobre los esfuerzos que se están haciendo en los países latinos para obtener un planeta más habitable.

VOCABULARIO EN ACCIÓN: «EL MEDIO AMBIENTE»

Sugerencias para aprender el vocabulario

Cómo aprender los homónimos. Homonyms are words that sound alike but have different meanings and usually different spellings. For example, **sea** and **see, ate** and **eight, feet** and **feat.** Spanish has approximately two dozen common words but, unlike English, employs a written accent instead of spelling changes to eliminate ambiguities. These forms must be memorized. As you read and write, pay particular attention to the following words and their meanings.

Sin acento		Con acento	
aun	*even (adverb)*	aún	*still (adverb)*
como	*as (preposition)*	cómo	*how (adverb)*
de	*of (preposition)*	dé	*give (pres. subj. of* dar*); (You) Give! (form. sing. command)*
el	*the (definite article)*	él	*he, it (pronoun)*
este, ese, aquel	*this, that, that (over there) (adj.)*	éste, ése, aquél	*this, that, that (over there) (pron.)*
mas	*but (conjunction)*	más	*more (adverb)*
mi	*my (possessive adjective)*	mí	*me (object of preposition)*
se	*yourself, himself, herself, itself, yourselves, themselves, (reflexive pronoun)*	sé	*I know (present indicative of* saber*); (you) be! (familiar imperative of* ser*)*
si	*if (conjunction)*	sí	*yes (adverb); oneself (pronoun)*
solo	*alone (adjective)*	sólo	*only (adverb)*
te	*you (object pronoun)*	té	*tea (noun)*
tu	*your (possessive adjective)*	tú	*you (subject pronoun)*

A. En la lectura. Lee el reportaje sobre Davis, California, y marca las palabras que son homónimas y, en el margen del texto, escribe el significado de cada palabra.

B. Oraciones originales. Ahora, elige cinco pares de homónimos y escribe oraciones, usando los homónimos con ambos significados.

Homónimo	Sin acento	Con acento
1. *aun, aún*	***Aun** de día hace frío.*	***Aún** no ha empezado a nevar.*
2.		
3.		
4.		
5.		

C. Mi diccionario personal. Mientras leas sobre la primera ciudad ecológica y hagas las actividades...

- escribe las palabras y frases en cursiva en el *Diccionario personal* de tu cuaderno.
- busca en tu diccionario los significados de las palabras que no conozcas.
- forma una oración original con cada palabra o frase.

El medio ambiente

*L*avar con *detergentes ecológicos, secar* la ropa al *aire libre, plantar* árboles y flores o *reciclar* el *vidrio* y el *papel* son cosas que todos podemos hacer para contribuir a salvar el *planeta.* Si viven en las afueras de la ciudad o en un pueblo, las posibilidades se multiplican. La gente puede *cultivar huertos* sin pesticidas, *instalar células solares* para calentar el agua y proveer la calefacción, *trasladarse* en bicicleta y *aprovechar el viento* para sacar agua de los pozos y producir electricidad.

La primera ciudad ecológica que se ha creado en el mundo está situada en Davis, California. Allí los tejados de todas las casas están cubiertos de *placas solares.* Los árboles y arbustos de las calles y parques públicos son de frutos comestibles, a disposición de los ciudadanos. La mayor parte de los autos son eléctricos, silenciosos y no producen *gases tóxicos,* aunque éstos se usan poco. Ochenta kilómetros de vía especial, ancha como una autopista, facilitan la circulación de bicicletas. Hasta gente de ochenta años va de compras pedaleando en triciclos.

En la ciudad se cultivan plantas en los balcones, las terrazas y los patios; las fachadas de las casas tienen plantas trepadoras y hay *jardines* en las azoteas. Practican el *cultivo biológico,* prescindiendo de los *insecticidas* y *herbicidas.*

Saben que cualquier planta, incluso la más pequeña, es beneficiosa para el *medio ambiente.* Cada persona tiene su parcela de tierra y estos jardines reducen tanto la *contaminación* del aire como la *erosión* del suelo.

En el pueblo reciclan todo lo que es posible. Cada casa tiene cuatro *botes de basura* distintos: uno para los *residuos no reciclables* como los plásticos; otro para el papel, vidrio y metal; el tercer bote es para los *desechos orgánicos* como los restos de verduras y frutas y el último está reservado para la basura especial que puede ser *peligrosa,* como medicamentos, pinturas, disolventes, insecticidas y demás sustancias químicas.

En cuanto a los autos, el mejor auto es aquél que permanece estacionado. Muchas veces se puede utilizar el *transporte público* o aun ir a pie. El precio que tiene que pagar la *naturaleza* a cambio de nuestros autos es enorme. Un automóvil consume en una hora la misma cantidad de oxígeno de 200 personas en un día. La contaminación del automóvil contribuye a la lluvia ácida que es directamente responsable a la matanza de los bosques, al efecto invernadero y a las enfermedades respiratorias. Aunque es imposible *renunciar* totalmente a nuestros autos, por lo menos hay que aprender a usarlos más razonablemente.

Con su actitud, los 50.000 habitantes de esta primera ciudad ecológica demuestran que se puede vivir estupendamente sin contaminar el medio ambiente.

A. ¿Qué podemos reciclar? ¿Sabías que no reciclar una tonelada de plásticos es tirar una tonelada de petróleo? En parejas...

- identifiquen cinco artículos que sean reciclables.
- identifiquen cinco artículos o productos que sean tóxicos.
- comparen sus listas con las de las demás parejas de la clase.

Reciclables   **Tóxicos**

botellas de vidrio   *pintura*

_____   _____

_____   _____

_____   _____

_____   _____

_____   _____

B. ¿Qué pasó? Hay muchas acciones a nivel mundial que afectan la ecología del planeta. En grupos pequeños, escriban cinco acontecimientos o fenómenos, ya sean naturales o accidentales, que hayan ocurrido en los últimos veinte años y cuyos efectos hayan sido desastrosos para la fauna y flora del planeta.

■ **Ejemplo:** *el accidente del reactor nuclear de Chernobyl*

C. Una isla desierta. Escribe una lista de las ciudades más contaminadas del mundo. ¿Preferirías vivir en una de estas ciudades o en una isla desierta lejos de todos los problemas, como el hombre del dibujo? Explícale tu respuesta a alguien de la clase.

«Consuelo, ¡qué bueno es estar libre de asaltos, smog y productos contaminados!»

D. Conclusiones importantes. Cuando la Asociación Defensora de Animales y del Ambiente se reunió en Colombia hace unos años, escribió una lista de sugerencias para proteger la naturaleza. Primero, lee la información siguiente sobre ADA, usando las *Preguntas de orientación* como guía, Después, en parejas, clasifiquen las conclusiones de la lista en orden de mayor a menor importancia.

Preguntas de orientación

1. ¿Quiénes participaron en el IV Encuentro de Organizaciones Protectoras de Animales?
2. ¿Dónde y cuándo ocurrió la conferencia?
3. ¿Cuál fue el objetivo?
4. ¿Cuántas especies de osos de anteojos hay en vías de extinción?
5. ¿Por qué hay que crear refugios?
6. ¿Dónde no se deben vender los animales?

Informa ADA

La Asociación Defensora de Animales y del Ambiente (ADA) participó en el IV Encuentro de Organizaciones Protectoras de Animales de Colombia, en Paipa, que se celebró del 21 al 23 de agosto pasado. Tuvo por objetivo reunir a todas las asociaciones con el fin de compartir ideas y problemas para apoyar la realización de campañas de divulgación en todos los medios de comunicación.

Para apoyar dichos objetivos se llegaron a las siguientes conclusiones:

- No comprar fauna silvestre.
- Salvar las seis especies de osos de anteojos que están en vías de extinción.
- Reforestar los bosques.
- Crear refugios para reubicar a toda clase de animales.
- Controlar el mantenimiento de los animales en los circos.
- No permitir la venta de animales domésticos en los mercados al aire libre o en las calles.

E. Nuestros animales amigos. En Estados Unidos existen la Sociedad Protectora de Animales y otras organizaciones que intentan proteger a los animales. ¿Cuáles son algunas de las leyes que existen en tu estado o región? En parejas, escriban dos o tres leyes o sugerencias para la protección de los animales.

■ **Ejemplo:** *La pelea de gallos está prohibida en Estados Unidos.*

1. _____

   _____

2. _____

   _____

3. _____

   _____

El reciclaje de vidrio en España

SEGUNDA ETAPA: Comprensión

LECTURA

OBJETIVOS:

In this *etapa,* you will . . .

- learn about the process of making blue jeans.

- discover the ways in which this process is not environmentally friendly.

- use vocabulary to discuss different aspects of industrial pollution.

Repaso: Before beginning this *etapa,* review the *Sugerencias para la lectura* in previous chapters of your textbook.

Cultura en acción: While working on the *Segunda etapa* in the textbook and *Diario de actividades,* . . .

- practice reading for details in Spanish.
- submit examples of loan words you have found in your readings after studying the *Estudio de palabras.*
- brainstorm about "green products" that are available after reading «Semana verde de Barcelona» on page 144 in the *Diario de actividades.*
- submit an outline of the topic and sources for instructor approval.

La ropa y la ecología. Símbolo de libertad en la sociedad occidental, ponerse estos pantalones vaqueros contamina tanto que los bioingenieros quieren producir algodón azul.

En Agracetus, una finca de Wisconsin (Estados Unidos) especializada en productos agrícolas de vanguardia, y en Calgene, California, están investigando cómo producir un algodón cuya fibra natural sea ya originalmente de color azul.

¿Por qué? Obviamente, para obtener un tejido que permita confeccionar pantalones vaqueros sin la aplicación de tintes en su proceso de producción. Así se ahorraría dinero y se reduciría la contaminación que provoca su ciclo vital, desde su fabricación hasta su combustión en el incinerador. En efecto, más que todo su ciclo de fabricación, el proceso de tinte del tejido con el que se confeccionan los vaqueros es muy contaminante en casi todas sus fases. Y, sin embargo, la ropa tejana es considerada, por mucha gente, como la más simple y ecológica. Evidentemente, no es así. En esta lectura vamos a ver todos los pasos de su elaboración y pensar sobre los mil modos en que la actividad humana puede influir, negativa o positivamente, sobre el medio ambiente.

Sugerencias para la lectura

Cómo buscar detalles importantes. In the previous chapter you picked out the topic sentences and practiced reading for the main idea. Now, you will practice reading more closely for detail. To read for details, use the following strategy: First of all, look at the title of the article on page 174 and turn it into a question: *¿Qué son vaqueros y cómo pueden tener vida o muerte?* Once you have considered the topic, read the general introduction to gain a deeper, more detailed understanding of the passage. To do this, locate the main verb and subject in the introduction and find the nouns and adjectives used to describe the action taking place: *Símbolo de libertad en la sociedad occidental, ponerse estos pantalones vaqueros contamina tanto que los bioingenieros quieren producir algodón azul.* In this introduction to the article there are three key words: *enfundarse, pantalones, contamina.* Ask yourself: *¿Qué pantalones? ¿Cómo contamina?* How can wearing them contribute to pollution? Skim the rest of the article with the accompanying visuals to obtain additional clues to answer the questions. As you continue to read, ask yourself Who? What? When? Where? and Why? to help identify the important details in the article. Remember to use your dictionary only for those words that you are sure you need for comprehension.

ANTES DE LEER

A. ¿Te gustan los vaqueros? ¿Cuál es tu opinión personal de los pantalones vaqueros? Escribe cinco razones por las cuales te gusta o no te gusta llevar estos pantalones.

_____

_____

_____

_____

_____

_____

B. Cada cosa en su lugar. Aunque no llevarías un traje de baño a clase, es la prenda perfecta para la playa. En tu opinión, ¿dónde se pueden y dónde no se pueden llevar pantalones vaqueros?

Lugares y ocasiones aceptables	**Lugares y ocasiones no aceptables**
a clase	_a la oficina donde trabajo_
_____	_____
_____	_____
_____	_____
_____	_____
_____	_____

C. ¿Somos conscientes de la naturaleza? Piensa en algunos artículos (ropa, cosméticos, artículos de limpieza, etc.) en tu casa que contienen elementos que pueden contribuir a la destrucción de la flora y fauna o algunas cosas que haces que puedan ser perjudiciales para el medio ambiente, la naturaleza o el ser humano.

■ **Ejemplo:** _Mi madre tiene un abrigo de visón._

1. _____

2. _____

3. _____

4. _____

5. _____

6. _____

7. _____

8. _____

9. _____

10. _____

D. Pequeño diccionario. El artículo «Los 24 pasos del vaquero» de la revista *Muy interesante* nos explica cómo el proceso de fabricar pantalones vaqueros es perjudicial para el medio ambiente. Antes de leer el artículo y hacer las actividades...

- estudia el *Pequeño diccionario*.
- busca las palabras en el texto.
- escribe una oración original en tu *Diccionario personal* con cada palabra o frase.
- lee el pasaje y escribe una lista de palabras que no conozcas.
- busca el significado de esas palabras en tu diccionario.

abono Fertilizante orgánica o inorgánica usada en la agricultura para la alimentación de las plantas.
alfiler *m.* Clavito de metal con punta por un extremo y cabecillo por otro que sirve para prender tela.
bobina Cilindro de hilo, cordel, etc.
cremallera Cierre flexible que consiste en dos filas de dientes metálicos y una pieza móvil para abrir y cerrarlos.
desgranar *tr.* Recoger y quitar las semillas del algodón.
desperdicio Residuo que no se puede utilizar; resto, sobrante.
emitir *tr.* Expulsar.
polietileno Sustancia de plástico.
viñeta Cada uno de los dibujos de una serie.

alfiler

cremallera

¡A LEER!

A. La elaboración del vaquero. Lee el artículo en la página 174 e identifica los procesos menciados en el artículo que utilizan los recursos indicados o que generan residuos.

Derivados del petróleo, carburantes

transporte del algodón por barco

_____

_____

_____

_____

_____

Generan residuos

fase de engrasado

_____

_____

_____

_____

_____

Agua

_____

_____

_____

_____

_____

Electricidad

fase de engrasado

_____

_____

_____

_____

_____

B. Comprensión. Ahora, vuelve a leer el artículo y decide si las oraciones siguientes son verdaderas **(V)** o falsas **(F)**.

_____ 1. El cultivo del algodón requiere el uso de agua para aclarar.

_____ 2. En el proceso de embalaje, las balas producen residuos colorantes.

_____ 3. Durante el transporte hay consumo de los derivados del petróleo.

_____ 4. Cuando se prepara el algodón para la confección del tejido, se gasta más agua que colorantes.

_____ 5. Después de limpiar, cortar y confeccionar los pantalones vaqueros, hay que lavarlos y teñir los pantalones dos veces más.

_____ 6. La etiqueta lleva el nombre de la tienda donde se venden los pantalones.

_____ 7. En los almacenes, lavan la tela con sustancias blanqueadoras.

_____ 8. Después de comprar el producto, el comprador tiene que tirar el envoltorio a la basura.

_____ 9. Durante los repetidos lavados, sería mejor emplear detergentes biodegradables.

_____ 10. El último paso en la vida de un par de tejanos es la incineración.

El reciclaje de papel

ECOLOGÍA

LOS 24 PASOS DEL VAQUERO

Vida, muerte y daños de un par de tejanos

Símbolo de libertad en la sociedad occidental, enfundarse estos pantalones contamina tanto que los bioingenieros quieren producir algodón azul.

En Agracetus, una finca de Wisconsin (EE UU) especializada en productos agrícolas de vanguardia, y en otro lugar del país llamado Calgene, en California, están investigando cómo producir un algodón cuya fibra natural sea ya originalmente de color azul.

¿Por qué? Obviamente, para obtener un tejido que permita confeccionar pantalones vaqueros sin la aplicación de tintes en su proceso de producción. Así se ahorraría dinero y se reduciría la contaminación que provoca su ciclo vital, desde su fabricación hasta su combustión en el incinerador.

Y no se trata de ciencia-ficción. Los bioingenieros que trabajan en estos dos centros están intentando transferir genes procedentes del añil a algunas plantas de algodón. De las hojas de esa especie botánica que viene de la India, Java, América Central y China se extrae el índigo. Este colorante, conocido por los orientales desde la Antigüedad y exportado a Europa hacia el siglo XVI, se emplea desde entonces para teñir de azul. "Con un poco más de tiempo y de dinero, acabaremos por hacer que crezcan *jeans* de las mismas plantas", ha bromeado Ken Barton, investigador de Agracetus.

En efecto, más que todo su ciclo de fabricación, el proceso de tinte del tejido con el que se confeccionan los vaqueros es muy contaminante en casi todas sus fases. Y, sin embargo, la ropa tejana es considerada hoy, por mucha gente, como la indumentaria más simple y ecológica.

Evidentemente, no es así. Veamos todos los pasos de su elaboración y reflexionemos sobre los mil modos en que la actividad humana puede influir, negativa o positivamente, sobre el medio ambiente.

VÍA CRUCIS EN 24 VIÑETAS. Sigamos etapa por etapa el largo proceso vital y el impacto ecológico que produce un pantalón vaquero desde su gestación en la planta del algodón, hasta que desaparece incinerado.

SALIDA

16 SEGUNDO TINTE. Para un color uniforme: electricidad, agua y colorantes. Residuos relativos.

15 LAVADO. Se emplea electricidad, sustancias blanqueadoras (oxidantes) y enzimas, y deja residuos colorantes.

14 CONFECCIÓN. Consume electricidad, hilo sintético y accesorios (botones, alfileres, cremallera).

24 ELIMINACIÓN. Tirarlos a la basura supone incineración y producción de CO_2 y de vapores.

13 CORTE. Ocasiona gasto eléctrico y desperdicios de algodón.

12 LIMPIEZA. El uso de detergentes y agua produce residuos (fosfatos, detergentes y polvo).

11 CONFECCIÓN DEL TEJIDO. Gasta electricidad y origina residuos orgánicos.

1 CULTIVO DEL ALGODÓN. Se usan abonos químicos, pesticidas, fungicidas y defoliantes, que contaminan el agua y el aire.

2 RECOLECCIÓN. Al desgranar, se emiten en el aire hidrocarburos, CO_2, CO y NO_x.

3 EMBALAJE. Envueltas en polietileno y ajustadas con correas metálicas, las balas de algodón producen polvo y residuos.

17 TRANSPORTE. Consumo de carburantes y residuos relativos: hidrocarburos, CO_2, CO y NO_x.

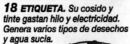

18 ETIQUETA. Su cosido y tinte gastan hilo y electricidad. Genera varios tipos de desechos y agua sucia.

19 ETIQUETA EXTERIOR. Se emplea cartón, tinta, grapas de plástico (consumo de petróleo) y emite vapores contaminantes.

4 TRANSPORTE DEL ALGODÓN. Consume derivados del petróleo y emite hidrocarburos no combustibles, CO_2, CO y NO_x.

LLEGADA

PERO NO ACABA AQUÍ... Aunque la función del tejano se ha terminado en este momento, no se han tenido en consideración todos los aspectos contaminantes de su producción: por ejemplo, el proceso de fabricación del nylon para las costuras o el consumo de la energía eléctrica necesaria. Nos hemos limitado a seguir el itinerario más simple posible.

20 TRANSPORTE. Consume carburantes y ocasiona residuos relativos: hidrocarburos, CO_2, CO y NO_x.

5 FASE DE ENGRASADO. Gran gasto de electricidad y agua, empleo de grasas y elementos tensoactivos. Residuos químicos.

6 HILADO. Consumo de electricidad y producción de residuos (polvo de algodón).

22 VENTA. La eliminación del empaquetado, de las etiquetas y de la bolsa contamina.

23 USO CONTINUO. Los repetidos lavados emplean electricidad, detergentes, fosfatos...

21 ALMACENAJE. Además del gasto eléctrico, genera residuos.

10 ENCERADO. Se utilizan derivados de la celulosa y se producen residuos orgánicos.

9 PRIMER TINTE. Para el teñido de bobinas se consume electricidad, colorantes y agua para aclarar.

8 ESCALDADO. Se emplea agua y jabón alcalino y deja residuos relativos.

7 PREPARACIÓN PARA EL TEJIDO. Se gasta electricidad y genera polvo de algodón.

DESPUÉS DE LEER

A. En tu casa. En el proceso de confeccionar los vaqueros, se malgasta agua y electricidad; también se utilizan detergentes, fosfatos y otros productos químicos. En grupos pequeños...

- escriban una lista de productos químicos que utilizan en casa.
- identifiquen los usos de estos productos.
- sugieran maneras para evitar el uso de estos productos.

Productos químicos	Uso	Sugerencias
detergente para lavavajillas	*lavar los platos*	*comprar detergente biodegradable para lavavajillas*

B. Productos naturales. Hoy se puede comprar papel reciclable, ropa hecha de algodón natural sin colores y comida que no contiene conservantes. En parejas, escriban tres o cuatro razones por las cuales se compran estos productos.

1. _____
_____
2. _____
_____
3. _____
_____
4. _____
_____

TERCERA ETAPA: Fundación

FUNCIONES

PRIMERA FUNCIÓN: **Cómo hablar con cortesía, usando el condicional (¿Podría... ?)**

In Spanish, the conditional mood is used to make polite requests, as well as to express what one would do under certain circumstances. In other words, the conditional is used to hypothesize.

> *¿**Podría** prestarme su auto?*
>
> *No **compraríamos** un animal en vías de extinción.*

A. Encuesta. ¿Qué opinan del reciclaje y otros asuntos relacionados con el medio ambiente? En parejas, pregunten y contesten cortésmente, según las indicaciones.

■ **Ejemplo:** comprar un abrigo de piel

> Estudiante 1: *¿**Comprarías** un abrigo de piel?*
>
> Estudiante 2: *No, no **compraría** un abrigo de piel porque no me gusta llevar ropa hecha de la piel de animales.*

1. usar un horno microondas para preparar la comida
2. comprar zapatos y ropa hechos de materiales reciclados
3. instalar un purificador de agua en tu casa
4. cazar animales en vías de extinción
5. ponerte desodorante envasado en aerosol
6. construir una casa «ecológica»
7. disminuir el uso de productos de papel
8. andar en bicicleta en lugar de ir en auto

B. ¿Qué dirías tú? ¿Qué harían para salvar nuestro planeta? En parejas, representen las situaciones siguientes, incorporando un pedido cortés.

■ **Ejemplo:** Tu vecino/vecina recoge la hierba cortada en bolsas de plástico y las pone en los basureros.

> Estudiante 1: *¿**Podría** dejar la hierba cortada en el jardín?*
>
> Estudiante 2: *Sí. Al descomponerse provee elementos nutritivos para el jardín.*

1. Tu vecino/vecina siempre tira los botes de aluminio a la basura.
2. Tu vecino/vecina nunca recicla los periódicos.
3. Tu amigo/amiga conduce un auto grande que gasta mucha gasolina.
4. Hace mucho tiempo que tu amigo/amiga no lleva su auto al taller para que le ajusten el motor.
5. Tu compañero/compañera de cuarto pone el televisor al entrar a su apartamento aunque no se siente a verlo.

OBJETIVOS:

In this *etapa,* you will . . .

■ make courteous requests.

■ express cause-and-effect relationships, value judgments and emotions, and the unknown.

■ talk about hypothetical situations.

Cultura en acción: While working on this *etapa,* . . .

- study the vocabulary on page 194 of your textbook outside of class. Using your *Diccionario personal,* prepare flash cards and practice with a partner.
- look for examples of *si* clauses in your articles and include *si* clauses in your report, for example, *Si tuviéramos un centro de reciclaje en la universidad...*

Repaso: Before beginning the *Funciones,* study the *Repaso de gramática* on pages 195–200 of your textbook and complete the corresponding *Práctica de estructuras* on pages 162–165 of the ***Diario de actividades.***

6. Tu compañero/compañera de clase tira los papeles al suelo.
7. Tu colega compra café en tazas desechables.
8. Alguien que fuma quiere participar en tu *car pool.*
9. Una tienda exclusiva de tu ciudad vende muebles de maderas tropicales.
10. Una fábrica de tu comunidad emite malos olores.

SEGUNDA FUNCIÓN: **Cómo expresar causa y efecto, juicio de valor, emoción y lo desconocido, usando el imperfecto de subjuntivo *(Quería que... ; Era bueno que... ; No había nadie que...)***

The subjunctive mood is used in cause-and-effect statements (sometimes called indirect requests), in value judgments, and with nonspecific entities and events.

> *Querían que yo **reciclara** el papel.*
>
> *Era fabuloso que **salvaran** los lobos.*
>
> *No conocimos a nadie que **tuviera** un abrigo de piel.*

Repaso: Before beginning Activity A, review the ecology vocabulary on page 194 of your textbook.

A. Cómo trataban el medio ambiente. Hoy día sabemos mucho más que nuestros antepasados acerca del medio ambiente. En parejas, escriban una lista de acciones comunes del pasado que afectaban el medio ambiente. Usen las frases siguientes como punto de partida.

Era bueno que...   Era imposible que...
Era común que...   Era malo que...
Era dudoso que...   Era necesario...
Era importante que...   Era probable que...

■ **Ejemplo:** Estudiante 1: *Era común que **echaran** los residuos en los ríos.*

Estudiante 2: *Era necesario que **cortaran** los árboles antes de sembrar.*

Flores y campo

B. Despertar la consciencia. En los años 60 la gente comenzó a notar los efectos de su estilo de vida sobre el medio ambiente y poco a poco iba cambiando de costumbres. Este proceso sigue lentamente en la actualidad. En parejas, terminen las oraciones siguientes de una manera original para reflejar el cambio de actitudes hacia la naturaleza.

1. Hace cinco años, no conocíamos a nadie que...
2. En los años 60, no había programas que...
3. Hace 10 años, no queríamos usar ningún producto que...
4. En los años 50, la gente buscaba un auto que...
5. Hace un año, queríamos comprar ropa que...
6. En los años 70, no teníamos ningún producto de limpieza que...

C. ¿Qué les recomendaban? Cuando eran niños, ¿qué les decían las personas mayores acerca de la naturaleza? En parejas, escriban una lista de cinco o seis sugerencias que les daban y que todavía sean aplicables para los jóvenes de hoy.

■ **Ejemplo:** Estudiante 1: *Me decían que no **tirara** la basura en la calle.*

Estudiante 2: *Me recomendaban que **apagara** las luces cuando saliera de un cuarto.*

Detergente biodegradable

TERCERA FUNCIÓN: **Cómo expresar lo hipotético, usando el imperfecto de subjuntivo (*Si recicláramos más...*)**

The subjunctive is used in clauses beginning with *si...* to express hypothetical situations.

*Si **recicláramos** más, podríamos ahorrar más materias primas.*

A. ¿Cómo sería el planeta... ? ¿Cómo sería el planeta si la gente lo tratara mejor (o peor)? En parejas, comenten la condición hipotética del planeta Tierra, según las condiciones indicadas.

■ **Ejemplo:** Si todo el mundo usara más aerosoles...

Estudiante 1: *la capa de ozono **disminuiría**.*

Estudiante 2: ***habría** más casos de cáncer de piel.*

1. Si más personas usaran transporte público en lugar de auto particular...
2. Si las fábricas dejaran de echar los residuos tóxicos en los ríos...
3. Si los gorilas se cazaran hasta la extinción...
4. Si compráramos más productos que fueran reciclables...
5. Si los bosques tropicales desaparecieran...
6. Si todo el mundo dejara de fumar...
7. Si hubiera más especialistas en el medio ambiente...
8. Si utilizáramos más productos biodegradables...

B. Sugerencias para vivir mejor. Todos tenemos ideas para mejorar las condiciones de la vida. En parejas, escriban una lista de sugerencias para cada una de las frases siguientes.

■ **Ejemplo:** Se conservaría más energía si...

Estudiante 1: ***fuéramos*** *en bicicleta a la universidad.*

Estudiante 2: ***usáramos*** *agua fría para lavar la ropa.*

1. Se conservaría más energía si...

_____

_____

_____

_____

_____

2. Se salvarían más especies en vías de extinción si...

_____

_____

_____

_____

_____

3. Se acabaría con la contaminación si...

_____

_____

_____

_____

_____

Contaminación del aire

CUARTA ETAPA: Expresión

EL MUNDO DE LA LITERATURA:
«Noble campaña»
por Gregorio López y Fuentes

ANTES DE LEER

A. Campaña ecológica. ¿Recuerdan algún programa de conservación en su sociedad? En grupos pequeños...

- identifiquen tres campañas públicas.
- escriban el lema y nombren la mascota u otro símbolo que se asocien con cada campaña.
- determinen por qué el programa fue un éxito o un fracaso.

■ **Ejemplo:**

campaña:	*prevención de incendios en los bosques*
lema:	*"Only you can prevent forest fires."*
mascota:	*Smokey Bear*
éxito o fracaso:	*Éxito: Fue un programa muy popular, sobre todo con los niños.*

Campañas ecológicas			
campaña	*lema*	*mascota*	*éxito o fracaso*

OBJETIVOS:

In this *etapa*, you will . . .

■ learn to recognize and interpret figurative language.

■ read an ironic short story.

■ discuss the pros and cons of environmental campaigns.

Cultura en acción: While working on this *etapa*, . . .

- write a summary of one of the articles that you have selected for your report, after completing the *Redacción* activities on pages 166–171 of the **Diario de actividades.**

- participate in the *Cultura en acción* or hand in your individual written report.

B. Términos literarios. En esta etapa van a estudiar dos tipos de lenguaje que se emplean en la literatura. El lenguaje literal se refiere al significado directo de las palabras, como, por ejemplo:

El río Amazonas es el más largo de Sudamérica.

Por otra parte, el lenguaje figurado adorna o embellece la expresión del pensamiento y sirve de representación o figura de otra cosa.

El listón plateado serpentea por las selvas amazónicas.

¿Saben cuál es el significado literal de la frase «el listón plateado»? Claro que sí... se refiere al río Amazonas. En el *Capítulo 4,* estudiaron la metáfora y el símil... dos clases de lenguaje figurado. En la lectura de esta etapa, van a encontrar tres formas más.

Términos literarios

Lenguaje figurado

- Una **imagen** es la representación de un objeto o de una experiencia por medio del lenguaje. Por ejemplo, un escritor describe a una mujer de la siguiente manera.

  «Era más que hermosa... era perfecta, perfecta como el oro, o como el vino; era primordial, como un latido y era intemporal, como un planeta.»

- La **ironía** es una figura que consiste en dar a entender lo contrario de lo que se dice, como, por ejemplo:

  «Éste es el mejor día de mi vida», dijo Pablo al quitarse sus zapatos arruinados. «Me encanta la estación de las lluvias.»

- Un **símbolo** es la relación entre un elemento concreto y uno abstracto. El elemento concreto explica el abstracto. Por ejemplo, en algunas culturas el búho es un símbolo de la muerte y en otras, de la sabiduría.

Perspectiva

Gregorio López y Fuentes (1897–1966) nació en el estado de Veracruz en México. Hijo de agricultor, López y Fuentes conocía los tipos de campesinos que describía en sus novelas y cuentos. Después de graduarse de maestro, empezó a trabajar como periodista en la Ciudad de México y se dedicó a la vocación de escritor. López y Fuentes escribió sobre la vida mexicana en sus novelas y cuentos. Pintó las costumbres y la psicología de la gente de una manera verosímil. Su novela, El indio (1935), ganó el Premio Nacional de Literatura.

Pequeño diccionario. El cuento siguiente, «Noble campaña», contiene palabras y frases especializadas. Antes de estudiar el pasaje y hacer las actividades...

- estudia el *Pequeño diccionario.*
- busca las palabras en el texto.
- escribe una oración original en tu *Diccionario personal* con cada palabra o frase.
- lee el pasaje y escribe una lista de palabras que no conozcas.
- busca el significado de esas palabras en tu diccionario.

acudir *intr.* Ir uno al sitio adonde le conviene o es llamado.
ágape *m.* Banquete.
aguas negras Aguas que contienen excremento humano.
alcalde *m.* Presidente de un municipio.
asco Repugnancia, disgusto.
atraso Subdesarrollo.
caudal *m.* Cantidad de agua.
cohete *m.* Tipo de fuegos artificiales.
comitiva Gente que acompaña.
detrito Resultado de la descomposición de una masa sólida.
embriagarse *pr.* Tomar alcohol en exceso, emborracharse.
hallazgo Descubrimiento.
hilera Formación en línea de varias cosas.

huerta Terreno destinado al cultivo de árboles frutales.
impreso Panfleto, folleto.
insoportable *adj.* Intolerable, insufrible.
limo Barro que forma la lluvia en el suelo.
maguey *m.* Cacto del cual se produce la tequila y el pulque.
manifestación Reunión pública en la que los participantes expresan sus deseos.
manta Trozo rectangular de tejido que se usa para cubrirse el pelo.
pasto Hierba que sirve para el sustento de un animal.
pulque *m.* Bebida alcohólica hecha del jugo del maguey.
regidor/regidora Persona que gobierna o dirige.

¡A LEER!

A. Elementos narrativos. Ahora, van a buscar los elementos narrativos importantes en el cuento. En grupos pequeños, lean el cuento «Noble campaña», usando las *Preguntas de orientación* como guía. Después, identifiquen los siguientes elementos.

1. el narrador
2. el escenario
3. el protagonista
4. los demás personajes
5. la presentación
6. la complicación
7. el clímax
8. el desenlace
9. el tono

Repaso: Don't forget to use the reading strategies from the *Lectura* section on page 170 of your textbook when reading this passage. Try not to use your dictionary too often, or you may lose the meaning of the passage. Also, focus on the abundant description in the text and determine what type it is.

B. Busquen y encuentren. Ahora, van a revisar el contenido. En grupos pequeños, identifiquen los párrafos del texto que corresponden a los elementos siguientes.

- los fuegos artificiales
- el hallazgo del jefe de la comisión
- la campaña antialcohólica
- el sitio del ágape
- las condiciones del río
- el contenido de los botellones

Noble campaña

por Gregorio López y Fuentes

El pueblo se vistió de domingo en honor de la comisión venida de la capital de la República: manta morena, banderas, flores, música. De haberse podido, hasta se hubiera purificado el aire, pero eso no estaba en las manos del Presidente Municipal. El aire olía así porque a los ojos de la población pasa el río, un poco clarificado ya: es el caudal que sale de la ciudad, los detritos de la urbe, las llamadas aguas negras...

Desde que llegó la comisión, más aún, desde que se anunció su visita, se supo del noble objeto de ella: combatir el alcoholismo, el vino que, según los impresos repartidos profusamente entonces, constituye la ruina del individuo, la miseria de la familia y el atraso de la patria.

Otros muchos lugares habían sido visitados ya por la misma comisión y en todos ellos se había hecho un completo convencimiento. Pero en aquel pueblo el cometido resultaba mucho más urgente, pues la región, gran productora del pulque, arrojaba, según decían los oradores, un mayor coeficiente de vicios.

Dos bandas de música de viento recorrieron las calles, convocando a un festival en la plaza. El alcalde iba y venía dando órdenes. Un regidor lanzaba cohetes a la altura, para que se enteraran del llamado hasta en los ranchos distantes. Los vecinos acudían en gran número y de prisa, para ganar un sitio cerca de la plataforma destinada a las visitas y a las autoridades.

El programa abrió con una canción de moda. Siguió el discurso del jefe de la comisión antialcohólica, quien, conceptuosamente, dijo de los propósitos del Gobierno: acabar con el alcoholismo. Agregó que el progreso es posible únicamente entre los pueblos amigos del agua, y expuso el plan de estudio, plan basado naturalmente en la Economía, que es el pedestal de todos los problemas sociales: industrializar el maguey para dar distinto uso a las extensas tierras destinadas al pulque.

Fue muy aplaudido. En todas las caras se leía convencimiento.

Después fue a la tribuna una señorita declamadora, quien recitó un bellísimo poema, cantando la virtud del agua en sus diversos estados físicos...

¡Oh, el hogar donde no se conoce el vino! ¡Si hay que embriagarse, pues a embriagarse, pero con ideales!

Los aplausos se prolongaron por varios minutos. El Presidente Municipal —broche de oro— agradeció a los comisionados su visita y, como prueba de adhesión a la campaña antialcohólica —dijo enfáticamente— no había ni un solo borracho, ni una pulquería abierta, en todo el pueblo...

A la hora de los abrazos, con motivo de tan palpable resultado, el funcionario dijo a los ilustres visitantes que les tenía preparado un humilde ágape. Fue el mismo Presidente Municipal quien guió a la comitiva hacia el sitio del banquete, una huerta de su propiedad situada a la orilla del río. A tiempo que llegaban, él daba la explicación de la fertilidad de sus campos: el paso de las aguas tan ricas en limo, en abono maravilloso y propicio a la verdura. No pocos de los visitantes, en cuanto se acercaban al sitio del banquete, hacían notar que el mal olor sospechado desde antes en todo el pueblo, iba acentuándose en forma casi insoportable...

—Es el río —explicaban algunos vecinos—. Son las mismas aguas que vienen desde la ciudad, son las aguas negras, sólo que por aquí ya van un poco clarificadas.

—¿Y qué agua toman aquí?

—Pues, quien la toma, la toma del río, señor... No hay otra.

Un gesto de asco se ahondó en las caras de los invitados.

—¿No se muere la gente a causa de alguna infección?

—Algunos... Algunos...

—¿Habrá aquí mucha tifoidea?

—A lo mejor: sólo que tal vez la conocen con otro nombre, señor...

Las mesas, en hilera, estaban instaladas sobre el pasto, bajo los árboles, cerca del río.

—Y esa agua de los botellones puestos en el centro de las mesas, ¿es del río?

—No hay de otra, señor... Como ustedes, los de la campaña antialcohólica, sólo toman agua... Pero también hemos traído pulque... Perdón, y no lo tomen como una ofensa, después de cuanto hemos dicho contra la bebida... Aquí no hay otra cosa.

A pesar de todo, se comió con mucho apetito. A la hora de los brindis, el jefe de la comisión expresó su valioso hallazgo:

—¡Nuestra campaña antialcohólica necesita algo más efectivo que las manifestaciones y que los discursos: necesitamos introducir el agua potable a todos los pueblos que no la tienen... !

Todos felicitaron al autor de tan brillante idea, y al terminar la comida, los botellones del agua permanecían intactos, y vacíos los de pulque...

10. ¿Qué bebidas les sirvieron a los invitados?
11. ¿Cuál fue la bebida preferida en el banquete? ¿Por qué?
12. ¿Qué decisión tomó el jefe de la comisión? ¿Por qué?

DESPUÉS DE LEER

A. Figuras retóricas. Hay varios ejemplos de figuras retóricas en el cuento. En grupos pequeños, busquen ejemplos de las figuras retóricas siguientes en «Noble campaña».

1. la imagen
2. la ironía
3. la metáfora
4. el símbolo
5. el símil

B. ¿Cómo son? Fíjense en los personajes del cuento. En grupos pequeños...

- escriban una descripción física y psicológica de los personajes siguientes del cuento.
- preséntenles sus descripciones a los demás miembros de la clase para que adivinen quiénes son.

1. el jefe de la comisión antialcohólica
2. el Presidente Municipal
3. la poeta
4. un/una habitante del pueblo en el ágape

C. Síntesis. El cuento presenta los sucesos desde la perspectiva de la Comisión Antialcohólica. En grupos pequeños, escriban un resumen del cuento desde el punto de vista del alcalde del pueblo.

D. Idea central. La idea central de este cuento es que las necesidades de la vida importan más que los planes y las campañas más ilustres. En grupos pequeños...

- comenten uno de los problemas ecológicos más urgentes de su universidad.
- planeen el tema, la lema y la mascota que mejor representen el problema.
- compartan sus ideas con los demás grupos de la clase.

E. Debate. El cuento «Noble campaña» presenta un tema muy controversial. En grupos pequeños, elijan uno de los temas siguientes y coméntenlo.

- Tomar alcohol siempre es malo.
- La contaminación está destruyendo el medio ambiente mientras los burócratas se preocupan de campañas inaplicables.
- El alcoholismo o la contaminación: ¿cuál es el problema más serio?

Mosaico cultural

NUESTRA NATURALEZA:

The Problems of the Environment

INTRODUCCIÓN

En muchas partes del mundo hispano hay programas para conservar el medio ambiente e instruir a la gente sobre la conservación de los recursos naturales. Entre los países principales se encuentran Costa Rica, Puerto Rico, México y España.

ANTES DE VER

A. Programas de tu comunidad. ¿Hay programas ecológicos en tu comunidad? En grupos pequeños...

- usen el esquema de abajo para hacer una lista de programas defensores de la naturaleza.
- indiquen los programas en los cuales les gustaría participar.
- mencionen los beneficios de los programas.

OBJETIVOS:

In this section, you will . . .

- learn about national parks of the Spanish-speaking world and identify their environmental characteristics.

- observe the effects of environmental pollution in different Spanish-speaking countries.

- learn ways to help preserve the natural world.

Programas defensores de la naturaleza		
programa	*participantes del grupo*	*beneficios*
1.		
2.		
3.		
4.		

B. Zonas naturales. En Estados Unidos quedan muy pocas zonas naturales. En grupos pequeños...

- identifiquen cinco zonas naturales de Estados Unidos.
- hagan una lista de sus características naturales.
- identifiquen algunos elementos que amenazan estas zonas.

C. Pequeño diccionario. Antes de ver «Nuestra naturaleza»...

- estudia el *Pequeño diccionario*.
- categoriza las palabras y frases de una manera lógica o da ejemplos de las palabras.
- escribe una oración original en tu *Diccionario personal* con cada palabra o frase.

ave *f.* Pájaro grande, *(p. ej., el pavo, el avestruz, la paloma).*
cartel *m.* Papel que se fija en un lugar público como anuncio.
cotorra Papagayo *(loro pequeño americano).*
daño Detrimento, destrucción.
deuda Lo que se debe pagar.
esfuerzo Empleo enérgico de las fuerzas físicas, mentales o morales.
espeluznante *adj.* Horrible; que causa miedo.
lujo Riqueza en el adorno, la pompa o el regalo.
manejo Dirección; funcionamiento.
medios Lo que uno posee o de lo que goza.

multa Castigo monetario impuesto al que comete un delito o falta.
nido Especie de lecho que hacen las aves para poner los huevos y criar los pollos.
plomo Metal pesado de color gris.
proveer *tr.* Preparar las cosas necesarias para un fin.
quetzal *m.* Ave centroamericana de plumaje brillante.
secar *tr.* Quitar la humedad.
sembrar (ie) *tr.* Esparcir las semillas en la tierra preparada.
suave *adj.* Liso y blando al tacto.
suelo Tierra.
tirar *tr.* Arrojar, echar.
valor *m.* Cualidad o conjunto de cualidades apreciadas de una persona o cosa.

¡A VER!

A. ¿Verdadero o falso? Antes de ver el vídeo, lee las declaraciones siguientes. Mientras veas el vídeo, indica si cada oración es verdadera (**V**) o falsa (**F**).

_____ 1. El problema del deterioro del medio ambiente no afecta a muchos países.

_____ 2. Bosques enteros están desapareciendo.

_____ 3. El ecoturismo es una de las soluciones para proteger el medio ambiente.

_____ 4. Un árbol muerto no es útil.

_____ 5. El Día del Árbol los niños de Costa Rica siembran un árbol para reforestar.

_____ 6. El Yunque está en Puerto Rico.

_____ 7. Cierran el parque del Bosque de Chapultepec todos los días.

_____ 8. El taxi ecológico no contamina el ambiente.

_____ 9. En España tienen leyes para la protección del agua y las costas.

_____ 10. Es importante educar a la gente joven para proteger el medio ambiente.

B. En el D.F. En la Ciudad de México cada auto tiene un día por sema-na cuando no puede circular. Escribe el color adecuado para cada día, según el vídeo.

Día de descanso   **Color**

1. lunes   _____

2. martes   _____

3. miércoles   _____

4. jueves   _____

5. viernes   _____

C. Completar las ideas. Elige la idea que mejor completa cada ora-ción, según el vídeo.

1. En la península de Yucatán la _____ ácida está destruyendo los tem-plos antiguos.
   a. nieve
   b. lluvia

2. La selva en Sudamérica está sufriendo _____.
   a. daños irreversibles
   b. deudas gigantescas

3. La cotorra y el quetzal son _____ que necesitan los árboles.
   a. carteles
   b. aves

4. Algo que se debe hacer para conservar el medio ambiente es no _____.
   a. sembrar árboles
   b. usar aerosoles

5. En México el gobierno requiere el uso de gasolina sin _____.
   a. plomo
   b. lodo

DESPUÉS DE VER

A. ¿Qué opinan? Hay muchos problemas ecológicos en el mundo. En grupos pequeños, comenten los problemas ecológicos más serios en...

- su estado.
- Estados Unidos.

B. Investigación. Hagan una investigación de la ecología en otro país. En grupos pequeños...

- elijan un país hispano que no aparece en el vídeo.
- usen *Internet* y otros recursos para investigar los problemas ecológi-cos de ese país y las soluciones que se están aplicando.
- preparen un informe oral para los demás miembros de la clase.

Enlace

A. Nuestra ciudad. ¿Cómo es la ciudad ecológica en California que estudiaron? En grupos pequeños...

● recuerden la información que aprendieron sobre la ciudad.
● planeen una ciudad ecológica para su estado. ¿Cuáles serían sus características principales?

B. En defensa de los animales. Los animales también necesitan nuestra protección. En grupos pequeños...

● hablen de las varias maneras en que se pueden defender los animales en general.
● sugieran tácticas para defender los animales en vías de extinción.

C. Reducir la basura. El problema de los desperdicios es crítico en muchos sitios de Estados Unidos. En grupos pequeños...

● planeen una campaña para reducir la cantidad de basura en su universidad.
● escriban una descripción de lo que haría el/la ecologista ideal.
● describan los estudiantes menos en onda al respecto.

D. El peligro del ruido. La contaminación de ruido es un problema que padecen muchos jóvenes y habitantes de las ciudades grandes. En grupos pequeños, cuenten los problemas auditivos que, a causa del ruido extremo, han experimentado después de asistir a un concierto o a una competencia deportiva.

E. Nuestra naturaleza. ¿Cómo se compara la naturaleza que vieron en el vídeo con la naturaleza de su región? En grupos pequeños, hagan listas de las similitudes y diferencias entre la naturaleza de su estado y la naturaleza que observaron en el vídeo «Nuestra naturaleza».

F. Revisión de composición. Ahora, van a revisar tus composiciones, enfocándose en el contenido, el vocabulario y la exactitud. En parejas...

● intercambien las composiciones y revísenlas, según los criterios siguientes.
● califiquen sus composiciones, según las indicaciones.

Escala

excelente	=	4 puntos
bueno	=	3 puntos
mediocre	=	2 puntos
malo	=	1 punto
inaceptable	=	0 puntos

Calificación de composiciones	
Contenido	
Introducción que llama la atención	_____
Organización lógica	_____
Ideas interesantes	_____
Transiciones adecuadas	_____
Conclusión firme	_____
Vocabulario	
Adjetivos descriptivos	_____
Verbos activos	_____
Uso adecuado de *ser* y *estar*	_____
Exactitud	
Concordancia entre sujeto/verbo	_____
Concordancia entre sustantivo/adjetivo	_____
Ortografía	_____
Puntuación	_____
Calificación global	_____

Calificación global

excelente	=	43–48 puntos
bueno	=	38–42 puntos
mediocre	=	33–37 puntos
malo	=	28–32 puntos
inaceptable	=	0–27 puntos

Jardín tropical

Cultura en acción

UNA CONFERENCIA DEDICADA AL MEDIO AMBIENTE

TEMA: El tema de *Una conferencia dedicada al medio ambiente* les dará a ustedes la oportunidad de investigar, escuchar, escribir y hacer una presentación sobre la protección del medio ambiente. La lectura, la comprensión auditiva y la redacción servirán como puntos de partida para las presentaciones.

ESCENARIO: El escenario es una reunión para decidir cómo se puede educar al público para hacerle entender que hay que proteger la naturaleza.

MATERIALES:

• Un programa con los nombres de los presentadores y sus temas.
• Un tablero o una pizarra para mostrar las fotografías o los dibujos que tratan de la conservación y la preservación del medio ambiente.
• Carteles con lemas para avisarle al público de la necesidad de proteger la naturaleza.

Flora y fauna

GUÍA: Cada uno de ustedes deberá preparar un informe oral basado en el tema del medio ambiente.

¡A ORGANIZARNOS!: El día de la actividad, todos ustedes deben participar en arreglar la sala y hacer preguntas a los conferencistas. Cada uno tendrá la oportunidad de presentar su trabajo de investigación y explicar sus sugerencias para conservar el medio ambiente. Después de cada informe, los demás miembros de la clase deben hacer preguntas. Al final de la conferencia, toda la clase debe decidir cuáles de las sugerencias serían factibles para implementar en la universidad.

La erosión de las playas... un problema ambiental

Vocabulario

«Los 24 pasos del vaquero»

aire libre *m.* outside
aprovecharse de to take advantage of
bote de basura *m.* trash can
célula/placa solar solar panel
contaminación pollution
cultivar to cultivate
cultivo biológico organic gardening
desechos orgánicos organic waste
detergente ecológico *m.* biodegradable detergent
efecto invernadero greenhouse effect
erosión
gas tóxico *m.*
herbicida *m.* herbicide, weed killer
huerto vegetable garden; orchard
insecticida *m.*
instalar to install
jardín *m.* garden
lavar to wash
medio ambiente *m.* environment
naturaleza nature
no reciclable nonrecyclable
papel *m.* paper
peligroso/peligrosa dangerous
planeta *m.*
plantar to plant
reciclar to recycle
renunciar to give up
residuo waste
secar to dry
transporte público *m.*
trasladarse to get around
vidrio glass
viento wind

Homónimos

aun even
aún still
de of; from
dé *present subjunctive of* **dar**
el the *(definite article)*
él he, it
este, ese, aquel this, that, that (over there) *(adj.)*
éste, ése, aquél this, that, that (over there) *(pronoun)*

mas but
más more
mi my
mí me *(object of preposition)*
se yourself, himself, herself, itself, yourselves, themselves *(reflexive pronoun)*
sé I know; (you) be! *(fam. imperative of* **ser***)*
si if
sí yes
solo alone
sólo only
te you *(fam. object pronoun)*
té *m.* tea
tu your
tú you *(fam. subject pronoun)*

El medio ambiente

acabar to run out, be used up
ahorrar to save, economize
basura trash, garbage
biodegradable
capa de ozono ozone layer
centro de reciclaje recycling center
contenedor *m.* container
controlar
derrochar/desperdiciar/malgastar to waste
desarrollo development
desechar to throw out, reject, not to use
desperdicio waste product
envase *m.* container
escasez *f.* shortage, lack
multar to fine *(someone)*
nocivo/nociva noxious, harmful
pesticida *m.*
prevenir (ie, i) to prevent
recurso natural natural resource
retornable recyclable
suelo soil, dirt

Catástrofes naturales

alud *m.* avalanche
cataclismo catastrophe
catástrofe *f.*
ciclón *m.*
desastre *m.*
destruir to destroy
diluvio/inundación flood

huracán *m.*
maremoto tidal wave
nevada snowfall
sequía drought
terremoto earthquake
tifón *m.* typhoon
tornado

La naturaleza

amenazado/amenazada threatened
asumir to assume, take on
aumentar to increase, augment
aumento increase, raise
cargamento ilegal illegal shipment
conservar
disminución decrease
disminuir to decrease
eliminar
especie en vías de extinción *f.* endangered species
especie protegida *f.* protected species
evitar to avoid
proteger to protect
resultar to result, turn out to be
sanción
sobrevivir to survive
supervivencia survival

Cómo influir sobre otros

Debe(s) tener / Hay que tener en cuenta que... You have to take into account that . . .
Es importante que piense(s) en... It's important that you think about . . .
Me parece que... It seems to me that . . .
No olvide(s) que... Don't forget that . . .
Ojalá que se dé / te des cuenta de... I hope that you realize . . .
Por otro lado... On the other hand . . .
Quizás debería(s) considerar si Perhaps you should consider if . . .
Tenga/Ten en cuenta que... Keep in mind that . . .

PERSPECTIVA LINGÜÍSTICA
Verbs of being

The English verb "to be" can be expressed by many different words in Spanish, depending on the context, as, for example: *encontrarse, estar, haber, hacer, hallarse, quedar, resultar, salir, sentar, tener, verse.* The following list provides a few examples.

hacer	*Hace* frío hoy.	It **is** cold today.
hallarse	*Manuel se halla enfermo.*	Manuel **is** ill.
quedar	*¿En qué quedamos?*	So what is it **to be**?
resultar	*La película resultó interesante.*	The film **was** interesting.
tener	*Tengo prisa.*	I **am** in a hurry.

Traditionally, however, only *estar, haber,* and *ser* are treated as verbs of being, and many textbooks present *estar* and *ser* as a contrastive set. In the following sections, rather than contrasting these verbs, we will describe the unique features of *estar, haber,* and *ser.*

HABER

Haber is a unique Spanish verb because it is "impersonal," that is, it does not have a subject. Therefore, the various time frames of *haber* are reflected in a single form.

Indicative Mood		Subjunctive Mood	
present	**hay**	present	**haya**
imperfect	**había**	imperfect	**hubiera**
preterite	**hubo**		
conditional	**habría**		
future	**habrá**		

Although *haber* does not have a subject, it may have a **direct object** (noun or pronoun), as in the following examples.

—*¿Hay ardillas en el parque?*
—*Sí, **las** hay.*

—*¿Había niños en la fiesta?*
—*No, no **los** había.*

ESTAR

Uses of *estar*

- In progressive tenses as an auxiliary verb.

    Estoy *comprando frutas producidas sin insecticidas para el almuerzo.*

- To express location of people, places, and things. Also "locates" in a figurative sense.

    *La Universidad Estatal de Ohio **está** en Columbus.*

    *Javier **está** en su primer año de universidad.*

- Used with adjectives to imply change in condition.

    *Jorge **está** muy flaco.* (after he has been on a diet)

Estar with adjectives

For native speakers of English, *estar* + adjective (versus *ser* + adjective) is one of the most complicated concepts. This is because the use of *estar* (or *ser*) depends on the idea that the speaker or writer is trying to convey. Modern linguists agree that *estar* implies a change in condition, as demonstrated in the following examples.

    *Después de la lluvia, la hierba **está** muy verde.* (normally, it's not that green)

    *Nosotros **estamos** tristes.* (usually, we're not sad)

    *¡Qué lindas **están** las casas!* (they look extraordinary today)

The implication of change may reflect a drastic difference or only an enhanced degree of some normal characteristic. Change is related to time, implying that the current characteristic occurred after a previous condition. Therefore, we can say that *estar* is also contingent on time.

SER

The verb *ser* also has multiple uses in Spanish. Study the summary below.

Uses of *ser*

- Telling time.

    Son *las diez y media.*

- Identifying and equating people, places, and things.

    *Ella **es** ecologista.*

    *Hoy **es** martes. **Es** el 29 de julio.*

    *Éste **es** el centro de reciclaje.*

- Origin, possession, identification, makeup.

    *Ellos **son** de Nicaragua.*

    *La bicicleta **es** de Ramiro.*

    ***Es** un sistema para purificar el agua.*

    *El suéter **es** de lana pura.*

- Used with adjectives to characterize an entity.

    *Los estudiantes **son** inteligentes.*

Ser with adjectives

Ser + adjective sets up a neutral relationship between an entity (person or thing) and its characteristic. This relationship is free from time constraints and, therefore, expresses what the speaker or writer considers to be the norm.

> *La nieve* **es** *blanca.*

ESTAR AND *SER* IN IDENTICAL CONTEXTS

Estar and *ser* may be used within identical contexts, but with different meanings, for example:

Estar	Ser
El agua **está** *clara.*	*El agua* **es** *clara.*
The water looks exceptionally clear.	The water is clear, as usual.
Carolina **está** *muy alta.*	*Carolina* **es** *muy alta.*
Carolina has grown much taller.	Carolina is a very tall person.

PERSPECTIVA GRAMATICAL
Conditional

Within the Spanish tense system, some tenses are oriented toward a certain point in time in the present (present, future). Other tenses are oriented toward a point of time in the past (past perfect, preterite, imperfect). These tenses indicate how matters stood "back then" instead of "right now." The **conditional** is also oriented toward the past and indicates an event that follows the recalled point. The following chart shows this relationship visually.

¡OJO! Many linguists consider the conditional to be a mood *(el modo potencial)* rather than a tense because it refers to hypothetical situations, not reality. In English, this idea is expressed by "would."

Prior action ←——————————————|——————————————→ Posterior action

Recalled point in the past

■ **Ejemplos:**

Prior to recalled point	Recalled point in past	Posterior to recalled point
past perfect indicative	*preterite/imperfect*	*conditional*
Lo **habían reciclado.** *They had recycled it.*	Lo **reciclaron/reciclaban.** *They did recycle / were recycling it.*	Lo **reciclarían.** *They would recycle it.*

HYPOTHETICAL SITUATIONS

The conditional is used to indicate hypothetical situations, such as the following.

> *Después de ganar la lotería, ¿***comprarías** *un abrigo de piel?*

> *Normalmente* **reciclaríamos** *los periódicos, pero hoy no vamos a hacerlo.*

POLITE REQUESTS

The conditional is also used to make polite requests.

*¿**Podrías** prestarme tu bicicleta?*

FORMATION OF THE CONDITIONAL

The conditional uses the entire infinitive as its stem. The first- and third-person singular forms are identical, but can usually be determined from context.

Conditional tense of regular verbs			
	-ar: hablar	*-er: comer*	*-ir: vivir*
yo	hablaría	comería	viviría
tú	hablarías	comerías	vivirías
usted/él/ella	hablaría	comería	viviría
nosotros/nosotras	hablaríamos	comeríamos	viviríamos
vosotros/vosotras	hablaríais	comeríais	viviríais
ustedes/ellos/ellas	hablarían	comerían	vivirían

Many commonly used verbs have irregular stems in the conditional. The following chart shows several of these verbs.

Verbs with irregular stems in the conditional tense			
infinitive	*stem*	*infinitive*	*stem*
caber	cabr-	querer	querr-
decir	dir-	saber	sabr-
haber	habr-	salir	saldr-
hacer	har-	tener	tendr-
poder	podr-	valer	valdr-
poner	pondr-	venir	vendr-

Remember that any compound of these verbs (*componer, retener*, etc.) will have the same stem change (*compondr-, retendr-*, etc.).

Imperfect subjunctive

The imperfect subjunctive is used in a subordinate clause following expressions of cause-and-effect, nonspecific entities and events, and emotional reactions and value judgments, just as the present subjunctive is used. Whereas the present subjunctive is used only when the verb in the main clause is in the present tense, the imperfect subjunctive may be used when the verb in the main clause is in the present, the imperfect, or the preterite.

Present subjunctive	**Imperfect subjunctive**
Quiero que mis hijos **aprendan** a respetar el medio ambiente.	Quería que mis hijos **aprendieran** a respetar el medio ambiente.
Mis padres esperan que yo **estudie** ecología.	Mis padres esperaban que yo **estudiara** ecología.
Es una lástima que ella **compre** un abrigo de piel.	Es una lástima que ella **comprara** un abrigo de piel.

IMPERFECT SUBJUNCTIVE IN POLITE REQUESTS

Another use of the imperfect subjunctive is to make extremely polite requests. An English equivalent for requests of this type would be: "If it isn't too much trouble, I would like . . . "

> **Quisiera** otro café con leche.

> ¿**Pudieran** ustedes ayudarnos?

FORMATION OF THE IMPERFECT SUBJUNCTIVE

The imperfect subjunctive is formed from the third-person plural of the preterite tense, minus the final -ron. The following chart shows the formation of regular verbs in the imperfect subjunctive. There are two sets of endings for the imperfect subjunctive. (They are equivalent forms, but usage varies from region to region.) Notice that both sets of endings are used for all three conjugations.

¡**OJO!** Don't forget that many common verbs have irregular preterites. Review the irregular preterite verbs on pages 83–86 of your textbook.

Alternate forms of the imperfect subjunctive					
-ar: hablar		*-er: comer*		*-ir: vivir*	
yo	hablara	hablase	comiera	comiese	viviera	viviese
tú	hablaras	hablases	comieras	comieses	vivieras	vivieses
usted/él/ella	hablara	hablase	comiera	comiese	viviera	viviese
nosotros/nosotras	habláramos	hablásemos	comiéramos	comiésemos	viviéramos	viviésemos
vosotros/vosotras	hablarais	hablaseis	comierais	comieseis	vivierais	vivieseis
ustedes/ellos/ellas	hablaran	hablasen	comieran	comiesen	vivieran	viviesen

Si clauses

The imperfect subjunctive is used after *si...* or *como si...* to express a hypothetical condition under which an action would take place, as shown in the following charts.

Si		
si...	*imperfect subjunctive*	*conditional*
Si	yo **tuviera** más espacio	**tendría** un jardín grande.

OR

Si		
conditional	si	*imperfect subjunctive*
Tendría un jardín grande	si	**tuviera** más espacio.

In the example above, the hypothetical condition is "if I had more space," and the conclusion, expressed in the conditional, is "I would have a big flower garden." Sometimes these expressions are called contrary-to-fact, because they contradict the existing state of affairs.

Como si		
future/present/ imperfect/preterite	como si	*imperfect subjunctive*
Antonia hablará/habla/ hablaba/habló	como si	**fuera** experta en ecología.

The example above states that Antonia speaks (will speak, spoke, etc.) "as if she were an ecology expert," which she may or may not be.

Algunos estudiantes excavan un hormiguero en el bosque tropical de Costa Rica.

**Develop writing skills
with *Atajo* software**

**www Explore!
http://depaseo.heinle.com**

**Discover the Hispanic world
with *Mosaico cultural***

Orientación: The *Propósitos* page serves as a visual chapter organizer and an outline of the chapter activities.

Laboratorio de medicina, México, D.F.

CUARTA ETAPA: Expresión

EL MUNDO DE LA LITERATURA:
«Apocalipsis»
por Marco Denevi

ANTES DE LEER

A. Apocalipsis. La palabra **apocalipsis** tiene varios significados. Puede significar una revelación muy sorprendente. También se refiere al último libro del Nuevo Testamento de la Biblia cristiana en el que San Juan revela su visión del fin del mundo. El tema de la destrucción de los seres humanos es muy popular en las películas y novelas de ciencia ficción. En grupos pequeños, mencionen algunas películas y novelas del género ciencia ficción que tratan de este tema y algunos datos importantes.

■ **Ejemplo:** On the Beach

Trata de la destrucción de la Tierra por una bomba atómica. El actor principal es Gregory Peck.

B. Términos literarios. En este capítulo van a leer un cuento interesante, «Apocalipsis», por el escritor argentino Marco Denevi. Antes de leer el cuento, vamos a examinar el tono de una obra literaria.

Términos literarios

El **tono** es el modo particular que el autor elige para escribir el texto. Es decir, el tono refleja la actitud del autor hacia el contenido del texto. El tono afecta tanto el estilo de la obra y la selección de palabras del escritor como la sintaxis que éste utiliza para escribir su obra. El tono es un elemento sumamente importante en toda la obra literaria. Aunque hay un sinfín de tonos posibles, aquí se ofrece una lista parcial.

Un tono...

* **ceremonioso** incorpora el lenguaje elevado y las fórmulas de cortesía.
* **cómico** divierte al lector.
* **íntimo o personal** se caracteriza por la confianza.
* **irónico** enfatiza lo contrario de lo que se dice.
* **misterioso** incorpora elementos sobrenaturales.
* **moralizante** interpreta las acciones humanas según ciertos principios morales.
* **nostálgico** se asocia con el recuerdo de algún bien perdido.
* **persuasivo** trata de inducir al lector a creer o a hacer una cosa.
* **satírico** censura o pone en ridículo un vicio o tontería social.
* **serio** es cuidadoso y solemne.

OBJETIVOS:

In this *etapa,* you will . . .

■ identify various types of tones used in literary works.

■ identify the narrator and the point of view.

Orientación: In the *Cuarta etapa,* you will learn some basic elements of literary analysis, as well as strategies for reading literature. You will then apply these concepts as you read a poem, a short story, or an essay.

Cultura en acción: While working on this *etapa,* . . .

* write a summary of one of the articles that you have selected to use in your report, after completing the *Redacción* activities on pages 198–205 of the ***Diario de actividades.***
* participate in the *Cultura en acción* or turn in an individual report.

Repaso: Before beginning this *etapa,* review the information about narration on pages 62–63 of your textbook.

Marco Denevi

Perspectiva

Marco Denevi (1922–) nació en Buenos Aires, Argentina. Estudió la carrera de derecho, pero lo que le interesaba más era la ficción. Hoy, Denevi es uno de los escritores argentinos más importantes. Con frecuencia Denevi utiliza cuentos conocidos, sucesos históricos o pasajes de la Biblia como punto de partida para sus obras. Sin embargo, estos temas reflejan la perspectiva única de Denevi y requieren que el lector los piense de una manera inesperada. Uno de los temas favoritos de Denevi es la irracionalidad de la vida y lo explora con varias perspectivas... a veces por la ironía y otras veces por la seriedad.

Pequeño diccionario. El microcuento «Apocalipsis» contiene palabras y frases especializadas. Antes de estudiar el pasaje y hacer las actividades...

- estudia el *Pequeño diccionario*.
- busca las palabras en el texto.
- escribe una oración original en tu *Diccionario personal* con cada palabra o frase.
- lee el pasaje y escribe una lista de palabras que no conozcas.
- busca el significado de esas palabras en tu diccionario.

---

ademán *m*. Gesto o movimiento que indica un estado de ánimo.
antigüedad Objeto viejo.
Burdeos Región de Francia conocida por sus vinos.
disponible *adj*. Utilizable, que se puede emplear.
flamenco/flamenca *adj*. de Flandes (Holanda).
Foro Trajano Famosa plaza pública construida por el emperador romano Trajano.

golondrina Pájaro de plumaje negro azulado por encima y blanco por abajo.
Partenón *m*. Uno de los templos del Acrópolis de Atenas.
paulatinamente *adv*. Gradualmente, poco a poco.
***Piedad* de Miguel Ángel** Estatua de la Virgen María con Jesucristo crucificado.
tapiz *m*. Tejido fino en que se reproduce paisajes, escenas campestres, etc.
tropezarse (ie) *pr*. Hacer contacto fuerte y sin deseo.

Repaso: Don't forget to use the reading strategy from the *Lectura* section on page 208 of your textbook when reading the following passage.

¡A LEER!

A. Elementos básicos. Lean el microcuento «Apocalipsis» en la página siguiente. Después, en grupos pequeños, revisen el texto e identifiquen y describan los elementos literarios siguientes.

1. el escenario
2. los personajes
3. el narrador
4. el punto de vista
5. la descripción
6. el tono

B. La trama. Una segunda lectura revela más sobre el contenido del cuento. En grupos pequeños...

- usen las *Preguntas de orientación* como una guía de lectura.
- contesten las preguntas para comprobar su comprensión del texto.

Apocalipsis

por Marco Denevi

Preguntas de orientación

1. ¿Cuándo ocurrió la extinción de la raza humana?
2. ¿Qué cosas tomaron control del mundo? ¿Por qué?
3. ¿Por qué se desaparecieron tantas cosas del mundo? ¿Cómo se categorizarían estas cosas?
4. Mientras iban desapareciendo los seres humanos, ¿qué ocurría con las máquinas?
5. Al final, ¿qué había en el mundo? ¿Por qué?

La extinción de la raza de los hombres se sitúa aproximadamente a fines del siglo XXXII. La cosa ocurrió así: las máquinas habían alcanzado tal perfección que los hombres ya no necesitaban comer, ni dormir, ni hablar, ni leer, ni pensar, ni hacer nada. Les bastaba apretar un botón y las máquinas lo hacían todo por ellos. Gradualmente fueron desapareciendo las mesas, las sillas, las rosas, los discos con las nueve sinfonías de Beethoven, las tiendas de antigüedades, los vinos de Burdeos, las golondrinas, los tapices flamencos, todo Verdi, el ajedrez, los telescopios, las catedrales góticas, los estadios de fútbol, la *Piedad* de Miguel Ángel, los mapas de las ruinas del Foro Trajano, los automóviles, el arroz, las sequoias gigantes, el Partenón. Sólo había máquinas. Después, los hombres empezaron a notar que ellos mismos iban desapareciendo paulatinamente y que en cambio las máquinas se multiplicaban. Bastó poco tiempo para que el número de máquinas se duplicase. Las máquinas terminaron por ocupar todos los sitios disponibles. No se podía dar un paso ni hacer un ademán sin tropezarse con una de ellas. Finalmente los hombres fueron eliminados. Como el último se olvidó de desconectar las máquinas, desde entonces seguimos funcionando.

El Partenón, uno de los templos del Acrópolis de Atenas en Grecia

DESPUÉS DE LEER

A. Si los seres humanos desaparecieran... En el cuento, todos los símbolos de la civilización se fueron desapareciendo con los seres humanos. Si hubiera una catástrofe del tipo que se describe en el cuento, ¿cuáles son los símbolos importantes de **su** civilización que extrañarían? En grupos pequeños, hagan una lista según las indicaciones.

Cultura monumental

el Instituto Smithsonian

_____
_____
_____
_____
_____
_____
_____

Cultura cotidiana

los Walkman

_____
_____
_____
_____
_____
_____
_____

B. El propósito del autor. En su opinión, ¿por qué escribió Denevi este cuento? En grupos pequeños, discutan el propósito del autor.

C. Seguimos funcionando. Al final del cuento, se lee la frase «desde entonces seguimos funcionando». En grupos pequeños, comenten el significado de esta frase. ¿Cuál es la función de las máquinas después de la desaparición de los seres humanos?

D. A continuar. Es posible imaginarse la continuación de «Apocalipsis». En grupos pequeños, usando la información de la Actividad C para extender el cuento...

• escriban unos sucesos más que ocurrieron después de la desaparición de los seres humanos.
• escriban una conclusión alternativa para el cuento.
• léanles su extensión a los demás grupos de la clase.
• voten por la extensión más original de la clase.

LEE UN POCO MÁS

Si te interesan los temas del futuro, se recomienda el cuento siguiente.

Arreola, Juan José. «Baby H.P.»

Mosaico cultural

PASAJEROS A BORDO:

Regional and Urban Transportation

INTRODUCCIÓN

La gente va de un sitio a otro constantemente. Los medios de transporte dependen mucho de la geografía y las necesidades de cada población. En Latinoamérica y en España encontramos lo antiguo con lo moderno, lo más rápido y lo más lento. En este vídeo vas a ver varios tipos de transporte que se usan en el mundo latino.

ANTES DE VER

A. Una encuesta. Se dice que los estadounidenses están enamorados de sus autos. Sin embargo, hay muchas personas que dependen del transporte público. En grupos pequeños determinen...

- ¿quiénes usan los medios siguientes de transporte?
- ¿por qué usarían o no usarían cada uno?
- ¿con qué frecuencia lo usarían?

Un globo aerostático

OBJETIVOS:

In this section, you will . . .

- study different means of transportation in Latin America and Spain, both local and national systems.

- learn about the importance of the subway in Mexico City.

- see some innovations by RENFE, the Spanish national train system.

Orientación: In this section, you will prepare to view a 10–15-minute video segment by completing small-group and individual activities. You will be assigned specific tasks to do while you are viewing the video. Following the video, you will again work with your classmates on activities that synthesize and apply the concepts that were presented.

Medio de transporte	Personas	Propósito	Frecuencia
a pie	*Donna*	*ir a la universidad*	*todos los días*
auto			
autobús			
avión			
bicicleta			
caballo			
camión			
canoa o barco de remos			
esquíes			
metro			
monopatín			
motocicleta			
patines			
otros medios			

B. Transporte ayer y hoy. ¿Cómo se transportaban sus padres a sus actividades? ¿Sus abuelos? ¿Sus bisabuelos? En grupos pequeños...

- mencionen los diferentes medios de transporte que usaban sus antepasados.
- comenten cómo van a viajar sus hijos, nietos y bisnietos.

C. Pequeño diccionario. Antes de ver «Pasajeros a bordo»...

- estudia el *Pequeño diccionario*.
- categoriza las palabras y frases de una manera lógica o da ejemplos de las palabras.
- escribe una oración original en tu *Diccionario personal* con cada palabra o frase.

águila Ave carnívora muy grande, de pico curvado y garras fuertes.

balsa Barca hecha de plantas acuáticas.

águila

casji *m.* Gancho hecho de una raíz.

ceder *tr.* Pararse para que otro vehículo pueda pasar.

difundir *tr.* Distribuir.

ferrocarril *m.* Sistema de trenes.

lanzar *tr.* Echar.

letrero Aviso o cartel.

orilla Borde de un lago, un río, etc.

parada Lugar donde se espera un autobús.

quisbara Una planta indígena del lago Titicaca.

recorrer *intr.* Viajar.

red *f.* Sistema de comunicaciones o transporte.

vía Medio de transporte.

¡A VER!

A. Preguntas, preguntas. Mientras veas el vídeo, busca las respuestas a las preguntas siguientes.

1. ¿Dónde está el lago Titicaca?

   _____

2. ¿Cómo es el lago?

   _____

3. ¿Qué ropa usan los hermanos Limachi?

   _____

4. ¿En qué año se inauguró el metro de México?

   _____

5. ¿Cuántas personas usan el metro todos los días?

   _____

6. ¿En qué se basan las líneas del metro?

   _____

7. ¿Cómo se identifican las líneas del metro?

   _____

8. ¿Cuándo se inició RENFE?

   _____

9. ¿Qué es el AVE?

   _____

B. ¿Qué se ve? Marca con una **X** todas las cosas que se ven en los sitios indicados.

El lago Titicaca	El metro de México	RENFE
tortugas	arte precolombino	vistas panorámicas
balsas	templo maya	área de descanso
isla	comida	publicidad
egipcios	letreros	trenes de alta velocidad
esquíes acuáticos	policía	barcas prehispánicas
llamas	estatuas	televisores

DESPUÉS DE VER

A. ¿Qué prefieren ustedes? Hay muchas opiniones sobre los modos preferidos de transporte. En grupos pequeños, comenten los temas siguientes.

- ¿Cuáles son sus modos de transporte preferidos? ¿Por qué los prefieren?
- ¿Conocen un metro de Estados Unidos (de Boston; Washington, D.C.; Nueva York; Pittsburg o San Francisco)? ¿Cuál prefieren? ¿Por qué?
- ¿Conocen el metro de México o de otra ciudad del mundo hispano como los de Buenos Aires y Madrid? ¿Cómo son?

B. ¿Qué opinan? Hay mucha discusión sobre los trenes de alta velocidad. En grupos pequeños, comenten los temas siguientes.

- ¿Cuáles son las ventajas y desventajas de los trenes de alta velocidad?
- ¿Creen que son apropiados para Estados Unidos? Si ustedes fueran una comisión para analizar la construcción de un tren de alta velocidad, ¿dónde lo construiría? ¿Por qué?

C. El pasado. Aunque los medios de transporte tradicionales, como las barcas de totora, van desapareciendo, todavía hay artesanos (como los hermanos Limachi) que usan las técnicas del pasado. En grupos pequeños...

- mencionen algunos modos de transporte tradicionales que hayan visto.
- conversen sobre sus propósitos en la vida moderna.
- determinen quiénes son los guardianes de estas tradiciones.

Carro y caballo de la comunidad amish en Indiana

D. Comparar y contrastar. Usando la información que vieron en el vídeo, en grupos pequeños...

- escriban una lista de usos de medios de transporte en el vídeo.
- comparen y contrasten los medios de transporte del vídeo con los suyos.

Enlace

A. Marco Denevi. En este capítulo, se presentan dos cuentos de Marco Denevi: «Génesis» *(Comprensión auditiva)* y «Apocalipsis» *(El mundo de la literatura).* En grupos pequeños...

● identifiquen los temas de los dos cuentos. ¿Son semejantes o diferentes?
● conversen sobre las impresiones que estos cuentos le dan al lector. ¿Son positivas o negativas?
● comenten si los cuentos nos dan una representación verídica del futuro o no.

B. *Internet.* ¿Creen que hay más beneficios o perjuicios al usar *Internet*? En grupos pequeños, comenten los aspectos positivos y los negativos.

C. El espionaje aficionado. Recientemente en las noticias se describen pleitos contra algunas empresas que les venden artículos de espionaje a los aficionados. En grupos pequeños...

● examinen los pros y los contras de venderles artículos de espionaje a los no profesionales.
● comenten la pregunta siguiente: Si pudiera obtener cualquier artículo de espionaje, ¿cuál sería? ¿Por qué? ¿Cómo lo usaría?

D. La tecnología, el progreso y los valores tradicionales. Hay algunos grupos culturales, como los amish, que rechazan cualquier forma de tecnología con el fin de conservar su estilo de vida y sus valores religiosos. En grupos pequeños...

● cuenten los efectos que les ha causado la tecnología en su vida.
● comenten la pregunta: ¿Es posible aislarse completamente de la tecnología?

E. Revisión de composición. Ahora, van a revisar tus composiciones, enfocándose en el contenido, el vocabulario y la exactitud. En parejas...

● intercambien las composiciones y revísenlas, según los criterios siguientes.
● califiquen sus composiciones, según las indicaciones.

Escala

excelente	=	4 puntos
bueno	=	3 puntos
mediocre	=	2 puntos
malo	=	1 punto
inaceptable	=	0 puntos

Calificación de composiciones	
Contenido	
Introducción que llama la atención	_____
Organización lógica	_____
Ideas interesantes	_____
Transiciones adecuadas	_____
Conclusión firme	_____
Vocabulario	
Adjetivos descriptivos	_____
Verbos activos	_____
Uso adecuado de *ser* y *estar*	_____
Exactitud	
Concordancia entre sujeto/verbo	_____
Concordancia entre sustantivo/adjetivo	_____
Ortografía	_____
Puntuación	_____
Calificación global	_____

Calificación global

excelente	=	43–48 puntos
bueno	=	38–42 puntos
mediocre	=	33–37 puntos
malo	=	28–32 puntos
inaceptable	=	0–27 puntos

Una mujer habla por teléfono celular en un café al aire libre.

Cultura en acción

LA TECNOLOGÍA EN NUESTRAS VIDAS

TEMA: El tema de *La tecnología en nuestras vidas* les dará a ustedes la oportunidad de investigar, escuchar, escribir y hacer una presentación sobre los usos de la tecnología en sus vidas diarias, en el trabajo, en la educación o en las ciencias. La lectura, la comprensión auditiva y la redacción servirán como puntos de partida para las presentaciones. Ustedes pueden investigar los temas siguientes.

- La oportunidad de trabajar en casa.
- El aprendizaje a distancia.
- Los avances médicos.
- La censura en *Internet*.
- El acceso a datos personales.
- Las compras a través de la computadora.
- El acceso a noticias en los periódicos y en la radio por *Internet*.
- Los problemas relacionados con información incorrecta en *Internet*.
- ¿Otro?: _____
- ¿Otro?: _____

Algunos estudiantes en una conferencia

ESCENARIO: El escenario de *La tecnología en nuestras vidas* es una conferencia para presentar en mesa redonda los resultados de una investigación.

MATERIALES:

- Un programa con los nombres de los grupos y sus temas.

- Una computadora conectada a *Internet* para demostrar conexiones en español.

GUÍA: Cada grupo deberá preparar un informe basado en algún tema de la tecnología.

LAS PRESENTACIONES: El día de la mesa redonda, cada grupo debe explicar la razón por la cual ha eligido su tema. Después de cada informe, los demás miembros de la clase harán preguntas y el grupo tendrá que defender su punto de vista.

Vocabulario

Orientación: The following vocabulary list contains words to help you in oral and written communication. You will notice that very close and exact cognates are not translated. Remember to use the suggestions in the *Estudio de palabras* in the *Diario de actividades* to help expand your vocabulary.

«Cibercultura, nueva era para la humanidad»

calculadora de mano   pocket calculator
ciberespacio   cyberspace
computadora   computer
conectarse   to connect
correo electrónico   e-mail
interactivo/interactiva
multimedia
mundo cibernético   cybernetic world
navegar   to surf, navigate
realidad virtual
red *f.*   WWW, net, network
solucionar   to solve

Las ciencias

avance *m.*   advance
bioquímica   biochemistry
buscar   to look for, search for
búsqueda   search, pursuit
curar
desconocido/desconocida   unknown
erradicar   to eliminate
esperanza de vida   life expectancy
invento
investigación   research, investigation
investigar
lograr   to achieve
medicina preventiva
microscopio electrónico
prevenir   to prepare, make ready
promedio de vida   average life span
rayos láser *m. pl.*
recuperar

resolver (ue)   to solve
salud *f.*   health
técnica   technique

La tecnología

alcanzar   to reach, attain
amenazar   to threaten
amplificar   to amplify, enlarge
automático/automática
comunicación
diseñar   to design
diseño   design
electrónica   electronics
inventar
máquina   machine
nivel técnico *m.*   level of technology
ordenador *m.*   computer
proyecto   project
robot *m.*
robótica
satélite *m.*

La educación y el trabajo

adiestrar   to train
astronauta *m./f.*
carrera   career
científico/científica   scientist
empleo/trabajo   work, job; employment
entrenamiento   training
informática   computer science
ingeniería   engineering
ingeniería biogenética
ingeniería microelectrónica
ingeniería nuclear
ingeniería solar
instruido/instruida   well educated
porvenir *m.*   future
puesto de trabajo   job, position
riesgo   risk

Cómo hacer recomendaciones y dar sugerencias

A lo mejor... *(+ indicativo)*   Probably . . .
¿Qué tal si... ? *(+ indicativo)*   What if . . . ?

Quizás debería(s)... *(+ infinitivo)*   Perhaps you ought to . . .
Quizás podría(s)... *(+ infinitivo)*   Perhaps you could . . .
Sería mejor que... *(+ imperfecto de subjuntivo)*   It would be better if . . .
Tal vez sería... que te... *(+ imperfecto de subjuntivo)*   Perhaps it would be . . . if . . .

PERSPECTIVA LINGÜÍSTICA
Uses of *se*

Is *se* a confusing word for you in Spanish? As you probably remember, *se* or another object form *(me, te, nos, os)* often precedes or is attached to a verb in Spanish. Although it is true that *se* has many different meanings, they do not need to be confusing. When you are in doubt about a specific use of *se*, there are several quick and easy tests that you can perform in order to determine the best English equivalent.

Study the following items about *se* when it refers to the subject of a sentence.

- Does the subject refer to two human beings?
  Then it's likely that the *se* conveys the idea of **each other.**

  *Rosita y Ricardo **se** conocieron en Tulum.*
  Rosita and Ricardo met each other at Tulum.

- Is the subject a single person?
  Then the *se* could have the general meaning of **-self.**

  *Jesús **se** miró en las aguas transparentes del lago.*
  Jesus looked at himself in the clear waters of the lake.

- Does the subject refer to people in general instead of to a particular person or persons?
  Then *se* conveys an impersonal subject such as **one** or **they.**

  ***Se** puede tomar el ferry en Puerto Peñasco.*
  One can take (They can take) the ferry to Puerto Peñasco.

Study the following items about *se* when it refers to the verb of a sentence.

- Does the verb refer to an emotional reaction?
  Then the best English equivalent for *se* is **get.**

  *Los niños **se** aburren en los museos.*
  Children get bored in museums.

- Can you add a word like **up, down,** or **get** to the verb?
  Then *se* is probably an **intensifier** of the verb.

  *Mela siempre **se** come todos los bombones.*
  Mela always eats up all the candy.

- Is *se* used with a transitive verb and a nonhuman subject?
  Then *se* conveys a **passive voice.**

  *Las calculadoras **se** vendían a diez dólares.*
  Calculators were sold for ten dollars.

Orientación: This section has two purposes. It begins with a short linguistic perspective that is intended to show how important aspects of language work. Second, three grammar structures are presented; they will serve as the foundation for the *Tercera etapa* of the textbook *(Funciones)* and the ***Diario de actividades*** *(Práctica de estructuras).*

PERSPECTIVA GRAMATICAL
The infinitive

Spanish infinitives end in *-ar, -er, -ir* and, in a few cases, *-ír*. The infinitive may act as a **verb** (without person or number) or as a **noun** (always masculine singular). In this section, you will learn some of the specific uses for the infinitive. Study the following sections.

USES OF THE INFINITIVE AS A VERB

* Governed by a conjugated verb (only if the subject of the main verb and the action of the infinitive refer to the **same** person or thing).

   Note: Some of the more common verbs that govern the infinitive include *acabar de, aprender a, desear, enseñar a, esperar, gustar, ir a, poder, querer, saber,* and *tener que.*

     Queremos **comprar** *una máquina de* fax.

* After *oír* or *ver* to indicate a completed action.

     Te vi **entrar.**

* After many subordinators (only if the subject of the main verb and the action of the infinitive refer to the **same** person or thing).

   Note: Some of the more common subordinators include: *a pesar de, al, antes de, con tal de, después de, en caso de, hasta, para,* and *sin.*

     Entramos sin **verte.**

* As an abbreviated imperative in instructions, for example, on a test.

     Rellenar *los espacios.*

* After *que*, in certain expressions.

   Note: After *buscar, necesitar, pedir,* and *querer,* **para** is used rather than *que.*

     Tenemos mucho que **hacer** *mañana.*

     Necesitan algo para **comer.**

USES OF THE INFINITIVE AS A NOUN

* Always masculine singular.

   Note: The English equivalent for the infinitive used as a subject is generally, but not always, the **-ing** form.

     Usar *la computadora hace más fácil el trabajo.*

     Perdonar *es divino.*

* Qualified by an adjective or noun phrase, it is preceded by *el* or *un.*

     El pasar *de los autos...*

     Un abrir *y* **cerrar** *de ojos...*

Reflexives

Reflexive pronouns *(me, te, se, nos, os, se)* are always the same person and number as the subject of the verb that they accompany. Verbs that are used with reflexive pronouns are called **pronominal** verbs. Some pronominal verbs are reflexive in meaning; the subject performs some action on or for himself/herself. Other pronominal verbs have different meanings. The following examples show the various types of pronominal verbs and their meanings. Note the use of the pronoun in each case. When a sentence has an auxiliary verb (like *ir a...* or *tener que...*), the pronoun may either precede the auxiliary or be attached to the infinitive, as, for example:

> **Me** voy a lavar el cabello esta noche.

> Tenemos que ver**nos** mañana.

MEANINGS OF PRONOMINAL VERBS

* Reflexive

  > **Me lavo** las manos antes de comer.

* Reciprocal (plural verbs only)

  > Marta y yo **nos llamamos** todos los días.

* Accidental or unplanned actions

  > ¿**Se te cayeron** los libros?

  > **Se me olvidó** el anillo.

* Point of departure

  > **Nos fuimos** de la fiesta.

* Make a transitive verb intransitive (action just "happens" without an agent)

  > La puerta **se abrió**.

* Impersonal construction

  > **Se come** bien en casa de mi abuela.

* Intensify verb

  > **Te bebiste** la botella de vino entera.

Future tense

USES OF THE FUTURE

The future tense in Spanish is used to indicate events that will occur in the future, as, for example:

> **Estudiaremos** *el uso de bases de datos en la clase de computación.*

In addition to this very logical use, the future may also be used to indicate probability.

> —*¿Quién toca a la puerta?* —**Será** *Pepito. Siempre se le olvidan las llaves.*

FORMATION OF THE FUTURE

Most verbs use the complete infinitive as the stem for the future tense. There is only one set of endings for all three verb conjugations.

	Future tense of regular verbs		
	-ar: calcular	*-er: aprender*	*-ir: seguir*
yo	calcular**é**	aprender**é**	seguir**é**
tú	calcular**ás**	aprender**ás**	seguir**ás**
usted/él/ella	calcular**á**	aprender**á**	seguir**á**
nosotros/nosotras	calcular**emos**	aprender**emos**	seguir**emos**
vosotros/vosotras	calcular**éis**	aprender**éis**	seguir**éis**
ustedes/ellos/ellas	calcular**án**	aprender**án**	seguir**án**

IRREGULAR FUTURE FORMS

The same verbs that have irregular stems in the conditional have identical irregular stems in the future. For example:

Verbs with irregular stems in the future tense			
infinitive	*stem*	*infinitive*	*stem*
caber	cabr-	querer	querr-
decir	dir-	saber	sabr-
haber	habr-	salir	saldr-
hacer	har-	tener	tendr-
poder	podr-	valer	valdr-
poner	pondr-	venir	vendr-

La comunicación mundial se hace fácil.

**Develop writing skills
with *Atajo* software**

**www Explore!
http://depaseo.heinle.com**

**Discover the Hispanic world
with *Mosaico cultural***

Un mural de los héroes mexicanos, Emiliano Zapata y Benito Juárez, Chicago, Illinois

LA COMUNIDAD LATINA

Una familia hispana, Austin, Texas

PRIMERA ETAPA: Preparación

INTRODUCCIÓN

La presencia hispana en Estados Unidos. La presencia de los hispanos en Estados Unidos se nota cada día más. Podemos apreciar la riqueza de la cultura española en la lengua, la arquitectura, la comida y los festivales. Además, la prensa escrita y los programas de radio y televisión que se dirigen exclusivamente a los hispanohablantes enfatizan la importancia que los hispanos tienen en el comercio y en la política. En este capítulo, vamos a leer y escuchar información sobre la vida diaria de los hispanos y sobre el futuro de este grupo étnico.

VOCABULARIO EN ACCIÓN: «LOS HISPANOS»

Sugerencias para aprender el vocabulario

Cómo reconocer y usar diminutivos. Both Spanish and English use special suffixes to indicate that something is small or cute. In English, you might add **-y** or **-ie** to the end of a noun: "Joey, look at the picture of the doggie and kitty. They're really tiny!" In Spanish, the use of the diminutive suffixes **-ito, -ita, -illo,** and **-illa** with nouns and adjectives produces a similar sentence: *"Pepito, mira el perrito y el gatito. ¡Qué pequeñitos son!"* Diminutives are also used when referring to children or showing affection. *Acabamos de comprar un pajarito muy chiquito para mi hijita.* Although more frequently used in conversations, you will also find diminutives commonly used on greeting cards or in children's literature.

A. Tarjetas. Las formas diminutivas se emplean mucho en las tarjetas de felicitaciones. Lee los ejemplos, y subraya estas palabras en los versos.

Feliz cumpleaños

Espero que en tu día, recibas mucha alegría y que te diviertas en compañía de tus amiguitos.

Como es
Pascua Florida,
Este lindo conejito
Ha venido porque quiere
Pasar el día contigo...
Páralo y se quedará
A tu lado muy tranquilito.

Para un Papi MARAVILLOSO

Un deseo llenito
de cariño
Para el papi más
maravilloso del
mundo.

Para ti, Abuelita

en el Día de las madres

Con abrazos y
besitos,
Te envío esta
tarjeta, abuelita.

B. Unos versos originales. Usando los versos de las tarjetas como modelo, escribe unos versos para dos celebraciones. Usa el espacio a la derecha para escribir tus versos.

C. Mi diccionario personal. Mientras leas el artículo «Los hispanos» sobre las comunidades latinas en Estados Unidos y hagas las actividades...

- escribe las palabras y frases en cursiva en el *Diccionario personal* de tu cuaderno.
- busca en tu diccionario los significados de las palabras que no conozcas.
- forma una oración original con cada palabra o frase.

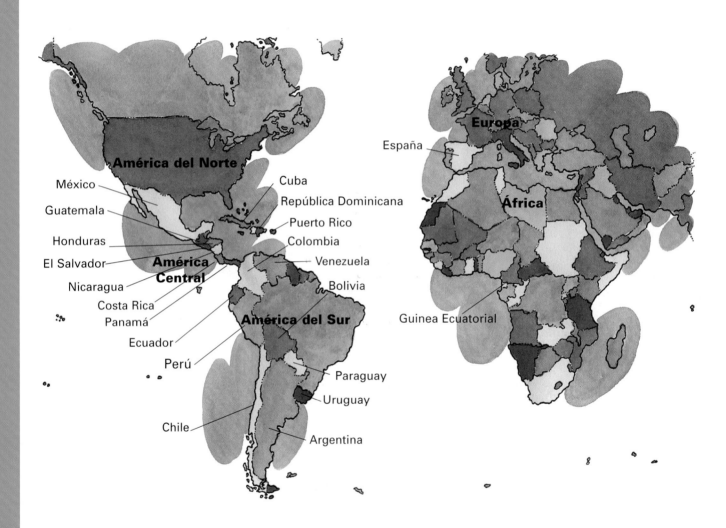

Los hispanos

Hoy en día más de 22.500.000 personas de *origen* hispano viven en Estados Unidos. Es decir, casi uno de cada diez habitantes del país es de origen hispano. Esto hace que Estados Unidos posean la quinta mayor población hispana del mundo después de México, España, Colombia y Argentina.

La mayoría de los hispanos de Estados Unidos no nació aquí. Especialmente en los últimos cuarenta años, millones han venido de los veintiún países *hispanohablantes.* Aunque todos comparten la misma lengua y algunos *rasgos culturales,* cada grupo tiene sus propias características. Vamos a considerar algunas de las *contribuciones* que cada uno de estos grupos *ha aportado.*

Una calle colonial en San Augustín, Florida

Seis de cada diez hispanos en Estados Unidos son de origen mexicano. Muchos de estos *mexicanoamericanos* no tuvieron que emigrar porque ya vivían al norte del Río Grande antes de que los *pioneros* llegaran al este del país. Por eso, se les dio la *ciudadanía estadounidense* en el tratado de Guadalupe-Hidalgo de 1848, por medio del cual México perdió la mitad de su territorio y a Estados Unidos *se incorporaron* un tercio de lo que hoy son sus tierras. Este tratado reconoció a los estados de California, Nevada, Utah, la mayoría de Nuevo México y Arizona y parte de Colorado y Wyoming como territorio perteneciente a Estados Unidos.

Una tienda latina en San Francisco, California

Uno de cada diez hispanos es de origen puertorriqueño. Los habitantes de esa isla empezaron a llegar en grandes cantidades después de la Segunda Guerra Mundial. A diferencia de todos los demás hispanos, los *puertorriqueños,* que han sido ciudadanos *nominales* de Estados Unidos desde 1917, nunca tuvieron problemas de *visa.* Hoy en día, hay casi tantos puertorriqueños en Estados Unidos como en su isla. Éstos están concentrados en el norte y en el noreste del país, especialmente en áreas metropolitanas como Nueva York y Chicago.

Uno de cada veinte hispanos en Estados Unidos es de origen cubano. A pesar de que antes de 1960 ya había muchos establecidos aquí, a partir de ese año comenzaron a llegar cientos de miles de *refugiados* que huían de la revolución comunista. En 1980 otra *ola* de refugiados, más de 100.000, llegó al país. Hoy en día los *cubanos* forman el núcleo *minoritario* más importante de Florida y hay concentraciones importantes en Nueva York, Nueva Jersey y Chicago.

La llegada de otros grupos de *inmigrantes* en los últimos años está contribuyendo a la diversidad de las comunidades y cambiando sus *fisonomías demográficas.* Los hispanos en Estados Unidos son predominantemente seres urbanos. Nueve de cada diez viven en ciudades, especialmente en grandes metrópolis como Nueva York, Los Ángeles, Chicago, Miami y San Antonio. Tienden a vivir juntos, en sus propios *barrios.* Nueve de cada diez de los inmigrantes hablan español en casa y cerca de la mitad usan el idioma en casi todos los aspectos y transacciones de su vida.

Un mercado mexicano en San Antonio, Texas

Hoy en día, los centroamericanos conforman el núcleo principal de la población hispana en ciudades como Washington D. C. y Filadelfia. Unos 170.000 *salvadoreños,* por ejemplo, se han inscrito en el Servicio de Inmigración. De República Dominicana han llegado entre 200.000 y 400.000 *dominicanos* en la última década y de América del Sur, especialmente de Colombia, Ecuador y Perú, siguen llegando inmigrantes. Algunos calculan que dentro de quinientos años el cincuenta por ciento de los norteamericanos tendrán *parentesco* hispano.

A. ¿Personalidades hispanas? ¿Quiénes son las siguientes personas? En parejas, intenten adivinar la profesión de las siguientes personalidades hispanas.

_____ 1. Gloria Estefan   **a.** cómico

_____ 2. Ellen Ochoa   **b.** actor

_____ 3. José Canseco   **c.** cantante

_____ 4. Jackie Nespral   **d.** locutora de televisión

_____ 5. Andy García   **e.** astronauta

_____ 6. Lucille Roybal-Allard   **f.** mujer político

_____ 7. Paul Rodríguez   **g.** músico

_____ 8. Juan Luis Guerra   **h.** jugador de béisbol

B. Fajitas No. 1. Después de leer el artículo siguiente, escribe una lista de las comidas y bebidas que se asocian con las culturas de habla hispana.

Fajitas No. 1

Quizás recordemos los años 80 como la década de las fajitas, el plato más popular del «boom» tejano-mexicano en la comida norteamericana. Con el perdón de las autoridades, opinamos que la meca de las fajitas es San Antonio y el templo principal es **La Margarita** en Market Square. De carne o de pollo, las fajitas se adoban, se hacen al carbón y se sirven acompañadas de guacamole en molcajete, pico de gallo (tomates, cebollas, chiles serranos y cilantro), cebollas al carbón y una buena porción de tortillas de trigo. ¡Buen apetito!

Comidas
fajitas

_____
_____
_____
_____
_____
_____
_____

Bebidas
sangría

_____
_____
_____
_____
_____
_____
_____

C. La influencia hispana. ¿Dónde se nota la presencia hispana en Estados Unidos? En parejas...

- decidan qué estados tienen la mayor concentración de personas de habla española según el mapa.
- usen el WWW o vayan a la biblioteca para explorar algunos museos, centros culturales, barrios o festivales anuales en dos de estos estados, por ejemplo:
  - el Centro Cultural de la Raza en San Diego, California.
  - el Museo del Barrio en la Quinta Avenida de Nueva York.
  - la Fiesta del Sol en el barrio mexicano de Pilsen, Chicago.
  - el Festival de la Calle Ocho en Miami.
  - el Día de la Independencia Mexicana en San Antonio, Texas.

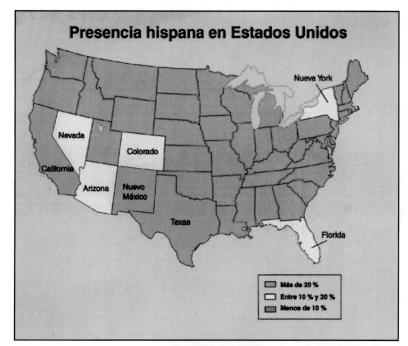

Se celebra el Día de la Independencia Mexicana, San Antonio, Texas.

SEGUNDA ETAPA: Comprensión

OBJETIVOS:

In this *etapa,* you will . . .

■ research some of the typical cuisines of several Spanish-speaking countries.

■ consider some of the preparations that generally take place before having a party at home.

■ read about a family celebration that took place in Canta Ranas, in southern California.

■ investigate some of the imported foods in your local supermarket.

■ use the vocabulary to discuss some of your favorite recipes.

Repaso: Before beginning this *etapa,* review the *Sugerencias para la lectura* in the previous chapters of your textbook.

LECTURA

Unos recuerdos felices. Las recetas para los platos típicos no solamente representan lazos con el país de origen sino que también reflejan su propia cultura. En «El festín de mi abuela», el narrador habla de su niñez y los recuerdos felices de las celebraciones familiares. El olor a galletas, torta y pollo asado despierta memorias de cuando toda la familia se reunía para celebrar las ocasiones especiales. «El festín de mi abuela» explica cómo la magia de la cocina mexicana transciende fronteras y generaciones.

Sugerencias para la lectura

Cómo seguir la comprensión. When you are reading the newspaper or a magazine, do you stop, glance up from the page, and consider what the writer has stated? Do you agree or disagree with the author's opinion? In this chapter, you should practice using different techniques to monitor your comprehension as you read. Stop as you read each paragraph—find the topic sentence. Can you restate it simply, using your own words? As you continue to read, look for the essential information to support the topic sentence. Could you explain this information to someone? Does it make sense to you? Now, find the concluding remarks. Do you understand them? As you read the selections in this chapter, use the orientation questions as a guide. They will help you to check your comprehension at different points throughout the readings.

Cultura en acción: While working on the *Segunda etapa* in the textbook and *Diario de actividades*, . . .

- practice monitoring your comprehension as you read.
- submit examples of proper names and titles of Spanish-speaking people that you have found in the news or in your readings and investigations.
- brainstorm and list different cities with Hispanic populations and mention the festivals, museums, etc., that these cities offer.
- after completing the activities, submit the name of the city and event or location you are going to research. When all proposals have been submitted, your instructor will select the city or community most appropriate for a "visit." You should complete the tasks outlined in the Guidelines.

ANTES DE LEER

A. Algunos platos típicos. ¿Cuáles son algunos platos típicos de los países hispanohablantes? Busca platos o bebidas de los países siguientes en *Internet* o en libros de cocina. Anota también la provincia o región de origen y el ingrediente principal.

País	Región o estado	Bebida	Comida	Ingrediente principal
España	*Valencia*		*paella*	*arroz*
Argentina				
Cuba				
Costa Rica				
México				
¿ ?				

B. Fiestas tradicionales. Piensa en una de las fiestas más inolvidables que hayas celebrado con toda la familia y completa el cuadro siguiente con la información adecuada.

Fiesta   **Fecha**

_____   _____

Invitados/Participantes   **Comida**

_____   _____

_____   _____

_____   _____

_____   _____

_____   _____

_____   _____

_____   _____

C. Preparaciones para una fiesta. ¿Qué cosas hay que considerar antes de tener una fiesta en casa? Cuando hay una celebración en tu casa, normalmente las preparaciones comienzan mucho antes del día de la fiesta. Piensa en una de estas celebraciones y escribe una lista de las cosas que hay que tomar en consideración, como la limpieza de la casa o la compra de las cosas.

1. _____

2. _____

3. _____

4. _____

5. _____

D. Pequeño diccionario. El cuento «El festín de mi abuela» no trata solamente de una comida excelente sino de también de unos recuerdos de la juventud del autor. Antes de leer el artículo y hacer las actividades...

- estudia el *Pequeño diccionario*.
- busca las palabras en el texto.
- escribe una oración original en tu *Diccionario personal* con cada palabra o frase.
- lee el pasaje y escribe una lista de palabras que no conozcas.
- busca el significado de esas palabras en tu diccionario.

abarrotar *tr.* Llenar, atestar.

acariciar *tr.* Tocar con cariño o amor.

aderezado/aderezada *adj.* Condimentado.

ahumado/ahumada *adj.* Con sabor evocador al humo.

ajo Bulbo blanco, redondo y de olor fuerte, utilizado como condimento.

ajo

aletear *intr.* Menear un ave las alas rápidamente.

amargo/amarga *adj.* Con sabor agrio.

azafrán *m.* Condimento amarillo hecho de la estigma de una planta de la familia liria.

bocado Un poco de comida.

bodega Pieza grande en que se guardan comestibles.

calabacín *m.* Pequeña calabaza cilíndrica de corteza verde y carne blanca.

calabacín

canela Condimento de color marrón claro extraído de la corteza de una planta.

cazuela Recipiente de cocina, ancho y poco profundo.

cilantro Planta de hojas verdes que se usa como especia.

clavo Especia marrón, aromática y picante.

crudo/cruda *adj.* Que no está cocido.

curtido/curtida *adj.* Marinado, inmerso en vinagre.

desplumar *tr.* Quitarle las plumas a un ave como gallina o paloma.

embriagante *adj.* Intoxicante.

guarnición Complemento de hortalizas o legumbres que se sirve con la carne o el pescado.

impregnar *tr.* Saturar, infiltrar.

jamaica Bebida hecha de flores de hibisco.

nabo Planta comestible de raíz carnosa y de color blanco o amarillento.

nabo

palomar *m.* Caseta o lugar donde viven las palomas.

perejil *m.* Planta de hojas verdes que se usan como especia.

pichón *m.* Paloma joven.

pichón

piloncillo Azúcar morena en forma de cono.

puchero Cocido, sopa con carne y legumbres.

raja Sección que se corta a lo largo de un melón, una cebolla, etc.

piloncillo

remaduro/remadura *adj.* Más que maduro.

res *f.* Vaca.

sancocho de guayaba Fruto de la guayaba cocido con azúcar y canela.

sancocho de guayaba

¡A LEER!

A. El festín. En este cuento, Víctor, el narrador, habla del «festín de su abuela». Ahora, usando las *Preguntas de orientación* como guía, lee el cuento y subraya la respuesta o información clave para cada pregunta.

El festín de mi abuela

El festín comenzó con un furioso aletear. Mi abuela Delfina había decidido deshacerse de los pichones que abarrotaban el palomar del patio de mi tía en el barrio de Canta Ranas, en el sureste de Los Ángeles.

Eran los 50 y yo tenía como ocho años. A mi primo y a mí nos tocó la tarea de limpiar la bodega abandonada al lado de la casa —un cuarto lleno de olor a fruta remadura, polvo y cilantro— donde la comida se podía servir con más comodidad. Y en el patio de mi tía Estela, mi padre y sus hermanos se encargaban de limpiar y desplumar docenas de aves.

Delfina, como supe mucho después, había mirado hacia el pasado para este festín. La receta de sopa de pichones venía de una colección copiada en una caligrafía elegante por mi tatara-tía-abuela, Catalina Clementina Vargas. Estaba fechada el 7 de junio de 1888 y tenía poco que ver con la comida mexicana *nouvelle* o los platos Tex-Mex que asociamos hoy día con la cocina del suroeste. En vez, la vieja receta de Catalina era típica de la cocina de Guadalajara, cuya complejidad es comparable a la cocina cantonesa o de las provincias de Francia. En Los Ángeles, la historia ha enterrado este aspecto de la cocina mexicana. Pero es parte de una tradición urbana de más de 400 años que sobrevive en familias como la mía.

Mi abuela cocinó los pichones con perejil, cebolla y ajo en una vieja y enorme cazuela. En el caldo de los pichones hirvió el arroz, añadiéndole clavos molidos, canela y azafrán. Minutos antes de servirlo, regresó los pichones a la cazuela con el caldo y el arroz aromatizados con esas especias de paella. El truco, mi tía aún recuerda, consistía en dejar suficiente caldo para impregnar los pichones con las especias sin que se secara el arroz. Mientras tanto, mi primo y yo habíamos dejado un espacio limpio en la bodega para una larga fila de mesas. Al atardecer, cuando todo el mundo había llegado, mi abuela y mi tía hicieron una gran entrada con platos de pichón sobre montes de arroz color fuego-naranja. También sirvieron guarniciones de cebolla cruda en rajas inmersas en vinagre, sal y un poco de orégano, y galones de jamaica fría, con su sabor agridulce.

No recuerdo qué más preparó Delfina. Mi tía dice que la comida probablemente comenzó con puchero, una sopa robusta hecha con zanahorias, nabos, calabacines, perejil, huesos de res, pollo y garbanzos o arroz. Una simple ensalada de lechuga aderezada con aceite de oliva y vinagre podía haber precedido el plato fuerte. Y todo debió haber terminado con un sancocho de guayaba, un postre típico mexicano de mitades de guayaba cocidas con canela y piloncillo, un azúcar sin refinar.

Pero lo que queda en mi memoria es el sabor de los pichones y el azafrán. La intensidad ahumada y ligeramente amarga del azafrán, embravecida con los clavos y la canela, era embriagante. Entre bocados de cebolla curtida, yo chupaba la carne de los huesos diminutos y probablemente me ensuciaba la camisa. Después se pusieron las mesas a un lado y nuestros padres comenzaron a bailar. Yo recosté la cabeza sobre las faldas de mi abuela y me quedé dormido pensando en el festín que acabábamos de tener, mientras ella me acariciaba la frente.

B. Algunos detalles. Mientras leas el relato otra vez, contesta las preguntas abajo con la información adecuada.

¿Dónde?

_____

¿Cuándo?

_____

¿Invitados/Participantes?

_____

_____

_____

_____

_____

_____

_____

_____

¿Comida?

_____

_____

_____

_____

_____

_____

_____

_____

DESPUÉS DE LEER

A. Recuerdos infantiles. Víctor tiene recuerdos muy felices de su juventud. En un párrafo, describe algo que ocurrió durante tu juventud y que te trae buenos recuerdos.

_____

_____

_____

_____

_____

_____

_____

_____

_____

_____

_____

_____

_____

_____

B. En el supermercado. La mayoría de los supermercados ofrece productos importados de países hispanos. Visita un supermercado y escribe una lista de ocho a diez productos. Incluye la marca de la comida y el país de origen.

Producto	Envasado por	País
aceitunas con anchoas	*Roland*	*España*
1. _____	_____	_____
2. _____	_____	_____
3. _____	_____	_____
4. _____	_____	_____
5. _____	_____	_____
6. _____	_____	_____
7. _____	_____	_____
8. _____	_____	_____
9. _____	_____	_____
10. _____	_____	_____

C. Tu plato favorito. Usando la receta siguiente como guía, describe una de tus ensaladas o uno de tus postres favoritos, incluyendo todos los ingredientes necesarios para prepararlo.

Verduras y ensaladas

ENSALADA DE AGUACATE

Blanco y Negro

Para seis personas

Tiempo de preparación:
20 minutos + 10 minutos de reposo.

Dificultad:
Ninguna. Para principiantes.

Ingredientes:
- Tres aguacates maduros.
- Tres tomates medianos rojos.
- Una cucharada de cebolla picada.
- Dos pepinos.
- Un diente de ajo.
- Un decilitro de aceite.
- Medio decilitro de vinagre de manzana.
- El zumo de una naranja.
- Una cucharadita de mostaza.
- Unos granitos de comino.
- Sal y pimienta.

Modo de hacerlo:

1.—Pelar y cortar en cuadraditos los tomates. Pelar, quitar el hueso y cortar en gajos los aguacates. Pelar los pepinos, cortarlos en cuatro a lo largo y luego en trozos de unos dos centímetros.

2.—Hacer una vinagreta batiendo muy bien (se puede usar la batidora) el aceite, vinagre, zumo de naranja, el diente de ajo picado, la mostaza, el comino, una cucharadita de agua fría, sal y pimienta.

3.—En una fuente colocar el tomate, aguacate, pepino y cebolla. Verter por encima la vinagreta y remover. Dejar reposar diez minutos y servir.

Plato: _____

Para _____ **personas**

Tiempo de preparación: _____

Dificultad: _____

Ingredientes:

_____	_____
_____	_____
_____	_____
_____	_____
_____	_____
_____	_____
_____	_____
_____	_____
_____	_____
_____	_____
_____	_____

Modo de hacerlo:

_____
_____
_____
_____
_____
_____
_____
_____
_____
_____
_____
_____
_____
_____
_____
_____
_____

¿Para qué o para quién te gusta preparar ese plato?

_____
_____
_____
_____

¿Con qué otras comidas y bebidas te gusta comerlo?

_____
_____
_____
_____
_____
_____
_____
_____
_____
_____

*Un caldero de deliciosos
frijoles negros y arroz*

TERCERA ETAPA: Fundación

FUNCIONES

PRIMERA FUNCIÓN: Cómo hablar del pasado reciente, usando el presente perfecto de indicativo *(He hablado...)*

The present perfect indicative is used to tell what has happened in the recent past up to the moment that you are speaking.

A. Una encuesta. ¿Qué han hecho últimamente? En parejas, hagan preguntas acerca de sus actividades durante este mes y contéstenlas.

■ **Ejemplo:** ir al cine

Estudiante 1: *¿Cuántas veces **has ido** al cine este mes?*

Estudiante 2: ***He ido** al cine dos veces este mes.*

- ir al teatro
- cenar en un buen restaurante
- estudiar en la biblioteca
- viajar los fines de semana
- hacer ejercicios
- leer algo por placer
- volver tarde a casa
- romper o perder algo
- escribir cartas
- reunirse con un amigo / una amiga

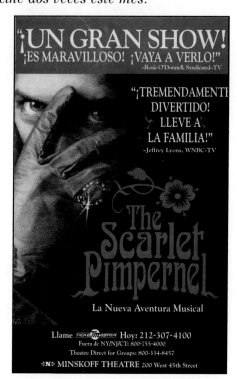

¡UN GRAN SHOW!
¡ES MARAVILLOSO! ¡VAYA A VERLO!"
–Rosie O'Donnell, Syndicated-TV

"¡TREMENDAMENTE DIVERTIDO! LLEVE A LA FAMILIA!"
–Jeffrey Lyons, WNBC-TV

The Scarlet Pimpernel

La Nueva Aventura Musical

Llame *TICKETMASTER* Hoy: 212-307-4100
Fuera de NY/NJ/CT: 800-755-4000
Theatre Direct for Groups: 800-334-8457
■N■ MINSKOFF THEATRE 200 West 45th Street

B. ¿Te has enterado? ¿Lees los periódicos todos los días o ves las noticias en la televisión? En parejas...

- cuenten lo que ha pasado en las noticias últimamente.
- agrupen las noticias por categoría (deportes, nacionales, internacionales, etc.).
- escriban una lista de los sucesos.
- determinen qué grupos de noticias están más en onda.

■ **Ejemplo:** *El equipo de baloncesto de la universidad ha ganado su primer partido. Son noticias de deportes...*

OBJETIVOS:

In this *etapa,* you will . . .

- talk about events that occurred prior to a given point in the past.

- talk about hypothetical conditions in the past.

- make statements of emotion, value judgments, and non-specific entities and events that took place in the past.

Cultura en acción: While working on this etapa, . . .

- study the vocabulary on page 274 of your textbook and your *Diccionario personal.* Prepare flash cards and practice with a partner outside of class.
- begin to write your report. Check the accuracy and appropriateness of language and focus on the concepts presented in this and previous chapters.
- notice how the present perfect subjunctive is used in your articles.
- use the present perfect indicative to include examples of events that have happened in your chosen community.

Repaso: Before beginning the following activities, study the *Repaso de gramática* on pages 275–279 of your textbook and complete the corresponding *Práctica de estructuras* on pages 228–232 of the *Diario de actividades.*

C. Síntesis. A ver cómo es su imaginación. En parejas, estudien la foto siguiente y describan lo que ha pasado.

■ **Ejemplo:** *La familia Pérez **ha comprado** un barco.*

Una familia hispana en Miami

SEGUNDA FUNCIÓN: **Cómo explicar lo que crees que ha pasado, usando el presente perfecto de subjuntivo** *(Es malo que hayas hablado...)*

The present perfect subjunctive may be used in two types of subordinate clauses:

● nonspecific entities and events

No conozco a nadie que haya leído el horóscopo en el periódico.

● emotional reactions or value judgments

La profesora se alegra de que hayan recibido buenas notas.
Es importante que los estudiantes no hayan faltado a clases.

A. ¿Cómo reaccionarían? ¿Cómo reaccionarían si los incidentes siguientes ocurrieran? En parejas...

● estudien los incidentes siguientes.
● escriban sus reacciones, usando los verbos siguientes como punto de partida.

■ **Ejemplo:** Tu amigo acaba de recibir una beca.

*Me alegro de que mi amigo **haya recibido** una beca.*

me alegro	me preocupa
me da lástima	(no) me gusta
me da pena	(no) me sorprende
me molesta	

1. Tu compañero/compañera de cuarto acaba de ensuciar tu mejor suéter.
2. Un amigo / Una amiga acaba de tener un accidente con tu auto.
3. Tus padres acaban de celebrar su aniversario.
4. Tu instructor/instructora acaba de recomendarte para un premio importante.
5. Tu jefe/jefa acaba de pedirte que trabajes el sábado por la noche.
6. Los administradores de tu universidad acaban de subir la matrícula.
7. Tu mejor amigo/amiga acaba de comprometerse.
8. Tu compañero/compañera de cuarto acaba de comprar un perro.

B. Árbitro de la Copa Mundial.
Edgardo Codesal es un árbitro profesional de fútbol. En parejas...

● lean el texto siguiente sobre el Dr. Codesal.

● hagan comentarios sobre la vida de Codesal y otras personas asociadas con el deporte.

● usen las expresiones siguientes como punto de partida.

dudo	niego
¿es verdad?	no creo
me imagino	supongo

■ **Ejemplo:** *Me imagino que los aficionados de fútbol **hayan criticado** mucho a los árbitros.*

Edgardo Enrique Codesal Méndez nació en Montevideo, Uruguay, en 1951. Su profesión es médico y nutriólogo, aunque fue jugador profesional de fútbol en Uruguay en los años 60. En 1978 se mudó a México, donde trabaja ahora en este deporte. En 1982, Codesal entró en la lista de árbitros internacionales y participó en eventos importantes como el Mundo Juvenil y en los Juegos Olímpicos de 1988. El árbitro reporta que sólo una vez temió por su vida... en la Olimpiada de Seúl en 1988. Cuando la gente se puso muy agresiva, gritando «maten el árbitro», el ejército coreano custodió a los tres oficiales para protegerlos.

Después de trabajar en los Mundiales de 1986 y 1990, Codesal se retiró y llegó a ser miembro de la Comisión de Arbitraje, en la que sirvió como secretario general y actualmente como presidente. Al mismo tiempo el doctor Codesal sigue cuidando a sus pacientes.

Algunos futbolistas sueñan con la Copa Mundial.

C. ¿Creer o no creer? ¡Vamos a jugar! En parejas...

- cuenten diez actividades verdaderas o ficticias que hayan hecho.
- pregúntense el uno al otro acerca de estas actividades.
- intenten adivinar si la otra persona miente.

■ **Ejemplo:** Estudiante 1: *He aprendido a pilotear un avión.*

Estudiante 2: *¿Dónde has tomado clases?*

Estudiante 1: *En la Universidad Estatal de Ohio.*

Estudiante 2: *¿Cuánto te han costado las clases?*

Estudiante 1: *Trescientos dólares.*

Estudiante 2: *No creo que hayas aprendido a pilotear un avión porque las lecciones cuestan más de trescientos dólares.*

TERCERA FUNCIÓN: Cómo explicar lo que ocurrirá antes de un momento determinado, usando el futuro perfecto de indicativo (Habré leído...)

Although the future perfect indicative is not used frequently, its main purpose is to speculate on what will have happened by a certain point in the future.

A. ¿Qué habrán hecho? ¿Qué habrán hecho los famosos para el fin de este año? En parejas, comenten lo que habrán hecho las personas siguientes para el fin de este año.

■ **Ejemplo:** Daisy Fuentes

Estudiante 1: *Habrá filmado otro anuncio para la televisión.*

Estudiante 2: *Habrá dirigido su propio programa de televisión.*

- Gloria Estefan
- Andy García
- Jennifer López
- Cheech Marín
- Antonio Banderas
- Camerón Díaz
- Ricky Martin
- Salma Hayek

B. Los latinos de Estados Unidos. Se dice que para el próximo censo, los latinos serán el grupo minoritario más grande de Estados Unidos. En parejas...

- pronostiquen lo que habrán hecho los varios grupos latinos para el año 2020.
- expliquen algunas de las razones por sus pronósticos.

■ **Ejemplo:** Estudiante 1: *Para el año 2020, los latinos de Estados Unidos habrán elegido gobernadores latinos en varios estados.*

Estudiante 2: *¿Por qué lo crees?*

Estudiante 1: *Porque el poder político de los latinos aumenta cada vez más.*

CUARTA ETAPA: Expresión

EL MUNDO DE LA LITERATURA:
«María Cristina»
por Sandra María Esteves

ANTES DE LEER

A. Valores familiares. ¿Cuáles son algunos de los valores que aprendieron de sus familias? En grupos pequeños...

- identifiquen los valores más importantes para sus familias.
- describan algunas de las costumbres importantes para sus familias.
- determinen si sus familias son, en su mayor parte, más «estadounidenses» o más «étnicas».

B. Términos literarios. En esta etapa vas a leer un poema, «María Cristina», escrito por Sandra María Esteves. El poema refleja la experiencia de los puertorriqueños en Estados Unidos. Antes de leerlo, vamos a examinar los elementos básicos de la poesía.

OBJETIVOS:

In this *etapa,* you will . . .

■ learn concepts associated with poetry.

■ study a poem about identity.

Cultura en acción: While working on this *etapa,* . . .

- complete the *Redacción* activities on pages 233–237 of the ***Diario de actividades.***
- find other examples of analysis as you conduct your research.
- participate in the *Cultura en acción* or hand in an individual report.

Repaso: Before beginning this section, review the information about rhetorical figures on pages 140 and 182 of your textbook.

Términos literarios

- Un **poema** se define como cualquier composición escrita en verso.

- Cada línea que compone un poema es un **verso.** Hay dos tipos de versos: **versos con rima** y **versos libres.** Los versos con rima pueden tener rima consonante o rima asonante. Los versos libres son aquéllos en los que el metro y la rima varían según el gusto del poeta.

- La rima es **consonante** si todas las letras, desde la última vocal acentuada, son iguales.

  > ¡Ay! la pobre princesa de la boca de r**osa**
  > quiere ser golondrina, quiere ser marip**osa.**
  >
  > (Rubén Darío, «Sonatina»)

- La rima es **asonante** si solamente las vocales desde la última vocal acentuada son iguales.

  > Sombras que sólo yo v**eo,**
  > Me escoltan mis dos abu**elos.**
  >
  > (Nicolás Guillén, «Balada de los dos abuelos»)

- Un poema está compuesto de estrofas. Una **estrofa** es una agrupación de dos o más versos. La estrofa siguiente, por ejemplo, contiene cuatro versos de ocho (o siete) sílabas y una rima consonante ABBA.

  ```
  1    2   3 4    5 6 7 8
  ```
  Hombres necios que acusáis   rima A
  a la mujer sin razón,   rima B
  sin ver que sois la ocasión   rima B
  de los mismos que culpáis.   rima A

  (Sor Juana Inés de la Cruz, «Hombres necios que acusáis»)

- Muchas veces la poesía se puede leer en dos planos: el **plano personal** y el **plano representativo** o **simbólico**. En el caso del poema «María Cristina», el plano personal es el que se refiere a la mujer que se llama María Cristina. El plano representativo es el que se refiere a la representación global de la mujer puertorriqueña. Mientras leas el poema, presta atención a estos dos planos.

Sandra María Esteves

Perspectiva

Sandra María Esteves, nacida en 1948, es una poeta puertorriqueña que reside en Estados Unidos. Los poemas de Esteves reflejan la experiencia de los inmigrantes puertorriqueños en los grandes centros urbanos. En su poesía hay un fuerte carácter metropolitano y una multiplicidad de temas, incluyendo la naturaleza, la cultura afrocaribeña y la dignidad femenina. Esteves se destaca entre las voces femeninas de la poesía neorricana (puertorriqueños que residen en Nueva York) y expresa claramente la identidad y condición social de la mujer en sus obras.

Pequeño diccionario.
El poema «María Cristina» contiene palabras y frases especializadas. Antes de estudiar el poema y hacer las actividades...

- estudia el *Pequeño diccionario*.
- busca las palabras en el texto.
- escribe una oración original en tu *Diccionario personal* con cada palabra o frase.
- lee el pasaje y escribe una lista de palabras que no conozcas.
- busca el significado de esas palabras en tu diccionario.

amamantar *tr.* Darle la leche de los pechos a un bébé.
antepasado Pariente de quien desciende una persona.
barriga Estómago.
El Barrio Vecindad latina.
dueño/dueña Persona que es propietaria de algo.

envenenar *tr.* Dar una sustancia tóxica.
Negra Querida, Amor *(apodo)*.
sombra Oscuridad, falta de luz.
vergonzoso/vergonzosa *adj.* Que falta dignidad, humillante.
volverse (ue) *pr.* Llegar a ser, hacerse.

¡A LEER!

A. Estructura.
Van a estudiar la estructura de este poema. En grupos pequeños, lean el poema y determinen su estructura, basándose en las preguntas siguientes.

1. ¿Cuántos versos tiene el poema?
2. ¿Cuántas estrofas tiene el poema?
3. ¿Cuántos versos tiene cada estrofa?
4. ¿Tienen todos los versos la misma longitud?
5. ¿Hay una rima organizada?
6. ¿Cuál es el tono del poema?

B. El poema.
Ahora, van a estudiar el contenido del poema. En grupos pequeños...

* usen las *Preguntas de orientación* como guía de lectura.
* dividan el poema para que cada persona tenga una sección y las preguntas correspondientes.
* compartan la información.

Repaso: Don't forget to use the reading strategies from the *Lectura* sections of your textbook when reading this passage. Try not to use your dictionary too often, or you may lose the meaning of the passage.

Preguntas de orientación

1. ¿Dónde nació María Cristina?
2. ¿A quiénes enseña María Cristina? ¿Qué les enseña?
3. ¿Qué respeta María Cristina?
4. ¿Cómo se viste?
5. ¿Qué tipo de comidas le prepara María Cristina a su familia?
6. ¿Cuáles son las dos lenguas que habla María Cristina?
7. ¿Cuáles son las tradiciones que observa María Cristina?
8. ¿Cuáles son los valores que les enseña a sus hijos?
9. ¿Qué ocurre debajo de las escaleras?
10. ¿Cómo les enseña a sus hijos?

María Cristina

por Sandra María Esteves

**Mi nombre es María Cristina
soy una mujer *puertorriqueña*
nacida en El Barrio.
Nuestros hombres, ellos me llaman Negra
porque me aman
y yo a mi vez
los enseño a ser fuertes
respeto sus costumbres heredadas
de nuestros orgullosos antepasados.**

No los mortifico
con ropas provocativas
no duermo
con sus hermanos y primos
aunque se me ha dicho que
ésta es una sociedad liberal
no enveneno sus barrigas
con comidas instantáneas artificiales
en nuestra mesa hay alimentos
de la tierra y el alma.

Mi nombre es María Cristina
hablo dos lenguas
que rompen una en la otra
pero mi corazón habla el lenguaje
de gentes nacidas en la opresión
no me quejo
de cocinar para mi familia
porque abuela me enseñó
que la mujer es la dueña del fuego
no me quejo
de amamantar a mis niños
porque yo determino
la dirección de sus valores
soy la madre
de un nuevo tiempo de guerreros
soy la hija
de una raza de esclavos
enseño a mis hijos
cómo respetar a sus cuerpos
para que no los endroguen y mueran
en las vergonzosas sombras bajo la escalera
enseño a mis hijos
a leer y desarrollar sus mentes
de modo que comprendan
la realidad de la opresión

los enseño con disciplina y amor
para que se vuelvan fuertes
y llenos de vida
mis ojos reflejan la pena
de aquello que fue en mí vergonzosamente
violado
pero mi alma
mi alma refleja la fuerza de mi cultura.

Mi nombre es María Cristina
soy una mujer Puertorriqueña
nacida en El Barrio.
Nuestros hombres, ellos me llaman Negra
porque me aman
y yo a mi vez
los enseño a ser fuertes.

11. ¿Qué fue violado en María Cristina?

12. ¿Por qué escribe la poeta la palabra Puertorriqueña con letra mayúscula?

13. ¿Por qué escribe la poeta El Barrio con letras mayúsculas?

C. Los dos planos. Ahora, busquen los dos planos en «María Cristina». En grupos pequeños...

- dividan el poema para que cada persona tenga una sección.
- describan los dos planos (el personal y el representativo) de cada sección.
- compartan la información con los demás grupos.

D. María Cristina. Ahora, van a enfocarse en el «personaje» de María Cristina. En grupos pequeños...

- revisen de nuevo las secciones del poema repartidas en la Actividad C.
- para cada sección, escriban una lista de características que describan a María Cristina.
- revisen las listas y escriban un párrafo sobre María Cristina.

E. Elementos literarios. ¿Cómo se orienta este poema? En grupos pequeños, identifiquen los elementos siguientes en «María Cristina».

1. el tono
2. el narrador
3. el punto de vista

DESPUÉS DE LEER

A. Motivos. ¿Cuáles son los motivos del poema? En grupos pequeños, comenten la intención y las actitudes de la poeta, según las indicaciones.

- ¿Cuál es el papel tradicional de la mujer puertorriqueña?
- ¿Cómo se adapta la puertorriqueña a las presiones de la vida moderna urbana?
- ¿Cuál es el estereotipo del hombre latino? ¿De la mujer latina?
- ¿Qué consejos da la poeta para transformar esos estereotipos?

B. Discusión. En grupos pequeños, comenten los temas siguientes.

• ¿Cómo le ha afectado la opresión a María Cristina? ¿Creen que el ejemplo de María Cristina es representativo de otros grupos culturales en Estados Unidos? ¿Por qué?

• ¿Cómo ha evitado María Cristina la asimilación cultural a la sociedad estadounidense?

• ¿Creen que la asimilación y la aculturación son buenas o malas? ¿Por qué?

C. Sus reacciones. ¿Qué opinan del poema? En grupos pequeños...

• expresen sus reacciones hacia el poema.

• seleccionen versos para ilustrar sus reacciones a los puntos siguientes.

   ▪ las emociones que evoca el poema

   ▪ las aplicaciones personales a la vida real

   ▪ las percepciones de la cultura puertorriqueña en Estados Unidos

LEE UN POCO MÁS

Si te interesa el tema de la identidad latina, se recomiendan las obras siguientes.

• Anaya, Rodolfo. *Bless Me, Última* (1972).

• Cisneros, Sandra. *The House on Mango Street* (1984).

• Gonzáles, Rodolfo "Corky." «I Am Joaquín/Yo soy Joaquín» (1972).

Algunos puertorriqueños orgullosos en Miami.

Mosaico cultural

LATINOS EN LOS ESTADOS UNIDOS:

The Growing Presence of Latinos in the U.S.

INTRODUCCIÓN

Este vídeo nos da un vistazo de la importancia e influencia de los hispanohablantes en ciudades como San Antonio, Los Ángeles, Miami y Nueva York. Estas ciudades reflejan las tradiciones y la vitalidad de muchos países hispanos.

ANTES DE VER

A. Prueba de geografía. ¿Pueden reconocer los países del mundo hispano? En grupos pequeños...

* recuerden los países hispanos del mundo.
* escriban los nombres de estos países en los mapas siguientes.
* recuerden las nacionalidades que corresponden a los distintos países.

■ **Ejemplo:** *Puerto Rico: puertorriqueño/puertorriqueña*

OBJETIVOS:

In this section, you will . . .

■ study the various nationalities of Hispanic people.

■ learn about some major cities that have many Spanish speakers.

■ observe Latino attitudes toward family.

■ find out about hopes for future jobs and careers.

Norteamérica y Caribe

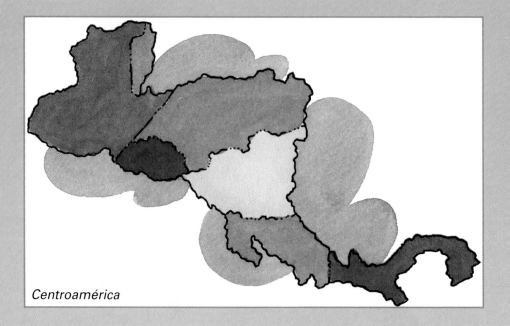

Centroamérica

Sudamérica

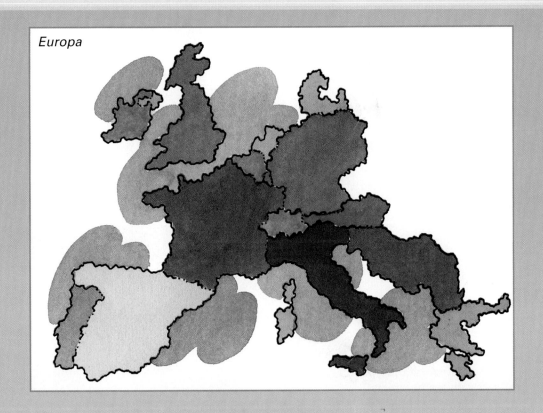

Europa

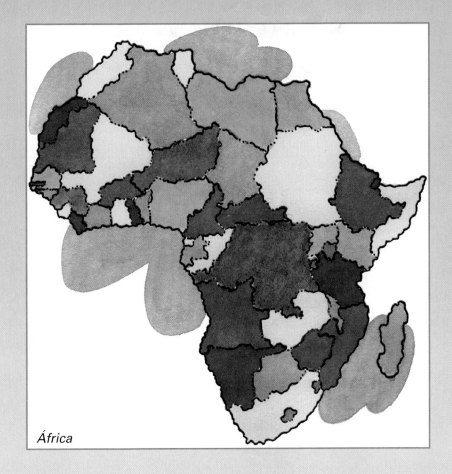

África

B. En Estados Unidos. ¿Han viajado a algunos sitios hispanos en Estados Unidos? En grupos pequeños...

• identifiquen las ciudades o pueblos hispanos de Estados Unidos que han visitado.

• mencionen los sitios de interés que visitaron y las actividades de interés que hicieron en estos lugares.

• expresen sus opiniones sobre sus experiencias.

C. En su ciudad. ¿Hay tiendas, restaurantes, cines, supermercados u otras empresas latinas en su ciudad? En grupos pequeños...

• hagan una lista de esas empresas.

• si no hay empresas latinas en su comunidad, ¿hay empresas no latinas que tengan nombres españoles? ¿Cuál es la imagen que quieren presentar estas empresas?

D. Pequeño diccionario. Antes de ver «Latinos en los Estados Unidos»...

• estudia el *Pequeño diccionario*.

• categoriza las palabras y frases de una manera lógica o da ejemplos de las palabras.

• escribe una oración original en tu *Diccionario personal* con cada palabra o frase.

---

apoyo Lo que sostiene; protección, favor o fundamento.
carrera Profesión u oficio.
compañerismo Amistad, relación entre compañeros.

hispanohablante *m./f.* Persona que habla español como su lengua materna.
lugar *m.* Sitio.
orgullo Sentido de amor y respeto hacia uno mismo u otra persona.

¡A VER!

A. Escucha bien. Mientras veas el vídeo, marca todos los países que se mencionan.

❏ Argentina	❏ El Salvador	❏ Panamá
❏ Bolivia	❏ España	❏ Paraguay
❏ Chile	❏ Guatemala	❏ Perú
❏ Colombia	❏ Guinea Ecuatorial	❏ Puerto Rico
❏ Costa Rica	❏ Honduras	❏ República Dominicana
❏ Cuba	❏ México	❏ Uruguay
❏ Ecuador	❏ Nicaragua	❏ Venezuela

B. ¿Verdadero o falso? Antes de volver a ver el vídeo, lee las oraciones siguientes. Mientras lo veas, indica si las oraciones son verdaderas **(V)** o falsas **(F)**, según el vídeo.

_____ **1.** La lengua española tiene mucha influencia en Estados Unidos.

_____ **2.** Muchos cubanos llegaron a Miami por motivos políticos y económicos.

_____ **3.** Para los hispanos, la familia es muy importante.

_____ **4.** San Antonio no es un centro turístico.

_____ **5.** Hay poca presencia hispana en Estados Unidos.

_____ **6.** En Los Ángeles viven hispanos de origen mexicano y centroamericano.

_____ **7.** Los puertorriqueños no son ciudadanos norteamericanos.

_____ **8.** Hacia el año 2000, el quince por ciento de la población de Estados Unidos será de origen latino.

C. Orígenes de la población hispana. Antes de ver el vídeo otra vez, lee las oraciones siguientes. Mientras lo veas, completa los espacios en blanco con la frase o la palabra adecuada.

1. Los hispanos que viven en Miami son principalmente de _____.

2. _____ es el país de origen de muchos de los latinos que están en San Antonio.

3. Muchos latinos que residen en Nueva York son de _____.

4. La mayoría de los hispanos en Los Ángeles son de Centroamérica y de _____.

DESPUÉS DE VER

A. La migración. Muchos grupos culturales han inmigrado a Estados Unidos durante el siglo XX. En grupos pequeños...

- mencionen los orígenes geográficos de las familias de ustedes o identifiquen los barrios étnicos de su comunidad (si los hay).
- hablen de los problemas que enfrentaron sus antepasados y otros grupos al llegar a Estados Unidos.
- expliquen las tradiciones familiares. ¿Se relacionan con su lugar de origen?
- describan los festivales étnicos de su comunidad, estado o región.

B. Profesiones y oficios. Conversen sobre las profesiones y los oficios de sus antepasados. En grupos pequeños...

- mencionen las carreras para las cuales se prepararon.
- hablen sobre las carreras de sus hijos.

Enlace

OBJETIVOS:

In this section, you will . . .

■ synthesize the information you learned in the various *etapas* of *Capítulo 7.*

■ work with a partner to edit your compositions.

Perfect your writing! See the *Atajo* correlations in your *Diario de actividades*!

¡OJO! If you find the article on the next page difficult to read, focus first on the main idea. Then look for the options.

A. Un festín excepcional. «El festín de mi abuela» describe una ocasión muy especial no sólo por la convivencia sino también por las tradiciones que representa. En grupos pequeños...

• hablen sobre ocasiones tradicionales que han celebrado.
• describan cómo se llevaban a cabo estas tradiciones (sitio, actividades, responsabilidades de participantes, etc.).

B. El bilingüismo. Se dice que «los bilingües tienen doble oportunidad». En grupos pequeños, comenten cómo van a usar el español ahora y en el futuro.

C. Las ciudades latinas. ¿Han viajado a algunas de las ciudades que tienen una población hispana grande? En grupos pequeños...

• identifiquen algunos elementos «hispanos» de las ciudades siguientes.
• digan por qué se consideran hispanas estas características.

■ **Ejemplo:** San Antonio
   El Álamo. Es una iglesia de adobe de la época colonial.

Ciudades:

Chicago	Nueva York
Los Ángeles	San Agustín, Florida
Miami	otras ciudades

D. Comidas. Aunque todos los estadounidenses conocen los tacos y los nachos, la dieta de los varios grupos hispanos varía mucho de nacionalidad a nacionalidad. En grupos pequeños...

• elijan una nacionalidad latina.
• usen *Internet* y otros recursos para encontrar información sobre la dieta.
• copien una receta que represente esta cocina.
• compartan la información con los demás grupos de la clase.

E. El caso especial de Puerto Rico. Aunque los puertorriqueños son ciudadanos estadounidenses, no gozan de los mismos privilegios políticos que los habitantes de Estados Unidos continentales. En grupos pequeños...

• dividan el artículo siguiente en partes; cada miembro del grupo lee su parte.
• comenten las varias opciones respecto al *status* de Puerto Rico. ¿Cuáles son las ventajas y desventajas de cada una?
• usen las *Preguntas de orientación* como guía de lectura.

Las opciones para Puerto Rico

Nota de Redacción: Este editorial sobre el *status* de Puerto Rico fue publicado ayer por el diario *The Washington Post.*

ALGUNOS de los republicanos de base —aunque no el presidente de la Cámara ni el Líder de la mayoría— se resisten a llegar a un arreglo con la noción de autorizar un referéndum temprano para permitir a Puerto Rico escoger permanentemente la forma de sus relaciones con Estados Unidos.

Estos republicanos no tienen ningún problema en autorizar a los casi cuatro millones de ciudadanos norteamericanos de Puerto Rico o confirmar el actual desgastado *status* conocido como Estado Libre Asociado o lanzarse por la ruta de la independencia. Mas, ¿la estadidad? Esta palabra se ha usado en las discusiones de *status* por décadas, pero sus costos y beneficios no han sido definitivamente evaluados, y Estados Unidos nunca ha hecho un compromiso formal de aceptar a Puerto Rico como un estado si el territorio isleño se lo pidiera. Esta vez, el Presidente y el Congreso quieren actuar con seriedad, y, como resultado, se ha originado algo de fricción.

The Washington Post

El idioma es sólo parte del problema, aunque una parte considerable. Los escépticos ven la adhesión puertorriqueña a lo hispano como culturalmente inaceptable y políticamente peligroso —un presagio de tensiones étnicas cada vez más intensas a escala nacional. Una pelea se está desarrollando sobre el idioma en el proyecto Young, el vehículo del referéndum impulsado por el presidente del Comité de Recursos de la Cámara de Representantes, Don Young, republicano por Alaska.

Los beneficios universales de hablar inglés, a diferencia de las facilidades tradicionales de hablar español, son bien conocidos por la mayoría de los puertorriqueños. Pero se le ha hecho muy tarde a Washington para imponer un fuerte énfasis en el idioma inglés en un lugar que no fue consultado sobre el lenguaje o en muchos otros casos cuando Estados Unidos se lo arrebató a España en 1898. Esto induce a uno a culparlo de mala fe al decir que la estadidad es una opción y luego exigir cambios rápidos y de largo alcance en el aún evolutivo modelo de uso inglés-español que se ha desarrollado durante un siglo.

OTRA PREOCUPACIÓN republicana es que un estado de Puerto Rico inundaría el Congreso de legisladores demócratas. Como suele ocurrir, las predicciones similares de inclinación política en Alaska y Hawaii fueron confundidas por los eventos. Algunos en el Partido Republicano insinúan que una sólida posición sobre la estadidad para Puerto Rico es la clave para ganar el decisivo voto hispano en los principales estados.

Otra preocupación es el costo adicional de extender los beneficios sociales plenos a un lugar notablemente más pobre que el más pobre de los estados. Eso es inoportuno, pero en cualquier esquema justo de cosas, no se puede permitir que esto abrume la consideración central, que es política. Los puertorriqueños son ciudadanos norteamericanos sin plenos derechos específicamente políticos, sin un voto en la estructura que toma decisiones sobre sus vidas. Esto empezó por accidente imperial hace un siglo y debe corregirse ahora por designio democrático.

No estamos aquí para sostener la estadidad; estamos esperando que el Presidente y el Congreso expliquen claramente las opciones que se les ofrecerán a los puertorriqueños en un referéndum. Esa es la primera tarea de Washington, y con ella viene la rigurosa obligación de honrar cualquiera que sea la decisión de Puerto Rico. Mas, para que esto ocurra, debe haber absoluta claridad sobre cuáles son los costos y beneficios y las implicaciones legales y políticas de cada opción que el pueblo de Puerto Rico va a sopesar.

por *THE WASHINGTON POST*

Preguntas de orientación

1. ¿A qué se resisten algunos de los republicanos en el gobierno de Puerto Rico?
2. ¿Cuál es el objetivo del referéndum?
3. ¿Cuáles son las tres opciones para los votantes puertorriqueños que se mencionan?
4. ¿Cuál es el *status* actual de Puerto Rico?
5. ¿Cuáles son algunos problemas asociados con la estadidad para Puerto Rico?
6. ¿Podría haber opciones adicionales? ¿Cuáles?

*Las banderas de Estados Unidos,
Puerto Rico y San Juan*

F. Revisión de composición. Ahora, van a revisar tus composiciones, enfocándose en el contenido, el vocabulario y la exactitud. En parejas...

- intercambien las composiciones y revísenlas, según los criterios siguientes.
- califiquen sus composiciones, según las indicaciones.

Escala

excelente	=	4 puntos
bueno	=	3 puntos
mediocre	=	2 puntos
malo	=	1 punto
inaceptable	=	0 puntos

Calificación de composiciones	
Contenido	
Introducción que llama la atención	_____
Organización lógica	_____
Ideas interesantes	_____
Transiciones adecuadas	_____
Conclusión firme	_____
Vocabulario	
Adjetivos descriptivos	_____
Verbos activos	_____
Uso adecuado de *ser* y *estar*	_____
Exactitud	
Concordancia entre sujeto/verbo	_____
Concordancia entre sustantivo/adjetivo	_____
Ortografía	_____
Puntuación	_____
Calificación global	_____

Calificación global

excelente	=	43–48 puntos
bueno	=	38–42 puntos
mediocre	=	33–37 puntos
malo	=	28–32 puntos
inaceptable	=	0–27 puntos

El Instituto cultural de Puerto Rico

Cultura en acción

UNA EXCURSIÓN A UNA COMUNIDAD LATINA

TEMA: El tema de *Una excursión a una comunidad latina* les dará a ustedes la oportunidad de investigar, escuchar, escribir y hacer una presentación sobre las comunidades latinas en Estados Unidos. La lectura, la comprensión auditiva y la redacción servirán como puntos de partida para las presentaciones. Ustedes pueden investigar los lugares siguientes.

- Una fiesta del barrio.

- Una celebración religiosa.

- Un restaurante famoso.

- La comida típica de los mercados.

- Los monumentos históricos.

- Los centros de compras al aire libre.

- Las organizaciones hispanas (MeChA, etc.).

- ¿Otro?: _____

- ¿Otro?: _____

- ¿Otro?: _____

ESCENARIO: El escenario de *Una excursión a una comunidad latina* es el de una excursión a una ciudad para visitar puntos de interés así como museos, teatros, mercados, iglesias, etc.

Los dos van de compras en la Pequeña Habana, Miami.

MATERIALES:

- Un tablero o una pizarra para mostrar fotografías o carteles de los lugares. Esta información se puede conseguir en *Internet* o en libros de turismo.
- Mapas del lugar que indican los diferentes sitios de interés.
- Un panfleto con descripciones de los lugares que se pueden visitar.

GUÍA: Una simple lista de trabajos que cada persona tiene que llevar a cabo. Cada uno de ustedes tendrá una función.

- **Comité de excursión.** En parejas, ustedes tienen que elegir uno de los lugares de interés e investigarlo. Deben traer a la clase un dibujo o una foto. Como punto de partida, deben usar las preguntas básicas (¿Quién? ¿Qué? ¿Cuándo? ¿Dónde? ¿Por qué?). Los «guías» utilizarán la información cuando lleven a los «turistas» por la ciudad.
- **Guías.** Este grupo está encargado de recibir la información sobre los lugares y preparar las presentaciones para cada lugar.
- **Comité de museos.** Este grupo está encargado de poner varios puestos en la clase con artículos típicos. Deben mostrar fotos y describir los artículos.
- **Comité de comida.** Este grupo está encargado de comprar u organizar la comida y bebida, simulando un puesto del mercado. Si se desea, cada uno puede contribuir con algo de dinero o traer bebidas o frutas para simular un puesto en la calle.
- **Turistas.** Ustedes deben preparar preguntas sobre el barrio. Su papel es visitar los lugares, conversar con los guías y hacerles comentarios y preguntas.

¡EXCURSIÓN A UNA COMUNIDAD LATINA!: El día de la actividad, todos ustedes deben participar en arreglar la sala. Cuando comience la

excursión, cada guía debe llevar un grupo a un sitio de interés y dar una presentación breve. Los turistas pueden hacer preguntas adicionales. En camino, pueden parar en el puesto de comida y comprar algo para comer. Todos ustedes deben visitar cada lugar y comentar sus experiencias con sus compañeros.

Un mercado al aire libre en la calle Olvera, Los Ángeles, California

Vocabulario

«Los hispanos»

aportar to contribute
barrio neighborhood
ciudadanía citizenship
contribución
cubano/cubana
dominicano/dominicana
estadounidense *adj.* of the
   United States
fisonomía demográfica
   demographic features
hispanohablante *adj.* Spanish-
   speaking
incorporarse
inmigrante *m./f.*
mexicano-americano/mexicano-
   americana
minoritario/minoritaria *adj.*
   minority
nominal
ola *(ocean)* wave
origen *m.*
parentesco relationship, kinship
pionero/pionera
puertorriqueño/puertorriqueña
rasgo cultural cultural feature
refugiado/refugiada
salvadoreño/salvadoreña
visa

Los comunidad latina

adaptarse
anglo *m./f.*
ascendencia ancestry
asimilarse to assimilate
borinqueño/borinqueña Puerto
   Rican
chicano/chicana Mexican-
   American
emigrante *m./f.*
emigrar
establecerse to establish oneself
étnico/étnica
hispanoparlante *m./f.* Spanish
   speaker
inmigrar to immigrate
mantener to support, maintain
mayoría majority
minoría minority

La vida y algunos de sus problemas

bienestar *m.* welfare, well-being
bilingüe
bilingüismo
cuota
deportación
discriminación
divorcio
estereotipo
igualdad equality
lengua materna mother tongue
machismo male chauvinism
monolingüe
residente permanente *m./f.*
superar to exceed
tarjeta de residente resident card
tarjeta verde green card

El porvenir

aporte *m.* contribution
competencia competition
competitividad
crecimiento growth
cualidad
dedicación
ética de trabajo work ethic
fuerza laboral work force
mercado mundial world market
productividad
retener (ie) to retain, keep

Frases para expresar probabilidad usando el futuro

Creo que... I believe that . . .
Me imagino que... I imagine
   that . . .
..., ¿no? . . ., isn't he/she/it?
..., ¿no crees? . . ., don't you
   think?
Supongo que... I suppose that . . .
..., ¿verdad? . . ., right?

PERSPECTIVA LINGÜÍSTICA
Auxiliary verbs

You have already studied several uses of auxiliary verbs. In *Capítulo 1,* for example, you studied the present progressive, formed from the present tense of the auxiliary verb *estar* + a present participle. In *Capítulo 6,* you studied verbs that are used with infinitives, such as *acabar de, ir a,* and *tener que.* In this chapter, you will study the remaining progressive tenses, as well as two of the perfect tenses. These are sometimes referred to as **compound tenses,** because they are compounded from an appropriate tense of the auxiliary verb plus either a present or past participle.

Estar is the auxiliary verb used for all of the progressive tenses. Remember that the progressive tenses are used primarily to indicate actions in progress at a specific point in time. The following information summarizes the formation of these tenses and provides examples of some additional uses for certain tenses.

Progressive Tenses

Present Tense

Auxiliary verb *(estar): estoy, estás, está, estamos, estáis, están*

Present participle: *estudiando, comiendo, insistiendo*

Additional uses:

- temporary or unexpected action

    *Vivo en San Antonio pero últimamente **estoy viviendo** en Chicago.*

- repetitive events

    ***Estamos viendo** muchos vídeos estos días.*

- surprise or indignation

    *¿Qué nos **estás diciendo**?*

Imperfect Tense

Auxiliary verb *(estar): estaba, estabas, estaba, estábamos, estabais, estaban*

Present participle: *estudiando, comiendo, insistiendo*

Additional uses:

- repetitive events

    *Cada vez que **estaban cenando** en ese café, veían a la misma vieja mujer vestida de manera muy extraña con sus nietos.*

- surprise or indignation

    *¿En qué **estabas pensando**?*

Una iglesia de estilo colonial, Socorro, Nuevo México

Preterite Tense

Auxiliary verb *(estar): estuve, estuviste, estuvo, estuvimos, estuvisteis, estuvieron*

Present participle: *estudiando, comiendo, insistiendo*

Additional uses:

- prolonged action over a period of time

    Estuvieron trabajando *en Albuquerque cinco años.*

Future Tense

Auxiliary verb *(estar): estaré, estarás, estará, estaremos, estaréis, estarán*

Present participle: *estudiando, comiendo, insistiendo*

Additional uses:

- events felt to be in progress already

    Estaremos manejando *a El Paso mañana a esas horas.*

- express probability about what is actually in progress

    Estarán estudiando *a las siete.*

Similar constructions are formed with *seguir* or *continuar* as the auxiliary verb to convey the idea of "to be still," "to keep on," or "to go on" doing something.

> *Las máquinas **siguen funcionando** porque nadie las apagó.*

> ***Continuó hablando*** *como si fuera experto en la materia.*

Haber is the auxiliary verb used with the **perfect tenses**. These tenses and their uses will be described in *Perspectiva gramatical.*

PERSPECTIVA GRAMATICAL
Present perfect indicative

The present perfect tense is generally used less often in Spanish than in English. In most Spanish-speaking countries, in fact, the preterite is used more commonly than the present perfect. The present perfect is most widely used in Spain.

Spain: *No **han llegado**.*

Other countries: *No **llegaron**.*

The present perfect indicative is formed by the present tense of the auxiliary verb *haber* plus the past participle. The following chart shows the formation and examples of the present perfect indicative.

Present perfect indicative		
auxiliary (haber)	participle	uses

he
has
ha
hemos
habéis
han
	cantado
	entendido
	lucido
		• events that happened in a period of time that includes the present
		
		    He ido dos veces esta semana.
		
		• very recent events
		
		    ¿No **has podido** hacerlo?
		
		• past events relevant to the present
		
		    ¿Quién **ha dejado** este recado?
		
		• negative time phrases
		
		    Hace mucho tiempo que no **hemos comido.**

Regular past participles are formed by removing the infinitive ending and adding -ado (-ar verbs) or -ido (-er and -ir verbs) to the stem of the verb. Both English and Spanish have several irregular participles. In English, for example, the participle of **look** is **looked,** but the irregular participle of **took** is **taken.** In Spanish, some of the most frequently-used verbs have irregular participles. You will have to memorize these forms.

Irregular past participles			
infinitive	participle	infinitive	participle
abrir	abierto	morir	muerto
cubrir	cubierto	poner	puesto
decir	dicho	resolver	resuelto
escribir	escrito	romper	roto
hacer	hecho	ver	visto
imprimir	impreso	volver	vuelto

¡OJO! Any compound of these verbs will also have an irregular past participle, as, for example:

descubrir → descubierto
prescribir → prescrito
imponer → impuesto

It is important to remember that -er and -ir verbs that have stems ending with a vowel (caer, creer, oír, etc.) carry an accent over the -í- in the past participle (caer → caído, creer → creído, oir → oído).

REPASO

DE GRAMÁTICA

Recuerda: Don't forget to review the uses of the subjunctive on pages 158–160 of your textbook.

Present perfect subjunctive

The present perfect subjunctive, like the present perfect indicative, consists of a conjugated form of the auxiliary verb *haber* plus a past participle. The following chart shows the formation of the present perfect subjunctive and provides examples of its uses.

Present perfect subjunctive		
auxiliary (haber)	*participle*	*uses*

haya
hayas
haya
hayamos
hayáis
hayan
	cantado
	entendido
	lucido
		• in a subordinate clause following a verb that expresses an emotional reaction
		
		    Me alegro que ustedes ***hayan llegado*** *a tiempo.*
		
		• in a subordinate clause following a verb that expresses a value judgment
		
		    Es imposible que ***hayan salido*** *sin pagar.*
		
		• in a subordinate clause following a verb that expresses a nonspecific entity or event
		
		    No conocemos a nadie que ***haya vivido*** *en San José.*

Note that the present perfect subjunctive (rather than the present subjunctive) tense is used in these examples, because the action in the subordinate clauses occurs **before** the action in the main clause.

La plaza principal, Socorro, Nuevo México

Future perfect indicative

The future perfect indicative is seldom used. Its main purpose is to indicate what will have happened by a certain point in the future.

Future perfect indicative		
auxiliary (haber)	*participle*	*uses*
habré habrás habrá habremos habréis habrán	cantado entendido lucido	• actions and events that will have taken place by a particular point in the future *Para el año 2025, **habré pagado** los préstamos de la universidad.* • probability in the recent past *Ana no quiere ir al cine. Ya **habrá visto** la película.* • surprise in interrogative sentences *¿Quién lo **habrá hecho**?*

Una zona turística en San Antonio, Texas

Un quiosco de periódicos en Barcelona, España

AUNQUE NO LO CREAS:

casos increíbles

Tema: Las noticias

Propósitos

Unas señales misteriosas en el
desierto Nazca de Perú

PRIMERA ETAPA: Preparación

OBJETIVOS:

OBJETIVOS:

In this *etapa,* you will . . .

- learn about suffixes that express largeness or intensity.

- read articles about two strange events from Spanish language newspapers.

- discuss famous personalities and mention the rumors that still exist even after their deaths.

- use the chapter vocabulary accurately to discuss strange events in the news.

Cultura en acción: While working on the *Primera etapa* in the textbook and *Diario de actividades,* . . .

- begin to prepare a presentation for a "talk show" about an incredible event that has happened to you.
- use the activities as a point of departure and select headlines from magazines (*Muy interesante, Año cero, Mía,* etc.) or newspapers (*El País, ABC* [Madrid], *El Tiempo* [Colombia], *Excelsior* [México], etc.). You will share these with your classmates. Check the Internet and the library for interesting articles.

INTRODUCCIÓN

Aunque no lo creas... Así empieza el famoso dicho de Robert L. Ripley, el primer hombre que dedicó su vida a recorrer el mundo en busca de cualquier cosa increíble, extraña o insólita. Después de su muerte en 1949, los cuentos de este periodista excéntrico ganaron fama mundialmente y el público siguió con interés los relatos de las mil y una maravillas que Ripley escribió en sus viajes a 198 países. Hoy en día, a la gente aún le interesan lo curioso, lo extraño y lo misterioso que muchas veces no tienen ninguna explicación lógica. En este capítulo, vas a leer sobre algunos sucesos que ocurrieron en los últimos años que también se pueden clasificar como casos increíbles.

VOCABULARIO EN ACCIÓN: «DENUNCIA A UN NIÑO... », «ALPINISTAS COLOMBIANOS... »

Sugerencias para aprender el vocabulario

Cómo reconocer y usar aumentativos. Spanish has a variety of suffixes that are attached to nouns, adjectives, or adverbs to express largeness or intensity. For example, by simply adding *-ote,* you can change the word *libro* (a normal book) to *librote* (a big, heavy book). Other common endings are *-ota, -ón/-ona (sillón, cajón)* and *-azo/-aza (pelotazo, paquetazo).* While it is fun to experiment with words, you should be careful when using them in conversation. Some word and suffix combinations may produce words that have unpleasant or offensive meanings. You may use *grande* (large frame) to refer to the physical size of a person; however, referring to him or her as *grandote/grandota* (huge, bulky, hulking) would not be acceptable in certain contexts. If you are not sure of the appropriate use, check with your instructor, because your dictionary may not give this information.

A. A practicar. Lee los aumentativos siguientes y escribe la raíz de cada palabra.

1. ricachón _____
2. solterón _____
3. preguntón _____
4. cursilón _____
5. palabrota _____

6. cochazo _____
7. codazo _____
8. poblacho _____
9. casucha _____
10. pajarraco _____

B. En el periódico. En los artículos siguientes hay dos ejemplos de aumentativos. Encuéntralos y subráyalos.

C. Mi diccionario personal. Ahora vas a leer dos noticias periodísticas del *ABC* de Madrid que se clasifican como casos increíbles. Mientras leas estos artículos y hagas las actividades...

- escribe las palabras y frases en cursiva en el *Diccionario personal* de tu cuaderno.
- busca en tu diccionario los significados de las palabras que no conozcas.
- forma una oración original con cada palabra o frase.

Denuncia a un niño de tres años por atropellarle con su triciclo

Muros (la Coruña)

La jueza de la localidad coruñesa de Muros ha llamado a *declarar* a un niño de tres años, *acusado* por un *transeúnte* de haberle *atropellado* con su triciclo cuando caminaba por la acera. El *peatón* cayó y se rompió las gafas, cuyos cristalazos le *ocasionaron heridas* en la cara. Según la *notificación* del Juzgado, el pequeño deberá *presentarse* el próximo martes para la *vista oral*, acompañado de sus padres; pero, al *residir* éstos en otra localidad, le acompañarán sus abuelos.

La abuela *aseguró* que ella misma vio caer al transeúnte que intentaba pasar entre el triciclo y un vehículo estacionado en la acera, por lo que *acudió* a atenderle y le aplicó un producto desinfectante sobre las heridas.

Días más tarde, el individuo *reclamó* el *pago* de las gafas y, ante la negativa de los familiares a hacerlo por no reconocer *culpabilidad* en la acción, presentó una denuncia ante el Juzgado de Muros.

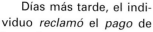

Alpinistas colombianos fueron asaltados a 4.500 mts.

BOGOTA, 11 (UPI). Un grupo de 25 alpinistas colombianos *logró* escalar, después de muchos *esfuerzos* y *riesgos,* el páramo de Cocuy, del departamento de Boyacá, y al llegar a la cumbre sintieron emoción por encontrarse a 4.500 metros sobre el nivel del mar.

El *periodista* Francisco Tulande, del *equipo informativo* de la *cadena radiodifusora* RCN, *afirmó* que los alpinistas, después de la tremenda *hazaña* pocas veces *lograda* en el país, *se sorprendieron* cuando otro grupo de rápidos 'escaladores' llegó y les robó todos los equipos, en medio de un frío tiritante.

Al parecer, los asaltantes eran escaladores mucho más rápidos que los alpinistas profesionales, que fueron las *víctimas.*

El locutor de noticias Jorge Antonio Vega dijo que los alpinistas quedaron doblemente 'fríos' después del asalto, mientras que otro periodista, Antonio Caballero, agregó que se trató de un 'robo de altura'. ¡Qué bromazo!

A. Las noticias de hoy. ¿Qué ocurrió en las noticias esta semana? En parejas...

- cuenten y comenten algunos de los casos increíbles que ocurrieron en las noticias.
- escriban un resumen sobre uno de estos eventos, usando los artículos anteriores como modelos.

B. Elvis. Lee el chiste. Después, en parejas, hagan una lista de los sitios donde la gente se imagina que se puede «encontrar» a Elvis.

¿Dónde se puede encontrar a Elvis?

en centros comerciales como K-Mart

_____

_____

_____

_____

_____

_____

_____

_____

_____

_____

C. Personajes y rumores. Relatos sobre los personajes como Elvis, Marilyn Monroe, John F. Kennedy, John Lennon y la princesa Diana son tan populares en los países hispanos como en Estados Unidos. En parejas...

- hablen sobre otras personas que llegaron a ser más famosas después de su muerte.
- mencionen rumores que acompañaron a cada individuo después de su muerte.

D. En el *ABC* de Madrid. Lee el índice del periódico *ABC*. En parejas...

- decidan en qué parte del periódico encontrarían los titulares de los artículos.
- comparen y contrasten el índice del periódico con el índice del *ABC* en *Internet.* Usa **http://www.abc.es/** para encontrar la página principal.

En este número

ABC Madrid	49	Horóscopo	90
Ciencia	47	Internacional	31
Cultura	43	Madrid	48
Deportes	65	Nacional	19
Economía	37	Opinión	15
Efemérides	50	Pasatiempos	90
Espectáculos	69	Religión	59
Esquelas	81	Sociedad	48
Gente	91	Salud	64
Guía de Madrid	74	Televisión	95

1. Se estrenó la última película de John Travolta.
2. Las altas tasas de interés revelan las dificultades de la economía.
3. Cuatro heridos por una explosión de gas en un restaurante en el centro de la ciudad.
4. Libra: Su humor hoy deja mucho que desear.
5. Herido un torero en la plaza de toros de México.
6. Las ventas de automóviles han crecido un 11,2% hasta el mes de junio.
7. Los clubes de primera división quieren controlar la Liga de Fútbol Profesional.
8. El mayor telescopio óptico del mundo se inaugura hoy en Texas.
9. Rupert Murdoch se declara en contra de las normas que protegen la intimidad de los famosos.
10. Una manzana diaria puede hacer cosas maravillosas.

1. *Espectáculos*
2. _____
3. _____
4. _____
5. _____

6. _____
7. _____
8. _____
9. _____
10. _____

E. Conocer el periódico. ¿Con qué facilidad puedes encontrar las secciones siguientes de un periódico? Primero, elige un periódico en español de *Internet.* Después, busca las cosas mencionadas.

- las «orejas» (casillas de información) a los dos lados del nombre del periódico
- el titular a toda plana (nombre del periódico)
- el pie editorial (nombres de directores y jefes)
- el índice
- tres agencias de información (corresponsales)
- la sección de negocios
- el número o la letra de la sección «Sociedad»
- el editorial
- la guía de televisión
- las tiras cómicas
- los anuncios clasificados
- tres fechas y lugares de origen de artículos
- tres titulares de artículos

F. Las líneas de Nazca. ¿Notaron la foto del colibrí *(hummingbird)* en la página 281? Es una vista del aire de las líneas misteriosas del desierto Nasca en Perú. En parejas...

- lean el texto siguiente.
- comenten los orígenes posibles de las líneas.
- comparen sus ideas con los demás grupos.

Las líneas misteriosas de Nazca

Ubicado sobre una extensa llana árida cerca de la ciudad costeña de Nazca, Perú, se encuentra uno de los grandes misterios del mundo: un mosaico de figuras gigantescas. Entre los dibujos estilizados hay un mono, un pez, una araña y un colibrí. Cuando se intenta localizar estos trazos desde la tierra, es difícil distinguirlos porque la escala de los dibujos es tan grande que sólo se pueden ver claramente desde el aire.

El propósito de las líneas se ha discutido mucho pero la verdad todavía no se sabe. Sin embargo, los trazos inspiran pensamientos profundos sobre nuestros antepasados en el continente americano.

SEGUNDA ETAPA: Comprensión

LECTURA

OBJETIVOS:

In this *etapa,* you will . . .

■ learn to make inferences.

■ read several cartoons and decide if you have experienced similar situations.

■ read about a misadventure caused by a tow truck and bureaucracy.

■ share one of your "worst days" with a classmate.

■ use the vocabulary to discuss current news events.

Repaso: Before beginning the *Segunda etapa,* review the *Sugerencias para la lectura* in the previous chapters of your textbook.

Cultura en acción: While working on the *Segunda etapa* in the textbook and *Diario de actividades,* . . .

• practice making inferences.

• submit examples of augmentatives from your readings after completing the *Estudio de palabras.*

• share different experiences that you have had with parking problems at your university, your place of work, your apartment complex, etc.

• give an outline of your "strange event" to the instructor for approval.

¡No me digas! Probablemente cuando estás esperando para pagar en el supermercado, pasas algunos minutos leyendo los periódicos sensacionalistas que se encuentran al lado de la caja. En este capítulo vamos a leer algunas noticias de periódicos y revistas hispanos como *Semanario de lo insólito, Año cero* y *Muy interesante* que ilustran el hecho de que los acontecimientos reales a veces son más curiosos que los ficticios.

Sugerencias para la lectura

Cómo inferir. The articles that you will read in this chapter are about events that have occurred and were reported in newspapers or magazines from various Spanish-speaking countries. As you read, use your background knowledge about the type of information that is typically given in different news reports and also about the cultural context of the region or country in which the event took place. First of all, examine the general content of the article. A report about an upcoming local election will probably name the candidates, their positions on important issues, and perhaps earlier events of the campaign. After you have identified the main points, examine the cultural content: Who are the candidates? Why are these political issues important to the region or country? What were the events that led to the selection of the candidates? Even though you may be able to understand the surface information, in order to interpret the author's message you must be able to "read between the lines" to make the appropriate inferences. Use the prereading activities and student annotations to help you. Reading a newspaper from the same country two or three times a week on the Internet will also help you build a cultural context—as well as keep you informed about the international news.

ANTES DE LEER

A. Cuando yo era joven... Lee el chiste. Después, en parejas...

- escriban tres comentarios más que dirían los hombres en el chiste sobre los cambios que han ocurrido en la sociedad.
- escriban tres comentarios que hacen sus padres, abuelos o amigos de la tercera edad sobre otros cambios que han experimentado.

Los hombres dirían que...

1. _____
_____
_____
_____
_____
_____
_____
_____

2. _____
_____

3. _____
_____

Mis parientes mayores dicen que...

1. _____
_____

2. _____
_____

3. _____
_____

AL LORO

—Dicen que aumenta la población, pero yo cada vez veo a menos gente.

B. ¿Nuestro enemigo? Aunque la mayoría de la gente considera que un auto es imprescindible, también admite que puede ser la causa de mucho estrés. En parejas...

- hablen sobre los problemas de estacionamiento en la universidad.
- citen otras razones por las cuales el auto, a veces, parece ser nuestro peor enemigo.
- ofrezcan algunas alternativas al uso innecesario de los autos.

Los problemas

Los pagos mensuales del seguro son muy altos.

_____

_____

_____

_____

_____

_____

_____

_____

_____

_____

_____

_____

_____

_____

_____

_____

Las soluciones

Hablar con diferentes agentes de seguros para conseguir la mejor tarifa.

_____

_____

_____

_____

_____

_____

_____

_____

_____

_____

_____

_____

_____

_____

_____

_____

C. Pequeño diccionario. El artículo del periódico madrileño *ABC* explica lo que le pasó a un médico en Madrid cuando la grúa se le llevó el coche. Antes de leer este artículo y hacer las actividades...

- estudia el *Pequeño diccionario*.
- busca las palabras en el texto.
- escribe una oración original en tu *Diccionario personal* con cada palabra o frase.
- lee el pasaje y escribe una lista de palabras que no conozcas.
- busca el significado de esas palabras en tu diccionario.

acceder *intr.* Aceptar, permitir, consentir.
alivio Consolación, despreocupación.
arrastre *m.* Transporte, remolque (del auto).
averiguar *tr.* Buscar la verdad hasta descubrirla; preguntar.
coche patrulla *m.* Auto de policía.
esfuerzo Intento.
denunciar el caso *tr.* Informar a la policía de un delito.
depósito Lugar en que retienen autos.
derrumbarse *pr.* Desanimarse, desencantarse.
(día) festivo *m.* Día en que no se trabaja.
entregar *tr.* Dar.
gastos *pl.* Costo; cantidad de dinero que se debe pagar por un servicio.
grúa Vehículo que levanta autos y los lleva de un punto a otro.
hallar *tr.* Encontrar.
hora corta Poco tiempo, rato breve.

coche patrulla

grúa

llave *f.* Instrumento de metal que se acomoda a una cerradura y que sirve para abrirla o cerrarla.
maletín del instrumental *m.* Bolso de instrumentos que llevan los médicos.
manifestar *tr.* Decir.
multa Sanción que pone la policía por una infracción.
piso Apartamento.
polémico/polémica *adj.* Problemática.
por las cercanías Cerca.
por los alrededores Por el vecindario, por el barrio.
recurrido/recurrida *adj.* Llevado (un caso, una petición) delante del juez para considerar el caso otra vez.
señor de la ejecutiva *m.* Jefe de la oficina.
sitio Lugar, localidad.
vacío/vacía *adj.* Vacante, desocupado.

llaves

maletín del instrumental

multa

¡A LEER!

A. ¿Qué pasó? ¿Cuáles fueron los acontecimientos importantes en el caso del doctor? Lee el artículo y, al lado de cada párrafo, escribe notas con los detalles más importantes.

Desventuras de un médico tras el coche que le llevó la grúa

Madrid, Isabel Montejano

El «Vuelva usted mañana» de Mariano José de Larra se ha convertido en esta ocasión en «vuelva usted dentro de tres días» para el doctor Agustín Cabezas Gutiérrez, pese a sus esfuerzos y buenas intenciones de pagarlo todo, para llevarse el coche del depósito donde lo había llevado la polémica grúa.

El doctor se había ido al cine con su esposa y había dejado su vehículo mal estacionado, lo que reconoce. Cuando volvieron y se encontraron con el sitio vacío, averiguaron por los alrededores que la grúa había pasado por las cercanías, lo cual, en medio del desastre, fue un alivio, «ya que tenía dentro un paquete y las llaves del piso». Al informarse por teléfono que se hallaba en el depósito de Cuatro Caminos, tomaron un taxi y el matrimonio se las prometía muy felices, porque pensaban que, entre unas cosas y otras, en una hora corta estarían en casa.

Pero... por obra y gracia de la burocracia, sus ilusiones se derrumbaron. En el depósito ya no estaba el señor de la ejecutiva y como tenían dos multas por pagar —aunque una de ellas estaba recurrida—, lo que suponía 5.000 pesetas, además de los gastos del arrastre, y «este señor no se encuentra allí ni festivos ni domingos», hasta el lunes no podían llevarse el coche. El doctor manifestó entonces que él estaba dispuesto a pagar lo que fuera e insistió en que llevaba en el vehículo las llaves de casa. Pero nada de nada.

Fue entonces cuando el doctor manifestó: «¿Y si llevara dentro el maletín del instrumental y tuviese que operar con urgencia a un paciente?» Ése era su problema. Agustín Cabezas se lo pensó y se fue a denunciar el caso a la Comisaría de Tetuán, desde donde habló telefónicamente con el Juzgado de Guardia, consiguiéndose orden para que le entregasen el paquete y las llaves. Cuando regresaron al depósito de Cuatro Caminos les entregaron los objetos y les quisieron llevar a casa en un coche de la Policía Municipal, a lo que no accedieron «por no parecerles correcto utilizar un coche patrulla para estas cosas particulares».

B. Comprensión. Ahora, lee el artículo otra vez y contesta las preguntas siguientes brevemente en español.

1. ¿Qué pasó con el coche del doctor Agustín Cabezas? ¿Por qué?

_____

_____

2. ¿Adónde fue el doctor con su esposa?

_____

3. ¿Qué tenía dentro del coche?

_____

4. ¿Adónde fueron para recoger el vehículo?

_____

5. ¿Cuántas multas ya tenía por pagar el doctor?

_____

6. ¿Por qué no pudieron llevarse el coche hasta el lunes?

_____

_____

7. ¿Con quién tuvieron que hablar para poder sacar los objetos del coche?

_____

_____

8. ¿Por qué no quisieron que la Policía Municipal los llevara a casa?

_____

_____

DESPUÉS DE LEER

A. La polémica de la grúa. ¿Has tenido problemas con grúas o con algún depósito de coches? Escribe un párrafo que explique lo que pasó cuando la grúa se te llevó el auto o el auto de alguien que conoces. Usa las preguntas siguientes como guía.

*   ¿Cuándo y dónde ocurrió?
*   ¿Cuánto tiempo tardó en solucionarse el problema?
*   ¿Qué problemas tuviste (o tuvo) para recuperar el auto?
*   ¿Quién pagó la multa? ¿Cuánto costó?

B. Mafalda. Parece que el Dr. Cabezas y la gente que observa Mafalda tienen algo en común. Después de leer el chiste, comenten, en parejas, los eventos observados por Mafalda y hablen sobre «uno de esos días» que hayan tenido recientemente.

Mafalda, «Uno de esos días»

C. Privilegios. ¿Debe haber la misma ley para todos? Muchos oficiales del gobierno a veces parecen estar fuera del alcance de la ley cuando cometen delitos o infracciones. En parejas...

- decidan si se debe privilegiar a ciertos grupos de personas (como médicos, embajadores, políticos, policías, gente rica, etc.).
- hablen sobre qué tipos de privilegios deben tener estos grupos.
- compartan la información con los demás grupos de la clase.

Aquí se vende Año cero y Muy interesante

TERCERA ETAPA: Fundación

FUNCIONES

PRIMERA FUNCIÓN: Cómo hablar de acciones terminadas en el pasado, usando el pluscuamperfecto de indicativo (*Yo ya había estudiado...*)

The past perfect indicative is used to describe actions that had happened before a given time in the past.

A. En aquel entonces. En esta actividad, van a contar sus experiencias en el pasado. En parejas, expliquen qué habían hecho antes de los momentos siguientes.

■ **Ejemplo:** Hasta el año pasado...

*Hasta el año pasado, todavía no **había manejado** un auto.*

1. Hasta el año pasado, todavía no...
2. Antes de cumplir los dieciséis años, ya...
3. Hasta el semestre/trimestre pasado, todavía no...
4. Cuando llegué a clase hoy, ya...
5. Cuando empecé a estudiar en la universidad, ya...
6. Al graduarme de la escuela preparatoria, ya...
7. El año pasado, aún no...
8. Cuando era niño/niña, no...

B. Antes de ir a la universidad. ¿Qué habían hecho antes de comenzar su primer año de estudios en la universidad? En parejas, hagan preguntas sobre las actividades siguientes y contéstenlas.

En la Universidad Complutense de Madrid

OBJETIVOS:

In this *etapa,* you will . . .

■ talk about events that occurred prior to a given point in the past.

■ talk about hypothetical conditions in the past.

■ make statements of emotion, value judgment, and nonspecific entities and events that took place in the past.

Cultura en acción: While working on the *Tercera etapa,* . . .

• study the chapter vocabulary outside of class by using your textbook and your *Diccionario personal,* preparing flash cards, and/or practicing with a partner.

• check the appropriateness and accuracy of language.

• focus on the concepts presented in this and previous chapters.

• look for examples of *si* clauses and the past perfect in your readings and incorporate these structures in your letters. On the day of the *Cultura en acción,* you should react to classmates' presentations, as, for example: *Si yo hubiera encontrado el Chupacabras, habría...*

Repaso: Before beginning the following activities, study the *Repaso de gramática* on pages 313–315 of your textbook and complete the corresponding *Práctica de estructuras* on pages 260–266 of the ***Diario de actividades.***

■ **Ejemplo:** vivir en esta ciudad

> Estudiante 1: *¿**Habías vivido** en esta ciudad antes de venir a la universidad?*
>
> Estudiante 2: *Sí, **había vivido** aquí toda mi vida.*

1. ver una película extranjera
2. comer en un restaurante italiano
3. conocer a una persona de otro país
4. estudiar toda la noche
5. ir a un país de habla española
6. vivir aparte de tu familia / tus amigos

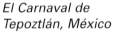

SEGUNDA FUNCIÓN: **Cómo hablar de circunstancias hipotéticas en el pasado, usando el pluscuamperfecto de subjuntivo** *(Si yo hubiera estudiado...)*

The past perfect subjunctive is used to describe hypothetical situations in the past. It is often used in clauses beginning with *si*. It is also used in expressions of emotion and value judgment and nonspecific entities and events.

A. ¿Cómo habrían reaccionado? Ahora que se sabe lo que pasó, es muy fácil recomendar una medida a seguir. En parejas...

● lean las situaciones siguientes.
● recomienden medidas a seguir.

El Carnaval de Tepoztlán, México

■ **Ejemplo**: Habríamos ido al Carnaval de Tepoztlán si...

Estudiante 1: *Habríamos ido al Carnaval de Tepoztlán si* ***hubiéramos tenido*** *más tiempo.*

Estudiante 2: *Habríamos ido al Carnaval de Tepoztlán si no* ***se hubiera celebrado*** *en febrero.*

1. Habríamos comprado el periódico si...
2. Habríamos ido a la fiesta si...
3. Habríamos estudiado más si...
4. No habríamos comido ensalada si...
5. No habríamos ofrecido hacerlo si...
6. No habríamos pedido prestado el auto si...

B. ¡Sorpresa! El mundo está lleno de sorpresas, ¿no? En parejas...

- mencionen tres cosas (cada uno) que les sorprendieran positiva o negativamente.
- usen una variedad de expresiones de sorpresa, según las indicaciones.

■ **Ejemplo**: *Me sorprendió que algunos atletas* ***hubieran dejado*** *la universidad para convertirse en atletas profesionales.*

1. Me sorpendió que...
2. Me pareció increíble que...
3. Quedé muy impresionado/ impresionada que...
4. Nunca pensé que...
5. Jamás me imaginé que...
6. Me asombró que...

TERCERA FUNCIÓN: **Cómo hablar de lo que habrías hecho en ciertas circunstancias, usando el modo potencial compuesto** *(Yo habría estudiado...)*

The conditional perfect is used to tell what you would have done under certain circumstances or conditions in the past.

A. Si fuéramos diferentes... Casi todo el mundo quiere cambiar sus propias circunstancias de vez en cuando. En parejas, comenten sus circunstancias y los cambios que habrían hecho.

■ **Ejemplo**: *Si yo hubiera nacido rico/rica,* ***habría comprado*** *un chalet en Colorado.*

1. Si yo hubiera ganado la lotería...
2. Si no me hubiera matriculado en esta universidad...
3. Si me hubiera especializado en otra materia...
4. Si yo hubiera viajado a _____...
5. Si yo hubiera nacido en _____...
6. Si yo hubiera comprado _____...
7. Si yo hubiera sabido _____...

B. ¿Qué opinan de esto? Alicia y Sara son compañeras de cuarto. Tuvieron una fiesta anoche en su apartamento y ahora todo está desordenado. En parejas...

- estudien el dibujo.
- formen cinco oraciones completas para explicar lo que habría ocurrido en otras circunstancias.

■ **Ejemplo:** *Si hubieran invitado a menos personas, no **habrían tenido** que limpiar tanto.*

CUARTA ETAPA: Expresión

EL MUNDO DE LA LITERATURA:
«La muerte»
por Ricardo Conde

ANTES DE LEER

A. La realidad virtual. El mundo que nos rodea se convierte en «ilusión» cuando las computadoras lo presentan como realidad virtual. Hoy en día hay lentes, aparatos y tecnología que han sido diseñados para transformar la experiencia perceptiva de la persona que los usa. En grupos pequeños, contesten las preguntas siguientes.

1. ¿Pasan ustedes horas jugando con los juegos de computadora?
2. ¿Pueden ser adictivos los juegos? ¿Por qué?
3. ¿Han experimentado ustedes la realidad virtual? ¿Dónde? ¿Cómo reaccionaron?
4. ¿Recomendarían ustedes la realidad virtual a otros estudiantes? ¿Por qué?

B. Términos literarios. En este capítulo van a leer un cuento interesante, «La muerte», del escritor español Ricardo Conde. Antes de leer el cuento, vamos a examinar el concepto de la **realidad** en un texto literario.

Términos literarios

No hay una sola realidad asociada con un texto literario. Cualquier texto literario incorpora un sinfín de realidades porque cada lector experimenta el texto a través de sus propias experiencias. La lista siguiente de ejemplos ofrece algunas de las muchas características del lector que dan forma a un texto literario.

- **Edad.** A los niños les gusta el libro *Alicia en el país de las maravillas*; los adultos entienden el cuento a un nivel más profundo.
- **Personalidad.** Una persona introvertida y una persona extrovertida pueden responder de maneras opuestas al mismo poema.
- **Otros textos que ha leído.** Un individuo que lee muchos cuentos policiales puede adivinar fácilmente el clímax y el desenlace.
- **Conocimiento de otra(s) cultura(s).** Una persona que ha viajado o que ha vivido en el extranjero puede entender mejor algunos de los conceptos culturales y las costumbres que se mencionan en un cuento.

OBJETIVOS:

In this *etapa*, you will . . .

■ study the concept of reality in literary works.

■ identify various reader influences on literary works.

Cultura en acción: While working on this *etapa*, . . .

- find other examples of persuasive letters as you research your topics for the *Cultura en acción*.
- write a persuasive letter to a talk-show host about a strange experience that happened to you.
- submit your letter and prepare to present your story during the *Cultura en acción*.

Repaso: Before beginning this *etapa*, review the information about narration on pages 62 and 103 of your textbook.

- **Conocimiento de la historia.** Una persona que conoce los sucesos históricos de una época comprende la influencia de ésos en los personajes históricos.
- **Relaciones con otras personas.** Un individuo que ha estado enamorado siente más fuertemente las emociones de una novela romántica.
- **Experiencias personales.** La realidad del mundo que nos rodea es diferente para las distintas personas que viven en él.

Mientras leas el cuento «La muerte», piensa en tus propias experiencias e intenta determinar cómo influyen sobre el cuento.

Perspectiva

Ricardo Conde

Ricardo Conde (1946–) nació en Valencia, una ciudad en la costa mediterránea de España. Conde cursó estudios universitarios y dedicó sus talentos a la ingeniería eléctrica y la computación. Estas experiencias proveen la inspiración para sus cuentos futurísticos. Ahora, Conde reside en Estados Unidos, donde escribe cuentos y poesía y practica la fotografía.

Pequeño diccionario. El cuento «La muerte» contiene palabras y frases especializadas. Antes de leer el pasaje y hacer las actividades...

- estudia el *Pequeño diccionario*.
- busca las palabras en el texto.
- escribe una oración original en tu *Diccionario personal* con cada palabra o frase.
- lee el pasaje y escribe una lista de palabras que no conozcas.
- busca el significado de esas palabras en tu diccionario.

agujero Abertura más o menos redonda.
cosquilleo Sensación producida sobre ciertas partes del cuerpo, como las costillas; una sucesión rápida de toques ligeros.
en aras de En honor de.
gallardo/gallarda *adj.* Elegante, agraciado.
lugubrez *f.* Tristeza, melancolía.

matiz *m.* Tono o gradación de color.
mugriento/mugrienta *adj.* Lleno de grasa o suciedad.
pecaminoso/pecaminosa *adj.* Contaminado por transgresión voluntaria contra la ley de Dios; inmoral.
techado/techada *adj.* Cubierto.

¡A LEER!

A. La trama. Lean el cuento por primera vez. En grupos pequeños...

- dividan el cuento en secciones y estudien la sección asignada.
- usen las *Preguntas de orientación* como una guía de lectura.
- contesten las preguntas para comprobar su comprensión del texto.

B. Elementos básicos. En grupos pequeños, identifiquen y describan los elementos literarios siguientes.

1. el escenario
2. los personajes
3. el narrador
4. el punto de vista
5. la descripción
6. el tono

Preguntas de orientación

1. ¿Cuál era la condición física de Juan Gutiérrez? ¿Por qué?
2. ¿Cómo era su «realidad»?
3. ¿Qué ocurrió un día?
4. ¿Cuánto tiempo hacía que no salía Juan de su cuarto?
5. ¿Qué creía que le había pasado? ¿Por qué?
6. ¿Qué hizo Juan?
7. ¿Qué esperaba?
8. ¿Cómo reconocía a la muerte?
9. ¿Cuáles eran las sensaciones que experimentaba?
10. ¿Qué tipo de equipo usaba Juan?
11. ¿Cómo era su cuarto comparado con la ilusión *virtual* que había tenido?
12. ¿Qué se veía desde el agujero en la pared? ¿Cuáles eran las sensaciones que experimentaba por primera vez?
13. ¿Cómo contrastaba esto con su mundo *virtual*?
14. ¿Qué decisión tomó Juan?
15. ¿Por qué dijo Juan que quería estar muerto?

La muerte

por Ricardo Conde

Juan Gutiérrez, joven gallardo, delgado, flaco, de piel blanca como leche porque nunca vio el sol, pasaba sus días y noches conectado a su ciberespacio, ese mundo enorme de realidad virtual que alimentaba sus ojos y alma por el día y lo llenaba de placer pecaminoso por la noche en aras de la perfecta cibermujer.

Un día pasó lo que no había pasado antes. Hubo una gran explosión al otro lado de la habitación que él comunaba y de la cual nunca había salido en su efímera vida de sólo veinte años. La oscuridad era completa. Dejó de tener sensaciones. No tenía ni calor ni frío ni sentía pena ni alegría. No sentía nada. De repente, por primera vez en su vida experimentaba una sensación que nunca había sentido. Por referencia no tardó mucho en darse cuenta que esta sensación era de miedo... temía que eso fuera lo que en términos *virtuales* era la muerte. Y pensó— «No es tan malo».

Así pasó el tiempo, inmóvil, tratando de sentir y apreciar aquellos sentimientos de miedo y muerte de su cuerpo terrenal. Esos sentimientos que eran propios y no generados por la silicona. Esperaba lo que pronto empezaría y estaba atento para experimentar todas las sensaciones cuando su ser se separara de su cuerpo mortal. Lo sabía porque ya lo había experimentado en su muerte *virtual*.

Esperó y esperó y nada ocurrió. Por fin la sensación de miedo ya había desaparecido y sólo quedaba la quietud. El silencio y la oscuridad le molestaban. Pensó que ya había muerto y que tenía que estar postrado por eternidad. No se sentía nada mal. Decidió hacer lo mejor de lo que tenía. Se sorprendió cuando movió una mano y se quitó su guante y pareció como si lo hubiera quitado de verdad. Alcanzó por sus gafas *virtuales* y se dijo— «Ya hace tiempo que quería quitarlas».

Abrió sus ojos y una habitación gris mugrienta y llena de humo apareció delante de él, muy lejos de la estancia de lujo que siempre había visto a través de sus lentes. De un flanco de la habitación, la pared presentaba un gran agujero donde una intensa luz blanca se mezclaba de polvo y humo. Se levantó, o por lo menos creyó levantarse, y se asomó por la claridez. Delante de él había un mundo diferente, perfectamente tridimensional con millones de matices verdes, techado de celeste azul. Marrones, rojos y amarillos saltaban a sus ojos por dondequiera que miraba. En su existencia *virtual* no había experimentado ese cosquilleo en su piel que se llamaba viento entremezclado con el olor suave de tierra mojada. Todo en su mundo posterior, de los vivos, era fuerte, saturado y extremo.

Miró una vez atrás, vio la lugubrez de una habitación llena de monitores y aparatos electrónicos, miró hacia la luz, aspiró todo el aire que sus pulmones pudieron recoger y gritó con el rugido de un animal salvaje— «¡Quiero estar muerto!»

Saltó al verde del pasto y corriendo se perdió entre árboles y follaje para nunca ser visto jamás.

DESPUÉS DE LEER

A. La realidad y la «realidad». En el cuento «La muerte», el protagonista experimenta la «realidad *virtual*» y la «realidad verdadera». En grupos pequeños...

- cuenten algunas experiencias que han tenido en las cuales han experimentado la «realidad *virtual*».
- comenten si sabían que la «realidad *virtual*» no era la realidad verdadera. ¿Por qué?

B. Características de los lectores. Antes de leer «La muerte», estudiaron varias maneras en que las características personales del lector pueden afectar su lectura. En grupos pequeños...

- comenten cómo sus propias experiencias afectaron su lectura del cuento.
- compartan sus experiencias con los demás grupos.

C. La realidad *virtual*. La realidad *virtual* es la simulación de un ambiente, incluyendo gráficos tridimensionales, por medio de un sistema de computadoras que usa equipo y programas interactivos. El autor de «La muerte» utiliza palabras para crear una realidad *virtual* al lector. En grupos pequeños...

- revisen el cuento.
- busquen palabras y frases específicas que evoquen imágenes sensoriales.
- describan estas sensaciones.

La tierra mojada

Mosaico cultural

PROFESIONES Y OFICIOS:

Traditional and Nontraditional Professions

INTRODUCCIÓN

En los países de habla española, la creatividad y el esfuerzo por ganarse la vida se manifiestan en una gran diversidad de profesiones y oficios. El trabajo es una parte integral de la vida diaria en todos los niveles de la sociedad. Las horas de trabajo y el lugar en donde se trabaja varían según la actividad y la demanda que exista de ciertos servicios o productos.

Una maestra latina les enseña las matemáticas a sus alumnos.

ANTES DE VER

A. ¿Para qué profesiones estudian? Los estudiantes de las clases de español representan una multitud de futuras profesiones. En grupos pequeños...

- identifiquen las profesiones para las cuales están estudiando.
- expliquen la demanda para especialistas en estas profesiones.
- determinen las fuentes de satisfacción (y las desventajas) asociadas con estas profesiones.

B. Una profesión interesante. El artículo siguiente trata de una profesión artística, el ballet. En grupos pequeños...

- lean el artículo.
- comenten los aspectos siguientes del ballet: la motivación, las demandas, la satisfacción y las tentaciones.

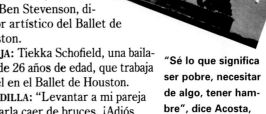

Con el mundo a sus pies

El bailarín cubano Carlos Acosta, de 26 años de edad, dio su primer salto a los 16 años, cuando acompañó a su maestro de baile a Italia como parte de un programa de intercambio. Siendo el menor de 11 hermanos, Acosta creció en los barrios pobres de La Habana, donde a los 9 años ingresó a la escuela de danza para aprovechar las comidas que se ofrecían a los alumnos. Desde entonces no ha vuelto a tener hambre. En 1990, viajó a Europa donde se "comió" a sus adversarios, logrando obtener cinco premios de baile, incluyendo el codiciado "Absolut Grand Prix" de Lausanne, Suiza. Desde 1993, Acosta ha sido un bailarín principal del Ballet de Houston y es considerado por Anna Kisselgoff, crítica de baile del New York Times, *como el "aparente heredero de Baryshnikov".*

PRIMERA PERSONA: "Antes de mi triunfo en Suiza, era un don nadie en Cuba y ahora, de repente, me estoy sacando fotos con la princesa Carolina de Mónaco".

COMENTARIO: "Carlos tiene la habilidad de hacer que todo parezca más fácil, tal y como lo hacía Baryshnikov", dice Ben Stevenson, director artístico del Ballet de Houston.

PAREJA: Tiekka Schofield, una bailarina de 26 años de edad, que trabaja con él en el Ballet de Houston.

PESADILLA: "Levantar a mi pareja y dejarla caer de bruces. ¡Adiós carrera!"

PASIONES SECRETAS: "El cine... y pasar toda la noche bailando salsa".

LO QUE VIENE: Protagonizar el papel principal en las producciones de Drácula y de Don Quijote para la próxima temporada del Ballet de Houston.

CAPRICHO: El año pasado, se compró un BMW 318 convertible, pero se sintió incómodo manejando un auto que costó más que su casa en La Habana. "Así que lo cambié por un BMW 325i más viejo. Es mucho mejor".

"Sé lo que significa ser pobre, necesitar de algo, tener hambre", dice Acosta, quien vive en Houston pero mantiene su nacionalidad cubana.

C. Pequeño diccionario. Antes de ver «Profesiones y oficios»...

- estudia el *Pequeño diccionario.*
- categoriza las palabras y frases de una manera lógica o da ejemplos de las palabras.
- escribe una oración original en tu *Diccionario personal* con cada palabra o frase.

afilador/afiladora Persona que saca filo a los cuchillos, dejándolos como nuevos.
billete *m.* Entrada a un espectáculo, cine, teatro, etc.
costurera Mujer que tiene por oficio coser.
disfrutar *tr.* Gozar, sentir placer.
fábrica Edificio donde se manufactura una cosa.
ganarse la vida *tr.* Mantenerse, pagar los costos de vivir.
hogar *m.* Casa o domicilio.

mecedora Silla de brazos cuyos pies descansan sobre dos arcos, en la que se mueve compasadamente para adelante y para atrás.

mecedora
nivel *m.* Grado.
peluquero/peluquera Persona que tiene por oficio peinar y cortar el pelo.
taller *m.* Lugar donde se hace un trabajo manual.

¡A VER!

A. Referencias. Este vídeo trata de profesiones y oficios típicos del mundo hispano. Mientras veas el vídeo, marca con una **X** los oficios y las profesiones observados.

_____ 1. abogado   _____ 8. licenciada

_____ 2. afilador   _____ 9. médico

_____ 3. camarero   _____ 10. músico

_____ 4. coleccionista   _____ 11. peluquero

_____ 5. costurera   _____ 12. primera dama

_____ 6. economista   _____ 13. programador

_____ 7. ginecólogo   _____ 14. vendedor

Una peluquería tradicional

B. ¿Con qué asocias los profesionales siguientes? Lee la lista de profesiones y oficios a la izquierda. Después, relaciona cada profesión con una de las características de la lista a la derecha.

_____ 1. programador   **a.** belleza

_____ 2. economista   **b.** negocios/economía

_____ 3. peluquero   **c.** salario

_____ 4. coleccionista   **d.** salud

_____ 5. abogada   **e.** leyes

_____ 6. camarero   **f.** computadora

_____ 7. médico   **g.** restaurante

_____ 8. vendedora de billetes **h.** insectos

_____ 9. empleado   **i.** lotería

DESPUÉS DE VER

A. Verdadero o falso. Según el vídeo, indica si las ideas siguientes son verdaderas (V) o falsas (F).

_____ **1.** Un coleccionista estudia siete años para aprender a identificar los insectos.

_____ **2.** Clasifica insectos para los museos.

_____ **3.** El doctor Carvajal Aguilar trabaja en la Ciudad de México.

_____ **4.** En un día típico, el doctor ve a quince pacientes.

_____ **5.** Ser primera dama es un puesto voluntario.

_____ **6.** A la primera dama le interesa la música.

_____ **7.** La administración de empresas requiere mucha actividad.

_____ **8.** Hay muy pocos turistas que se aprovechan de esta empresa.

_____ **9.** El camarero llega al restaurante al mediodía.

_____ **10.** La cena se sirve a partir de las 6:00.

_____ **11.** Cortar el pelo es un oficio limpio.

_____ **12.** El padre del peluquero le enseñó el oficio.

_____ **13.** El artesano de mecedoras trabaja con sus primos.

_____ **14.** Empezó a aprender este oficio cuando era niño.

_____ **15.** Los vendedores al aire libre muestran mucha creatividad.

_____ **16.** La mujer que vende billetes de lotería trabaja en tiendas pequeñas.

B. En su ciudad. ¿Cuáles son las profesiones y los oficios principales de la ciudad donde está su universidad? En grupos pequeños...

- hagan una lista de las cinco profesiones y los cinco oficios más importantes.
- describan la preparación que requiere cada uno.

C. El futuro de nuestro país. Se dice que los tipos de profesiones y los números de trabajadores van a cambiar mucho en el siglo XXI. En grupos pequeños...

- pronostiquen las profesiones y los oficios principales del siglo XXI.
- identifiquen las profesiones y los oficios que se van a desaparecer o declinar en importancia.
- defiendan sus pronósticos.

Enlace

A. Desventuras automovilísticas. Muchos estudiantes han experimentado desventuras relacionadas con sus autos. En grupos pequeños...

- determinen quiénes en el grupo han tenido una experiencia desagradable relacionada con sus autos (un choque, quedar sin gasolina, tener una llanta desinflada, etc.).
- mencionen amigos o conocidos que han sufrido desventuras.
- expliquen cómo las situaciones fueron resueltas.
- escriban una lista de consejos al público en general para que evite ese tipo de desventura.
- compartan su lista con las de los demás grupos.

B. Leyendas locales. En Nueva York, las leyendas sobre las ratas subterráneas abundan. En el medio oeste se oye hablar con frecuencia del «hombre del garfio». En grupos pequeños...

- relaten brevemente algunas leyendas de su localidad.
- elijan la leyenda más interesante.
- cuéntensela a los demás grupos.

C. Mascotas increíbles. En el *Diario de actividades,* han leído artículos sobre animales extraños, como el Chupacabras y las tortugas asesinas. Sin embargo, las mascotas también pueden ser ingeniosas y hasta heroicas. En grupos pequeños...

- cuenten los ingenios de una mascota interesante.
- escríbanle una carta al director / a la directora de noticias de su canal de televisión local que explique por qué debería tener una supermascota como atracción.

Una mujer española con su mascota

D. Revisión de composición. Ahora, van a revisar tus composiciones, enfocándose en el contenido, el vocabulario y la exactitud. En parejas...

- intercambien las composiciones y revísenlas, según los criterios siguientes.
- califiquen sus composiciones, según las indicaciones.

Escala

excelente	=	4 puntos
bueno	=	3 puntos
mediocre	=	2 puntos
malo	=	1 punto
inaceptable	=	0 puntos

Calificación de composiciones	
Contenido	
Introducción que llama la atención	_____
Organización lógica	_____
Ideas interesantes	_____
Transiciones adecuadas	_____
Conclusión firme	_____
Vocabulario	
Adjetivos descriptivos	_____
Verbos activos	_____
Uso adecuado de *ser* y *estar*	_____
Exactitud	
Concordancia entre sujeto/verbo	_____
Concordancia entre sustantivo/adjetivo	_____
Ortografía	_____
Puntuación	_____
Calificación global	_____

Calificación global

excelente	=	43–48 puntos
bueno	=	38–42 puntos
mediocre	=	33–37 puntos
malo	=	28–32 puntos
inaceptable	=	0–27 puntos

Cultura en acción

CASOS INCREÍBLES

TEMA: El tema de *Casos increíbles* les dará a ustedes la oportunidad de investigar, escuchar, escribir y hacer una presentación sobre algunos casos increíbles que aparecieron en las noticias. La lectura, la comprensión auditiva y la redacción servirán como puntos de partida para las presentaciones.

ESCENARIO: El escenario es un programa de televisión donde los participantes le presentarán y describirán sus casos increíbles al público.

MATERIALES

- Un mapa que indica dónde ocurrió el evento.
- Fotos o dibujos del evento.
- Artículos que dan evidencia de que el caso increíble ha ocurrido.

Un estudio de Canal 7 en San José, Costa Rica

GUÍA: Una simple lista de trabajos que cada persona tiene que desarrollar. Cada uno de ustedes tendrá una función.

- **Participantes.** Cada uno de ustedes tiene que enviar una carta que le exponga el caso al «director» / a la «directora» del programa (el instructor / la instructora). Esta persona elegirá de tres a seis participantes para el programa del día. Cada participante tiene que intentar convencer al público de que su evento realmente ocurrió.

- **Testigos.** Si el tiempo lo permite, cada participante puede traer «testigos» para corroborar el caso.

- **El anfitrión / La anfitriona.** El «anfitrión» / La «anfitriona» debe entrevistar a cada participante. Si hay seis participantes, el instructor / la instructora puede seleccionar a dos personas para hacer las entrevistas. Esto permitirá que cada persona entreviste a dos o tres participantes.

- **El locutor / La locutora.** El «locutor» / La «locutora» tiene que presentar a cada participante y hacerle una breve introducción. También debe hablarle al público, haciéndole algunas preguntas relacionadas con cada caso, haciéndole preguntas personales o contando chistes.

- **El público.** Todos los demás deben participar como espectadores.

EL PROGRAMA DE TELEVISIÓN:

El día de la actividad todos deben participar en arreglar la sala. Se debe arreglar el salón de clase con cinco o seis sillas delante de la clase para los participantes y las demás sillas como si fuera un programa de televisión. El «animador» o la «animadora» preparará a la audiencia, haciéndole preguntas, y después presentará a cada participante y a sus testigos. Ellos explicarán el caso mientras que el anfitrión / la anfitriona les haga preguntas, al mismo tiempo que invita la participación del público.

Cristina Saralegui, una anfitriona popular de la televisión latina

Vocabulario

«Denuncia a un niño... » y «Alpinistas colombianos... »

acudir   to come to someone's aid
acusar   to accuse
afirmar   to state, declare
asegurar   to affirm
atropellar   to knock down
cadena radiodifusora   broadcasting network
culpabilidad   guilt
declarar   to state, declare
equipo informativo   news team
esfuerzo   effort
hazaña   great or heroic deed
herida   wound
lograr   to manage *(to do something); to achieve*
notificación
ocasionar   to cause
pago   payment
peatón/peatona   pedestrian
periodista *m./f.*   journalist, reporter
presentarse   to appear *(in court)*
reclamar   to demand *(payment)*
residir   to live, reside
riesgo   risk
sorprenderse   to be surprised
transeúnte *m./f.*   passer-by
víctima
vista oral   court hearing

El periódico

anunciar   to announce, advertise
anuncios clasificados   classified ads
bolsa de valores   stock exchange
canal *m.*   channel
carta al director   letter to the editor
ciencia   science reports
consejo   advice; *pl.* advice column
defunciones/esquelas *f. pl.*   deaths, obituaries
deportes *m. pl.*   sports
economía   business
efemérides *f. pl.*   historical dates
espectáculos   entertainment section

horóscopo
locutor/locutora   announcer
nacimientos   births
noticias internacionales   international news
noticias nacionales   national news
opinión   editorial column
publicar
reportero/reportera
sociedad   society column
sucesos   current events, happenings
tiempo   weather
tiras cómicas   comic strips
titular *m.*   headline
toros   bullfights

La política y la economía

analizar
consecuencia grave   serious consequence
consumidor/consumidora
corrupción
crisis *f.*
cumplir   to accomplish
defraudar
desempleo   unemployment
deuda pública   public debt
dirigente *m./f.*   leader, head
elaborar
elección
empresa   business
escándalo
establecer
estar en paro, desempleado/desempleada   to be unemployed
favorecer
financiar
inflación
miembro del comité
negociar
plan *m.*
político/política   politician
recuperar   to recover
sindicato   labor union
superar   to overcome

Noticias internacionales

activista *m./f.*
confirmar
conflicto
enfrentarse   to face, confront
guerra   war
huelga   strike
líder *m./f.*   head of government, political party, union, or organization
manifestación   demonstration, protest march
multinacional *f.*   multinational corporation
paz *f.*   peace
población   population
protestar
rechazar   to refuse, reject
terrorismo
votar
voto

PERSPECTIVA LINGÜÍSTICA
Word order

In *Capítulo 1,* you studied the formation of questions, and in *Capítulo 3,* you studied the use of the direct object marker *a* and the location of object pronouns. These two chapters should have provided you with some ideas about the flexibility of Spanish word order within sentences. Compared to English, Spanish word order is much more flexible. The following sentences demonstrate this flexibility.

* *El joven experimentó la sensación del viento en la piel por primera vez.*
* *En la piel, el joven experimentó la sensación del viento por primera vez.*
* *Por primera vez, el joven experimentó la sensación del viento en la piel.*
* *El joven por primera vez experimentó la sensación del viento en la piel.*
* *Experimentó por primera vez el joven la sensación del viento en la piel.*

Some of these sentences are rather literary in style; they wouldn't be used in everyday speech. Nevertheless, what is important to observe in the examples are the "blocks" of words or phrases that go together.

> *el joven / experimentó / la sensación del viento / en la piel / por primera vez*

The word order within the various chunks is NOT flexible. The following section offers some guidelines on maintaining the integrity of chunks of language.

ADJECTIVES

Descriptive adjectives generally follow the nouns that they modify.

> *Al joven le gustaba el equipo **electrónico**.*

However, descriptive adjectives may precede their noun to effect a certain style or to change or intensify its meaning.

> *Le pasó un **tremendo** susto.*

Articles always precede the nouns that they modify.

> ***La** realidad virtual es **un** concepto reciente.*

Limiting adjectives (possessives, demonstratives, numbers) precede their respective nouns.

> *Hubo una explosión en **su** casa.*

> ***Ese** lugar está hecho un desastre.*

> *Hay **doce** personas en la clase de español.*

PREPOSITIONAL PHRASES

Prepositional phrases always begin with a preposition.

> ***Por primera vez** experimentó la sensación.*

NEGATIVE EXPRESSIONS

In negative expressions, the negative word may precede the verb or follow it (if *no* precedes the verb).

> **Nadie** vino a la reunión.

> **No** vino **nadie** a la reunión.

PERSPECTIVA GRAMATICAL

Past perfect indicative

Recuerda: Don't forget to review the irregular past participles on page 277 of your textbook.

The **past perfect indicative** or **pluperfect (pluscuamperfecto)** indicates a past action that occurred before a particular point in the past. It is used to describe actions or events that took place before another action or event in the past. The event that happened further into the past is expressed with the past perfect indicative. The more recent past event is usually expressed with the imperfect or preterite.

> Cuando el médico llegó, la grúa ya se **había llevado** su auto.

> Cuando tú hacías las compras de Navidad, yo todavía no **había pagado** las deudas del año anterior.

The past perfect is a compound tense formed by the imperfect of *haber* + past participle. The following chart provides examples of the formation of this tense.

Past perfect indicative			
-ar: estudiar	*-er: entender*	*-ir: insistir*	*reflexivo: irse*
había estudiado	había entendido	había insistido	me había ido
habías estudiado	habías entendido	habías insistido	te habías ido
había estudiado	había entendido	había insistido	se había ido
habíamos estudiado	habíamos entendido	habíamos insistido	nos habíamos ido
habíais estudiado	habíais entendido	habíais insistido	os habíais ido
habían estudiado	habían entendido	habían insistido	se habían ido

Past perfect subjunctive

The **past perfect subjunctive** follows the patterns for expressing the subjunctive in cause-and-effect relationships, nonspecific entities and events, emotional reactions and value judgments, and hypothetical situations. The past perfect subjunctive is used when the action of the verb in the subordinate clause occurred prior to the action in the main clause of the sentence. Usually, the verb in the main clause is in the imperfect or the preterite, although there are no absolute rules. Study the following examples.

> No había nadie en la clase que **hubiera oído** del chupacabras.

> Nos sorprendió que los vendedores no **hubieran preparado** sus quioscos.

> Griselle me miraba como si la **hubiera insultado.**

The past perfect subjunctive is formed by the imperfect subjunctive of *haber* + the past participle.

Past perfect subjunctive			
-ar: estudiar	*-er: entender*	*-ir: insistir*	*reflexivo: irse*
hubiera estudiado	hubiera entendido	hubiera insistido	me hubiera ido
hubieras estudiado	hubieras entendido	hubieras insistido	te hubieras ido
hubiera estudiado	hubiera entendido	hubiera insistido	se hubiera ido
hubiéramos estudiado	hubiéramos entendido	hubiéramos insistido	nos hubiéramos ido
hubierais estudiado	hubierais entendido	hubierais insistido	os hubierais ido
hubieran estudiado	hubieran entendido	hubieran insistido	se hubieran ido

Conditional perfect

The **conditional perfect** is frequently combined with the past perfect subjunctive in sentences that include *si* clauses expressing contrary-to-fact situations in the past. In the following examples, notice that the main clause is in the conditional perfect and that the *si* clause is in the past perfect subjunctive.

> *Si hubiéramos invertido nuestro dinero, **nos habríamos hecho** millonarios.*

> *Si ustedes hubieran salido a tiempo, no **se habrían perdido** el desfile.*

The order of the clauses may be reversed, as in these examples.

> ***Nos habríamos hecho** millonarios si hubiéramos invertido nuestro dinero.*

> *No **se habrían perdido** el desfile si ustedes hubieran salido a tiempo.*

The conditional perfect is formed by the conditional of *haber* + the past participle.

Conditional perfect			
-ar: estudiar	*-er: entender*	*-ir: insistir*	*reflexivo: irse*
habría estudiado	habría entendido	habría insistido	me habría ido
habrías estudiado	habrías entendido	habrías insistido	te habrías ido
habría estudiado	habría entendido	habría insistido	se habría ido
habríamos estudiado	habríamos entendido	habríamos insistido	nos habríamos ido
habríais estudiado	habríais entendido	habríais insistido	os habríais ido
habrían estudiado	habrían entendido	habrían insistido	se habrían ido

Develop writing skills
with *Atajo* software

www Explore!
http://depaseo.heinle.com

Discover the Hispanic world
with *Mosaico cultural*

Celebrar la Pascua Florida

*Festival de Inti Raymi, el dios del
sol de los incas, Cuzco, Perú*

Romería de la Virgen del Rocío, España

*Festival de Puno
Candelaria, Perú*

9

FIESTAS Y TRADICIONES

Fiesta de la Virgen de Guadalupe, México

PRIMERA ETAPA: Preparación

INTRODUCCIÓN

Festejos y diversiones. Los festejos y las diversiones son muy populares entre los hispanos. En los estados de California, Texas y Florida, la gente prefiere los meses de marzo y abril para realizar estos acontecimientos. Desde el Carnaval de Miami hasta la Fiesta de San Antonio en Texas, como también en el resto del mundo hispano, la mayoría de la gente se reúne para llevar a cabo fiestas étnicas, exhibiciones de arte, bailes e innumerables presentaciones musicales. En este capítulo, vamos a hablar de algunas fiestas, festivales y celebraciones tradicionales que se celebran en los diferentes países hispanos.

VOCABULARIO EN ACCIÓN: «CELEBRACIONES EN EL MUNDO HISPANO»

Sugerencias para aprender el vocabulario

Los superlativos. If you wish to stress an adjective in English, you can include the words **very** or **extremely**. In Spanish, the superlative endings *-ísimo* or *-ísima* serve a similar function. The construction is quite simple. If the adjective ends in a consonant, you simply add *-ísimo/-ísima* to the end of the singular form and any accents on the word stem are dropped. For example, *frágil → fragilísimo*. If the adjective ends in a vowel, you must drop the final vowel and add *-ísimo/-ísima*. For example, *bello → bellísimo*. Spelling changes occur when the final consonant of an adjective is *c, g,* or *z: riquísimo, larguísimo, felicísimo*. As you read the following sentence, notice that the suffix changes its form to agree in number and gender with the noun modified: *Mi hermana compró un libro interesantísimo sobre fiestas y tradiciones.*

A. A practicar. Cambia cada palabra a su forma superlativa. Después, elige cinco de estas palabras y úsalas en oraciones completas.

grande _____   mucho _____
rica _____   cansado _____
guapa _____   simpática _____
bueno _____   rápido _____
difícil _____   barato _____

1. _____
_____

OBJETIVOS:

In this *etapa,* you will . . .

■ learn to recognize and use superlatives.

■ learn about various celebrations in the Spanish-speaking world.

■ use the chapter vocabulary accurately to discuss religious, national, and traditional family celebrations.

Cultura en acción: While you are working on the *Primera etapa* in the textbook and ***Diario de actividades,*** . . .

• prepare for a festival, using costumes, songs, and food.

• use the activities as a point of departure and select a festival from among those mentioned in the *Vocabulario en acción* or other celebrations from Spanish-speaking countries (*romerías, Hogueras de San Juan, Feria de Sevilla, Carnaval,* etc.).

• check the Internet and the library for additional information.

¡OJO! Some adjectives do not take *-ísimo/-ísima* endings. They include:

• those ending in *-í, -uo, -io,* or *-eo* (example: *rubio*).

• words stressed on the third-to-last syllable (example: *político*).

• augmentatives, diminutives, and comparatives (example: *mayor*).

• compound adjectives (example: *pelirrojo*).

• many adjectives of more than three syllables ending in *-ble* (example: *inexplicable*).

2. _____
_____

3. _____
_____

4. _____
_____

5. _____
_____

B. En el periódico. Encuentra algunos ejemplos de los superlativos en «Celebraciones en el mundo hispano» en la página 320 y subráyalos.

C. Mi diccionario personal. Ahora vas a leer un resumen de los diferentes tipos de celebraciones que hay en el mundo hispano. Mientras leas el resumen y hagas las actividades...

- escribe las palabras y frases en cursiva en el *Diccionario personal* de tu cuaderno.
- busca en tu diccionario los significados de las palabras que no conozcas.
- forma una oración original con cada palabra o frase.

Semana Santa en Zunil, Guatemala

Celebraciones en el mundo hispano

La palabra *fiesta* proviene del latín *festa* y significa *alegría* o *diversión*, la cual se puede aplicar a *celebraciones religiosas* o *seculares*. Aunque es difícil *agrupar* todas las celebraciones que hay en el mundo hispano en categorías bien definidas, en este capítulo vas a aprender sobre cuatro tipos de fiesta:

- las que se celebran con motivo religioso;
- las que celebran un *acontecimiento* nacional o histórico;
- las que vienen de una tradición popular y
- las que *conmemoran* eventos sociales.

En Estados Unidos, cuando se piensa en celebraciones religiosas, las que se nos *vienen a la mente* normalmente son las fiestas navideñas o las de la Pascua Florida. En muchos países se celebra la Semana Santa una semana antes de la Pascua Florida. La Semana Santa de Sevilla, España, es conocida mundialmente por sus *procesiones solemnes*. En estas procesiones hombres y mujeres llevan *pasos* por las calles de la ciudad a hombros con estatuas religiosas que representan la vida y muerte de Jesús.

Semana Santa, Arcos de la Frontera, España

En México, las Posadas se celebran en todas las ciudades y los pueblos. Conmemorando el viaje de María y José a Belén, la gente va de casa en casa cantando *villancicos*, pidiendo *posada* o buscando una habitación para descansar.

Después, hay fiestas con *cena, baile* y *juegos*, como el de romper las *piñatas*.

Pasos de la Sagrada Familia, Oaxaca, México

Otras fiestas religiosas son el Día de los Reyes Magos y las fiestas patronales cuyo santo o virgen protege el barrio, el pueblo o la ciudad, como el Día de San José de Valencia o el de la Virgen de Guadalupe de México. Hay otras fiestas que vienen del antiguo calendario ritual agrícola de los indígenas y *enlazan* los ciclos festivos de la *cosecha* con las celebraciones cristianas. Las danzas que se presentan en el Ballet Folklórico de México representan la *mezcla* de las tradiciones indígenas con las tradiciones católicas.

Fiesta de enero, Chiapa de Corso, México

Ernest Hemingway, el famoso novelista estadounidense, explicó en su obra *The Sun Also Rises* la fiesta de San Fermín que va del 7 hasta el 14 de julio en Pamplona. Allí, los gigantes y *cabezudos*, o cabezas grandes, salen cada mañana por las calles. Por la tarde hay *encierros* donde toros, hombres y mujeres comparten la misma carrera por la ciudad.

Desfile de los gigantes, Pamplona, España

Entre los festivales nacionales, en las Américas, uno que se considera importantísimo es el del Día de la Independencia. Cada país tiene una fecha que *conmemora* una batalla o un evento que permitió la independencia de España. Colombia, por ejemplo, tiene su celebración nacional el 20 de julio. En México, el 16 de septiembre de 1810 el Padre Hidalgo liberó a los prisioneros de la cárcel de Dolores, y encarceló a los españoles ricos del pueblito.

Cuando la gente común se reunió en la iglesia, Hidalgo los impresionó con las palabras que se convirtieron en el *lema* de la independencia mexicana, el Grito de Dolores, «Mexicanos, ¡viva México!». Hoy se celebra esta fecha con fiestas en la calle, *desfiles* y un plato típico. Los chiles en nogada, por sus colores rojo, blanco y verde, representan la bandera mexicana.

Los chiles en nogada

Hay celebraciones que vienen de una tradición popular, como las Fallas de Valencia que van del 15 al 19 de marzo. En las calles se construyen centenares de *monumentos* grandísimos de cartón y madera de carácter satírico por toda la ciudad. Se queman estas fallas el último día de la fiesta.

Las Fallas de Valencia, España

El Carnaval es una celebración callejera que ocurre alrededor de cuarenta días antes de la Semana Santa. Las personas *se disfrazan* con trajes elegantísimos y van en *carrozas* o a pie por las calles de la ciudad, cantando y bailando.

El Carnaval, Cádiz, España

Por último, hay *celebraciones familiares y sociales. Las fiestas de cumpleaños, despedidas de solteras y de solteros y bodas* son típicas en casi todos los países. También las chicas celebran la fiesta de la *quinceañera,* evento que marca la transición de la *niñez* a la *juventud.* No menos importantes son el día del santo, que honra el *santo patrón* del nombre de la persona, el día de la madre, el día del padre, el *Día de los Enamorados* y el *Día de la Amistad.*

Una bella quinceañera baila el primer vals con su padre.

A. ¿Qué fiestas celebras? En el *Calendario de Fiestas Populares de México* se encuentran alrededor de 10.000 celebraciones anuales en el país. ¿Celebramos tantas fiestas en Estados Unidos? En parejas...

- escriban una lista de fiestas o celebraciones sociales, religiosas y nacionales que se celebran en Estados Unidos.
- indiquen cuáles de estas fiestas se conmemoran en sus familias.

Celebraciones sociales	Celebraciones religiosas	Celebraciones nacionales
cumpleaños	Ramadán	Día de la Independencia

B. En el extranjero. En algunos países de América Latina, se están empezando a celebrar algunas fiestas nacionales estadounidenses como el Día de Acción de Gracias. En parejas...

- cuenten cómo se celebra el Día de Acción de Gracias en sus casas.
- lean el anuncio en la página siguiente usando las *Preguntas de orientación* como guía. Después, comparen sus propias celebraciones del Día de Acción de Gracias con la celebración descrita en el anuncio.

C. ¿Sí o no? En parejas, decidan qué fiestas nacionales que se celebran en Estados Unidos merecen la pena.

- ¿Son divertidas?
- ¿Son demasiado comerciales?
- ¿Sólo tienen importancia porque son días feriados y no hay que ir al trabajo o a las clases?

Thanksgiving Day

CAMINO REAL SAN SALVADOR

Menú Especial

- Cóctel champagne
- Crema de almejas
- Ensalada Waldorf
- Filete y barra de queso
- Pavo al horno y salsa de arándano
- Jamón Virginia con salsa de piña y cereza
- Costilla de cerdo con salsa de barbacoa
- Camote y bróculi
- Pastel de calabaza
- Pastel de queso

Reservaciones a los teléfonos: 23-3344 y 23-5790

Celebre Thanksgiving Day con la Familia Camino Real

Hotel Camino Real le invita con su familia a celebrar con nosotros este jueves 28, el Día de Acción de Gracias.

Hemos preparado en Restaurante Escorial un delicioso Buffet para almuerzo y cena con un Menú Especial para la ocasión.

Venga con su familia y celebre el Día de Acción de Gracias en el Mejor Hotel.

Restaurante

Escorial

Deliciosamente incomparable

Preguntas de orientación

1. ¿En qué país hispano tiene lugar esta celebración?
2. ¿Qué ofrece el menú del Hotel Camino Real?
3. ¿A quién invita el hotel a celebrar el Día de Acción de Gracias?
4. ¿A qué hora piensas que puede ir la gente a comer al hotel?

SEGUNDA ETAPA: Comprensión

OBJETIVOS:

In this *etapa,* you will . . .

■ develop an understanding of other cultures.

■ read and discuss an ad for a Halloween celebration.

■ read about the *Día de los Muertos* celebrations in Mexico.

■ talk about the similarities and differences between Halloween and the *Día de los Muertos.*

Repaso: Before beginning the *Segunda etapa,* review the *Sugerencias para la lectura* in the previous chapters of your textbook.

Cultura en acción: While working on the *Segunda etapa* in the textbook and *Diario de actividades,* . . .

• discuss the cultural similarities and differences in celebrations and *fiestas* with your classmates as you read the articles in this chapter.

• after studying the *Estudio de palabras,* submit examples of antonyms, using vocabulary words in this chapter.

• share your memories of Halloween and then discuss any similarities and differences with the *Día de los Muertos.*

• prepare an outline of your chosen festival and submit it to the instructor for approval.

LECTURA

El Día de los Muertos. Nadie se escapa de su propio destino: la muerte. Según la tradición cristiana, el día para recordar a Todos los Santos es el primero de noviembre y el día para recordar a los Fieles Difuntos es el segundo de noviembre. En muchos países hispanos esos días tienen unos significados muy especiales y se celebran de una manera muy diferente. El artículo «El día en que bailan... los esqueletos» te va a explicar lo que sucede.

El niño querría algunas calaveras de azúcar para celebrar el Día de los Muertos, Patzcuaro, Morelia, México

Sugerencias para la lectura

Cómo entender la cultura *(Developing cultural understanding).* Learning another language means not only acquiring a new way to express yourself but also learning about the culture and trying to understand how others relate to that culture. One of the first things to consider when thinking about different cultures is how a particular concept relates to what you already know. We have called the information that you already possess "background knowledge." For example, as you read the ad *"La más hechicera,"* you not only recognize the context, but also the concept of a Halloween party. The visuals and vocabulary *(noche de brujas, fantasmas, murciélagos y calabazas)* help reinforce that concept.

However, as you read "*El día en que bailan... los esqueletos,*" even though words such as *esqueleto, cementerio,* and *muertos* are familiar, the concepts they represent are very different from that of *noche de brujas.* There are several things you can do to help develop a cultural understanding of the readings in this chapter.

- Examine the visuals in the reading carefully and try to imagine what they are like in "real life." Are the skeletons part of a Halloween costume? How are they dressed? What are they made of?

- Look for an explanation of the visuals in the text. Why are skeletons important? What do they represent?

- Read carefully and underline or circle the words or phrases that occur in an unfamiliar context. *El Día de los Muertos surge de la tradición indígena del culto a los ancestros.* What are the roots of this tradition? How does it relate to the ancestors?

- If the answers to your questions are not provided in the text, you may have to go to outside sources. An encyclopedia, a book on civilization and culture, or the Internet may provide you with the background information you need.

As you continue to explore the Spanish language and culture, you will find many concepts that are unfamiliar. Welcome the opportunity to explore some of these differences as exciting challenges.

ANTES DE LEER

A. La más hechicera. El anuncio siguiente ofrece una fiesta para celebrar *Halloween.* Lee el anuncio, usando las *Preguntas de orientación* como guía y, en parejas, escriban una lista de palabras o frases que se asocien con la noche de *Halloween.*

Preguntas de orientación

1. ¿Dónde tiene lugar esta celebración?
2. ¿Qué actividades hay para los adultos?
3. ¿Qué pueden hacer los niños?
4. ¿A qué hora empieza la fiesta para los adultos? ¿y para los niños?

¡La más hechicera

Noche de HALLOWEEN!

Le esperamos en **EL PARLAMENTO** el jueves 31 de octubre, desde las 20:30 horas.

¡NOCHE DE BRUJAS con los tradicionales fantasmas, murciélagos y calabazas! ¡Divertidísimo!

Habrá música con:
- **Agrupación Eclipse** • **Genny** • **Cherokee** • **Marisol Motta** •

Además, RIFAS Y PREMIOS a los mejores disfraces

¡Venga con su pareja!

Y en el restaurante **EL GALEÓN,** la noche es de los niños... ¡desde las 18:00 horas! Sorpresas, juegos y mucha alegría

B. Una fiesta de niños. De joven, ¿cómo pasabas la noche de *Halloween*? En parejas, hablen sobre...

- cómo se preparaban para la fiesta.
- cuáles eran sus disfraces favoritos.
- dónde y con quién salían a pedir dulces.

C. Pequeño diccionario. El artículo siguiente del periódico *El Nuevo Herald* de Miami explica la historia y los eventos que ocurren durante el Día de los Muertos. Antes de leer este artículo y de hacer las actividades...

- estudia el *Pequeño diccionario*.
- busca las palabras en el texto.
- escribe una oración original en tu *Diccionario personal* con cada palabra o frase.
- lee el pasaje y escribe una lista de palabras que no conozcas.
- busca el significado de esas palabras en tu diccionario.

amedrentante *adj.* Que provoca miedo.
amenaza velada de una mutilación Peligro de contener objetos dañinos para la salud.
asunto Tema, cuestión.
atemorizante *adj.* Que causa o da miedo.
colocarse *pr.* Ponerse, participar.
cometa Juguete de papel en forma de diamante, que se hace volar con una larga cuerda.
comulgar *intr.* Unirse.
convertirse (ie, i) *pr.* Transformarse.
convivir *intr.* Vivir juntos.

dulce *m.* Caramelo, golosina.
en torno a *prep.* Alrededor de; relacionado con.
estrago Ruina, daño.
fantasma *m.* Espectro; aparición de un ser muerto.
flor de maravillas *f.* Caléndula, un tipo de flor.
rodear *tr.* Ocurrir antes o después de.
travesura Acción propia de niños para divertirse que ocasiona algún trastorno.
un barniz de Un poco de.

fantasma

flor de maravillas

cometa

Preguntas de orientación

1. ¿Dónde se celebra el Día de los Muertos?
2. ¿Qué fecha marca el comienzo de la celebración?
3. ¿Dónde se originó la fiesta?
4. ¿Cómo se representa a la muerte?
5. ¿Qué tipo de actividades hay en el sur de California?
6. ¿Cuál es el arte tradicional para ese día?
7. ¿Cómo decoran los altares?
8. ¿Cuál es la diferencia entre los centros urbanos y las zonas rurales?
9. ¿Por qué les dan dulces a los muertos?
10. ¿Cómo celebran esta fiesta en Guatemala?
11. ¿Por qué ha ganado popularidad en Estados Unidos?
12. ¿Quiénes han convertido el Día de los Muertos en una nueva forma del arte?

¡A LEER!

A. Costumbres diferentes. Mientras leas el artículo, subraya las oraciones que explican los acontecimientos que son únicos en el Día de los Muertos. Después, en parejas...

- hagan una pequeña investigación sobre uno o dos de estos acontecimientos.
- presenten los resultados de su investigación a la clase.

El día en que bailan... los esqueletos

Por Divina Infusino
Servicios del New York Times

Halloween puede ser una festividad peligrosa. Los esqueletos, los monstruos y los fantasmas tienen connotaciones amedrentantes, y los dulces se consiguen de puerta en puerta con la amenaza velada de una mutilación.

Pero en algunas zonas de California, el Medio Oeste, el Sudoeste, América Latina y todo México, los esqueletos bailan, los fantasmas son espíritus ancestrales, y los dulces son la manera en que los vivos comulgan amorosamente con los muertos.

El 31 de octubre marca el comienzo de la celebración del Día de los Muertos. La festividad, que se originó en México, honra la memoria de los seres queridos ya muertos, reafirma el poder de su espíritu y reconoce —con un sentido de alegría y travesura— la moralidad humana.

«En cierto sentido, el Día de los Muertos es un anti-*Halloween*», dice René Arceo, director artístico de The Mexican Fine Arts Center Museum en Chicago.

«La festividad presenta la muerte como parte del ciclo natural de la vida, sin el negativismo usual y las asociaciones atemorizantes. Es también una alternativa al comercialismo de *Halloween*.»

En Estados Unidos, la popularidad del Día de los Muertos ha crecido durante la década pasada. Las festividades que rodean este día han surgido en ciudades y zonas con poblaciones mayoritariamente chicanas.

«En el sur de California, el Día de los Muertos es la celebración folklórica anual más extendida», dice Tomás Benítez, de Los Ángeles. «Las exhibiciones de arte, los conciertos y las representaciones teatrales en torno al Día de los Muertos se han convertido en una manera de reafirmar la identidad chicana.»

De acuerdo con la tradición mexicana, este día es la época en que los muertos regresan e intervienen en los asuntos de los vivos. Es también una oportunidad para que los ancestros y los descendientes convivan.

«En la tradición azteca, los vivos y los muertos están operando en el mismo universo todo el tiempo. Uno no está aquí por uno mismo, está vinculado a otras dimensiones. El Día de los Muertos es la época en que uno recuerda a sus muertos que están aquí para ellos. Uno los busca a ellos y ellos lo buscan a uno.»

El arte tradicional para el Día de los Muertos —esculturas de esqueletos en miniatura que tocan en grupos de mariachis, beben con amigos, manejan autos— resume la actitud mexicana hacia la muerte y hacia los que han fallecido.

«Los esqueletos se colocan en actividades humanas, en parte con humor y en parte con la actitud mental de que los muertos están vivos en el recuerdo y en el espíritu.»

Los vivos atraen a sus seres queridos hacia el plano físico, construyendo altares y tumbas, o arreglos domésticos donde se usan objetos que el muerto amó en vida —artefactos, fotos, velas, flores, incienso, libaciones, ropas.

«A menudo, tienen flores de maravillas (las flores de los muertos). Si el altar está en la casa, como suele ocurrir, los pétalos de las maravillas serán esparcidos fuera, formando una senda hasta la puerta, para que el espíritu no se pierda y no provoque estragos», dice Ramón Gutiérrez, profesor de historia y de estudios étnicos en la Universidad de California, San Diego.

«En los centros urbanos en México, los altares pueden tener figuritas de plástico o botellas de Pepsi, elementos de la vida moderna. Las zonas rurales tienden a poner los frutos o productos nativos.»

Casi todos los altares tienen las comidas favoritas de los muertos, especialmente los dulces. «La comida restablece las relaciones con los muertos al proporcionarles alimentos», dice Gutiérrez.

«Los dulces son vistos como una manera de neutralizar cualquier actitud hostil entre los vivos y los muertos. Es por eso que los cráneos están hechos de azúcar... para que nada negativo suceda.»

«El Día de los Muertos surge de la tradición indígena del culto a los ancestros», dice Mary Lou Valencia, curadora del Centro Cultural de la Raza, centro cultural latino de San Diego. «Con la conquista española, estas tradiciones fueron coadoptadas y adquirieron un barniz de cristiandad.»

Aunque las ideas del Día de los Muertos son específicas de México, celebraciones similares que honran a los muertos tienen lugar en América Central y dondequiera que existan grandes poblaciones indígenas.

«En Guatemala, en la ciudad de Santiago Sacatepeque, la gente pone a volar cometas enormes para comunicarse con las almas que viven en el cielo. En cualquier país latinoamericano con poblaciones indígenas, se encontrará alguna forma de culto a los ancestros en esta época del año.»

En Estados Unidos, el Día de los Muertos ha crecido con el aumento de la inmigración mexicana. Pero han sido los artistas latinos, que toman la festividad como un vehículo de expresión política y social, quienes han llevado el Día de los Muertos a la luz pública.

«En Estados Unidos, los artistas se toman libertades con las costumbres tradicionales. Los altares son mucho más vanguardistas y modernos. El Día de los Muertos se ha convertido en el punto capital de una nueva forma del arte.»

B. ¿Cómo se relacionan? Ahora, lee el artículo otra vez y escribe una breve explicación de cómo las cosas siguientes están relacionadas con el Día de los Muertos.

1. los espíritus ancestrales _____

_____

2. los altares _____

_____

3. los esqueletos _____

_____

4. los dulces _____

_____

Altar del Día de los Muertos con esqueletos, frutas y «pan de muerto», Oaxaca, México

Unas familias decoran las tumbas de sus ancestros, cerca de Cuernavaca, México.

DESPUÉS DE LEER

A. Similitudes. ¿Te has dado cuenta que existe un obvio paralelismo entre el Día de los Muertos y *Halloween*? En parejas, hagan una lista de similitudes y diferencias entre estos dos días festivos.

Similitudes	Diferencias
_____	_____
_____	_____
_____	_____
_____	_____
_____	_____
_____	_____
_____	_____
_____	_____

B. Cuarenta días de luto. En México se considera que el alma del difunto se libera de la tierra después de los cuarenta días de su muerte. Por lo tanto, no hay ofrendas para aquéllos que no alcancen a cumplir la cuarentena antes del Día de los Muertos. Las familias que han sufrido pérdidas recientes hacen un altar especial en casa y los parientes oran por los que ya no existen. ¿Qué costumbres hay aquí para conmemorar a los difuntos? En parejas, hablen de...

- las celebraciones nacionales en Estados Unidos para conmemorar a los difuntos.
- algunas costumbres familiares para recordar a los seres queridos.

C. ¿Y qué se hace... ? Mafalda está perpleja porque no sabe lo que se debe hacer con el «cadáver» de la pila. ¿Enterrarla como si fuera una mascota? Si Mafalda viviera en México, ¿qué haría por su pila en el Día de los Muertos?

Mafalda, «El Día de los Muertos»

TERCERA ETAPA: Fundación

FUNCIONES

OBJETIVOS:

In this *etapa,* you will . . .

■ learn how to transform "active" sentences into the passive voice.

■ learn a variety of negative expressions.

■ learn how to use the various types of relative clauses.

Cultura en acción: While working on this *etapa,* . . .

• study the chapter vocabulary outside of class by using your textbook and your *Diccionario personal,* preparing flash cards, and/or practicing with a partner.

• check the appropriateness and accuracy of the language.

• focus on the concepts presented in this and previous chapters.

• look for examples of the passive voice in your readings and incorporate the passive voice into your report.

Repaso: Before beginning this *etapa,* study the *Repaso de gramática* on pages 347–349 of your textbook.

¡OJO! The passive voice, especially the true passive, is not used as often in Spanish as it is in English. The impersonal *se* construction is preferred, for example: *Se celebra el Día de la Amistad en México.*

PRIMERA FUNCIÓN: **Cómo identificar el agente de una acción, usando la voz pasiva (La novela fue escrita por...)**

The true passive voice in Spanish uses a form of *ser* + past participle + *por* + agent of the action, as in the following example.

> *Las tapas **fueron traídas por Aníbal.***

A. ¡Vamos a festejar! Las oraciones siguientes tratan de una fiesta. En parejas, transfórmenlas a la voz pasiva.

■ **Ejemplo:** Estudiante 1: ¿Quién limpió la casa? (Felipe)
Estudiante 2: *La casa **fue limpiada por Felipe**.*

1. ¿Quiénes enviaron las invitaciones? (Carmen y Marcos)
2. ¿Quién ordenó las flores? (Elena)
3. ¿Quiénes pusieron la mesa? (Martín y yo)
4. ¿Quién trajo los refrescos? (tú)
5. ¿Quién preparó el postre? (yo)
6. ¿Quiénes escucharon el nuevo disco compacto de Ricky Martin? (Ana María y Alejandro)
7. ¿Quiénes prepararon las pizzas? (nosotros)

Preparan una fiesta para David.

B. Nuestras tradiciones favoritas. ¿Cuáles son sus tradiciones favoritas? En parejas, describan cinco de sus costumbres favoritas. Usen la voz pasiva en sus oraciones.

■ **Ejemplo:** *Los dulces de Navidad **fueron preparados por mi abuela.***

SEGUNDA FUNCIÓN: Cómo expresar lo negativo, usando expresiones negativas *(No tengo ningún...)*

Negative expressions are formed by placing *no* or another negative before the verb nucleus. If *no* occupies that position, an additional negative word may be used after the verb nucleus.

A. Nuestras pertenencias. Vamos a ver si pueden adivinar lo que su compañero/compañera tiene. En parejas...

- estudien la lista siguiente de pertenencias.
- marquen con una **X** (sin que su compañero/compañera lo vea) las que creas que tiene tu pareja.
- intenten confirmar sus predicciones, según el ejemplo.

■ **Ejemplo:** Estudiante 1: Creo que tienes unos carteles de deportes.

Estudiante 2: *No, **no tengo ningún cartel** de deportes.*
Sí, tengo varios carteles de deportes.

❐ carteles de _____

❐ más de dos compañeros/compañeras de cuarto

❐ tarjetas de crédito

❐ juegos de mesa

❐ comidas congeladas en el refrigerador

❐ colección de vídeos

❐ mascotas

❐ platos que hacen juego

❐ todos los discos compactos de _____

B. Los aguafiestas. Siempre hay un aguafiestas en cada grupo. En parejas, escriban cinco oraciones originales que describan a los aguafiestas. Usen el esquema siguiente como punto de partida.

■ **Ejemplo:** gustar / ningún / vídeo

No les gusta ningún vídeo.

gustar	nada	película
compartir	nadie	deporte
participar	ninguno/ninguna/ ningún	actividad cultural
ir	nunca/jamás	idea
imaginar	ni... ni	diversión
divertirse	tampoco	fiesta

TERCERA FUNCIÓN: Cómo hablar de lo parentético, usando cláusulas relativas *(Es una tradición en la que...)*

Relative clauses describe people, places, and things. When relative clauses are not essential to the understanding of the sentence, they are set off by commas.

A. Un rompecabezas. Hay muchas expresiones que usamos en Estados Unidos que no tienen un equivalente en español. ¿Cómo explicarían las expresiones siguientes a un hispanohablante de otro país? En parejas...

- expliquen las expresiones siguientes.
- usen una cláusula relativa en cada explicación.

■ **Ejemplo:** Homecoming

Homecoming es una celebración en la que los graduados de un colegio o una universidad vuelven a reunirse con sus compañeros.

1. school colors
2. yard goose in costume
3. banana split
4. latch key kid
5. ticket scalpers
6. smoothies
7. Buffalo wings
8. hayride

Un desfile de Homecoming

B. ¿Qué es este día festivo? En Estados Unidos, hay días festivos que no se celebran en el mundo hispano. ¿Cómo explicarían estos días festivos a un hispanohablante de otro país? En parejas...

- expliquen los días festivos siguientes.
- usen una cláusula relativa en cada explicación.

■ **Ejemplo:** Sweetest Day

Es un día festivo en que los enamorados se regalan bombones y otros artículos para demostrar cariño.

1. Martin Luther King Day
2. President's Day
3. St. Patrick's Day
4. Secretaries' Day
5. Memorial Day
6. Labor Day
7. Halloween
8. Columbus Day
9. Veterans Day
10. Kwanza

Los Reyes Magos, Festival de los Tres Reyes, Miami

María, José y el Niño Jesús, Festival de los Tres Reyes, Miami

CUARTA ETAPA: Expresión

EL MUNDO DE LA LITERATURA:
«Balada de los dos abuelos»
por Nicolás Guillén

ANTES DE LEER

OBJETIVOS:

In this *etapa,* you will . . .

■ learn what effects rhythmic elements can have on poetry.

■ explore the influences of African culture in the poetry of Nicolás Guillén.

■ study the theme of family ancestry and tradition.

Cultura en acción: While working on this *etapa,* . . .

• after completing the *Redacción* activities in the **Diario de activi-dades,** find other examples of persuasion in the newspaper articles that you use in preparing your reports.

• explain the origin of your chosen celebration using passive voice where appropriate.

• participate in the *Cultura en acción* or hand in a written report.

Repaso: Before beginning this *etapa,* review the information about poetry on pages 257–258 of your textbook.

A. Temas nacionales. En la historia de cualquier país, hay ciertos grupos que se destacan en su cultura. En grupos pequeños...

• piensen en la historia de Estados Unidos y nombren algunos de los grupos étnicos que más han contribuido a la cultura estadounidense.
• hagan una lista de las contribuciones de estos grupos.

B. Nuestros abuelos. ¿Conocen ustedes a sus abuelos? ¿Cómo son (eran)? ¿Nacieron en Estados Unidos o en otro país? ¿Aportan tradiciones especiales? En grupos pequeños...

• expliquen cómo han influido sus abuelos a su familia.
• expliquen cómo ustedes quieren influir a sus nietos.

C. Términos literarios. En este capítulo, van a leer un poema escrito por el poeta cubano, Nicolás Guillén. Guillén es conocido tanto por la musicalidad de sus poemas como por los temas de la vida popular de la gente afrocubana. Antes de leer el poema, vamos a examinar algunos de los elementos destacados de la poesía guillenesca.

Términos literarios

• **Lenguaje africano.** Guillén utiliza vocablos africanos con mucho efecto en sus poemas. En el poema «Sensemayá», por ejemplo, se repite «¡Mayombe-bombe-mayombé!» Esta frase (o **estribillo**), que tiene su origen en la cultura yoruba, evoca el sonido del tambor que se emplea en los cultos religiosos africanos. La imitación de un sonido en un vocablo (como el del tambor en este ejemplo) se llama en términos literarios **onomatopeya.** Otros ejemplos son los sonidos de animales, como el «cucurucucú» de la paloma y el «miau» del gato.

• **Ritmo del *son.*** El **son** es una forma de música y baile típica de los cubanos de origen africano. El son se caracteriza como un ritmo africano con letra parecida al romance tradicional español. Se originó en la provincia de Oriente, se popularizó por toda la isla de Cuba y se trasladó a Nueva York durante los años 30. El lector experimenta el son en el movimiento constante y en la musicalidad de los poemas de Guillén.

- **Presencia auténtica de lo africano en Cuba.** En la poesía de Nicolás Guillén se encuentran personalidades de origen africano que aportan las contribuciones de los africanos a la cultura cubana. Guillén evoca esta presencia en sus poemas por el uso del humor y el diálogo. En «Balada de los dos abuelos», la presencia africana de la cultura cubana es reafirmada por el narrador.

Perspectiva

Nicolás Guillén (1902–1989) nació en Camagüey, Cuba. En los años 30, mientras trabajaba de periodista en La Habana, conoció al poeta español Federico García Lorca. Éste ejerció una gran influencia sobre el joven poeta cubano y lo impulsó a que visitara las capitales de Europa y Latinoamérica. En 1953, Guillén fue expulsado de Cuba por razones políticas y se fue a París. En 1959, después de la revolución en Cuba, Guillén volvió a su patria.

Nicolás Guillén

Hay dos fuentes importantes en las obras de Guillén:

- la negrista, caracterizada por el orgullo en sus raíces afrocubanas y
- la social, caracterizada por su preocupación por la gente explotada del mundo.

Pequeño diccionario.
El poema «Balada de los dos abuelos» contiene palabras y frases especializadas. Antes de estudiar el pasaje y hacer las actividades...

- estudia el *Pequeño diccionario*.
- busca las palabras en el texto.
- escribe una oración original en tu *Diccionario personal* con cada palabra o frase.
- lee el pasaje y escribe una lista de palabras que no conozcas.
- busca el significado de esas palabras en tu diccionario.

abalorio Bolita de vidrio agujereada que se usa para hacer adornos y labores.
aro Pieza en figura de circunferencia.
caimán *m*. Reptil cocodrilo de América.
despedazar *tr*. Romper.
escoltar *tr*. Acompañar a una persona o cosa para protegerla.
fulgor *m*. Resplandor, brillo.
galeón *m*. Antigua nave grande de vela.
gongo Batintín, tambor.
gorguera Pieza de armadura antigua que protege el cuello.

guerrero/guerrera *adj*. Concerniente a la guerra.
pétreo/pétrea *adj*. Como de piedra.
preso Prisionero.
repujado/repujada *adj*. Labrado a martillo de chapas metálicas de modo que resulten figuras en relieve.
Taita *m*. Abuelo.
vela Tela fuerte que recibe el viento y hace adelantar un barco.

Repaso: Don't forget to use the reading strategies, such as skimming and scanning, from the *Lectura* sections of the previous chapters of your textbook when reading the following passage. Try not to use your dictionary too often, or you may lose the meaning of the passage.

¡A LEER!

A. La trama. ¿De qué trata «Balada de los dos abuelos»? En grupos pequeños, mientras lean el poema...

- usen las *Preguntas de orientación* como una guía de lectura.
- contesten las preguntas para comprobar su comprensión del texto.

B. Elementos básicos. En grupos pequeños, den ejemplos de los elementos literarios siguientes en el poema.

1. el lenguaje africano
2. el ritmo del son
3. la presencia afrocubana

Preguntas de orientación

1. ¿Quiénes son las dos sombras que acompañan al narrador?
2. ¿Qué llevan puestos?
3. ¿Cómo son los dos abuelos?
4. ¿Qué recuerda el abuelo negro?
5. ¿De qué se queja el abuelo blanco?

Balada de los dos abuelos

por Nicolás Guillén

Sombras que sólo yo veo,
me escoltan mis dos abuelos.

Lanza con punta de hueso,
tambor de cuero y madera:
mi abuelo negro.
Gorguera en el cuello ancho,
gris armadura guerrera:
mi abuelo blanco.

Pie desnudo, torso pétreo
los de mi negro;
pupilas de vidrio antártico
las de mi blanco.

África de selvas húmedas
y de gordos gongos sordos...
—¡Me muero!
(Dice mi abuelo negro.)
Aguaprieta de caimanes
verdes mañanas de cocos...
—¡Me canso!
(Dice mi abuelo blanco.)

Oh velas de amargo viento
galeón ardiendo en oro...
—¡Me muero!
(Dice mi abuelo negro.)
¡Oh costas de cuello virgen
engañadas de abalorios... !
—¡Me canso!
(Dice mi abuelo blanco.)
¡Oh puro sol repujado,
preso en el aro del trópico;
oh luna redonda y limpia
sobre el sueño de los monos!

¡Qué de barcos, qué de barcos!
¡Qué de negros, qué de negros!
¡Qué látigo el del negrero!
Piedra de llanto y de sangre,
venas y ojos entreabiertos,
y madrugadas vacías,
y atardeceres de ingenio,
y una gran voz, fuerte voz
despedazando el silencio.
¡Qué de barcos, qué de barcos!
¡Qué de negros, qué de negros!

Sombras que sólo yo veo,
me escoltan mis dos abuelos.

Don Federico me grita
y Taita Facundo calla;
los dos en la noche sueñan
y andan, andan.
Yo los junto.
—¡Federico!
¡Facundo! Los dos se abrazan.
Los dos suspiran. Los dos
las fuertes cabezas alzan:
los dos del mismo tamaño,
bajo las estrellas altas;
los del mismo tamaño,
ansia negra y ansia blanca,
los dos del mismo tamaño,
gritan, sueñan, lloran, cantan.
Sueñan, lloran, cantan,
Lloran, cantan.
¡Cantan!

6. ¿Cuáles son los dos papeles del galeón en la historia de Cuba?
7. ¿Con qué compara la costa de Cuba el poeta?
8. ¿Quién se encuentra preso?
9. ¿A qué se refiere la «piedra de llanto y de sangre»?
10. ¿Quién es don Federico?
11. ¿Quién es Taita Facundo?
12. ¿Qué junta el narrador?
13. ¿En qué sentido son «los dos del mismo tamaño»?

Al atardecer

DESPUÉS DE LEER

¡OJO! In order to answer the last part of Activity A, you may need to review some of the literary terms and techniques that have been presented in previous chapters, such as figurative language.

A. Análisis. En «Balada de los dos abuelos», la historia y la cultura de Cuba se ven por medio de la historia familiar del narrador. En grupos pequeños...

- expresen sus opiniones sobre el contenido del poema.
- identifiquen los elementos visuales del poema.
- describan las técnicas literarias que emplea el poeta.

B. Ritmo. Las últimas cuatro líneas del poema son especialmente interesantes. En grupos pequeños...

- elijan a alguien para leer estas líneas en voz alta.
- mientras el lector lea, marquen el compás con palmadas sobre los escritorios.
- noten el número de palabras y sílabas por verso en los últimos cuatro versos.
- describan el efecto total de esta sección del poema.

C. Investigación. Además del **son,** los africanos han contribuido mucho más a la cultura y las tradiciones de Cuba. En grupos pequeños...

- hagan una investigación sobre las contribuciones culturales de los afrocubanos.
- consulten varias fuentes (*Internet,* enciclopedias, libros).
- compartan la información con los demás grupos.

LEE UN POCO MÁS

Si te gusta «Balada de los dos abuelos», se recomiendan los poemas siguientes por Nicolás Guillén.

- «Búcate plata» (de *Motivos de son,* 1930)
- «Sensemayá» (de *West Indies Limited,* 1934)

La influencia africana en el Caribe

Mosaico cultural

CREENCIAS Y CELEBRACIONES:

Religious Holidays and Celebrations

INTRODUCCIÓN

De las religiones principales de España y Latinoamérica, la predominante es la católica. Sin embargo, en Latinoamérica hay muchos ritos que mezclan las enseñanzas de la Iglesia Católica con las creencias prehispánicas.

ANTES DE VER

A. Fiestas tradicionales. En Estados Unidos hay muchas fiestas que tienen sus orígenes en la religión pero que son celebradas por gente no religiosa. En grupos pequeños...

- identifiquen tres fiestas de este tipo.
- comenten los elementos religiosos de la celebración.
- discutan las prácticas no religiosas asociadas con la celebración.

B. ¿Conocen a los santos? Hagan una lluvia de ideas para obtener información sobre los santos. Escriban una lista de los santos y las razones por las cuales son conocidos.

■ **Ejemplo:** *San Patricio*
    hizo salir las serpientes de Irlanda.

C. Pequeño diccionario. Antes de ver «Creencias y celebraciones»...

- estudia el *Pequeño diccionario*.
- categoriza las palabras y frases de una manera lógica o da ejemplos de las palabras.
- escribe una oración original en tu *Diccionario personal* con cada palabra o frase.

OBJETIVOS:

In this section you will . . .

■ note the significant religious traditions of Spain and Latin America.

■ observe the celebration of the changing seasons.

■ notice the importance of saints in spiritual practices.

San Francisco de Asís,
talla en madera

alumbrar *tr.* Poner luz o luces en un lugar.

amanecer *intr.* Apuntar el día.

bendecir *tr.* Invocar en favor de una persona o sobre una cosa la protección divina.

bienestar *m.* Comodidad; vida ociosa.

capilla Iglesia pequeña anexa a otra mayor, o parte integrante de ésta.

cerro Elevación de tierra.

copal *m.* Incienso.

fachada Aspecto exterior de un edificio.

fe *f.* El dogma, creencias que constituyen el fondo de una religión.

feto Embrión que ha adquirido la conformación característica de la especie a que pertenece hasta su nacimiento.

fuente *f.* Origen.

hoguera Porción de materiales combustibles que arden con las llamas.

mezquita Templo mahometano.

milagro Suceso extraordinario y maravilloso.

ofrenda Don que se ofrece y dedica a Dios o a los santos.

onomástico/onomástica *adj.* Que refiere al día del santo de una persona; relativo a los nombres propios.

peregrinación Viaje a un santuario.

rezar *intr.* Orar verbalmente.

significado Sentido de una palabra o frase.

¡A VER!

A. Ideas esenciales. Estudia las ideas siguientes antes de ver el vídeo. Mientras veas «Creencias y celebraciones», completa las ideas con las respuestas adecuadas.

1. En España y Latinoamérica, en cuanto a la religión, hay millones de _____.
   - **a.** criaturas
   - **b.** creyentes

2. Los edificios religiosos incluyen templos, iglesias y _____.
   - **a.** mestizajes
   - **b.** mezquitas

3. La religión _____ predomina tradicionalmente en los países de habla española.
   - **a.** protestante
   - **b.** católica

4. En el Nuevo Mundo, los templos prehispánicos fueron destruidos en nombre de los Reyes _____.
   - **a.** aztecas
   - **b.** Católicos

5. Dos figuras religiosas muy importantes en México son la Virgen de Guadalupe y la Virgen de _____.
   - **a.** Cholula
   - **b.** María

6. Cada pueblo hispano tiene a la Virgen y/o un santo como _____.
   - **a.** patrón
   - **b.** piedra

7. La gente celebra el día de su _____ según su nombre, y a veces es más importante que su cumpleaños.
   - **a.** aniversario
   - **b.** santo

8. Cuando una muchacha cumple sus quince años, tiene una fiesta después de ir a _____.
   - **a.** misa
   - **b.** una reunión

9. En la gran catedral de la Ciudad de México, se pueden ver la integración de elementos españoles y _____.
   - **a.** africanos
   - **b.** prehispánicos

10. En Bolivia, los descendientes de la cultura inca siguen venerando a
    _____, el antiguo dios Sol y Padre del Universo.
    a. Tata Inti   **b.** Ra

11. Reflejando elementos antiguos y modernos, el Día de San Pedro y
    San Pablo en el pueblo de Achacachi es un día religioso lleno de
    música y _____.
    a. juegos   **b.** baile

12. En otra celebración religiosa, la fiesta de San Juan, cada hogar
    enciende una _____ en la calle.

    a. hoguera   **b.** cordillera

B. Fechas importantes. Estudia las fiestas siguientes antes de ver el
vídeo. Mientras veas «Creencias y celebraciones», escucha las fechas de
los eventos siguientes y completa los espacios con la fecha adecuada.

_____ **1.** la aparición de la Virgen en México   **a.** el 23 de julio

_____ **2.** la fiesta de San Pedro y San Pablo   **b.** el 13 de julio

_____ **3.** la fiesta de San Juan en Bolivia   **c.** 1531

_____ **4.** la fiesta de San Antonio en México   **d.** el 29 de junio

DESPUÉS DE VER

A. Comparaciones. ¿Cómo se comparan las celebraciones religiosas de Estados Unidos con las del vídeo? En
grupos pequeños, comenten las semejanzas y diferencias.

B. Creencias y celebraciones. ¿Conocen creencias y
celebraciones de África, Asia, Europa, Escandinavia u otros
lugares? En grupos pequeños, cuenten lo que saben sobre
las tradiciones de estos lugares.

RECUERDO DE MI
PRIMERA COMUNION
Luz-Divina Diana Macián
IGLESIA DEL ANGEL CUSTODIO
VALENCIA 16-8-1981

Enlace

A. La superstición. Una superstición consiste en hacer o evitar hacer algo para conseguir un beneficio o para evitar un perjuicio. El artículo siguiente se enfoca en algunas supersticiones de mala suerte. En grupos pequeños...

- lean el artículo.
- identifiquen tres supersticiones de buena o mala suerte.
- usen *Internet* o recursos de la biblioteca para identificar el origen de cada una.
- compartan la información con los demás grupos.

¿Mala suerte?

Pasar bajo una escalera

Es por el triángulo que forma ésta con la pared. Antiguamente se pensaba que todos los triángulos eran un símbolo sagrado, tanto las pirámides como la trilogía de la Santísima Trinidad y, por lo tanto, era un sacrilegio pasar bajo ese arco. Se creía que, una vez que se había pasado, el mal se conjuraba cruzando los dedos, escupiendo una vez bajo la escalera o tres veces después de cruzarla.

Encender tres cigarrillos con la misma cerilla

Se cree que en una guerra... no se sabe con precisión cuál... —en ocasiones se habla de la Primera Guerra Mundial, en otras de la Guerra Civil Española— tres soldados encendieron sus cigarrillos con la misma cerilla y el enemigo vio la llama del primero, apuntó en la del segundo y disparó sobre el tercero.

Poner la cama con los pies hacia la puerta

Viene del dicho popular: «Los muertos salen siempre de la casa con los pies por delante».

B. Celebraciones y creencias. Acaban de ver un vídeo que explica la interrelación entre la religión católica y la indígena. En grupos pequeños...

- identifiquen tres celebraciones de Estados Unidos que reflejen una mezcla de dos fuentes (la religiosa, la indígena, la patriótica, la étnica, etc.).
- describan las actividades que se asocien con estas celebraciones.

C. Festivales extraños. A primera vista, la Tomatina de Buñol parece ser un festival extraño. Sin embargo, hay festivales frívolos en Estados Unidos también, como, por ejemplo el Festival de la Hormiga en Texas, el de la Enchilada Entera en Nuevo México y el Festival Porcino en Indiana. En grupos pequeños...

- recuerden algunos de los festivales frívolos a que hayan asistido.
- cuenten las actividades en las que participaran.
- compartan la información con los demás grupos.

D. Revisión de composición. Ahora, van a revisar tus composiciones, enfocándose en el contenido, el vocabulario y la exactitud. En parejas...
- intercambien las composiciones y revísenlas, según los criterios siguientes.
- califiquen sus composiciones, según las indicaciones.

Escala

excelente	=	4 puntos
bueno	=	3 puntos
mediocre	=	2 puntos
malo	=	1 punto
inaceptable	=	0 puntos

Calificación de composiciones

Contenido
  Introducción que llama la atención _____
  Organización lógica _____
  Ideas interesantes _____
  Transiciones adecuadas _____
  Conclusión firme _____

Vocabulario
  Adjetivos descriptivos _____
  Verbos activos _____
  Uso adecuado de *ser* y *estar* _____

Exactitud
  Concordancia entre sujeto/verbo _____
  Concordancia entre sustantivo/adjetivo _____
  Ortografía _____
  Puntuación _____

Calificación global _____

Calificación global

excelente	=	43–48 puntos
bueno	=	38–42 puntos
mediocre	=	33–37 puntos
malo	=	28–32 puntos
inaceptable	=	0–27 puntos

Algunos castellers,
Fiesta de la Merced,
Barcelona, España

Cultura en acción

UNA CELEBRACIÓN TÍPICA

TEMA: El tema de *Una celebración típica* les dará a ustedes la oportunidad de investigar, escuchar, escribir y hacer una presentación sobre algunos festivales y celebraciones latinas. La lectura, la comprensión auditiva y la redacción servirán como puntos de partida para la celebración.

ESCENARIO: El escenario de *Una celebración típica* es un país hispanohablante durante una celebración religiosa, histórica o social.

MATERIALES:

- Para mejorar el escenario, ustedes deben utilizar ilustraciones, carteles y fotografías de monumentos famosos de la ciudad, lugares o artículos que reflejen la atmósfera de celebración y fiesta.
- Ustedes pueden llevar trajes típicos que se ven durante las celebraciones regionales.
- Hay que crear un panfleto para anunciar y describir el evento.
- Si se desea, cada uno puede contribuir con algo de dinero o puede traer comida y bebida típica del lugar.

GUÍA: Una simple lista de trabajos que cada persona tiene que desarrollar. Cada uno de ustedes tendrá una función.

- **Comité de música.** Este grupo está encargado de investigar las canciones típicas que se tocan durante la celebración y también debe traer los equipos de sonido, las grabadoras, etc. Si también hay baile, este comité debe prepararse para enseñarles algunos pasos sencillos a los demás miembros de la clase.
- **Comité de investigación.** Este grupo está encargado de investigar y explicar el significado religioso, histórico o social del evento.
- **Comité de trajes tradicionales.** Este grupo está encargado de investigar los trajes tradicionales que se llevan durante esta celebración.
- **Comité de escenario.** Este grupo está encargado de traer fotos o carteles o dibujos del lugar (la plaza, algunos edificios principales, etc.) para darle un ambiente bonito y un contexto a la celebración.

¡A CELEBRAR!: El día de la celebración, todos ustedes deben participar en arreglar la sala y servir la comida en la mesa. Cuando la celebración comience, hay que poner la música y todos los participantes deben saludarse. Si hay baile, todos deben aprender algunos pasos sencillos.

*Algunos penitentes llevan pasos a hombros encima de una
alfombra de flores durante la Semana Santa, Antigua, Guatemala.*

Vocabulario

<<Celebraciones en el mundo hispano>>

acontecimiento event, happening
agrupar to group together
alegría happiness, joy
baile *m.* dance
boda wedding
cabezudo carnival figure with a large head
carroza carnival float
celebración
cena dinner
conmemorar to commemorate, honor
cosecha harvest
cumpleaños *m. sing.* birthday
desfile *m.* parade
despedidas de solteras/solteros shower/party for bride and groom before they are married
Día de la Amistad *m.* Friendship Day (February 14)
Día de los Enamorados *m.* Valentine's Day (February 14)
disfrazarse to disguise oneself
diversión fun activity
encierro running of the bulls in the streets of Pamplona
enlazar to link, tie
familiar *adj.* (of the) family
fiesta party, celebration; feast day
juego game
juventud *f.* youth
lema slogan
mezcla mixing, blending
monumento
niñez *f.* childhood
paso religious float
piñata
posada inn
procesión
quinceañera a fifteen-year-old female
religioso/religiosa
santo patrón / santa patrona patron saint
secular
social
solemne
venir a la mente to come to mind
villancico Christmas carol

Celebraciones y fiestas

anfitrión/anfitriona host/hostess
Carnaval *m.* Carnival, Mardi Gras (celebration three days before Lent)
celebrar
cortejo procession
día feriado/festivo holiday
feria fair
iglesia church
invitado/invitada guest
mezquita mosque
romería pilgrimage
sinagoga synagogue
templo

Días festivos

Año Nuevo New Year
Cuaresma Lent
Día de Acción de Gracias *m.* Thanksgiving
Día de la Raza *m.* Columbus Day (October 12)
Día de los Fieles Difuntos *m.* All Souls' Day (November 2)
Día de los Muertos *m.* Day of the Dead celebration (October 31–November 2)
Día de los Reyes Magos *m.* Three Kings' Day (January 6)
Día de los Santos *m.* All Saints' Day (November 1)
Día de San Fermín *m.* (July 7)
Día de San Patricio *m.*
Día de San Valentín *m.*
Día del Santo patron saint's day (often celebrated instead of one's birthday)
Día de Todos los Santos *m.* All Saints' Day (November 1)
Día del Trabajo *m.* Labor Day
Fallas de San José *f.pl.* Festival of St. Joseph
Jánuca Hanukkah
Kwanza
Misa de gallo Midnight Mass
Navidad Christmas
Nochebuena Christmas Eve
Pascua Florida Easter
Rosh Hashanah

Semana Santa Holy Week
Viernes Santo Good Friday
Yom Kippur

En familia

aniversario de bodas wedding anniversary
bautizo baptism
compañero/compañera companion, partner
divorcio
hermanastro/hermanastra stepbrother/stepsister
hijastro/hijastra stepson/stepdaughter
hogar *m.* home
(ir de) vacaciones
madrastra stepmother
madrina godmother
noviazgo courtship
padrastro stepfather
padrino godfather
pareja couple
tenerle cariño a alguien to feel affection for someone
vivir juntos / convivir to live together

Actividades sociales y reuniones

café *m.*
convite *m.* invitation, open house
divertirse (ie, i) to enjoy oneself
pasarlo bien to have a good time
pasatiempo hobby
peña bar, get-together (with music)
reunirse to get together
sobremesa after-dinner chat
tardeada afternoon gathering
tasca coffee shop, bar, restaurant

PERSPECTIVA LINGÜÍSTICA
Voice

The linguistic concept called **voice** is very important in both English and Spanish. The following sentence is an example of **active voice**.

> *Ángel **comió** el pollo.*

In this sentence, the subject is *Ángel* and, therefore, the emphasis is on him. It is clear (and logical) that he ate the chicken. Suppose, however, that we want to focus on *el pollo* rather than on *Ángel*. By moving *el pollo* to the subject's location, we get the following sentence.

> *El pollo **comió** Ángel.*

Although this sentence is gramatically correct, it sounds dangerously like *El pollo comió a Ángel*! Needless to say, this would be a very improbable state of affairs! So, in order to emphasize *el pollo* as the focus without the resulting sentence sounding really strange, we can use the **passive voice**.

> *El pollo **fue comido** por Ángel.*

As you can see, the passive voice enables us to emphasize what would normally be the direct object by moving it to the front of the sentence (and, in the process, making it the subject).

PERSPECTIVA GRAMATICAL
True passive

As you learned in the *Perspectiva lingüística,* Spanish has both an active and a passive voice. In addition, you have already learned structures that are related to the passive voice: the impersonal *se (Se prepara mucho pollo en este restaurante.)* and *estar* + past participle *(El pollo está preparado.)*. These two structures are distinguished from the **true passive,** however, by their lack of an explicitly stated agent. The following chart shows how the true passive is formed.

¡OJO! The basic sentence pattern in both Spanish and English goes by the acronym SAAD, which stands for "simple affirmative active declarative." The following sentences are examples of SAADs:

> *Ángel comió el pollo.*
> Angel ate the chicken.

As you may guess, although SAAD is the basic sentence pattern, it is not the only one! In this section, you will learn about some ways in which the basic SAAD is transformed in Spanish.

¡OJO! A word of caution is in order. In Spanish, the passive voice is used somewhat less frequently than in English. This may be due to the fact that Spanish offers a very flexible word order in the active voice that allows the direct object to be brought to the front of the sentence without changing it to passive voice, such as: *Los disfraces los diseñará Mario.*

True passive			
subject	*ser + past participle*	*por*	*agent*
La celebración	fue es planeada será	por	Luisa.
Los disfraces	fueron son diseñados serán	por	Mario.

Now, let's analyze these model sentences. In the first model sentence, the subject *la celebración* is singular. The form of *ser*, in this case, is also singular and can be expressed in past, present, or future time. Notice that the participle *planeada* has a feminine singular ending to agree with *la celebración*. Finally, we have the marker *por* and the agent *Luisa*, who did the planning. The second sentence has a plural subject, *los disfraces*, and, therefore, a plural form of *ser*. *Diseñados*, the participle, has a masculine plural ending to agree with *los disfraces*.

Negative transformations

In the previous section, you learned how to transform a SAAD from active to passive voice. Now, we are going to study another type of transformation that allows us to change an affirmative sentence into a **negative** one. In fact, you already know how to do the simplest form of negative transformation by placing *no* directly in front of the verb nucleus.

> *Luisa planeó la celebración.* → *Luisa **no** planeó la celebración.*

However, if another negative expression is occupying the subject's place, then *no* is omitted.

> ***Nadie** planeó la celebración.*

The following chart shows the subtleties of how these two types of negative transformation might be used.

Question	Answer
¿Por qué no habrá una celebración este año?	**No** la planeó **nadie**.
¿Quién planeó la celebración?	**Nadie** la planeó.

In the first question, the emphasis is on *celebración*. The answer, therefore, conveys the same idea... *No la planeó.* In the second question, the emphasis is on *¿Quién?* Therefore, in the answer, the negative subject *nadie* is placed in front and emphasized. Negative words that may appear in the *no* location are shown in the following chart.

nada	*nothing*
nadie	*nobody, no one*
ni	*nor*
ni... ni	*neither . . . nor*
ninguno/ninguna	*no, no one*
ningún/ninguna (+ *noun*)	*no* (+ noun)
nunca	*never*
jamás	*never*
tampoco	*neither, not . . . either*

Relative clauses

You have already studied clauses in *Capítulo 4*. **Relative clauses** are like little sentences embedded within a noun phrase that describe it as an adjective does. Here is an example.

>*La mujer **con quién hablé** planeó la celebración.*

In this case, the relative clause *con quien hablé* describes the subject of the sentence, *la mujer,* and must immediately follow it. In the next example, the relative clause *que Marta planeó* describes the direct object of the sentence.

>*Asistí a la celebración **que Marta planeó**.*

Again, the relative clause immediately follows the noun phrase that it describes.

Relative clauses may begin with a variety of words, the most frequently used being *que,* which is used to refer to both people and things. The following chart provides a list of relative pronouns and their English equivalents with examples.

¡OJO! English and Spanish differ greatly in the use of relative clauses. In English, the relative pronoun is frequently omitted.

>The party that I attended was fun. → The party I attended was fun.

English also permits a change of word order in casual, not formal, speech.

>The woman with whom I spoke planned the party. → The woman I spoke with planned the party.

Neither of these transformations are permissible in Spanish.

Relative	Equivalent	Example
que	*that, which*	Ella es la mujer **que** vimos en el parque. Éste es el festival **que** mencioné.
lo que*	*what*	**Lo que** nos dijeron es muy interesante.
todo lo que*	*all that,* *everything that*	Ellos hicieron **todo lo que** les pedimos.
el que / la que los que / las que	*he who / she who /* *those who / the one(s)* *who*	Quiero hablar con **la que** planeó la celebración.
quien/quienes†	*who*	Los directores, **quienes** arreglaron las festividades, acaban de llegar.
cuyo/cuya cuyos/cuyas	*whose*	Juana es la amiga **cuyos** padres nos invitaron a cenar.
donde	*where*	Valencia es la ciudad de **donde** viene el escritor.
el cual / la cual los cuales / las cuales‡	*which, who*	Fui al auditorio en **el cual** tuvo lugar el concierto.

*¡OJO! *Lo que* and *todo lo que* have no antecedent. They refer to an idea rather than to a particular noun.

†¡OJO! *Quien/Quienes* are often used in a clause that is set off by commas and that can be removed from the sentence without distorting the meaning. An example without commas is: *¿Sabes de quién estoy hablando?*

‡¡OJO! *El cual / La cual / Los cuales / Las cuales* occur less frequently in colloquial speech and their usage is often determined by regional norms. They are more common in writing and formal speech.

Máscaras de Cuernavaca, Morelos, México

LAS MUSAS:
las artes y la creatividad

*Un mercado de artesanía,
Tlacolula, Oaxaca, México*

PRIMERA ETAPA: Preparación

In this *etapa,* you will . . .

■ learn about slang expressions.

■ find out what role art plays in the lives of some university students.

■ discuss the types of art you enjoy.

■ take a survey to determine your level of imagination.

■ use the chapter vocabulary accurately to discuss your preferences in the arts.

Cultura en acción: While working on the *Primera etapa* in the textbook and *Diario de actividades, . . .*

• begin to prepare a presentation of your favorite artist (in either the category of *bellas artes* or of *artesanías*).

• use the activities as a point of departure and use the categories given in *bellas artes* and *artesanías* as cues to investigate well-known artists from Spanish-speaking countries. Check the Internet and the library for samples of your chosen artist's works.

INTRODUCCIÓN

En busca de las nueve Musas. Las Musas eran nueve diosas en la mitología griega que protegían las ciencias y las artes. Las Musas eran las hijas de Zeus, el rey de los dioses, y de Mnemosina, la diosa de la memoria. Vivían en el Parnaso y eran las asistentes de Apolo, el dios de la poesía. Cantaban en un coro en todos los festivales de los dioses en el Olimpo y todos los escritores siempre invocaban a una de ellas antes de empezar a escribir. Algunas de las diosas y sus símbolos más reconocidos son Talía, la diosa de la comedia, Melpómene, la diosa de la tragedia y Terpsícore, la diosa de la danza. En este capítulo, vas a examinar muchas formas diferentes de las artes en los países hispanos y en Estados Unidos y vas a considerar el papel que juega el arte en tu vida.

VOCABULARIO EN ACCIÓN: «EL ARTE EN MI VIDA»

Sugerencias para aprender el vocabulario

El lenguaje coloquial. In Spanish, just as in English, slang consists of new words, and old words used in new ways. Like idiomatic expressions, slang expressions do not usually have an exact equivalent in English. Therefore, if you wanted to tell someone that you really had a good time you might use the standard verb *divertirse* (to have fun, to enjoy oneself) or you might say *Lo pasé bomba.* Although slang terms are usually not accepted in compositions or formal speech, they are freely used among friends and occasionally a slang expression makes its way up the usage ladder and becomes acceptable even in formal writing. You will also see slang expressions in literature that reflects the oral speech of everyday life. Slang expressions have certain characteristics in common.

- They enjoy brief popularity and then are forgotten.

- They are usually specific to a country or region.

- They are difficult to find in reference books because they generally belong to oral communication.

Here are some common expressions from a variety of Spanish-speaking countries that have remained popular for over a decade.

Spain
pelas = pesetas
viejos = padres
catear = suspender (examen)

Puerto Rico
pai = padre
chévere = bueno
colgarse = suspender (examen)

Mexico
qué padre = qué bueno
carita = persona guapa
tronar = suspender (examen)

A. ¿Qué dices? Habla con tu instructor/instructora u otra persona que conozcas de un país hispanohablante y pregúntale sobre las frases informales o populares para expresar las ideas siguientes.

1. un amigo / una amiga _____

2. un curso o trabajo difícil _____

3. una persona desagradable _____

4. dinero _____

5. divertirse _____

6. una persona aburrida _____

7. un perro _____

B. A practicar. Lee las palabras en lenguaje coloquial y decide cuál es el significado.

España

_____ 1. guay   **a.** radiocassette

_____ 2. buga   **b.** auto

_____ 3. loro   **c.** fantástico

México

_____ 4. lana   **a.** dinero

_____ 5. jefa   **b.** chico

_____ 6. chavo   **c.** mamá

Puerto Rico

_____ 7. panita   **a.** madre

_____ 8. mai   **b.** dinero

_____ 9. plata   **c.** amiga

¡OJO! If a feminine noun in Spanish begins with the sound of stressed *a* (written *a* or *ha*), *el/un* is used instead of *la/una,* for example, *el arte,* but *las artes; un hada,* but *unas hadas.*

C. Mi diccionario personal. Ahora vas a leer los comentarios y las opiniones de algunos estudiantes sobre el arte y lo que representa en sus vidas. Mientras leas sus comentarios y hagas las actividades...

- escribe las palabras y frases en cursiva en el *Diccionario personal* de tu cuaderno.
- busca en tu diccionario los significados de las palabras que no conozcas.
- forma una oración original con cada palabra o frase.

Eduardo Esperilla, México

Aída Granados, El Salvador

El arte en mi vida

Eduardo

Yo encuentro en el arte una fórmula para despertar mi creatividad. Dependiendo de mi *estado de ánimo,* el arte puede ser un medio de *entretenimiento,* relajación o reflexión. Por ejemplo, la pintura me ayuda mucho a reflexionar sobre mí mismo y también me incita a escribir frases que me ayudan a comprender mis sentimientos. Otros tipos de arte como la danza, el cine o el teatro, me hacen pensar en las personas y cosas que están a mi alrededor. Por un lado, la pintura me hace reflexionar sobre mi mundo interior; por el otro, la danza o el cine sobre mi mundo exterior.

Aída

El arte para mí es la *expresión* de las emociones. Me encanta el arte en sus diferentes manifestaciones como las *artes plásticas,* la música y la *danza.* Disfruto mucho de la pintura y cuando contemplo una obra trato de *identificarme* con las emociones del *artista.* El arte me ha ayudado mucho para conocer la cultura de los diferentes países, pues me gusta establecer la relación o la diferencia que existe entre las culturas a través de su arte, especialmente en Latinoamérica.

Khedija

¡Me preguntan sobre el arte! *Medito* por un momento y me doy cuenta que el arte es sencillamente un modo de ser, una manera de vivir. Es una *visión* que uno tiene y que construye del mundo que está alrededor. Como todo proceso *creativo y dinámico,* el arte no ha de limitarse a un *museo,* una casa de *antigüedades,* un teatro, un *cine* o una sala de *exposiciones.* El arte no se conserva, como piensan muchos, en las vitrinas de algún almacén turístico. El arte es aquella capacidad creativa que cada uno de nosotros lleva dentro y que actúa según sus relativas pautas. Cada ser humano es un espejo en el cual se refleja un sinfín de habilidades, algunas más tradicionales que otras: por ejemplo, las artes plásticas, la danza (la expresión corporal), el *canto* (la interpretación musical), la actuación cinematográfica y teatral, la *cocina* (el arte culinario), la *elaboración textil,* el *diseño gráfico,* los *medios masivos* y otros productos afines que la más moderna tecnología nos sigue brindando cada día.

Ángel

El arte nace y se hace. Es, ante todo, una sensibilidad muy particular que crece con nosotros y que nos ayuda a tomar tal o cual postura ante la vida. Así, hablar y escribir, por ejemplo, podrían considerarse dos artes sumamente importantes para la comunicación humana. Ambos requieren mucho talento para que el mensaje sea inteligible.

En mi caso particular las artes ocupan un lugar privilegiado. Yo practico el teatro desde hace mucho tiempo. Hago, estudio, escribo y dirijo teatro... El teatro, entre todas las artes, tiene un lugar muy especial porque las incluye a todas. Cuando se asiste a una obra de teatro se usan varios sentidos del cuerpo humano. Se ven *movimientos, colores, luces, vestuarios, escenografías;* se escucha la música y las palabras que un autor escribió y que un actor dice en el *escenario.* Es como si una escultura tomara vida ante nuestra presencia.

En mi opinión, todos somos seres teatrales. Cuando somos niños jugamos a representar cosas sin ninguna preocupación ante los demás. Ésa es la forma más pura de *actuar* que podemos encontrar. Esa forma de juego, de hacer creer y de crear algo que no existe y que, tal vez, nunca existirá, me emociona. Es una *ilusión* que creamos para nuestro regocijo y entretenimiento por algunos momentos y luego se desvanece cuando ya no la necesitamos.

Ese aspecto es el que más me gusta y el que trato de recopilar y poner en mis trabajos de teatro. Me acerco a la *vida cotidiana* y a las experiencias de cada día como si fuera la primera vez. Juego de un modo inocente, con una inocencia casi infantil ante la vida. Eso hace que disfrute de mi vida y sea creativo en todo momento.

Khedija Gadhoum, Argentina

Ángel Manuel Santiago, Puerto Rico

A. ¿Qué significa para ti? La lista siguiente representa la división clásica de las bellas artes y las artesanías. Clasifica las siguientes formas de arte según tu interés (5 = me interesa mucho; 0 = no me interesa nada en absoluto). Después, en parejas, contesten las preguntas siguientes.

- ¿Qué papel juega el arte en tu vida?
- ¿Te gusta ir a conciertos? ¿al teatro? ¿a exposiciones de arte?
- ¿Quiénes son algunos de tus artistas preferidos?

Las bellas artes

_____ la pintura   _____ la danza

_____ la escultura   _____ la cinematografía

_____ la arquitectura   _____ el teatro

_____ la música   _____ la fotografía

_____ la literatura   _____ el dibujo   *(Este ejercicio continúa en la página siguiente.)*

Las artesanías y otras expresiones artísticas

_____ las cerámicas

_____ los tejidos

_____ los bordados

_____ los decorados (adornos, ornamentos, etc.)

_____ la ebanistería (hacer muebles)

_____ la orfebrería (hacer objetos artísticos de oro, plata y otros metales preciosos)

_____ los carteles

_____ el diseño gráfico

_____ la moda

_____ el arte en *Internet*

B. Para gustos se han hecho colores. A veces una pintura o una escultura puede tener varias interpretaciones. ¿Qué significa el chiste? En grupos de tres...

- hablen sobre sus diferentes interpretaciones.
- piensen en un título.
- escriban lo que diría el pintor.
- escriban lo que diría la oveja detrás del árbol.

C. ¿Tienes una buena imaginación? Uno de los requisitos para ser artista o escritor/escritora es tener una buena imaginación. El «examen» siguiente te ayudará a evaluar tus propios poderes de imaginación.

_____ 1. Cuando estás a punto de dormirte, ¿te encuentras frecuentemente revisando tus actividades de ese día? sí (0); a veces (1); nunca (5)

_____ 2. Cuando te despiertas en la mañana, ¿te ves suspendido/suspendida durante un rato entre el sueño y la realidad? sí (5); a veces (3); nunca (0)

_____ 3. ¿Intentaste alguna vez escribir una novela, un cuento corto, un poema? sí (5); no (0)

_____ 4. Cuando estás entre un grupo de gente desconocida, como en un restaurante o en un avión, ¿es interesante imaginar las vidas de quienes están cerca? sí (5); a veces (3); nunca (0)

_____ 5. Para ti, ¿son especialmente importantes las formas y colores? sí (5); no (0)

_____ 6. Cuando lees una novela o un cuento, ¿imaginas simultáneamente las personas y sitios que allí se describen? sí (5); a veces (3); nunca (0)

_____ 7. ¿Crees que tu vida sería mejor si consiguieras superar ciertos problemas de personalidad? sí (5); no (0)

_____ 8. ¿Te gusta leer cuentos sobre la ciencia ficción o lo sobrenatural? sí (5); a veces (3); nunca (0)

35 a 40 puntos o más: Posees una mente aguda e imaginativa. Este mismo hecho puede llevarte, sin embargo, a vivir en un mundo de ensueños y a huir de las realidades cotidianas.

20 a 34 puntos: Ésta es una puntuación saludable y normal, que combina el sentido práctico con la imaginación.

0 a 19 puntos: No tienes una mente muy imaginativa. El goce y la productividad de la imaginación pueden mejorarse si tomas un poco de tiempo para disfrutar de las artes.

SEGUNDA ETAPA: Comprensión

LECTURA

La artesanía y la fantasía del mundo hispanohablante.
La artesanía es una muestra del espíritu imaginativo e inquieto de los pueblos que se ha cultivado a través de los siglos. Cada país tiene sus artesanos que se dedican a una infinidad de formas artísticas. Algunos materiales que emplean los artesanos son metales sin valor, como el latón o la hojalata, filigranas de orfebrería con oro y piedras nobles y preciosas, como ópalos o esmeraldas. El artesano usa materiales simples como el barro y el cartón para crear verdaderas maravillas. Estas obras son tan populares que hoy hay centros comerciales en las grandes ciudades que se dedican a su venta e incluso hay sitios en *Internet* que promocionan esta forma de arte.

Blusas bordadas de diseños tradicionales, Oaxaca, México

Sugerencias para la lectura

Cómo leer: un repaso (*A road map for reading*). By now you are acquainted with a variety of reading strategies and probably are incorporating many of them unconsciously as you read your articles and literary selections. To further improve your reading proficiency when you are faced with a text, you should try to recall the steps you have practiced in *De paseo* and in your *Diario de actividades* in a systematic manner.

- First, look over the text quickly, checking for visual and format clues. The setup of the text, pictures, and illustrations will help to create a context for the reading.

- Then, scan the text carefully for words, phrases, and cognates as clues to the purpose of the text. Form a hypothesis about the purpose of the text.

- Next, identify the main ideas, characters, settings, and events by scanning the text again.

- Remember that each paragraph has a topic sentence, usually located at the beginning.

- At this stage, use any comprehension questions that accompany the reading selection as a guide for targeting specific information.

- Once you have identified the main elements and details, read the text more slowly and carefully, checking your comprehension at different points throughout the reading.

- Now, go back and recheck your hypothesis. Did you correctly predict the purpose of the text? If so, try to summarize or restate the theme of the text in your own words.

- As a final activity, discuss the reading with others to see if they share your opinion.

ANTES DE LEER

A. El que tiene arte va por todas partes. Lee la lista de artículos de artesanía que se fabrican en Estados Unidos e indica dónde se encuentra cada uno. Después, escribe cinco o seis artículos más que no están en la lista.

	Artículo	**Estado o región**
____	1. máscaras y caras de cerámica	**a.** Washington
____	2. talla de un tótem	**b.** Carolina del Norte
____	3. botas de vaquero	**c.** Texas
____	4. símbolos de embrujo	**d.** Nueva Orleans
____	5. artículos hechos de conchas	**e.** Maine
____	6. muebles	**f.** Pennsylvania (Amish)
____	7. trampas para pescar langostas	**g.** Florida
____	8. joyería de plata	**h.** Nuevo México

B. En tu casa... El atractivo de muchos artículos de artesanía es el precio. En los países extranjeros, se pueden encontrar verdaderas maravillas a precios razonables. ¿Tienes algún ejemplo de arte popular de algún país hispanohablante en tu casa? ¿Qué recuerdos compraste cuando fuiste de vacaciones? Escribe una lista de cada artículo que tienes y menciona si su uso es religioso, utilitario, decorativo o recreativo.

	Artículo	Estado, región o país	Uso
1.			
2.			
3.			
4.			
5.			
6.			

C. Pequeño diccionario. El artículo de la revista *Américas* define el arte popular. Antes de leer este artículo y hacer las actividades...

* estudia el *Pequeño diccionario.*
* busca las palabras en el texto.
* escribe una oración original en tu *Diccionario personal* con cada palabra o frase.
* lee el pasaje y escribe una lista de palabras que no conozcas.
* busca el significado de esas palabras en tu diccionario.

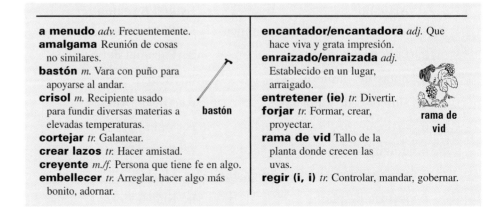

a menudo *adv.* Frecuentemente.
amalgama Reunión de cosas no similares.
bastón *m.* Vara con puño para apoyarse al andar.
crisol *m.* Recipiente usado para fundir diversas materias a elevadas temperaturas.
cortejar *tr.* Galantear.
crear lazos *tr.* Hacer amistad.
creyente *m./f.* Persona que tiene fe en algo.
embellecer *tr.* Arreglar, hacer algo más bonito, adornar.

bastón

encantador/encantadora *adj.* Que hace viva y grata impresión.
enraizado/enraizada *adj.* Establecido en un lugar, arraigado.
entretener (ie) *tr.* Divertir.
forjar *tr.* Formar, crear, proyectar.
rama de vid Tallo de la planta donde crecen las uvas.
regir (i, i) *tr.* Controlar, mandar, gobernar.

rama de vid

¡A LEER!

A. Fantasía y arte. ¿Cuáles son las diferentes clasificaciones del arte popular? Lee el artículo y subraya las categorías de acuerdo con su función. Después, en los márgenes, anota algunos ejemplos específicos de cada categoría.

El humilde arte de la vida

Por Liza Gross

El arte contemporáneo de América Latina, como los pueblos de la región, es una amalgama, un crisol de influencias y esfuerzos de varias direcciones. Es el propósito del arte popular que se mantiene constante. Desde los tiempos precolombinos, el arte popular ha sido el principal vehículo a través del cual las gentes de América Latina han expresado sus sueños y miedos, cortejado a sus amantes, entretenido a sus niños, adorado a sus dioses y honrado a sus antepasados. En esta época, continúa siendo un mecanismo importante para relacionarse con los mundos físicos, sociales y espirituales. En realidad, el arte popular está presente en la mayoría de las facetas de la vida de América Latina.

Existen varios métodos para clasificar el arte popular latinoamericano: por función material, técnica, lugar de origen o edad. Para este artículo, vamos a organizar los objetos de acuerdo con su función: ceremonial, utilitaria, recreativa o decorativa.

El arte ceremonial, tanto secular como religioso, es la forma más visible y dramática de la expresión popular artística latinoamericana. En toda la región, pintorescos desfiles y ceremonias conmemoran hechos históricos, patrióticos o militares a la comunidad. Estos festivales crean lazos entre los miembros de una comunidad y contribu-

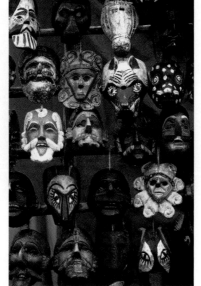

Máscaras mayas, Chichicastenango, Guatemala

yen a forjar una identidad nacional. Las máscaras, disfraces y objetos tradicionales de significado simbólico desempeñan un papel muy importante en estas dramatizaciones populares.

La mayoría del arte ceremonial latinoamericano, sin embargo, es religiosa. La base fundamental del arte religioso es el concepto de «la promesa», un voto entre el creyente y los miembros del mundo espiritual que rigen los destinos del individuo, la familia y la comunidad. Por ejemplo, los milagros, pequeños objetos votivos que se colocan en el altar en cumplimiento de una promesa, están presentes en toda América Latina. Pequeños ojos de plata y réplicas de piernas y brazos en

Una cruz con milagros

madera dan testimonio de los poderes curativos de un santo. Las máscaras también son una importante manifestación del arte popular religioso. Para los rituales religiosos profundamente enraizados en los tiempos precolombinos, los shámenes usaban máscaras para representar a los espíritus. En la actualidad, las máscaras se usan mayormente durante la celebración del día de santos y otras fechas importantes del calendario católico.

Un gran porcentaje del arte popular latinoamericano es utilitario, una respuesta a las circunstancias físicas, sociales o económicas de una comunidad. Ropa cosida a mano, muebles, utensilios de cocina u otros objetos de uso diario sobreviven en grandes cantidades, a pesar de su reemplazo gradual por objetos fabricados masivamente. A pesar de que los artistas populares tienen como prioridad cumplir con ciertos requisitos impuestos por el medio ambiente, van más allá de las consideraciones puramente prácticas, embelleciendo y decorando sus objetos con imágenes creativas basadas en tradiciones. Los bastones aparecen adornados con serpientes y ramas de vid, los recipientes tienen forma de llamas o cabras y los bancos parecen armadillos o caballos. Los productos textiles, particularmente los utilizados en el vestido, también son una manifestación común del arte popular.

Una niña cuna vestida de ropa tradicional, Islas San Blas, Panamá

Una ardilla, talla en madera

El arte popular recreativo que tiene por objeto entretener y divertir incluye juguetes, como autobuses y aeroplanos, así como juegos y miniaturas. A primera vista, las piezas de arte popular recreativo pueden considerarse meramente juguetes, pero a menudo revelan aspectos fundamentales de la vida social y religiosa. Los diablos de Ocumicho, México, son figuras encantadoras, pero también sirven para recordar el eterno conflicto entre el bien y el mal. Los niños y niñas juegan con herramientas agrícolas y muñecas en preparación para sus futuros trabajos en su vida adulta.

A pesar de que el arte popular decorativo —los objetos utilizados para adornar el cuerpo, el hogar y otros lugares— refleja las costumbres y los valores estéticos locales, la forma de estos objetos no está necesariamente relacionada con su función. Son obras de arte en sí mismas, a pesar de que permanecen circunscritas a las tradicionales culturales de sus creadores. Los recuerdos evocan imágenes de sucesos importantes o de visitas realizadas a lugares específicos.

Una cerámica negra de México

B. Comprensión. Ahora, lee el artículo otra vez y contesta las preguntas siguientes brevemente en español.

1. ¿Qué es el arte contemporáneo?

   _____

   _____

2. ¿Cuál es el propósito del arte popular?

   _____

   _____

3. ¿Dónde está presente el arte popular?

   _____

   _____

4. ¿Cuáles son las dos maneras de clasificar el arte?

   _____

   _____

5. ¿Cuál de las cuatro formas es la más visible?

   _____

   _____

6. ¿Cuál es la base fundamental del arte religioso?

   _____

   _____

7. ¿Qué son los milagros? ¿Para qué sirven?

   _____

   _____

8. ¿Cómo ha cambiado el uso de las máscaras a través del tiempo?

   _____

   _____

9. ¿Cuáles son algunos ejemplos del arte utilitario?

   _____

   _____

10. ¿Qué tiene por objeto el arte recreativo?

    _____

    _____

11. ¿Para qué sirve el arte decorativo?

    _____

    _____

12. ¿Qué tipo de arte son los recuerdos?

    _____

    _____

DESPUÉS DE LEER

A. ¿Qué son? ¿Para qué sirven los objetos siguientes? ¿En qué países los encontrarías? En grupos de tres...

● estudien las fotografías y adivinen el material, el uso y el país de origen de cada objeto.

● preparen una explicación para defender cada respuesta.

● cada miembro del grupo debe explicar cómo usaría cada artículo o dónde lo pondría.

	Material	Explicación de su uso	País de origen
una alfombra	lana seda nilón algodón	ceremonial utilitario recreativo decorativo	Argentina México Panamá Venezuela
un jarro	barro cristal papel plástico	ceremonial utilitario recreativo decorativo	Argentina Ecuador España Uruguay
un santo	barro cerámica papel madera	ceremonial utilitario recreativo decorativo	Argentina España México Puerto Rico
un mate y bombilla	barro cerámica piedra plata	ceremonial utilitario recreativo decorativo	Argentina México Paraguay Perú

B. Arte popular, ¿es arte o no? ¿Crees que el arte popular se puede comparar con las formas tradicionales de las bellas artes como la escultura, la pintura, la arquitectura o el dibujo? ¿O es una forma de arte inferior? En parejas...

● decidan cómo definirían el arte.

● comenten si se puede usar la misma definición para el arte popular.

C. Bueno, bonito y barato. Usando tu libro de texto como guía, busca en *Internet* o en libros de turismo como *Fodor's Travel Guide* el arte popular o artículos de artesanía que sean típicos de cinco de los países siguientes. Incluye una pequeña descripción de cada artículo.

País	Artículo	Descripción
1. Argentina		
2. Chile		
3. Colombia		
4. Ecuador		
5. España		
6. México		
7. Perú		
8. Venezuela		

TERCERA ETAPA: Fundación

FUNCIONES

PRIMERA FUNCIÓN: Cómo hablar de metas, duración y condiciones preexistentes, usando *para* y *por* (*Es una olla para maíz.*)

The following chart briefly summarizes the uses of *para* and *por*.

Uses of *para* and *por*	
para	*por*
• spatial and temporal relationships • destination • goal • purpose • lack of correspondence • set expressions	• spatial and temporal relationships • actions and their relationships • notions of exchange, substitution, replacement, and representation • set expressions

A. Lecciones. De niño/niña, muchos de ustedes tomaron lecciones de música, arte o deportes. En parejas...

• pregúntense sobre las lecciones que tomaron.
• determinen cuánto tiempo estudiaron.

■ Ejemplo: Estudiante 1: *De niño/niña, ¿tomaste lecciones del violín?*
            Estudiante 2: *Sí.*
            Estudiante 1: *¿Por cuánto tiempo lo estudiaste?*
            Estudiante 2: *Lo estudié **por** ocho años.*

B. Fechas límites. Todos los estudiantes tienen muchas responsabilidades. En grupos pequeños...

• digan todos los trabajos y las actividades que tienen para la semana que viene y las fechas límites para cada uno.
• determinen quién es el/la estudiante más ocupado/ocupada.

■ Ejemplo: ***Para** el martes que viene tengo que escribir una composición **para** mi curso de inglés.*

OBJETIVOS:

In this *etapa,* you will . . .

■ talk about goals vs. movement, duration, and pre-existing conditions.

■ use appropriate structures to refer to genderless referents.

■ practice making nouns from adjectives.

Cultura en acción: While working on this *etapa,* . . .

• study the chapter vocabulary outside of class by using your textbook and your *Diccionario personal,* preparing flash cards, and/or practicing with a partner.
• check the appropriateness and accuracy of structures used in your report.
• look for examples of *para* and *por* and time expressions with *hacer* in the readings and incorporate these structures into your reports.
• use appropriate time expressions to describe how long selected artists have been involved in their work or how long ago the works were completed on the day of the *Cultura en acción,* for example, *Hace sesenta años que Picasso pintó* Guernica.

Repaso: Before beginning this section, study the *Repaso de gramática* on pages 387–393 of your textbook and complete the *Práctica de estructuras* section on pages 336–341 of the **Diario de actividades.**

Repaso: Review the musical instruments presented in *Capítulo 1* and the active vocabulary presented in *Capítulo 4* before doing Activity A.

C. Un juego. En este juego van a describir para qué sirven los artículos que tienen en la mochila o en el bolsillo. En parejas...

- elijan tres artículos de su mochila o bolsillo.
- un/una estudiante dice para qué usa el artículo.
- el otro / la otra estudiante tiene que adivinar el artículo.

■ **Ejemplo:** Estudiante 1: *La uso **para** abrir la puerta de mi apartamento.*
Estudiante 2: *Es una llave.*

SEGUNDA FUNCIÓN: **Cómo hablar sobre la duración de una actividad, usando *hace/hacía* + expresiones temporales (*Hace mucho tiempo...*)**

Hace and *hacía* are used with expressions of time to say how long ago something happened or for how long a certain action has/had been going on, for example:

*Compré un terreno en las montañas **hace un año.***
I bought a piece of land in the mountains a year ago.

*Me había mudado a esta casa **hacía cinco años.***
I moved to this house five years ago.

***Hace cuatro años que** vivo en Barcelona.*
I have been living in Barcelona for four years.

***Hacía diez años que** vivía en Boston cuando me mudé a California.*
I had been living in Boston for ten years when I moved to California.

A. Una encuesta. Los estudiantes tienen/tenían muchas actividades. En parejas, entrevístense sobre sus actividades de ahora y del pasado, según las indicaciones.

Actividades de ahora

¿Cuáles son tus actividades *actuales*?

¿Cuánto tiempo hace que *tocas el piano*?

Actividades del pasado

¿Cuáles eran tus actividades *en la escuela preparatoria*?

¿Cuánto tiempo hacía que *practicabas el montañismo* cuando te graduaste?

■ **Ejemplo:** Estudiante 1: *¿Cuáles eran tus actividades en la escuela preparatoria?*
Estudiante 1: *Tomé un curso de acuarelas en un colegio cerca de mi casa.*
Estudiante 2: *¿Cuánto tiempo hacía que pintabas cuando tomaste este curso de acuarelas?*
Estudiante 1: *Hacía seis meses que pintaba cuando tomé este curso.*

B. Este semestre/trimestre. ¿Qué actividades artísticas habían hecho antes de empezar este semestre/trimestre? En grupos pequeños, escriban una lista de estas actividades.

■ **Ejemplo:** *Hacía diez años que yo había tomado lecciones de ballet antes de empezar este semestre/trimestre.*

C. El arte de Centroamérica. Los países centroamericanos tienen unos estilos arquitectónicos interesantes. En parejas, consulten el cuadro siguiente y determinen cuánto tiempo hace que cada edificio fue construido, destruido, etc., según las indicaciones.

El Convento de Santa Clara y la iglesia de San Francisco, Antigua, Guatemala

Lugar	Edificio	Año
Antigua, Guatemala	Convento de Santa Clara	fundar / 1700

■ **Ejemplo:** *El Convento de Santa Clara en Antigua, Guatemala, fue fundada en 1700, hace más o menos trescientos años.*

Lugar	Edificio	Año
1. San José, Costa Rica	Teatro Nacional	inciar / 1890
2. Tikal, Guatemala	Templo del Jaguar	construir / 700 a.C.
3. Tegucigalpa, Honduras	Palacio Nacional	remodelar / 1935
4. San Salvador, El Salvador	Teleférico San Jacinto	abrir / 1977
5. Managua, Nicaragua	Catedral	destruir / 1972
6. Ciudad de Panamá, Panamá	Canal de Panamá	comenzar / 1878

TERCERA FUNCIÓN: Cómo usar palabras descriptivas como sustantivos, usando los artículos definidos *(Prefiero la grande.)*

Adjectives may be nominalized by adding the appropriate definite or indefinite article before them. For example:

El edificio impresionante → ***el impresionante***

A. No lo menciones. En una conversación, es normal que no se repita una palabra después de mencionarla por primera vez. En grupos pequeños...

- elijan uno de los temas siguientes.
- una persona comienza la conversación diciendo algo sobre el tema.
- los demás miembros del grupo tienen que continuar la conversación sin mencionar el tema.

■ **Ejemplo:** los ballets

Estudiante 1: *Me encantan los ballets franceses porque son elegantes.*

Estudiante 2: ***Los rusos** me interesan más.*

Estudiante 3: ***Los norteamericanos** tratan de temas como los vaqueros.*

Temas:

- el cine español
- la música cubana
- el teatro chicano
- el arte moderno
- la poesía épica
- los murales mexicanos
- las danzas folklóricas

B. ¿Qué prefieres? En parejas, usen los dibujos siguientes para expresar sus preferencias.

■ **Ejemplo:**

Estudiante 1: *¿Qué diccionario prefieres?*

Estudiante 2: *Prefiero **el rojo** porque tiene definiciones más completas que el otro.*

1.

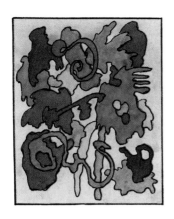

2.

3.

4.

5.

CUARTA ETAPA: Expresión

EL MUNDO DE LA LITERATURA:
«La literatura es fuego»
por Mario Vargas Llosa

ANTES DE LEER

A. Repaso de autores. En este curso han estudiado muchos autores latinoamericanos. En grupos pequeños...

- revisen la siguiente lista de autores y relacionen a cada uno con su obra.
- identifiquen el tema de la obra.
- mencionen una característica de cada escritor.

Escritores	Obras
_____ 1. Bernardino Brito Mena	**a.** «La espera»
_____ 2. Marco Denevi	**b.** «La muerte»
_____ 3. Carlos Fuentes	**c.** *El gran consejo*
_____ 4. Nicolás Guillén	**d.** *Gringo viejo*
_____ 5. Gregorio López y Fuentes	**e.** «Noble campaña»
_____ 6. Ricardo Conde	**f.** «Apocalipsis»
_____ 7. Jorge Luis Borges	**g.** «María Cristina»
_____ 8. Sandra María Estévez	**h.** «Balada de los dos abuelos»
_____ 9. Manuel Serpa	**i.** «Yo quemé el Amadeo Roldán»

Temas/Características

1. _____
2. _____
3. _____
4. _____
5. _____
6. _____
7. _____
8. _____
9. _____

OBJETIVOS:

In this *etapa,* you will . . .

- study the characteristics of the essay as a literary form.

- read about the Peruvian writer Mario Vargas Llosa.

- find out how Mario Vargas Llosa defines literature.

- discover what the vocation of writing means in Latin America.

Cultura en acción: While working on this *etapa,* . . .

- find examples of poets who have written companion pieces for works of art as you research your topics for the *Cultura en acción.*
- write a *quinteto* (a five-line poem) to describe your favorite work of art or artist. The *quinteto* is the topic of *Redacción* for this chapter.
- submit your *quinteto* and prepare to read it during the *Cultura en acción.*

B. Propósitos del escritor. Además de leer algunos textos literarios, en este curso han estudiado varios tipos de escritura. En grupos pequeños...

- recuerden las clases de escritura que han estudiado.
- hagan una lista de los propósitos de cada clase de escritura.

C. ¿Qué dirían? Si ganaran un premio literario o periodístico como el Nóbel o el Pulitzer, tendrían la oportunidad de pronunciar un discurso sobre su tema preferido. En grupos pequeños...

- conversen sobre lo que dirían en su discurso de aceptación.
- den las razones por las cuáles hablarían sobre estos temas.

D. Términos literarios. En este capítulo vas a leer un ensayo por el escritor peruano Mario Vargas Llosa, que es conocido por sus novelas, ensayos y dramas. Antes de leer el texto, vamos a estudiar algunos de los elementos del ensayo.

Términos literarios

El **ensayo** es un tipo de prosa en el que el autor brevemente analiza, interpreta o evalúa un tema. Esta forma literaria comenzó con el escritor francés Michel de Montaigne en el siglo XVI, pero aparece abundantemente en la literatura contemporánea. El ensayo difiere del cuento en que es una forma literaria no novelesca. El ensayo se basa en sucesos reales y es de carácter **universal**, aunque puede adoptar una perspectiva **subjetiva**. Con frecuencia, el ensayo trata de un **tema cultural** y este tema es más evidente que en otras formas literarias. El ensayo tiene varios propósitos, entre ellos:

- revolucionar ideas
- interrogar al mundo
- exponer algún sistema de pensamiento o ideas
- interpretar y
- persuadir.

El ensayo es una de las formas literarias más populares de Latinoamérica, y uno de los temas más destacados es **la identidad** de uno mismo, de su origen y de su cultura. «La literatura es fuego» trata del tema de la identidad... específicamente la identidad del escritor latinoamericano.

Perspectiva

Mario Vargas Llosa nació en Arequipa, Perú, en 1936. Cuando era joven, Vargas Llosa asistió al Colegio Militar Leoncio Prado, que se convirtió en el escenario para su primera novela, La ciudad y los perros. *Por ser una obra muy controversial, mil ejemplares de la novela fueron quemados en el patio del colegio. El escritor peruano se graduó de la Universidad de San Marcos en Lima. Después, fue a la Universidad de Madrid, de la cual recibió su doctorado. Vivió varios años en París, donde trabajaba como profesor de idiomas. Más tarde se trasladó a Londres y Barcelona. En años recientes, Vargas Llosa ha participado mucho en la política y se presentó como candidato para la presidencia de Perú. «La literatura es fuego» es el texto del discurso que Vargas Llosa pronunció en 1967 al ganar el prestigioso premio literario Rómulo Gallegos por su novela* La casa verde. *Recibió el Premio Cervantes en 1994 y es miembro de la Real Academia desde 1994.*

Mario Vargas Llosa

Pequeño diccionario. El ensayo «La literatura es fuego» contiene palabras y frases especializadas. Antes de estudiar el pasaje y hacer las actividades...

* estudia el *Pequeño diccionario.*
* busca las palabras en el texto.
* escribe una oración original en tu *Diccionario personal* con cada palabra o frase.
* lee el pasaje y escribe una lista de palabras que no conozcas.
* busca el significado de esas palabras en tu diccionario.

---

amenaza Peligro, mal.
camisa de fuerza
   Chaqueta que sirve para sujetar a los locos furiosos.
cegador/cegadora *adj.*
   Que quita la vista.
díscolo/díscola *adj.*
   Perverso o mal inclinado; indócil.
doblegar *tr.* Doblar o torcer encorvando.
endiabladamente *adv.* De manera endemoniada; perversamente.
escoria Cosa vil, deshechada.
festín *m.* Festejo particular; banquete.
hiriente *adj.* Dañoso.

camisa de fuerza

insumiso/insumisa *adj.* Desobediente, rebelde.
marasmo Parálisis; inmovilidad en lo moral o en lo físico.
nocivo/nociva *adj.* Dañino, perjudicial.
perturbador/perturbadora *adj.* Que molesta.
saquear *tr.* Apoderarse violentamente de lo ajeno.
suprimir *tr.* Hacer cesar; hacer desaparecer.
término medio Compromiso.
transigencia Consentimiento.
tregua Cese temporal de hostilidades entre los beligerantes.

¡A LEER!

A. La idea principal. Mientras lean el ensayo siguiente, usen las *Preguntas de orientación* como una guía de lectura. Después, en grupos pequeños, contesten las preguntas para comprobar su comprensión del texto.

Repaso: Don't forget to use the reading strategies, such as skimming and scanning, from the *Lectura* sections of the previous chapters of your textbook when reading the following passage. Try not to use your dictionary too often, or you may lose the meaning of the passage.

¡OJO! In this essay, Mario Vargas Llosa repeatedly uses a technique called **enumeration**. Simply stated, enumeration is a long list of items separated by commas. Another technique used in this essay is **juxtaposition** of opposing ideas. As you read the text, look for the author's enumerations and juxtapositions.

B. Elementos básicos. Revisen el ensayo de nuevo. En grupos pequeños, determinen si las características siguientes son evidentes en el texto.

- ❏ revolucionar ideas
- ❏ interrogar al mundo
- ❏ exponer algún sistema de pensamiento o ideas
- ❏ interpretar
- ❏ persuadir

Preguntas de orientación

1. ¿Cómo ha cambiado el clima para la literatura en Latinoamérica?
2. ¿Cuál es el peligro que existe hoy para el escritor?
3. Según Vargas Llosa, ¿cuál es la responsabilidad del escritor?
4. ¿Qué tipo de personalidad tiene que tener el escritor?

La literatura es fuego

por Mario Vargas Llosa

Lentamente se insinúa en nuestros países un clima más hospitalario para la literatura. Los círculos de lectores comienzan a crecer, las burguesías descubren que los libros importan, que los escritores son algo más que locos benignos, que ellos tienen una función que cumplir entre los hombres. Pero entonces, a medida que comience a hacerse justicia al escritor latinoamericano, o más bien, a medida que comience a rectificarse la injusticia que ha pesado sobre él, una amenaza puede surgir, un peligro endiabladamente sutil. Las mismas sociedades que exiliaron y rechazaron al escritor, pueden pensar ahora que conviene asimilarlo, integrarlo, conferirle una especie de estatuto oficial. Es preciso, por eso, recordar a nuestras sociedades lo que les espera. Advertirles que la literatura es fuego, que ella significa inconformismo y rebelión, que la razón de ser del escritor es la protesta, la contradicción y la crítica. Explicarles que no hay término medio: que la sociedad suprime para siempre esa facultad humana que es la creación artística y elimina de una vez por todas a ese perturbador social que es el escritor o admite la literatura en su seno y en ese caso no tiene más remedio que aceptar un perpetuo torrente de agresiones, de ironías, de sátiras, que irán de lo adjetivo a lo esencial, de lo pasajero a lo permanente, del vértice a la base de la pirámide social. Las cosas son así y no hay escapatoria: el escritor ha sido, es y seguirá siendo un descontento. Nadie que esté satisfecho es capaz de escribir, nadie que esté de acuerdo, reconciliado con la realidad, cometería el ambicioso desatino de inventar realidades verbales. La vocación literaria nace del desacuerdo de un hombre con el mundo, de la intuición de deficiencias, vacíos y escorias a su alrededor. La literatura es una forma de insurrección permanente y ella no admite las

camisas de fuerza. Todas las tentativas destinadas a doblegar su naturaleza airada, díscola, fracasarán. La literatura puede morir pero no será nunca conformista.

Sólo si cumple esta condición es útil la literatura a la sociedad. Ella contribuye al perfeccionamiento humano impidiendo el marasmo espiritual, la autosatisfacción, el inmovilismo, la parálisis humana, el reblandecimiento intelectual o moral. Su misión es agitar, inquietar, alarmar, mantener a los hombres en una constante insatisfacción de sí mismos: su función es estatuar sin tregua la voluntad de cambio y de mejora, aun cuando para ello deba emplear las armas más hirientes y nocivas. Es preciso que todos lo comprendan de una vez: mientras más duros y terribles sean los escritos de un autor contra su país, más intensa será la pasión que lo una a él. Porque en el dominio de la literatura, la violencia es una prueba de amor.

La realidad americana, claro está, ofrece al escritor un verdadero festín de razones para ser un insumiso y vivir descontento. Sociedades donde la injusticia es ley, paraísos de ignorancia, de explotación, de desigualdades cegadoras, de miseria, de alienación económica, cultural y moral, nuestras tierras tumultuosas nos suministran materiales suntuosos, ejemplares, para mostrar en ficciones, de manera directa o indirecta, a través de los hechos, sueños, testimonios, alegorías, pesadillas o visiones, que la realidad está mal hecha, que la vida debe cambiar. Pero dentro de diez, veinte o cincuenta años habrá llegado, a todos nuestros países como ahora a Cuba, la hora de la justicia social y América Latina entera se habrá emancipado del imperio que la saquea, de las castas que la explotan, de las fuerzas que hoy la ofenden y reprimen. Yo quiero que esa hora llegue cuanto antes y que América Latina ingrese de una vez por todas en la dignidad y en la vida moderna, que el socialismo nos libere de nuestro anacronismo y nuestro horror. Pero cuando las injusticias sociales desaparezcan de ningún modo habrá llegado para el escritor la hora del consentimiento, la subordinación o la complicidad oficial. Su misión seguirá, deberá seguir siendo la misma; cualquier transigencia en este dominio constituye, de parte del escritor, una traición.

Nuestra vocación ha hecho de nosotros, los escritores, los profesionales del descontento, los perturbadores conscientes o inconscientes de la sociedad, los rebeldes con causa, los insurrectos irredentos del mundo, los insoportables abogados del diablo. No sé si está bien o si está mal, sólo sé que es así. Ésta es la condición del escritor y debemos reivindicarla tal como es. En estos años en que comienza a descubrir, aceptar y auspiciar la literatura, América Latina debe saber, también, la amenaza que se cierne sobre ella, el duro precio que tendrá que pagar por la cultura. Nuestras sociedades deben estar alertadas: rechazado o aceptado, perseguido o premiado, el escritor que merezca este nombre seguirá arrojándoles a los hombres el espectáculo no siempre grato de sus miserias y tormentas.

5. ¿Cuál es la contribución de la literatura?
6. Con respecto a la literatura, ¿qué significa la violencia?
7. ¿Cuáles son las características de América Latina que se prestan a la literatura?
8. ¿A qué espera el escritor? ¿Por qué?
9. ¿Cuál será la misión del escritor en el futuro?
10. ¿Cuáles son los sinónimos que usa Vargas Llosa para los escritores?
11. ¿Qué tiene que seguir haciendo el escritor genuino?

Una estudiante habla a su profesor de un ensayo para su clase.

DESPUÉS DE LEER

A. Manifiesto. «La literatura es fuego» es un manifiesto sobre las responsabilidades de los escritores. En grupos pequeños...

- discutan el tono de la obra.
- hagan hipótesis sobre los temas de las demás obras de Vargas Llosa.
- usen *Internet* para buscar más información sobre las obras de Vargas Llosa.

B. Mosaico cultural. El vídeo que acompaña este capítulo también lleva el título «La literatura es fuego». En grupos pequeños...

- escriban una lista de temas posibles que aparezcan en el vídeo.
- compartan esta lista con los demás grupos.

C. Escritores del futuro. ¿Les gustaría seguir la carrera de escritor/ escritora? En grupos pequeños...

- comenten este tema.
- mencionen por qué (no) quieren ser escritores.
- indiquen los temas que piensan que un escritor / una escritora tiene que tratar.
- determinen si están de acuerdo con la perspectiva literaria de Mario Vargas Llosa.
- identifiquen otros escritores que tengan la perspectiva de Vargas Llosa.

LEE UN POCO MÁS

Si te gusta «La literatura es fuego», se recomiendan las obras siguientes.

- Henríquez Ureña, Pedro. *Seis ensayos en busca de nuestra expresión* (1928).
- Mariátegui, José Carlos. *Siete ensayos de interpretación de la realidad peruana* (1928).
- Artículos sobre la política de Mario Vargas Llosa en *Internet*.

Los dos estudiantes comentan un libro que acaban de leer.

Mosaico cultural

LA LITERATURA ES FUEGO:

Mini-Portraits of Famous Writers

INTRODUCCIÓN

Los escritores latinoamericanos tienen una doble misión que se refleja en sus poemas, cuentos y novelas. Esta misión incorpora la estética con la justicia social y esto les da una fuerza vital a sus obras.

OBJETIVOS:

In this section, you will . . .

■ find out about the role and importance of literature as a source and an instrument for critical thinking.

■ meet three Latin American writers: Elena Poniatowska, Marjorie Agosín, and Antonio Benítez-Rojo.

ANTES DE VER

A. Preferencias. Muchos de ustedes leen obras de literatura por placer o en sus cursos de la universidad. En grupos pequeños...

* mencionen las formas literarias que les gusten más:

  ❐ biografía
  ❐ cuento
  ❐ ensayo
  ❐ novela (ciencia-ficción, histórica, policíaca, romántica, etc.) o
  ❐ poesía.

* identifiquen algunas de las obras literarias más impresionantes que hayan leído en otro idioma.

* describan la experiencia de leer estas obras o hablen de su obra favorita.

B. Temas universales. A pesar de las diferencias culturales, casi todos los seres humanos se enfrentan a las mismas experiencias en sus vidas. Estas experiencias se reflejan en la literatura de una cultura. En grupos pequeños, identifiquen cinco temas universales que han notado en la literatura en inglés y en español.

C. Pequeño diccionario. Antes de ver «La literatura es fuego»...

- estudia el *Pequeño diccionario*.
- categoriza las palabras y frases de una manera lógica o da ejemplos de las palabras.
- escribe una oración original en tu *Diccionario personal* con cada palabra o frase.

a lo mejor *adv*. Probablemente. **agitar** *tr*. Mover frecuente y violentamente una cosa; inquietar. **alimentar** *tr*. Dar de comer. **almidonado/almidonada** *adj*. Persona adornada con excesiva pulcritud. **celos** *pl*. Sospecha de que la persona amada ponga su cariño en otra. **dama** Mujer noble o distinguida. **denunciar** *tr*. Dar a la autoridad noticia de un daño o hecho. **desaparecido/desaparecida** *adj*. Secuestrado por oficiales del gobierno. **efervescencia** Desprendimiento de	burbujas gaseosas a través de un líquido, como los refrescos o el champán. **embarazada** *adj*. Que va a tener un bebé. **escoger** *tr*. Elegir. **mojado/mojada** *adj*. Lleno de agua o húmedo. **obsequio** Regalo. **perdurar** *intr*. Durar mucho; subsistir. **rescatar** *tr*. Recobrar por precio o por fuerza una persona o cosa. **trasladarse** *pr*. Mudarse de lugar. **voluntad** Libre determinación. efervescencia

¡A VER!

A. Asociaciones. Estudia las ideas siguientes. Mientras veas el vídeo, identifica el escritor con que asocias estas ideas, usando las letras adecuadas.

- **a.** Marjorie Agosín
- **b.** Antonio Benítez-Rojo
- **c.** Elena Poniatowska

_____ **1.** La literatura es un arte.

_____ **2.** Hay que respetar mucho a las palabras.

_____ **3.** Lo que más le gusta es leer un libro.

_____ **4.** Es una autora chilena.

_____ **5.** Escribir es un arma de fuego que perdura.

_____ **6.** La literatura es una forma de denunciar.

_____ **7.** Piensa que la poesía es un obsequio.

_____ **8.** Es un escritor cubano.

_____ **9.** La literatura representa la posibilidad de visitar otros mundos.

_____ **10.** Uno de sus libros más conocidos es *La noche de Tlatelolco*.

_____ **11.** Le gusta escribir de todo.

_____ **12.** Es una novelista mexicana.

B. Poema sobre René Pelvao. Escucha cuidadosamente el poema sobre una de las fundadoras de las madres de la Plaza de Mayo. Después, escribe las tres ideas fundamentales de este poema.

1. _____
   _____
   _____
   _____
   _____

2. _____
   _____
   _____
   _____
   _____

3. _____
   _____
   _____
   _____
   _____

Marjorie Agosín

DESPUÉS DE VER

A. La literatura. Este vídeo ofrece tres puntos de vista sobre la literatura. En grupos pequeños, contesten las preguntas siguientes.

1. Según el escritor peruano Mario Vargas Llosa, ¿cuál es la definición de la literatura?
2. Elena Poniatowska y Marjorie Agosín creen que la literatura es una forma de denuncia. Según Agosín, ¿para qué otra función sirve el escribir?
3. Antonio Benítez-Rojo habla del juego interior que siente al empezar a escribir. ¿Cómo describe esa sensación?
4. Según Benítez-Rojo, ¿qué posibilidad ofrece la literatura al autor y al lector?

B. Arma de fuego. Elena Poniatowska escribió las palabras en la página 381 como introducción a su libro *La noche de Tlatelolco*. En grupos pequeños...

- lean la introducción.
- analicen cómo Poniatowska utiliza la literatura como un arma de fuego.
- comenten las *Preguntas de orientación* en la página próxima.

Unos mexicanos ejercen su derecho de protestar.

Introducción a
La noche de Tlatelolco
por Elena Poniatowska

Son muchos. Vienen a pie, vienen riendo. Bajaron por Melchor Ocampo, la Reforma, Juárez, Cinco de Mayo,[1] muchachos y muchachas estudiantes que van del brazo en manifestación con la misma alegría con que hace apenas unos días iban a la feria; jóvenes despreocupados que no saben que mañana, dentro de dos días, dentro de cuatro, estarán allí hinchándose[2] bajo la lluvia, después de una feria en donde el centro del tiro al blanco[3] lo serán ellos, niños-blanco, niños que todo lo maravillan, niños para quienes todos los días son día-de-fiesta, hasta que el dueño de la barraca[4] del tiro al blanco les dijo que se formaran así el uno junto al otro como la tira[5] de pollitos plateados[6] que avanza en los juegos, click, click, click, click y pasa a la altura de los ojos, ¡Apunten, fuego!, y se doblan para atrás

Preguntas de orientación

1. ¿Cuál es el escenario de este relato?
2. ¿Quiénes se manifiestan?
3. ¿Cómo se caracterizan?
4. ¿Qué va a ocurrir en unos días?
5. ¿Con qué se compara este suceso?

Una manifestación

1. calles de la Ciudad de México
2. llenándose de aire y aumentando en volumen
3. disparo de un arma de fuego sobre un objeto
4. caseta de feria
5. línea
6. de metal
7. tocando

Enlace

A. «Musas» modernas. En los tiempos antiguos, los artistas invocaban a las Musas para que bendijeran sus esfuerzos. Aunque la gente moderna no les hace caso, muchas personas sí tienen costumbres que siguen al inaugurar un proyecto importante. Algunos atletas, por ejemplo, se ponen sus calcetines (u otras prendas) «de la buena suerte» antes de un partido importante. En grupos pequeños...

● identifiquen las costumbres irracionales que ustedes mismos o sus amigos siguen.
● expliquen el origen de estas costumbres.
● elijan la costumbre más absurda.

B. Obras impresionantes. En este capítulo estudiaron las obras de Picasso, Guayasamín y otros artistas. En grupos pequeños...

● identifiquen obras de arte (incluso monumentos y arquitectura) que han visto en persona (o en libros o diapositivas) que les impresionaron.
● identifiquen el lugar donde se pueden ver estas obras.
● nombren los artistas que crearon las obras.

Campanario de estilo poblano,
Acatepec, México

C. Los escritores y la política. En este capítulo, ustedes estudiaron un ensayo escrito por el escritor y político Mario Vargas Llosa. En su opinión, ¿es típico que un escritor se meta en la política? En grupos pequeños...

- identifiquen otros escritores-políticos que han estudiado.
- identifiquen sus causas u objetivos.
- identifiquen una obra literaria que ha producido cada uno.

D. Revisión de composición. Ahora, van a revisar tus composiciones, enfocándose en el contenido, el vocabulario y la exactitud. En parejas...

- intercambien las composiciones y revísenlas, según los criterios siguientes.
- califiquen sus composiciones, según las indicaciones.

Escala

excelente = 4 puntos
bueno = 3 puntos
mediocre = 2 puntos
malo = 1 punto
inaceptable = 0 puntos

Calificación de composiciones	
Contenido	
Introducción que llama la atención	_____
Organización lógica	_____
Ideas interesantes	_____
Transiciones adecuadas	_____
Conclusión firme	_____
Vocabulario	
Adjetivos descriptivos	_____
Verbos activos	_____
Uso adecuado de *ser* y *estar*	_____
Exactitud	
Concordancia entre sujeto/verbo	_____
Concordancia entre sustantivo/adjetivo	_____
Ortografía	_____
Puntuación	_____
Calificación global	_____

Calificación global

excelente = 43–48 puntos
bueno = 38–42 puntos
mediocre = 33–37 puntos
malo = 28–32 puntos
inaceptable = 0–27 puntos

Cultura en acción

UNA CONFERENCIA SOBRE LAS ARTES

TEMA: El tema de *Una conferencia sobre las artes* les dará a ustedes la oportunidad de escribir un poema sencillo y también de investigar, preparar y hacer una presentación en clase sobre su artista favorito. La lectura, la comprensión auditiva y la redacción servirán como puntos de partida para las presentaciones.

ESCENARIO: El escenario es una conferencia en que ustedes van a explicar el estilo, el propósito o la técnica de su artista favorito. Cada uno va a enseñar una de sus obras y recitar el poema que acompaña la obra. Si es un/una cineasta, puede demostrar un segmento de un vídeo; si es un pintor / una pintora, uno de sus cuadros; un escultor / una escultora, una de sus estatuas o fotografías de sus obras, etc. Si no hay bastante tiempo para todos los estudiantes, el instructor / la instructora de la clase puede elegir cinco o seis estudiantes para hacer presentaciones.

MATERIALES:

• Una mesa para exhibir las estatuas o artículos de artesanía.
• Un tablero para mostrar los cuadros o las fotografías.
• Una grabadora o disco compacto para las cintas de música.
• Un proyector para transparencias.
• Un panfleto con una descripción breve de cada artista (dónde y cuándo nació, algunos premios que ganó, una oración o dos sobre su vida, etc.).

GUÍA: Una simple lista de actividades que cada persona tiene que desarrollar. Cada uno de ustedes tendrá una función.

• **Comité de equipo.** Este grupo está encargado de recibir los pedidos de cada participante y debe estar seguro que todo esté montado y funcionando para el día de las presentaciones.
• **Comité de programa.** Este grupo está encargado de recibir la información sobre cada artista y su obra y poner en una forma lógica la descripción en un programa para el día de la presentación.
• **Anfitrión/Anfitriona.** Esta persona presenta cada estudiante al grupo.

¡VAMOS A LA CONFERENCIA!: El día de la *Cultura en acción*, todos deben arreglar el salón de clase y hacer preguntas después de cada presentación sobre cada artista y su obra. Después de las presentaciones, todos ustedes pueden mirar más detalladamente las obras y los artefactos en el salón de clase.

Animales de madera tallados a mano —puerco espín, gato, conejo y sapo— Oaxaca, México

Objetos de cerámica y madera

Vocabulario

<<El arte en mi vida>>

actuar to act
antigüedad antique
artes plásticas *f. pl.* architecture, sculpture, painting
artista *m./f.*
canto singing
cine *m.* cinema; movies
cocina culinary arts
color *m.*
creativo/creativa
danza dance
dinámico/dinámica
diseño gráfico graphic design
elaboración textil textile making/production
entretenimiento entertainment
escenario stage
escenografía scenery, set design
estado de ánimo state of mind
exposición exhibition, showing
expresión
identificarse to identify oneself
ilusión
luz (luces) *f.* lights
medios masivos mass media
meditar to meditate
movimiento
museo
pintura painting
vestuario costume
vida cotidiana daily life
visión

La pintura y el dibujo

acuarela water color
arte *f.*
Bellas Artes *f. pl.* Fine Arts
carbón *m.* charcoal
cuadro painting
dibujar to draw
dibujo drawing
estudio
fondo background
galería
lienzo canvas
matiz *m.* shade, tone of color
perfil *m.* profile
pincel *m.* artist's brush
pintar to paint

pintar al óleo to paint in oils
pintor/pintora painter
primer término foreground

La arquitectura y la escultura

arco arch
bóveda vault of a roof
derribar to knock down
edificar to build, construct
escultor/escultora sculptor
estilo style
labrar to work in stone, metal, or wood
marfil *m.* ivory
mármol *m.* marble
medalla medallion
soportal *m.* archway
taller *m.* studio, workshop
zócalo base of column or pedestal

La fotografía

cámara
fotógrafo/fotógrafa photographer
imagen *f.* image
instantánea snapshot
lente *f.* lens
marco frame
película film; movie
película en blanco y negro black-and-white film/movie
película en colores color film/movie
retrato portrait
rollo/carrete *m.* roll of film
silueta silhouette
vista view

El cine y el teatro

acto
actor/actriz actor/actress
astro film star
butaca theater seat
comedia comedy, play
desempeñar un papel to play a role
drama *m.* drama, play
dramaturgo playwright
entrada ticket

espectáculo show
espectador/espectadora spectator
estreno first performance, première
fila row
función performance
inclinarse to bow
pantalla screen
personaje *m.* character
programa *m.*
tablado stage
taquilla box office
telón *m.* theater curtain
tragedia

PERSPECTIVA LINGÜÍSTICA

Register

Register is a linguistic concept that refers to a continuum of formality that affects language use. Although this concept is sometimes called **style**, it does not refer only to the formal, literary language that we often think of as stylish language.

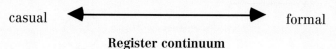

casual ⟷ formal

Register continuum

The following examples indicate how moving along the register continuum affects not only structure but also vocabulary and pronunciation.

	Casual	**Formal**
address	*tú/vos*	*usted*
	vosotros/vosotras	*ustedes*
requests	*Préstame tu libro.*	*¿Podría prestarme su libro?*
formality/style	*profe*	*profesor*
pronunciation	*¿'Tá bien?*	*¿Está bien?*
vocabulary	*decir*	*proferir*

PERSPECTIVA GRAMATICAL

Para and *por*

These words are typically quite difficult for native speakers of English because we tend to equate them both with the English word **for.** The fact is, however, that *para* and *por* have many English equivalents, and trying to memorize one-to-one correspondences does not work. *Para* and *por* belong to a class of words called **relators** because they express relationships between words in a sentence. This large group of relators can be broken down into categories or clusters that help make sense of the various usages. Hopefully, *para* and *por* will be less confusing to you after you examine their underlying cluster meanings and, in some cases, see a visual representation of their relationship.

PARA

Spacial and temporal relationships

Para expresses the relationship between a moving entity and its destination.

- **Destination.** *Para* is used when an entity (person or thing) sets out for, but has not yet reached, its destination.

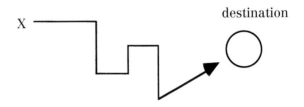

> *Mis amigas salieron **para** San Antonio.*

- **Goal.** *Para* expresses the idea of an activity that is directed toward a goal.

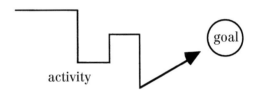

> *Estudio **para** ser periodista.*

- **Purpose.** *Para* refers to figurative "destinations" or purposes, both human and inanimate.

  > *Mis abuelos me dieron un estéreo **para** mi cuarto.*

  > *Es un regalo **para** mi madre.*

- **Destinations in time.** *Para* refers to deadlines.

  > *Hagan los ejercicios de gramática **para** mañana.*

- **Lack of correspondence.** *Para* is used when making unexpected comparisons.

  > ***Para** su edad, Bentley dibuja muy bien.*

POR

Spacial and temporal relationships

Por expresses relationships between moving entities and spaces or stationary entities.

- **Through.** *Por* expresses the movement of an entity through a space or thing.

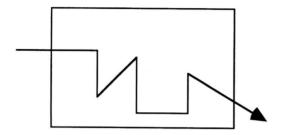

   *Los estudiantes viajaron **por** México.*

- **Along.** *Por* expresses the movement of an entity along a path.

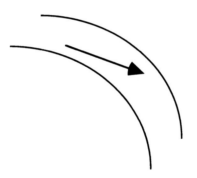

   *Vamos a la universidad **por** la calle Juárez.*

- **Past or by.** *Por* expresses movement of an entity past or by a person, place, or thing.

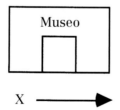

   *El autobús pasa **por** el Museo de Ciencia y Tecnología.*

- **Over.** *Por* expresses a two-dimensional movement over a surface.

*El agua se derramó **por** la mesa.*

- **Time.** *Por* also refers to linear movement in clock or calendar time.

  *Pensamos quedarnos en Nuevo México **por** dos meses.*

  *Escuché música **por** media hora.*

  *Hemos vivido en esta ciudad **por** mucho tiempo.*

- **Task.** *Por* refers to an action remaining to be done.

  *Nos queda una novela **por** leer.*

Actions and their relationships

- **Agent.** *Por* is used to express the relationship between an action and its agent.

  *La casa fue construida **por** José y su esposa.*

- **Instrument.** *Por* expresses the relationship between an action and the instrument that accomplished it.

  *Nos enviaron un paquete **por** avión.*

- **Means.** *Por* expresses the relationship between an action and the means by which it is accomplished.

  *Los soldados tomaron el castillo **por** la fuerza.*

- **Cause.** *Por* expresses the relationship between an action and its cause.

  *No fuimos a ver esa película **por** miedo.*

Notions of intensity, completeness, and thoroughness

Por is used in many expressions that refer to the extent of an action.

  *El huracán destruyó la comunidad **por** completo.*

Notions of exchange, substitution, replacement, and representation

- **In exchange for.** *Por* is used to express the idea of exchange.

    *Le pagué sesenta dólares **por** el sillón.*

- **Substitution or replacement.** *Por* expresses the idea of replacement or substitution.

    *El profesor Ramos estaba enfermo, así que ayer yo enseñé la clase **por** él.*

- **Representation.** *Por* expresses the idea of an entity representing another entity.

    *El licenciado Barrios es el diputado **por** el estado de Sonora.*

- **Interest, support, and favor.** *Por* is used to express notions of interest, support and favor.

    *Mayra se preocupa **por** sus sobrinos.*

    *Rafael trabaja **por** su familia.*

    *Votamos **por** el mejor candidato.*

Set expressions

Para and *por* are used in many set expressions, such as the following.

Expressions with *para* and *por*	
para	*por*
• estar para *to be about to*	• por cierto *of course, surely*
• (no) estar para bromas *(not) to be in the mood*	• ¡Por Dios! *Good Lord!*
• (no) ser para tanto *(not) to be that bad*	• por ejemplo *for example*
• ¿Para qué? *For what?*	• por eso *therefore, for that reason*
• ¿Para quién? *For whom?*	• por favor *please*
• para siempre *forever*	• por fin *finally*
	• ¿Por qué? *Why?*
	• por supuesto *of course*

Time expressions with *hacer*

The third-person singular form of *hacer (hace, hacía)* is used with time expressions to indicate how long an action has/had been going on or how long ago an action occurred / had occurred.

ONGOING ACTIONS

*   *Hace* + time expression + present

    Hace cinco años *que estudio cerámica.*
    I have been studying ceramics **for five years.**

*   Present + *desde hace* + time expression

    *Estudio cerámica **desde hace cinco años.***
    I have been studying ceramics **for five years.**

*   Present + *desde* + time expression

    *Estudiamos para un examen de historia **desde ayer.***
    We have been studying for a history test **since yesterday.**

AGO

*   Preterite + *hace* + time expression

    *Fuimos al museo Frida Kahlo **hace un mes.***
    We went to the Frida Kahlo Museum **a month ago.**

*   Past perfect + *hacía* + time expression

    *Beatriz había sacado fotos de las montañas **hacía diez años.***
    Beatriz had taken some photographs of the mountains **ten years ago.**

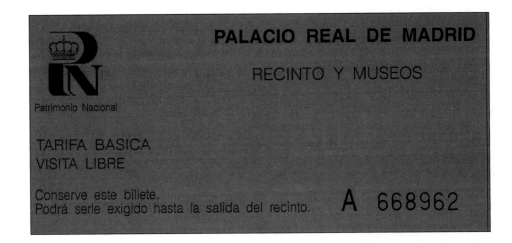

ACTIONS BEGUN AND CONTINUED IN THE PAST

* *Hacía* + time expression + *que* + imperfect

    Hacía una hora que los estudiantes veían el programa.
    The students had been watching the program **for an hour.**

* Past perfect + *desde hacía* + time expression

    *Eloisa no había pintado **desde hacía veinte años**.*
    Eloisa had not been painting **for twenty years.**

Nominalization

In order to avoid repetition, Spanish allows for adjectives to become nouns. This process is called **nominalization**. Study the following example.

*Mi amiga compró diez rollos de películas y yo compré **doce**.*
My friend bought ten rolls of film and I bought **twelve**.

In the above sentence, it is understood that I bought twelve rolls of film, even though the noun phrase is not repeated.

*Marimar tiene cinco cámaras. Sí, son **demasiadas** para una persona.*
Marimar has five cameras. Yes, it is **too many** for one person.

In the second sentence, it is clear that Marimar has too many cameras, because that referent was mentioned in the first sentence. In addition, the *-as* ending clearly refers to the noun *cámaras*.

Frutas y vegetales de papel maché

GLOSSARY (SPANISH–ENGLISH)

ABREVIATURAS

adj	adjetivo	*fam*	familiar	*prep*	preposición
adv	adverbio	*interj*	interjección	*pron*	pronombre
aux	auxiliar	*interr*	interrogativo	*s*	sustantivo
conj	conjunción	*pl*	plural	*v*	verbo

A

a *prep* to
a diferencia de *prep* unlike
a fin de que *conj* in order that, so that
a la milanesa *adj* breaded
a lo mejor *adv* probably
a menos que *conj* unless
abarrotar *v* to pack, jam, overstock
abonar *v* to credit, award
abono *s* fertilizer
abstener (ie) *v* to abstain
abuelo/abuela *s* grandfather/ grandmother
aburrir *v* to bore
acabar *v* to finish
acabar de (+ *infinitivo*) *v* to have just . . .
acariciar *v* to caress
acción *s/f* action
Día de Acción de Gracias *s/m* Thanksgiving
aclarar *v* to clarify
aconsejar *v* to advise
acontecimiento *s* event, happening
acotar *v* to remark, say
actor/actriz *s* actor/actress
actuar (ú) *v* to act
acuarela *s* watercolor
acuático: hacer esquí acuático *v* to water-ski
acudir *v* to gather together; to come to the rescue
acuerdo *s* agreement
llegar a un acuerdo *v* to come to an agreement
acusar *v* to accuse
adaptarse *v* to adapt
además *adv* besides, in addition, furthermore
aderezado *adj* covered with salad dressing
adiestrar *v* to train
adivinar *v* to guess
adquirir (ie) *v* to acquire
afición *s/f* avocation

aficionado/aficionada *s* fan, enthusiast
aficionarse *v* to become fond
afirmar *v* to state, declare, affirm
afrontar *v* to defy, confront
ágape *s/m* banquet
agarrarse *v* to catch (a disease)
agobiante *adj* tiresome
agorero *adj* ominous, superstitious
agradar *v* to please, gratify
agrupar *v* to group together
aguja *s* needle
ahora *adv* now
hasta ahora *adv* until now
ahorrar *v* to save (money)
ahumado *adj* smoked
aire libre *s/m* outside, open air
ajá *interj* uh, aha!
ajedrez: jugar (ue) al ajedrez *v* to play chess
ajetreo *s* bustling about, fuss
ajo *s* garlic
ala *s* wing
alcanzar *v* to reach
al: a + el *contraction* to/at the
al contrario *adv* on the contrary
al fin y al cabo *adv* after all
al final *adv* at the end
al igual que *conj* just as, like
al principio *adv* in/at the beginning
alegrarse *v* to be happy
alegría *s* happiness, joy
aletear *v* to flutter, beat wings
alguien *pron* someone, anyone
aliciente *s/m* incentive
alimento *s* food
alrededores *s/mpl* surroundings
alud *s/m* avalanche
alumbrado *s* lighting
alzar *v* to raise
amamantar *v* to breast-feed
amasar *v* to make a dough
ambiente *s/m* environment, atmosphere, surroundings
medio ambiente *s* environment
amenazado *adj* threatening

amenazar *v* to threaten
amigo/amiga *s* friend
amistad: Día de la Amistad *s/m* Friendship Day (February 14)
amplificar *v* to amplify, enlarge
analizar *v* to analyze
andar *v* to walk
andar en bicicleta/motocicleta *v* to ride a bicycle/motorcycle
anexo *s* enclosure, attachment
anfitrión/anfitriona *s* host/ hostess
animar *v* to pick up, stimulate
ánimo: estado de ánimo *s* state of mind
aniversario de bodas *s* wedding anniversary
ansioso *adj* anxious
antepasado/antepasada *s* ancestor
anteriormente *adv* previously, formerly
antes *adv* before
antes de (que) *prep (conj)* before
antigüedad *s/f* antique
anunciar *v* to announce
anuncios (clasificados) *s* (classified) ads
año *s* year
Año Nuevo *s* New Year
fiesta de los quince años *s* coming-of-age celebration for a 15-year-old female
apaisado *adj* oblong, broader than its height
aplanar *v* to flatten
aportar *v* to contribute
aporte *s/m* contribution
apreciar *v* to appreciate
aprender *v* to learn
aprender de memoria *v* to memorize
aprendizaje *s/m* learning; apprenticeship, training period
apresurarse *v* to be in a hurry
aprobar (ue) (un examen/curso) *v* to pass (an exam/course); to approve

aprovecharse de *v* to take advantage of
apuntes *s/m* class notes
apuro *s* hurry, haste
aquel/aquella *adj* that (over there)
    en aquel entonces *adv* in those days
aquél/aquélla *pron* that (over there)
aquí *adv* here
    hasta aquí *adv* until this point
arcilla *s* clay
arco *s* arch
arder *v* to burn
arma *s* weapon
armonía *s* harmony
arpa *s* harp
aporte *s/m* contribution
arqueólogo *s* archeologist
arraigar *v* to settle down; to take root
arreglar *v* to arrange
arreglo musical *s* musical arrangement
arte *s/f* art
    artes plásticas *s/f* three-dimensional arts
    bellas artes *s/f* fine arts
    practicar artes marciales *v* to practice martial arts
artista *s/mf* artist
arveja *s* pea
ascendencia *s* ancestry
asco *s* disgust
asegurar *v* to assure
asemejarse a *v* to be like
así *adv* thus, so
asimilarse *v* to assimilate
asir *v* to grasp
asistencia *s* attendance
asombroso *adj* astonishing, amazing
astro *s* film star
astronauta *s/mf* astronaut
astrónomo/astróna *s* astonomer
asumir *v* to assume, take on
ataúd *s/m* coffin
atención: prestar atención *v* to pay attention
atenerse (ie) *v* to rely on
atentado *adj* attempted
atole *s/m* child's beverage
atracción: parque de atracciones *s/m* amusement park
atraco *s* armed robbery
atraer *v* to attract
atragantarse *v* to choke
atraso *s* retardation, delay
atravesar (ie) *v* to cross
atropellar *v* to knock down

aumentar *v* to increase, augment
aumento *s* increase, raise
aun *adv* even
aún *adv* still
aunque *conj* although
automático *adj* automatic
autoridad *s/f* authority
avalar *v* to guarantee, endorse
avance *s/m* advance
aventajado *adj* outstanding, advantageous
avergonzado *adj* ashamed
averiguar *v* to find out, guess
aviso *s* warning, advice
avistamiento *s* sighting
azafrán *s/m* saffron (a spice)

B

bachiller/bachillera *s* student who has completed requirements for admission into a university program
bachillerato *s* undergraduate program; high school diploma (in some countries)
bailar *v* to dance
baile *s/m* dance
bajo *s* bass guitar; *adj* short; low
balada *s* ballad
balbuceo *s* stammer, stutter
balde *s/m* bucket
ballet: ir al ballet *v* to go to the ballet
baloncesto: jugar (ue) al baloncesto *v* to play basketball
bambolear *v* to sway, wobble
bandeja *s* tray
barrio *s* neighborhood
barro *s* mud
basura *s* trash
    bote de basura *s/m* trash can
batalla *s* battle
batería *s* drum set
bautizo *s* baptism
beca *s* scholarship
becario/becaria *s* scholarship student
béisbol: jugar (ue) al béisbol *v* to play baseball
bellas artes *s/f* fine arts
bicicleta *s* bicycle
    andar en bicicleta *v* to ride a bicycle
    bicicleta de montaña *s* mountain bike
bien *adv* well
    caer bien *v* to like; to suit
    pasarlo bien *v* to have a good time
    salir bien en un examen *v* to pass a test

bienestar *s/m* welfare; wellbeing
bilingüe *adj* bilingual
bilingüismo *s* bilingualism
biogenético: ingeniería biogenética *s* biogenetic engineering
biológico: cultivo biológico *s* organic gardening/farming
bioquímica *s* biochemistry
bisabuelo/bisabuela *s* great-grandfather/great-grandmother
bisonte *s/m* bison
blanco *adj* white
    película en blanco y negro *s* black-and-white film/movie
    trazo blanco *s* white line
bocado *s* bite, morsel
boda *s* wedding
    aniversario de bodas *s* wedding anniversary
bodega *s* wine cellar
boleto *s* ticket
bolsa (de valores) *s* stock exchange
borinqueño/borinqueña *s, adj* Puerto Rican
borroso *adj* blurred, fuzzy
bote de basura *s/m* trash can
bóveda *s* vault (of a roof)
brebaje *s/m* unpleasant liquid, brew
broma *s* joke
bucear *v* to scuba dive
    bucear con tubo de respiración *v* to snorkel
bueno *adj* good
    buena cocina *s* gourmet cooking
    sacar buenas notas *v* to get good grades
buitre *s/m* buzzard, vulture
buscar *v* to look for, search for
búsqueda *s* search, pursuit
butaca *s* theater seat

C

cabalgata *s* parade
caballo *s* horse
caber *v* to fit; to have enough room
cabezudo *s* Carnival figure with large head
cabo: al fin y al cabo *adv* after all
cadena *s* network, channel
    cadena radiodifusora *s* broadcasting network
caer *v* to fall
    caer bien *v* to like; to suit
    caer mal *v* to dislike; to not suit
café *s/m* cafe; coffee

calabacín *s/m* squash; pumpkin; zucchini

calabaza *s* pumpkin, squash

calavera *s* skull

calentar (ie) *v* to heat, warm

calificar *v* to grade, correct papers

calle *s/f* street

callejero *adj* pertaining to the streets

cámara *s* camera

camerino *s* dressing room

caminar *v* to walk

camino *s* road

campaña: tienda de campaña *s* tent

campo *s* country, rural area; field
  campo de estudios *s* field of studies

canal *s/m* (television) channel

cancha *s* court; field

canción *s* song
  canción folklórica *s* folk song

canela *s* cinnamon

cantante *s/mf* singer

canto *s* singing

capa *s* layer
  capa de ozono *s* ozone layer

carbón *s/m* charcoal

cargamento (ilegal) *s* (illegal) shipment

cariño *s* affection
  tenerle (ie) cariño a alguien *v* to feel affection for someone

Carnaval *s/m* Carnival, Mardi Gras (celebration three days before Lent)

carrera *s* career

carrete *s/m* roll of film

carretera *s* highway

carroza *s* float

carta *s* letter; playing card
  carta al director *s* letter to the editor
  jugar (ue) a las cartas *v* to play cards

cartel *s/m* poster, sign

casi *adv* almost
  hace casi *adv* almost . . . ago

caso: en caso de que *conj* in case

castañuelas *s* castanets

castillo *s* castle

cataclismo *s* catastrophe

catedrático/catedrática *s* university professor

caudal *s/m* flow

cazar *v* to hunt

cazuela *s* casserole

cazuelita *s* small serving dish

cebolla *s* onion

celebrar *v* to celebrate

célula solar *s* photo cell

cena *s* dinner

centella *s* spark

centro *s* center; downtown
  centro de reciclaje *s* recycling center

cerebro *s* brain

ceremonioso *adj* formal

cerner (ie) *v* to sift

chamuscado *adj* scorched, singed

chancho/chancha *s* pig

charla *s* chat, discussion

chicano/chicana *s, adj* Mexican-American

chorizo *s* spicy sausage

ciclo *s* cycle

ciclón *s/m* cyclone

ciencia *s* science

científico/científica *s* scientist

ciervo *s* deer

cilantro *s* coriander (an herb)

cine *s/m* cinema; film, movie
  ir al cine *v* to go to the movies

circo: ir al circo *v* to go to the circus

cisne *s/m* swan

ciudadanía *s* citizenship

ciudadano/ciudadana *s* citizen

ciudadela *s* citadel, fortress

clase: faltar a clase *v* to miss class

clavo *s* clove (a spice)

club: ir a un club *v* to go to a club

cobre *s/m* copper

cocina *s* cuisine, cookery
  buena cocina *s* gourmet cooking

cohete *s/m* rocket; firework

cola *s* tail, line
  hacer cola *v* to stand in line

colar (ue) *s* to strain

coleccionar *v* to collect

color: película en colores *s* color film/movie

comal *s/m* griddle

comedia *s* comedy; play

cómico: tira cómica *s* comic strip

comité: miembro de comité *s* committee member

comitiva *s* procession

como *prep, conj* like; as
  tan pronto como *conj* as soon as

cómo *adv* how; like what

compacto: disco compacto *s* compact disc, CD

compañerismo *s* companionship, partnership

compañero/compañera *s* companion, partner

compás *s/m* rhythm

competencia *s* competition

competitividad *s/f* competitiveness

complejo *adj* complex

complemento *s* object

comportamiento *s* behavior

comprobar (ue) *v* to prove

computadora *s* computer

comunicación *s/f* communication
  medios de comunicación *s/pl* means of communication, media

comunicarse *v* to communicate

con *prep* with
  con tal de que *conj* provided that

concierto *s* concert
  ir a un concierto *v* to go to a concert

conducir *v* to drive

conectarse *v* to connect

conejo *s* rabbit

conferencia *s* lecture
  dar una conferencia *v* to lecture
  ir a una conferencia *v* to go to a lecture

confirmar *v* to confirm

conflicto *s* conflict

conjunto *s* band

conmemorar *v* to honor, commemorate

conocer *v* to know; to meet

consecuencia *s* consequence
  consecuencia grave *s* serious consequence

conseguir (i, i) *v* to get, obtain

consejero/consejera *s* adviser

consejo(s) *s* advice; advice column

consiguiente *adj* consequent, resulting
  por consiguiente *adv* consequently

constatar *v* to prove

construir *v* to construct, build

consumidor/consumidora *s* consumer

contaminación *s/f* pollution

contar (ue) *v* to tell; to count

contenedor *s/m* container

contener (ie) *v* to contain

contraer *v* to contract

contrario: al contrario *adv* on the contrary

contraste: en contraste *adv* in contrast

contribuir *v* to contribute

convenir (ie, i) *v* to convene; to agree

convite *s/m* open house; *fam* get-together

convivir *v* to live together

correa *s* strap, belt

corregir (i, i) *v* to correct

correo electrónico *s* e-mail

correr *v* to run
corrido *s* Mexican folk song
corrupción *s/f* corruption
cortejo *s* procession
cosecha *s* crop, harvest
costal *s/m* sack
cotidiano *adj* everyday, daily
coyuntura *s* joint
crecer *v* to grow
crecimiento *s* growth
creer *v* to believe, think
    creo que... *v* I believe that . . .
    ¿no crees? *v* don't you think?
cremá *s* ceremonial burning of
    the displays during the Festival
    of San José
criarse (í) *v* to grow up
crisis *s/f* crisis
criticar *v* to criticize
crucigrama: hacer crucigramas *v*
    to do crossword puzzles
crudo *adj* raw
cuadra *s* block
cuadro *s* painting
cual *adj* which, what
cuál *interr* which, what
cualidad *s/f* quality, characteristic
cuando *adv* when
cuándo *interr* when
cuanto *adv* as much as
    en cuanto a *adv* as to, with
        regard to
cuánto *interr* how much
    cuánto hace que *interr*
        how long has it been
    cuántos *pl* how many
Cuaresma *s* Lent
cuarto oscuro *s* darkroom
cubiertos *s/pl* silverware
cucharada *s* tablespoon
cucharadita *s* teaspoon
cuchichear *v fam* to whisper
cuenta: darse cuenta de *v*
    to realize
cuento *s* short story, tale
cuero *s* leather
cuerpo *s* body
cueva *s* cave
culpabilidad *s/f* blame, guilt
culpar *v* to blame
cultivar (el jardín) *v*
    to cultivate/garden (flowers)
cultivo biológico *s* organic
    gardening/farming
cumpleaños *s/m* birthday
cumplir *v* to fulfill, complete,
    accomplish
    cumplir con requisitos *v*
        to fulfill requirements
cuota *s* quota
curar *v* to cure
cursilería *s* tackiness
curtido *adj* pickled

D

dar *v* to give
    dar una conferencia *v*
        to lecture
    dar tumbos *v* to stagger
    darse cuenta de *v* to realize
dato *s* datum
de *prep* of; from
    de esta manera *adv* in this
        way
    del mismo modo *adv* similarly
deber *v* must; to owe
    quizá(s) debería (+ *infinitive*) *v*
        perhaps you ought to . . .
decir (i, i) *v* to say; to tell
    querer (ie, i) decir *v* to mean
declarar *v* to declare
dedicación *s/f* dedication
defraudar *v* to defraud
defunción *s/f* death
    defunciones *s/f* obituaries
dejar *v* to let, allow; to leave
del mismo modo *adv* similarly
delito *s* misdemeanor
demográfico: fisonomía demográ-
    fica *s* demographic features
deportación *s/f* deportation
deporte *s/m* sport; *pl* sports
    section (of newspaper)
    deporte radical *s* extreme
        sport
    practicar un deporte *v* to play
        a sport
deportista *s/mf* athlete
derecha *s* right
derribar *v* to knock down
derrochar *v* to waste
derrotar *v* to defeat
desafiante *adj* defiant
desamparo *s* helplessness;
    abandonment
desarme *s/m* disarmament
desarrollarse *v* to develop
desarrollo *s* development
desbaratar *v* to ruin, destroy;
    to upset
descansar *v* to rest
descanso *s* rest, relaxation
descartar *v* to reject, discard,
    cast aside
descendiente *s/mf* descendent
desconocer *v* to be unfamiliar
    with
desconocido *adj* unknown
desechos orgánicos *s/pl* organic
    waste
desde *prep* since
    desde hace *prep* for
desear *v* to wish, want, desire
desechar *v* to discard, throw
    away, reject

desempeñar un papel *v* to play a
    role
desempleado *adj* unemployed
desempleo *s* unemployment
desfile *s/m* parade
desigualdad *s/f* inequality
despedida *s* closing (of a letter)
    despedida de soltero/soltera *s*
        bachelor party/bridal shower
desperdiciar *v* to waste
desperdicio *s* waste, remains
desplomarse *v* to collapse
desplumar *v* to pluck
desprender *v* to take off; to
    loosen
desprendimiento *s* landslide,
    avalanche
después *adv* afterward
    después de (que) *prep (conj)*
        after
destruir *v* to destroy
detener (ie) *v* to detain
detenido *adj* detained
detergente ecológico *s/m*
    biodegradable detergent
detestar *v* to detest
detrito *s* waste product
deuda *s* debt
    deuda pública *s* public debt
devolver (ue) *v* to return
día *s/m* day
    Día de Acción de Gracias
        Thanksgiving
    Día de la Amistad Friend
        ship Day (February 14)
    Día de los Fieles Difuntos
        All Souls' Day (November 2)
    Día de los Enamorados
        Valentine's Day (February 14)
    día feriado holiday
    día festivo holiday
    Día de los Muertos Day of
        the Dead (October 31)
    Día de la Raza Columbus
        Day (October 12)
    Día de los Reyes Magos
        Three Kings' Day (January 6)
    Día de San Fermín Saint
        Fermin's Day (July 7)
    Día de San Patricio Saint
        Patrick's Day (March 17)
    Día de San Valentín Valen-
        tine's Day (February 14)
    Día del Santo patron saint's
        day
    Día de Todos los Santos
        All Saints' Day (November 1)
    Día del Trabajo Labor Day
diario *adj* daily
dibujar *v* to sketch, draw
dibujo *s* drawing, sketch
diferencia: a diferencia de *prep*
    unlike

diferenciarse *v* to differ from
difunto: Día de los Fieles Difuntos
   s/m All Souls' Day (Nov. 2)
diluvio *s* flood
dios/diosa *s* god/goddess
dirección *s/f* address
director: carta al director *s*
   letter to the editor
dirigente *s/mf* leader, head
dirigir *v* to direct, address
disco compacto *s* compact disc, CD
discriminación *s/f* discrimination
diseñar *v* to design, sketch
diseño (gráfico) *s* (graphic)
   design
disfraz (*pl* **disfraces)** *s/m*
   disguise
disfrazarse *v* to disguise oneself
disgustar *v* to annoy, displease
disminución *s/f* decrease,
   reduction
disminuir *v* to diminish
distinto *adj* distinct, different
diversidad *s/f* diversity
diversión *s/f* fun activity
divertirse (ie, i) *v* to have a good
   time, enjoy oneself
divorcio *s* divorce
doblar *v* to turn; to fold
doctorado *s* Ph.D. degree
doler (ue) *v* to hurt, ache
dominar *v* to dominate
donde *adv* where
dónde *interr* where
dorarse *v* to turn brown; to be
   gilded
dormir (ue, u) *v* to sleep
drama *s/m* drama, play
dramaturgo *s* playwright
dudar *v* to doubt
dueño/dueña *s* owner
duración: de larga duración *adj*
   long-playing
durante *adv* during

E

e *conj* and
ecológico: detergente ecológico
   s/m biodegradable detergent
economía *s* business; economy
edad *s/f* age
   tercera edad *s/f* retirement
     years, old age
edificar *v* to build, construct
edificio *s* building
efecto invernadero *s* greenhouse
   effect
efemérides *s/f* historical dates
ejemplo *s* example
   por ejemplo *adv* for example
ejercicio *s* exercise

hacer ejercicios *v* to exercise
hacer ejercicios aeróbicos *v*
   to do aerobics
el *adj* the
él *pron* he, it
elaboración textil *s/f* textile
   production
elaborar *v* to elaborate
elección *s/f* election
electrónica *s* electronics
electrónico *adj* electronic
   correo electrónico *s* e-mail
   microscopio electrónico *s*
     electron microscope
elegir (i, i) *v* to choose
elevar *v* to raise
embargar *v* to seize
embargo: sin embargo *adv*
   nevertheless
embriagado *adj* enraptured
embriagante *adj* intoxicating
embriagarse *v* to get drunk/
   intoxicated
emigrante *s/mf* emigrant
emigrar *v* to emigrate, leave
   one's homeland
empatar *v* to tie (the score)
empleo *s* work, job; employment
empresa *s* business, firm
en *prep* in; on; at
   en aquel entonces *adv* in
     those days
   en caso de que *conj* in case
   en contraste *adv* in contrast
   en cuanto a *adv* as to, with
     regard to
   en esa época *adv* in that era
   en fin *adv* finally
   en resumen *adv* in summary
enamorado: Día de los Enamo-
   rados *s/m* Valentine's Day
   (February 14)
enamorarse *v* to fall in love
encabezamiento *s* salutation (of
   a letter)
encantar *v* to delight; to love
enchufar *v* to plug in
encierro *s* running of the bulls in
   the streets of Pamplona, Spain
encogerse de hombros *v*
   to shrug one's shoulders
encontrar (ue) *v* to find,
   encounter
enfrentarse *v* to face, confront
engañar *v* to cheat, deceive
enlazar *v* to harness; to link;
   to tie together
enojar *v* to anger
ensayar *v* to practice, rehearse;
   to try out
ensayo *s* essay
enseñanza *s* teaching
enseñar *v* to teach

enterarse *v* to find out
enterrar (ie) *v* to bury
entonces *adv* then, next
   en aquel entonces *adv*
     in those days
entrada *s* ticket, entrance
entre *prep* among, between
entregar *v* to hand in; to deliver
entrenador/entrenadora *s* coach
entrenamiento *s* training
entrenar *v* to train; to coach
entretenimiento *s* entertainment
entusiasmar *v* to enthuse
envase *s/m* container
envenenar *v* to poison
enviar (í) *v* to send
época: en esa época *adv* in that
   era
equipo *s* team
   equipo informativo *s* news
     team
equivocado: estar equivocado *v*
   to be mistaken
érase una vez *adv* once upon a
   time
erguido *adj* erect, straight
erizarse *v* to get goose bumps
erradicar *v* to eliminate
escabeche *s/m* sauce; pickle
escalar *v* to climb, scale
escalera *s* staircase, steps
escalinata *s* staircase, steps
escasez (*pl* **escaseces)** *s/f*
   scarcity, shortage
escena retrospectiva *s* flashback
escenario *s* setting; stage
escenografía *s* set design,
   scenery
escoger *v* to choose, select
esconder *v* to hide
escritura *s* writing
escultor/escultora *s* sculptor
escultura *s* sculpture
escurrirse *v* to slip out
ese/esa *adj* that
ése/ésa *pron* that
esfuerzo *s* effort
   esfuerzo físico *s* hard work
esmerarse *v* to be painstaking
especialización *s/f* major
especializarse *v* to major
especie *s/f* species
espectáculo *s* show; *pl* entertainment section (of newspaper)
espectador/espectadora *s*
   spectator
esperanza *s* hope
   esperanza de la vida *s* life
     expectancy
esperar *v* to wait for; to hope for;
   to expect
espolvorear *v* to sprinkle (with
   powder)

esposo/esposa *s* spouse, husband/wife
esquela *s* obituary notice
esquí: hacer esquí acuático *v* to water-ski
esquiar (í) *v* to (snow) ski
establecer *v* to establish
    establecerse *v* to become established
estadio *s* stadium
estado de ánimo *s* state of mind
estar *v* to be
    estar de oyente *v* to audit
    estar en paro *v* to be unemployed
    estar equivocado *v* to be mistaken
    estar seguro (de que) *v* to be sure (that)
estatua *s* statue
este/esta *adj* this
éste/ésta *pron* this
estereotipo *s* stereotype
estilo *s* style
estrago *s* havoc, damage
estrenar *v* to perform/wear for the first time
estreno *s* first performance, première
estrés *s/m* stress
estrofa *s* division of a poem consisting of several lines
estudiantil *adj* student
estudio *s* study; studio
éter *s/m* heavens *(poetical)*
ética de trabajo *s* work ethic
etiqueta *s* tag, price tag
étnico *adj* ethnic
evaluar (ú) *v* to evaluate
evitar *v* to avoid
examen *s/m* test, exam
    examen de ingreso *s/m* entrance exam
    salir bien/mal en un examen to pass/fail a test
excavar *v* to unearth
excursión *s/f* excursion, field trip
éxito *s* hit (song)
    tener éxito *v* to be successful
exitoso *adj* successful
explicar *v* to explain
exponer *v* to expose, show
exposición *s/f* exhibition
extinción: en vías de extinción *adj* endangered
extranjero/extranjera *s* foreigner

F

fabricado *adj* manufactured
facultad de (derecho, etc.) *s/f* school of (law, etc.)

falla *s* power outage
    Fallas de San José *s/pl* Festival of Saint Joseph
fallecer *v* to die
faltar *v* to lack
    faltar a clase *v* to miss class
familiar *s/mf* relative
farfullar *v* to chatter, jabber
fascinar *v* to fascinate
favorecer *v* to favor
fecha *s* date
feria *s* fair
feriado: día feriado *s/m* holiday
festejar *v* to celebrate
festín *s/m* banquet
festivo *adj* holiday
    día festivo *s/m* holiday
fiesta *s* party, celebration, feast day
    fiesta de la quinceañera *s* coming-of-age celebration for a 15-year-old female
fila *s* row
fin *s/m* end
    al fin y al cabo *adv* after all
    en/por fin *adv* finally
final: al final *adv* at the end
finalmente *adv* finally
financiar *v* to finance
firma *s* signature
físico: esfuerzo físico *s* hard work
fisonomía demográfica *s* demographic features
flamenco *s* Spanish gypsy music
flauta *s* flute
flautín *s/m* piccolo
flecha *s* arrow
flor *s/f* flower
florido: Pascua Florida *s* Easter
fomentar *v* to encourage, promote
fondo *s* background
forastero/forastera *s* outsider
fortalecer *v* to strengthen
fortaleza *s* fortress
foto *s/f* photograph
    revelar fotos *v* to develop photographs
    sacar fotos *v* to take pictures
fotógrafo/fotógrafa *s* photographer
freír (í, i) *v* to fry
frontera *s* border
fuego *s* fire
fuerza *s* force
    fuerza laboral *s* workforce
función *s/f* performance
fútbol: jugar (ue) al fútbol *v* to play soccer
    jugar (ue) al fútbol americano *v* to play football

G

galería *s* principal hall; gallery
gallo *s* rooster
    Misa de gallo *s* Midnight Mass
ganar *v* to win; to earn
gente *s/f* people
gimnasio *s* gym(nasium)
globo *s* balloon
golosina *s* treat
golpear *v* to hit, beat, strike
grabación *s/f* recording
grabado *adj* taped
grabar *v* to record
gracias: Día de Acción de Gracias *s/m* Thanksgiving
graduarse (ú) *v* to graduate
gráfico: diseño gráfico *s* graphic design
grave: consecuencia grave *s* serious consequence
gruñir *v* to grumble, murmur angrily
guarnición *s/f* trimming, garnish
guayaba *s* guava (a fruit)
guayabera *s* loose, lightweight man's shirt
guerra *s* war
guerrero *s* warrior
guía *s* guide
    guía del ocio *s* leisure-time guide
    guía turística *s* tour guide
guisar *v* to stew
guiso *s* stew
gustar *v* to like

H

haber *v aux* to have
    había una vez *adv* once upon a time
hace *adv* ago
    cuánto hace que *interr* how long has it been
    hace casi *adv* almost . . . ago
    hace más de *adv* more than . . . ago
    hace menos de *adv* less than . . . ago
    hace mucho que *adv* a long time ago
    hace poco que *adv* a short while ago
hacer *v* to do; to make
    hacer cola *v* to stand in line
    hacer crucigramas *v* to do crossword puzzles
    hacer ejercicios *v* to exercise
    hacer ejercicios aeróbicos *v* to do aerobics

hacer esquí acuático *v* to water-ski
hacer excursiones *v* to take short trips
hacer hincapié *v* to stress, emphasize
hacer montañismo *v* to climb mountains
hacer una solicitud *v* to apply
hallar *v* to find, locate
hallazgo *s* finding, discovery
hasta *adv* until
  hasta ahora *adv* until now
  hasta aquí *adv* until this point
  hasta que *conj* until
hazaña *s* great/heroic deed
hecho (de/en) *adj* made (of/in)
herida *s* wound
hermanastro/hermanastra *s* stepbrother/stepsister
hervir (ie, i) *v* to boil
hielo: patinar sobre hielo *v* to ice skate
hígado *s* liver
  pataleta al hígado *s* indigestion
hijastro/hijastra *s* stepson/stepdaughter
hijo/hija *s* child, son/daughter
hilera *s* row
hincapié: hacer hincapié *v* to stress, emphasize
hispanohablante *s/mf* Spanish speaker; *adj* Spanish-speaking
hispanoparlante *s/mf* Spanish speaker; *adj* Spanish-speaking
hogar *s/m* home
hogareño *adj* homey
hoguera *s* bonfire
holgura *s* comfort
hombro *s* shoulder
  encogerse de hombros *v* to shrug one's shoulders
homenaje *s/m* homage
horario *s* schedule
hornear *v* to bake
horóscopo *s* horoscope
huelga *s* strike
huerto *s* vegetable garden; orchard
hueso *s* bone
huir *v* to flee
huracán *s/m* hurricane

I

identificarse *v* to identify oneself
idioma *s/m* language
iglesia *s* church
igual *adj* equal
  al igual que *conj* just as, like
igualdad *s/f* equality

imagen *s/f* image
imaginar *v* to imagine
  me imagino que... *v* I imagine that . . .
importar *v* to matter, be important
impregnar *v* to saturate
impreso *s* pamphlet
inagotable *adj* endless
inclinarse *v* to bow
inconveniente *s/m* disadvantage, difficulty
increpar *v* to scold, reprimand
indemnizar *v* to award (court case)
indicación *s/f* direction
indígena *s/mf* Native American; *adj* indigenous
infantil *adj* children's
infarto *s* heart attack
inflación *s/f* inflation
informática *s* computer science
informativo: equipo informativo *s* news team
informe *s/m* report
ingeniería *s* engineering
  ingeniería biogenética *s* biogenetic engineering
  ingeniería microelectrónica *s* microelectronic engineering
  ingeniería nuclear *s* nuclear engineering
  ingeniería solar *s* solar engineering
ingeniero/ingeniera *s* engineer
ingreso *s* income; entry
  examen de ingreso *s/m* entrance exam
inmigrante *s/mf* immigrant
inmigrar *v* to immigrate
inscribirse *v* to enroll
inscripción *s/f* registration, enrollment, tuition
insoportable *adj* unbearable
insospechado *adj* unexpected
instantánea *s* snapshot
instruido *adj* well-educated
instrumento: tocar un instrumento musical *v* to play a musical instrument
intercambio *s* exchange
interesar *v* to interest
internacional: noticias (inter)nacionales *s* (inter)national news
internado/internada *s* boarding school student; intern
intervenir (ie, i) *v* to intervene
introducir *v* to insert; to introduce
inundación *s/f* flood
invadir *v* to invade
invasor/invasora *s* invader

invento *s* invention
investigación *s/f* research, investigation
investigar *v* to investigate
invitado/invitada *s* guest
ir *v* to go
  ir al ballet *v* to go to the ballet
  ir al cine *v* to go to the movies
  ir al circo *v* to go to the circus
  ir a un club *v* to go to a club
  ir a un concierto *v* to go to a concert
  ir a una conferencia *v* to go to a lecture
  ir al museo *v* to go to the museum
  ir a la ópera *v* to go to the opera
  ir al parque (de atracciones) *v* to go to the (amusement) park
  ir al teatro *v* to go to the theater
  ir de vacaciones *v* to go on vacation
izquierda *s* left

J

jabalí *s/m* wild boar
Jánuca *s/f* Hanukkah
jamaica *s* hibiscus flower
jardín *s/m* garden
  cultivar el jardín *v* to cultivate/garden (flowers)
jaula *s* cage
jerga *s* slang
jitomate *s/m* tomato
jubilado/jubilada *s* retiree
jubilarse *v* to retire
juego *s* game (Monopoly, hide-and-seek, etc.)
jugar (ue) *v* to play (game/sport)
  jugar al ajedrez *v* to play chess
  jugar al baloncesto *v* to play basketball
  jugar al béisbol *v* to play baseball
  jugar a las cartas *v* to play cards
  jugar al fútbol *v* to play soccer
  jugar al fútbol americano *v* to play football
  jugar a los naipes *v* to play cards
  jugar al ráquetbol *v* to play raquetball
  jugar al tenis *v* to play tennis
juicio *s* court
junto *adv* together
  vivir juntos *v* to live together
juramento *s* oath

L

laboral *adj* work
  fuerza laboral *s* work force
labrar *v* to work in stone/metal/wood
ladrón/ladrona *s* thief
lagartija *s* lizard
laico *adv* secular
larga duración *adj* long-playing
láser: rayo láser *s* laser ray
laurel *s/m* bay leaf (an herb)
lavar *v* to wash
lectura *s* reading
lema *s/m* slogan
lengua *s* language; tongue
  lengua materna *s* native language
lente *s/m* lens
leña *s* firewood
levantar *v* to raise
  levantar pesas *v* to lift weights
  levantarse *v* to get up
libra *s* pound
libre *adj* free
  aire libre *s/m* outside, open air
libro *s* book
licenciatura *s* bachelor's degree
licuadora *s* blender
líder *s/m* leader, head of government / political party / union / organization
lienzo *s* canvas
limo *s* slime, mire
limpiaparabrisas *s/m* windshield wiper
lista: pasar lista *v* to take attendance
llama *s* flame
llamar *v* to call
llanto *s* weeping
llegar *v* to arrive
  llegar a un acuerdo *v* to come to an agreement
llevar *v* to carry, take; to wear
locutor/locutora *s* announcer
lograr *v* to achieve, attain
logro *s* achievement
loseta *s* floor tile
luego *adv* then
  luego que *conj* as soon as
lugar de diversión *s/m* place for recreation
luz (*pl* luces) *s/f* light

M

machismo *s* male chauvinism
madera *s* wood
madrastra *s* stepmother
madrina *s* godmother
madrugada *s* early morning
maestría *s* master's degree; teaching degree
mago: Día de los Reyes Magos *s/m* Three Kings' Day (January 6)
maguey *s/m* cactus
maíz *s/m* corn, maize
mal *adv* badly
  caer mal *v* to dislike; not to suit
  salir mal en un examen *v* to fail a test
malgastar *v* to waste
malo *adj* bad; evil
  sacar malas notas *v* to get bad grades
mandar *v* to send
manecilla *s* hand (of a watch)
manera: de esta manera *adv* in this way
manifestación *s/f* demonstration, protest march
manjar *s/m* food
mano *s/f* hand
manta *s* blanket
mantener (ie) *v* to maintain; to support
máquina *s* machine
marcar *v* to dial
marcial: practicar artes marciales *v* to practice martial arts
marco *s* frame
maremoto *s* tidal wave
marfil *s/m* ivory
marimba *s* variety of xylophone
mariposa *s* butterfly
mármol *s/m* marble
mas *conj* but
más *adv* more
  hace más de *adv* more than . . . ago
mascletá *s* midday fireworks during Feast of Saint Joseph
materia *s* school subject
materno: lengua materna *s* native language
matiz (*pl* matices) *s/m* shade, tone of color
matrícula *s* tuition
matricularse *v* to register, enroll
mayoría *s* majority
medalla *s* medallion
mediante *adv* by means of
medicina preventiva *s* preventive medicine
medida *s* measurement
medio ambiente *s/m* environment
medios *s* means
  medios de comunicación *s/pl* means of communication, media

medios masivos *s/pl* mass media
medir (i, i) *v* to measure
medrar *v* to prosper, thrive
mejilla *s* cheek
mejor: a lo mejor *adv* probably
melodía *s* melody
memoria: aprender de memoria *v* to memorize
menos *adj* fewer, less
  a menos que *conj* unless
  hace menos de *adv* less than . . . ago
mensaje *s/m* message
mentir (ie, i) *v* to lie
mercado *s* market
  mercado mundial *s* world market
merecer *v* to deserve, be worth
  merecer la pena *v* to be worth the trouble
mestizaje *s/m* racial mixture (indigenous and white)
metate *s/m* stone utensil for grinding corn
meter *v* to put (into)
  meter ruido *v* to make noise
metro *s* subway
mezcla *s* mixture, blend
mezclar *v* to mix
mezquita *s* mosque
mi *adj* my
mí *pron* me
microelectrónico: ingeniería microelectrónica *s* microelectronic engineering
microscopio electrónico *s* electron microscope
miedo *s* fear
miembro del comité *s* committee member
mientras *adv* while
miga *s* crumb
milagro *s* miracle
milanesa: a la milanesa *adj* breaded
militar *s/m* soldier
milpa *s* cornfield
minoría *s* minority
minoritario *adj* minority
misa *s* mass
  Misa de gallo *s* Midnight Mass
mismo *adj* same
  del mismo modo *adv* in the same way
  lo mismo *pron* the same (thing)
modo *s* means; manner
  del mismo modo *adv* in the same way
molestar *v* to bother
molido *adj* ground
monje/monja *s* monk/nun
monolingüe *adj* monolingual

montado *adj* assembled
montaña *s* mountain
  bicicleta de montaña *s*
    mountain bike
montañismo: hacer montañismo *v*
  to climb mountains
montar a caballo *v* to ride
  horseback
moralizante *adj* moralizing
mostrar (ue) *v* to show
motocicleta: andar en motocicleta
  v to ride a motorcycle
movimiento *s* movement
mucho *adj* much; *pl* many
  hace mucho que *adv* a long
    time ago
muerto: Día de los Muertos *s/m*
  Day of the Dead (October 31)
multar *v* to fine
multinacional *s/f* multinational
  corporation
mundial *adj* world-wide
  mercado mundial *s* world
    market
mundo cibernético *s* cyberworld
muro *s* wall
musical: tocar un instrumento
  musical *v* to play a musical
  instrument
museo: ir al museo *v* to go to
  the museum

N

nabo *s* turnip
nacimiento *s* birth
nadar *v* to swim
naipe: jugar (ue) a los naipes *v*
  to play cards
nalgada *s* spanking
natural: recurso natural *s*
  natural resource
naturaleza *s* nature
navaja *s* knife
nave *s/f* ship
navegar *s* to surf (the Web)
  navegar a vela *s* to sail
Navidad *s/f* Christmas
negar (ie) *v* to deny
negociar *v* to negotiate
negra *s* term of endearment or
  friendship
nevada *s* snowfall
ni *conj* neither, (not) either
ninot *s* wooden or cardboard
  figure burned during Festival
  of Saint Joseph
nit de foc *s* night of fire (last
  night of Festival of Saint
  Joseph)
nivel técnico *s/m* level of
  technology
¿no? *interr* isn't he/she/it?

¿no crees? *v* don't you think?
Nochebuena *s* Christmas Eve
nocivo *adj* noxious, harmful
nodriza *s* wet nurse, nursemaid
nota *s* grade
  sacar buenas/malas notas *v*
    to get good/bad grades
noticias (inter)nacionales
  (inter)national news
novelesco *adj* fictional
noviazgo *s* courtship
nuclear: ingeniería nuclear *s*
  nuclear engineering
nuevo: Año Nuevo *s* New Year
número *s* number

O

o *conj* or
  o... o *conj* either . . . or
obra *s* work
obtener (ie) *v* to obtain
ocasionar *v* to cause
ocio: guía del ocio *s* leisure-time
  guide
ocultar *v* to hide
ofrenda *s* offering
oír *v* to hear
ojalá *interj* one hopes, may Allah
  grant
ola *s* (ocean) wave
óleo: pintar al óleo *v* to paint in
  oils
olla *s* cooking pot
onda *s* wave, fad
ópera: ir a la ópera *v* to go to
  the opera
opinar *v* to think, have an
  opinion
opinión *s/f* editorial column
  (in newspaper/magazine)
oponer *v* to oppose
oral: vista oral *s* court hearing
ordenador *s/m* computer
oro *s* gold
oscuro: cuarto oscuro *s* darkroom (for photography)
otorgar *v* to hand over, grant
otro *adj* another, other
  por otra parte *adv* on the
    other hand
oyente *s/mf* auditor, listener
  estar de oyente *v* to audit

P

padrastro *s* stepfather
padrino *s* godfather, godparent
pago *s* payment
paliza *s* spanking
palo *s* pole
paloma *s* pigeon

palomar *s/m* pigeon coop
pandereta *s* tambourine
pandillero *s* gang member
pantalla *s* screen
panteón *s/m* realm of gods
panza *s* belly
papel *s/m* paper
  desempeñar un papel *v*
    to play a role
papeleo *s* paperwork
paquete *s/m* package, parcel
para *prep* for; in order to
  para que *conj* so that
parada *s* bus stop
parecer *v* to seem
  parecerse *v* to be like,
    resemble
parecido *adj* alike, similar
pareja *s* couple, pair
parentesco *s* relationship,
  kinship
paro: estar en paro *v* to be
  unemployed
parque *s/m* park
  ir al parque de atracciones *v*
    to go to the amusement park
parrilla *s* grill
párroco *s* parish
parte: por otra parte *adv* on the
  other hand
partido *s* game, match
pasar *v* to pass
  pasar lista *v* to take
    attendance
  pasarlo bien *v* to have a good
    time
pasatiempo *s* pastime
Pascua Florida *s* Easter
pasear *v* to take a walk
paso *s* step; group of wooden
  statues; religious float
pasto *s* grass
pata *s* foot, paw
pataleo *s* kicking
pataleta al hígado *s* indigestion
patinar *v* to skate
  patinar sobre hielo *v* to ice
    skate
  patinar sobre ruedas *v*
    to roller skate, roller blade
patrón: santo patrón/santa
  patrona *s* patron saint
pauta *s* rule, guide, norm
paz *s/f* peace
peatón/peatona *s* pedestrian
pedir (i, i) *v* to ask for, request
película *s* film, movie
  película en blanco y negro *s*
    black-and-white film/movie
  película en colores *s* color
    film/movie
peligroso *adj* dangerous
pena *s* trouble; pain

merecer la pena *v*   to be worth the trouble
valer la pena *v*   to be worth the trouble
pensar (ie) *v*   to think
peña *s*   get-together (with music)
percatarse *v*   to be aware of, realize
perder (ie) *v*   to lose
perejil *s/m*   parsley
perfil *s/m*   profile
periodista *s/mf*   journalist, reporter
permanecer *v*   to remain
permanente: residente permanente *s/mf*   permanent resident
pero *conj*   but
perro *s*   dog
personaje *s/m*   character, person (in a story)
pesa: levantar pesas *v*   to lift weights
pesadilla *s*   nightmare
pescar *v*   to fish
petate *s/m*   sleeping mat
picada *s*   snack
picado *adj*   chopped
piedra *s*   stone, rock
piloncillo *s*   brown sugar
pincel *s/m*   artist's brush
pintar *v*   to paint
pintar al óleo *v*   to paint in oils
pintor/pintora *s*   painter
pintura *s*   painting
piñata *s*   pottery jar covered with papier-mâché
pío *s*   peep
piscina *s*   swimming pool
pista *s*   track; rink
pitido *s*   whistle
placa solar *s/m*   solar panel
plan *s/m*   plan
planeta *s/m*   planet
plástico: artes plásticas *s/f*   three-dimensional arts
plata *s*   silver
platillos *s*   cymbals
plaza *s*   place
población *s/f*   population
poco *adj*   little, not much
hace poco que *adv*   a short while ago
poder (ue) *v*   to be able
quizá(s) podría (+ *infinitive*) *v*   perhaps you could . . .
polihedro *s*   polyhedron
político/política *s*   politician; *s/f* politics
poner *v*   to put, place
por *prep*   along; by; for; in exchange for; through
por consiguiente *adv*   consequently

por ejemplo *adv*   for example
por eso *adv*   therefore
por fin *adv*   finally
por lo tanto *adv*   therefore
por otra parte *adv*   on the other hand
por primera vez *adv*   for the first time
por qué *interr*   why
poroto *s*   string bean
porque *conj*   because
portarse *v*   to behave oneself
portavoz *s/m*   spokesperson
porteño/porteña *s*   person who lives in Buenos Aires
porvenir *s/m*   future
posada *s*   inn
posdata *s*   postscript
posgrado *s*   postgraduate
posponer *v*   to postpone, put off
practicar *v*   to practice
practicar artes marciales *v*   to practice martial arts
practicar un deporte *v* to play a sport
prender *v*   to light
preocuparse *v*   to worry
presentarse *v*   to appear in court
prestado *adj*   loaned
sacar prestado *v*   to check out (from library)
préstamo *s*   loan
prestar *v*   to lend
prestar atención *v*   to pay attention
presupuesto *s*   budget
prevenir (ie, i) *v*   to prevent; to make ready
preventivo: medicina preventiva *s*   preventive medicine
primer(o) *adj (pron)*   first
por primera vez *adv* for the first time
primer término *s*   foreground
principio: al principio *adv*   in/at the beginning
productividad *s/f*   productivity
profesorado *s*   teaching position, professorship
programa *s/m*   program; syllabus
promedio *s*   average
promedio de la vida *s*   average lifespan
prometer *v*   to promise
pronto *adv*   quickly
tan pronto como *conj*   as soon as
proponer *v*   to propose, name
propósito *s*   purpose, objective
protagonista *s/mf*   main character
proteger *v*   to protect
protegido *s*   pet; *adj* protected
protestar *v*   to protest

proyecto *s*   project
prueba *s*   quiz, test
publicar *v*   to publish
público *adj*   public
deuda pública *s*   public debt
transporte público *s/m*   public transportation
puchero *s*   stew; kettle
puesto (de trabajo) *s*   job
pulque *s/m*   cactus liquor
punto *s*   point

Q

que *conj, pron*   that, which; who
qué *adj, interr*   what, which
qué tal si *interr*   what if
quejarse *v*   to complain
querer (ie, i) *v*   to wish, want; to love
querer decir *v*   to mean
quien *pron*   who
quién *interr*   who(m)
quince: fiesta de los quince años *s* coming-of-age celebration for a 15-year-old female
quinceañera *s* a 15-year-old female
quirúrgico *adj*   surgical
quizá(s) *adv*   perhaps, maybe
quizá(s) debería (+ *infinitivo*) *v* perhaps you ought to . . .
quizá(s) podría (+ *infinitivo*) *v* perhaps you could . . .

R

rabieta *s*   temper tantrum
radio *s/f*   radio programming
radical: deporte radical *s/m* extreme sport
radiodifusor: cadena radiodifusora *s*   broadcasting network
raja *s*   strip, slice
Ramadán *s/m*   Ramadan
ráquetbol: jugar (ue) al ráquetbol *v*   to play raquetball
rasgo *s*   characteristic, feature
raspar *v*   to scrape
rastro *s*   trace
raudamente *adv*   rapidly, swiftly
rayar *v*   to scratch
rayos láser *s*   laser rays
raza: Día de la Raza *s/m* Columbus Day (October 12)
razón *s/f*   right, reason
tener razón *v*   to be right
rechazar *v*   to refuse; to reject
reciclable *adj*   recyclable
reciclaje *s/m*   recycling
recinto *s*   campus
reclamar *v*   to demand (payment)

recoveco *s* recess
recreación: sala de recreación *s* recreation room
recto *adj* straight
recuperar *v* to recuperate; to recover
recurso (natural) *s* (natural) resource
red *s/f* World Wide Web; net, network
refugiado/refugiada *s* refugee
refugiarse *v* to take refuge
regalar *v* to give as a gift
regidor/regidora *s* council member
(re)llenar una solicitud *v* to fill out an application
remaduro *adj* very ripe
renunciar *v* to renounce
repasar *v* to review
repertorio *s* repertoire
reponer *v* to repose; to replace
reportero/reportera *s* reporter
requerir (ie, i) *v* to require
requisito *s* requirement
res *s/f* beef
residencia: tarjeta de residencia *s* resident card
residente (permanente) *s/mf* (permanent) resident
residir *v* to live, reside
residuo *s* waste
resolver (ue) *v* to solve
respiración: bucear con tubo de respiración *v* to snorkel
restaurar *v* to restore
resultado *s* result
resultar *v* to result, turn out to be
resumen *s/m* summary
en resumen *adv* in summary
retener (ie) *v* to retain; to keep
retirado/retirada *s* retiree
retornable *adj* returnable
retrato *s* portrait
retrospectivo: escena retrospectiva *s* flashback
reunirse (ú) *v* to meet, get together
revelar (fotos) *v* to develop (photographs)
revoltijo *s* jumble
rey: Día de los Reyes Magos *s/m* Three Kings Feast Day (January 6)
riesgo *s* risk
rima *s* rhyme
ritmo *s* rhythm
robo *s* robbery
robot *s/m* robot
robótica *s/m* robotics
rollo *s* roll of film
romería *s* pilgrimage
Rosh Hashanah *s* Rosh Hashanah

rozagante *adj* lively
rueda: patinar sobre ruedas *v* to roller skate, roller blade
ruido *s* noise
meter ruido *v* to make noise

S

saber *v* to know
sabio/sabia *s* wise person, sage; *adj* wise
sacar *v* to take out
sacar buenas/malas notas *v* to get good/bad grades
sacar fotos *v* to take pictures
sacar prestado *v* to check out (from library)
sacerdote *s/m* priest
sala *s* living room
sala de recreación *s* recreation room
salir *v* to leave
salir bien/mal en un examen *v* to pass/fail a test
salón *s/m* hall, ballroom
salud *s/f* health
saludo *s* greeting
salvar *v* to save (a life)
sancocho *s* boiled mixture; dessert; stew
santiago *s* celebrant of Saint James Day
santo *s* saint; *adj* holy
Día del Santo *s/m* patron saint's day
Día de Todos los Santos *s/m* All Saints' Day (November 1)
santo patrón / santa patrona *s* patron saint
Semana Santa *s* Holy Week
Viernes Santo *s/m* Good Friday
sartén *s/f* skillet
satélite *s/m* satellite
se *pron* yourself, himself, herself, itself, oneself, yourselves, themselves
secar *v* to dry
secuestrado *adj* kidnapped
seguir (i, i) *v* to follow, continue
segundo *adj* second
selva *s* jungle
semáforo *s* stoplight
Semana Santa *s* Holy Week
semejante *adj* similar
sencillo *s* single (record)
sendero *s* path
sentir (ie, i) *v* to feel
señor/señora *s* lord, Sir, Mr.; lady, madam, Mrs.
sequía *s* drought
ser *v* to be

serio *adj* serious
serpiente *s/f* snake
si *conj* if
sí *adv* yes
siempre *adv* always
silueta *s* silhouette
sin *prep* without
sin embargo *adv* nevertheless
sin que *conj* without
sinagoga *s* synagogue
sindicato *s* labor union
sino *conj* but
sirviente *s/mf* servant
sobrar *v* to be left over, be more than enough
sobremesa *s* after-dinner chat
sobresalir *v* to stand out, excel, be outstanding
sobrevivir *v* to survive
sociedad *s/f* society (column)
solar: ingeniería solar *s* solar engineering
solemne *adj* solemn
solicitar (una beca) *v* to apply (for a scholarship)
solicitud *s/f* application
sollozo *s* sob
solo *adj* alone
sólo *adv* only
soltero: despedida de soltero/ soltera *s* bachelor party / bridal shower
solucionar *v* to solve
sombra *s* shadow
someterse *v* to submit, surrender
sonrosado *adj* blushing
soportal *s/m* archway
sordo *adj* hearing-impaired
sorprender *v* to surprise
sostener (ie) *v* to sustain
suceso *s* current event, happening
sueldo *s* salary
suelo *s* soil, dirt; floor
sugerir (ie, i) *v* to suggest
sumergirse *v* to submerge
superar *v* to overcome
supervivencia *s* survival
suponer *v* to suppose
supongo que *v* I suppose that

T

tablado *s* stage
tablero *s* bulletin board
tablón *s/m* bulletin board
tachado *adj* crossed off/out
tal *adj* such, such a
con tal de que *conj* provided that
qué tal si *interr* what if
tallado *adj* carved
taller *s/m* workshop, studio

también *adv* also
tambor *s/m* drum
tampoco *adv* neither, (not) either
tan *adv* so
    tan pronto como *conj*
        as soon as
tanto *adj* so much
    por lo tanto *adv* therefore
taquilla *s* box office
tardeada *s* afternoon gathering
tarea *s* homework; task
tarjeta *s* card
    tarjeta de residente *s*
        resident card
    tarjeta verde *s* green card
tasca *s* coffee shop, bar
taza *s* cup
te *pron* (to) you
té *s/m* tea
teatro: ir al teatro *v* to go to the
    theater
teclado *s* (computer) keyboard
técnico/técnica *s* technician; *s/f*
    technique; *adj* technical
    nivel técnico *s/m* level of
        technology
tejano *adj* Texan, referring to
    Texas
tela *s* cloth, fabric
telaraña/Telaranya *s* spider
    web; World Wide Web
telera *s* pastry shell
televisión *s/f* television
telón *s/m* theater curtain
temer *v* to fear
templo *s* temple
tener (ie) *v* to have
    tener éxito *v* to be successful
    tenerle cariño a alguien *v*
        to feel affection for someone
    tener que ver con *v* to have to
        do with
    tener razón *v* to be right
tenis *s/m* tennis
    jugar (ue) al tenis *v* to play
        tennis
tercer(o) *adj (pron)* third
    tercera edad *s/f* retirement
        years, old age
término: primer término *s*
    foreground
terremoto *s* earthquake
terrorismo *s* terrorism
tertulia *s* get-together for
    conversation
testigo *s/mf* witness
textil: elaboración textil *s/f*
    textile production
tiempo *s* time; weather
tienda de campaña *s* tent
tifón *s/m* typhoon
timbal *s/m* kettledrum
tira *s* strip

tira cómica *s* comic strip
titular *s/m* headline
título *s* degree; title
tocar *v* to touch
    tocar un instrumento musical
        v to play a musical instrument
todo *adj* all
tomar *v* to take; to drink
tomillo *s* thyme
toro *s* bull
    toros *s/pl* bullfights
torpe *adj* stupid
trabajo *s* work, job; employment;
    paper (for class)
    Día del Trabajo *s/m* Labor Day
    ética de trabajo *s* work ethic
    puesto de trabajo *s* job
traducir *v* to translate
traer *v* to bring
tragedia *s* tragedy
trama *s* plot
trampa *s* trick
transeunte *s/mf* passerby
transporte público *s/m*
    public transportation
trasladarse *v* to get around
trastorno *s* damage
tratar de *v* to deal with, speak
    about
    tratarse de *v* to be a
        question of
traviata *s* hors d'oeuvre
trazo blanco *s* white line
tribu *s/f* tribe
trimestre *s/m* quarter
truchas *s/pl* (something) fake,
    false *(colloquial)*
tu *adj* your
tú *pron* you
tubo: bucear con tubo de res-
    piración *v* to snorkel
tumba *s* tomb
tumbo: dar tumbos *v* to stagger

U

u *conj* or
ubicación *s/f* location
universitario/universitaria
    s university student;
    adj university

V

vacaciones *s/fpl* vacation
    ir de vacaciones *v* to go on
        vacation
valer (la pena) *v* to be worth (the
    trouble)
valor: bolsa de valores *s* stock
    exchange
varón *s/m* male

vasija *s* container
vástago *s* offspring
vela: navegar a vela *v* to sail
vencido *adj* expired
venir (ie, i) *v* to come
    venir a la mente *v* to come to
        mind, think about
ventaja *s* advantage
ver *v* to see
    tener que ver con *v* to have to
        do with
    ver la televisión *v* to watch TV
verdad *s/f* truth
    ¿verdad? *interr* right?
verde *s/m, adj* green
    tarjeta verde *s* green card
vestuario *s* wardrobe; costume
vez (pl veces) *s/f* time, occasion
    érase/había una vez *adv*
        once upon a time
    por primera vez *adv* for the
        first time
vía *s* way, road
    en vías de extinción *adj*
        endangered
viajero/viajera *s* traveler
vida *s* life
    esperanza de la vida *s* life
        expectancy
    promedio de la vida *s* average
        lifespan
    vida cotidiana *s* daily life
vidrio *s* glass
viento *s* wind
vientre *s/m* womb
Viernes Santo *s/m* Good Friday
villancico *s* Christmas carol
vista *s* view
    vista oral *s* court hearing
vivir *v* to live
    vivir juntos *v* to live together
volador *adj* flying
volverse (ue) *v* to become
votar *v* to vote
voto *s* vote

Y

y *conj* and
ya *adv* already
    ya que *conj* since, inasmuch
        as
yeso *s* plaster; cast
Yom Kippur *s* Yom Kippur

Z

zapallo *s* squash
zapote *s/m* sopadilla tree or fruit
zócalo *s* base of a column or
    pedestal; principal plaza

INDEX

CREDITS

REALIA/READINGS CREDITS

CAPÍTULO 1: p. 8 *El país,* 14 de noviembre de 91; **p. 12** *El Nuevo Día* (PR), 17 de enero de 97; **p. 16** El Gran Musical, 12 de abril de 1993; **p. 17** *Eres,* 16 de agosto de 1997; **p. 20** *Cristina,* Año 4, No. 3; **p. 24** «Yo quemé el Amadeo Roldán» por Manual M. Serpa. **CAPÍTULO 2: p. 49** Secretaría de turismo, México DF; **p. 61** *México desconocido,* ad for American Express; **p. 65** *El Gran Consejo,* por Bernardino Mena Brito, Ediciones Botas. **CAPÍTULO 3: p. 96** *El comercio* (Ecuador): 18 de mayo de 1997; **p. 97** reproducido con la autorización del diario *ABC,* 8 de enero de 1995: **p. 106** *El gringo viejo* por Carlos Fuentes. Fondo de Cultura Económica; **p. 110** Diario de Juárez: 12 de marzo de 1997. **CAPÍTULO 4: p. 128** *Guía del ocio,* marzo 1998; **p. 134** *Eres,* Año IX, Núm. 209, marzo 1997; **p. 143** «La Espera» por Jorge Luis Borges, Emecé Editores, Argentina. **CAPÍTULO 5: p. 166** *Muy interesante,* Año VII, No. 85; **p. 168** *La tercera,* 25 de noviembre de 1991; **p. 174** *Muy interesante,* abril 1994; **p. 184** «Noble compaña» por Gregorio Lopéz y Fuentes, Universidad Veracruzana. **CAPÍTULO 6: p. 204** *Muy interesante,* Año IX, No. 8; **p. 206** reproducido con la autorización del diario *ABC,* 24 de junio de 1990: **p. 209** *Clara,* abril 1996; **p. 211** *Clara,* abril 1996; **p. 212** *Clara,* abril 1996; **p. 219** «Apocalipsis» por Marcos Denevi, Librería Huemul, Argentina. **CAPÍTULO 7: p. 242** *Más,* octubre 1989; **p. 248** *Más,* Primavera, 1990; **p. 251** reproducido con la autorización del diario *ABC,* 26 de abril de 1992; **p. 260** «María Cristina» por Sandra María Esteves, Greenfield Review Press. **CAPÍTULO 8: p. 283** reproducido con la autorización del diario *ABC,* 12 de enero de 1992; **p. 285** *El tiempo,* 12 de febrero de 1991; **p. 286** reproducido con la autorización del diario *ABC,* 9 de abril de 1993; **p. 289** reproducido con la autorización del diario *ABC,* 22 de febrero de 1987; **p. 292** reproducido con la autorización del diario *ABC,* 2 de noviembre de 1986; **p. 294** *Mafalda,* Quino, Ediciones de la Flor, No. 4; **p. 302** «La Muerte» por Ricardo Conde, permission of author; **p. 305** *People en Español,* primavera de 1997 **CAPÍTULO 9: p. 323** *La prensa,* 25 de noviembre de 1991; **p. 326** *Miami Herald,* 31 de octubre de 1993; **p. 329** *Mafalda,* Quino, Ediciones de la Flor, No. 4 ; **p. 336** «Balada de los dos abuelos» por Nicolas Guillén, Instituto cubano del libro. **CAPÍTULO 10: p. 356** *El país,* 25 de abril de 1993; **p. 361** *Américas,* enero/febrero 1993: 16–17; **p. 374** «La literatura es fuego» por Mario Vargas Llosa.

PHOTO CREDITS

Note: Any photos not listed below have been taken from the Heinle & Heinle Image Resource Bank.
p. 1B: Jack Vartoogian; **p. 1ML:** Jack Vartoogian; **p. 1TL:** Jack Vartoogian; **p. 1TR:** Jack Vartoogian; **p. 2:** Jack Vartoogian; **p. 6:** Jack Vartoogian; **p. 10:** Roger Sandler/The Liaison Agency; **p. 35:** A. Berliner/The Liaison Agency; **p. 36:** Courtesy of Karen Records; **p. 44:** Mark Lewis/The Liaison Agency; **p. 44TL:** J.P. Courau/DDB Stock Photo; **p. 44TR:** Faria Castro/The Liaison Agency; **p. 45:** Ulrike Welsch; **p. 46:** Max & Bea Hunn/DDB Stock Photo; **p. 50:** Doug Bryant/DDB Stock Photo; **p. 55:** Doug Bryant/DDB Stock Photo; **p. 56BR:** Doug Bryant/DDB Stock Photo; **p. 56L:** Owen Franken/Stock Boston; **p. 56TR:** Doug Bryant/DDB Stock Photo; **p. 59:** Richard Pasley/Stock Boston; **p. 68:** Mark Lewis/The Liaison Agency; **p. 69:** Mark Godfrey/The Image Works; **p. 71:** Doug Bryant/DDB Stock Photo; **p. 72:** José Macián; **p. 73:** José Macián; **p. 75:** Filmteam/DDB Stock Photo; **p. 87:** Doug Bryant/DDB Stock Photo; **p. 88:** J.P.Courau/DDB Stock Photo; **p. 89:** Bob Daemmrich/The Image Works; **p. 90:** Hilda Gutiérrez; **p. 94:** F.Rangel/The Image Works; **p. 102:** Odyssey/Frerck/Chicago; **p. 104:** Corbis-Bettmann; **p. 115:** Bob Daemmrich/Stock Boston; **p. 117:** Bob Daemmrich Photography; **p. 122:** Donna Long; **p. 123:** Bob Daemmrich/The Image Works; **p. 124:** Eric Carle/Stock Boston; **p. 125:** Jose Carrillo/PhotoEdit; **p. 128L:** Odyssey/Frerck/Chicago; **p. 128MB:** Doug Bryant/DDB Stock Photo; **p. 128MT:** Cover/The Image Works; **p. 133:** Michael Newman/PhotoEdit; **p. 137:** Odyssey/Frerck/Chicago; **p. 139:** Philippe Poulet/The Liaison Agency; **p. 141:** Carlos Goldin/DDB Stock Photo; **p. 145:** Donna Long; **p. 160:** José Macián; **p. 161:** Tony Freeman/PhotoEdit; **p. 162:** Ulrike Welsch; **p. 163:** Ulrike Welsch; **p. 201:** Ulrike Welsch; **p. 202:** Odyssey/Frerck/Chicago; **p. 203:** Bachmann/Stock Boston; **p. 218:** Ernesto Monteavaro; **p. 219:** Margot Granitsas/The Image Works; **p. 225:** Ed Lallo/The Liaison Agency; **p. 228:** Ulrike Welsch; **p. 236:** Russell Gordon/Odyssey/Chicago; **p. 237:** Bob Daemmrich Photo; **p. 241L:** William Johnson/Stock Boston; **p. 241M:** Bonnie Kamin/PhotoEdit; **p. 241R:** Odyssey/Frerck/Chicago; **p. 243:** Odyssey/Frerck/Chicago; **p. 258:** George Malave; **p. 273:** Odyssey/Frerck/Chicago; **p. 278:** Donna Long; **p. 280:** Karl Schumacher/The Liaison Agency; **p. 281:** James D. Nations/DDB Stock Photo; **p. 294:** José Macián; **p. 295:** Esbin-Anderson/The Image Works; **p. 300:** José Macián; **p. 304:** Bob Daemmrich/Stock Boston; **p. 310:** Ulrike Welsch/Stock Boston; **p. 311:** Courtesy of Cristina Saralegui Enterprises; **p. 316BL:** Odyssey/Frerck/Chicago; **p. 316BR:** Haroldo Castro/The Liaison Agency; **p. 316TL:** Kactus Foto/The Liaison Agency; **p. 316TR:** Z.Bzdak/The Image Works; **p. 317:** Alyx Kellington/DDB Stock Photo; **p. 319:** Odyssey/Frerck/Chicago; **p. 320BR:** Odyssey/Frerck/Chicago; **p. 320L:** Daniel Aubry/Odyssey/Chicago; **p. 320TR:** Odyssey/Frerck/Chicago; **p. 321BM:** José Macián; **p. 321BR:** Bob Daemmrich Photo; **p. 321TL:** Odyssey/Frerck/Chicago; **p. 321TM:** Ignacio Urquiza; **p. 321TR:** Daniel Aubrey/Odyssey/Chicago; **p. 324:** Odyssey/Frerck/Chicago; **p. 328B:** Odyssey/Frerck/Chicago; **p. 328T:** Odyssey/Frerck/Chicago; **p. 330:** Nancy Uvalle; **p. 335:** Prensa Latina/Archive Photos; **p. 337:** José Macián; **p. 339:** Donna Long; **p. 343:** Daniel Aubrey/Odyssey/Chicago; **p. 345:** Chris Sharp/DDB Stock Photo; **p. 350:** Francisco Rangel/The Image Works; **p. 351:** Odyssey/Frerck/Chicago; **p. 354T:** Esteban Loustaunau; **p. 354B:** Carmen Ladman; **p. 355T:** Khedija Gadhoum; **p. 355B:** Ángel Santiago; **p. 358:** Odyssey/Frerck/Chicago; **p. 361B:** Donna Long; **p. 361T:** Odyssey/Frerck/Chicago; **p. 362B:** Macduff Everton/The Image Works; **p. 362M:** Donna Long; **p. 362T:** Stewart Aitchison/DDB Stock Photo; **p. 364B:** Ulrike Welsch/Stock Boston; **p. 364D:** Odyssey/Frerck/Chicago; **p. 368:** Odyssey/Frerck/Chicago; **p. 373:** Frederic Reglain/The Liaison Agency; **p. 379:** Courtesy of University of New Mexico Press; **p. 382:** Odyssey/Frerck/Chicago; **p. 385B:** Odyssey/Frerck/Chicago; **p. 385M:** John Neubauer/PhotoEdit; **p. 385T:** Odyssey/Frerck/Chicago; **p. 393:** Donna Long